अकेली

अकेली

मन्नू भंडारी

रेमाधव पब्लिकेशन्स

ISBN : 978-81-89914-51-6

अकेली (कहानी-संग्रह)

पहला संस्करण : 2007
चौथा संस्करण : 2024

मूल्य : ₹ 795

प्रकाशक
रेमाधव पब्लिकेशन्स प्रा. लि.
जी-17, जगतपुरी, दिल्ली-110 051

शाखाएँ : अशोक राजपथ, साइंस कॉलेज के सामने, पटना-800 006
पहली मंजिल, दरबारी बिल्डिंग, महात्मा गांधी मार्ग, प्रयागराज-211 001
1, अनमोल सोराबजी संतुक लेन, धोबी तलाव, मरीन लाइंस, मुम्बई-400 002
वेबसाइट : www.remadhav.com
ई-मेल : contact@remadhav.com

मुद्रक
बी.के. ऑफसेट
नवीन शाहदरा, दिल्ली-110 032

AKELI
Stories by Mannu Bhandari

अनुक्रम

क्षय

सावित्री के यहाँ से लौटी, तो कुन्ती यों ही बहुत थकी हुई महसूस कर रही थी। उसपर टुन्नी के पत्र ने उसके मन को और भी बुरी तरह मथ दिया। पापा को भी दो बार खाँसी का दौरा उठ चुका था। वह जानती थी कि वे बोलेंगे कुछ नहीं; पर उनका मन कर रहा होगा कि टुन्नी को वापस बुला लें। रात में लेटी तो फिर उसी पत्र को खोलकर पढ़ने लगी :

"दीदी, मेरा मन यहाँ जरा भी नहीं लगता। सारे समय पापा की और तुम्हारी याद आती रहती है। स्कूलवालों ने भी मुझे आठवीं में ही भरती किया है। उस दिन तुम मेरे हैडमास्टर साहब के पास चली जातीं तो कितना अच्छा होता, पूरा एक साल बच जाता। तुमने मेरा इतना-सा काम भी नहीं किया दीदी, पूरा एक साल बिगड़वा दिया...।"

क्या सचमुच ही उसने टुन्नी का साल बिगड़वा दिया? नहीं-नहीं, जो कुछ उसने किया, ठीक ही किया। कोई उसके पास इस तरह की सिफारिश लेकर आए तो? उसका बस चले तो वह उसे स्कूल के फाटक से ही निकाल बाहर करे। वह शुरू से ही इतना कहती थी कि टुन्नी, पढ़, मेहनत कर। पर उस समय पापा को टुन्नी बच्चा लगता था। अब फेल हो गया तो जान-पहचान का फायदा उठाओ, सिफारिश करो। उसने जो कुछ किया, ठीक ही किया। स्कूलों में यह सब देखकर उसका मन आक्रोश, दुःख और ग्लानि से भर जाता है। पर होता है, और वह देखती भी है।... लेकिन उससे क्या हुआ, वह स्वयं ऐसा कभी नहीं करेगी। जिस दिन पापा ने उससे यह बात कही थी, वह अवाक्-सी उनका मुँह देखती रह गई थी, जैसे विश्वास न

हो रहा हो कि पापा भी कभी ऐसी बात कह सकते हैं, और वह भी कुन्ती से।... कुन्ती आज जो कुछ भी है, विचारों से, विश्वासों से, पापा की ही तो बनाई हुई है।... लेकिन पापा बदल गए हैं, बहुत बदल गए हैं! शायद यह बीमारी ही ऐसी होती है कि आदमी को बदलना पड़ता है। कुन्ती स्वयं महसूस करती है कि उसके जिस आदर्शवाद और दृढ़ आत्मविश्वास पर पापा कभी गर्व किया करते थे, उसी पर आज वे शायद दुःख करते हैं। उन्हें लगता है जैसे कुन्ती को बनाने में वे कहीं भूल कर बैठे हैं।...वह अपना मन टटोलने लगी, क्या सचमुच ही कुछ गलत विश्वास और गलत सिद्धान्त वह पाल बैठी है?

सामने वॉयलिन पड़ा था। वह उठी और वॉयलिन लेकर छत पर चली गई। जब उसका मन बहुत खिन्न होता है तो उसे वॉयलिन बजाना बहुत अच्छा लगता है। रात के सन्नाटे में मन का अवसाद जैसे संगीत की स्वर-लहरियों पर उतर-उतरकर चारों ओर बिखरने लगता है। वह आँखें मूँदकर बेसुध-सी वॉयलिन बजाने लगी और उसकी त्रस्त आत्मा, खिन्न मन और शिथिल शरीर धीरे-धीरे थिरकने लगे। वह किसी और ही लोक में पहुँच गई।

खों, खों, खों...पापा की लगातार खाँसी से उसकी तन्मयता टूटी। एकाएक ही अँगुलियाँ शिथिल हो गईं और वॉयलिन ठोड़ी के नीचे से सरककर छाती पर आ टिका। वह नीचे आई। पापा को आज तीसरी बार दौरा उठा था। उन्हें दवाई दी और पास बैठकर तब तक पीठ सहलाती रही, जब तक वे शान्त होकर लेट नहीं गए।

जब वह अपने कमरे में आकर लेटी तो रात करीब आधी बीत चुकी थी। आज सावित्री के यहाँ उसका पहला दिन था। उसे खयाल आया, कल जब वह स्कूल जाएगी तो मिसेज नाथ उसे देखकर वैसे ही व्यंग्यात्मक ढंग से मुस्कराएँगी। उनकी इस मुस्कराहट ने हमेशा ही उसके मन में घृणा पैदा की है। पर उसे लगा, जैसे कल वह इस मुस्कराहट का सामना नहीं कर सकेगी। उसका उपहास करती, उस पर आरोप लगाती-सी मिसेज नाथ की मुस्कराहट अँधेरे में एक बार उसके सामने कौंध गई। कुन्ती ने करवट बदली तो मकान-मालिक के बच्चों के मास्टर का दयनीय, सूखा-सा चेहरा उसके सामने उभर आया। एक यह व्यक्ति है, जिसने उसके मन में हमेशा अपने काम के प्रति अरुचि उत्पन्न की है। ओह! क्या-क्या कल्पनाएँ थीं उसके मन में अध्यापन को लेकर!...लेकिन मिसेज नाथ...यह मास्टर...कुन्ती ने फिर करवट बदल ली।

एक महीने में ही घर का जैसे सबकुछ बदल गया है। उसे वह दिन याद आया, जब वह डॉक्टर के यहाँ से पापा की एक्स-रे प्लेट के साथ रिपोर्ट लेकर आई थी कि उन्हें क्षय है। रास्ते-भर वह यही सोचती आई थी कि पापा को रिपोर्ट कैसे देगी? उसपर उनकी क्या प्रतिक्रिया होगी? दवाइयों का लम्बा नुस्खा और हिदायतों की लम्बी सूची समस्या के दूसरे पहलू को भी उभार-उभारकर रख रही थी। कैसे वह सब करेगी? करना तो सब उसी को है। पिछले चार सालों से इस घर के लिए वही तो सब कुछ करती आई है। वही तो पापा की पहली सन्तान है और पापा हमेशा ही कहते थे, वह उनकी लड़की नहीं, लड़का है। शुरू से ही उसे लड़कों की तरह पाला...बचपन में वह लड़कों के साथ खेली, लड़कों के साथ पढ़ी और अब लड़के की तरह ही इस घर को सँभाल रही है। पर अब?

घर पहुँची तो पापा पलंग पर लेटे हुए थे। उसने चुपचाप वह लिफाफा उनके हाथ में थमा दिया और नौकर को चाय लाने का आदेश देकर अन्दर चली गई। वह प्रतीक्षा कर रही थी कि पापा उसे बुलाएँगे, कुछ कहेंगे, पर उन्होंने नहीं बुलाया। क्या पापा को रिपोर्ट देखकर सदमा लगा? क्या वे पहले नहीं जानते थे कि उन्हें क्षय है? फिर?

चाय पीने वह बाहर जाकर बैठी। शायद अब कोई बात चले! पर फिर मौन। पापा पैर फैलाकर तकिये के सहारे बैठे शून्य नजरों से आसमान निहार रहे थे। कुन्ती ने प्याला पकड़ाया तो चाय पीने लगे। खामोशी के ये क्षण कुन्ती को बहुत बोझिल लगे थे। सामने इतनी बड़ी समस्या है और दोनों यों मौन बैठे हैं। स्थिति की गम्भीरता को दोनों ही महसूस कर रहे थे पर लग रहा था जैसे उसका नाम लेने-भर से वह और विकट हो जाएगी। पापा शायद सोच रहे थे कि दोनों बच्चे कितना असहाय महसूस करने लगेंगे! और कुन्ती सोच रही थी कि बात करने से ही पापा के मन में जीवन के प्रति कैसी घातक निराशा छा जाएगी, दोनों बच्चों के अनिश्चित भविष्य की चिन्ता उन्हें कितना व्यथित बना देगी। पर मौन रहने से ही तो यह सब नहीं सुलझ जाएगा। तब?

तब केवल बात करने-भर के लिए ही कुन्ती ने टुन्नी को इलाहाबाद भेजने की बात कह दी थी। वह जानती थी कि पापा इसका विरोध करेंगे। अपने बच्चों को वह एक दिन के लिए भी अपनी आँखों से दूर नहीं कर सकते। फिर टुन्नी छोटा

था, अधिक लाड़ला। पर वे कुछ नहीं बोले थे। धीरे से इतना ही कहा था—"भेज देना।" कुन्ती को लगा, जैसे पापा विवश होकर कह रहे हों—मैं कौन होता हूँ कुछ कहनेवाला? अब तो तुम्हीं सब कुछ हो, जो चाहो करो। मैं क्षय का रोगी...

कुन्ती की आँखें छलछला आई थीं।

थोड़ी देर बाद पापा ने रुकते-रुकते कहा था—"एक बार कोशिश करके इसे चढ़वा तो दे, तेरी हैडमास्टर साहब से अच्छी जान-पहचान है...वहाँ भी जाए तो एक साल तो बच जाए।"

जहर की तरह कुन्ती ने चाय का घूँट निगला था और अपने को भरसक संयत करके बोली थी—"पापा, कम-से-कम स्कूलों को तो इन सारी बातों से भ्रष्ट न करवाओ। टुन्नी मेरा अपना विद्यार्थी होता तब भी मैं उसे कभी न चढ़ाती।" उसके स्वर में आवेश नहीं था, पर दृढ़ता थी और पापा चुप हो गए थे।

पर आज टुन्नी का पत्र जाने क्यों रह-रहकर उसके मन में टीस उठा रहा है। कुन्ती को लगा, जैसे प्यास से उसका गला सूख रहा है। उसने उठकर पानी पिया। आकर लेटी तो नजर फिर वॉयलिन पर पहुँच गई। एक बार इच्छा हुई कि वॉयलिन लेकर छत पर चली जाए। पर उसने अपनी आँखें बन्द कर लीं।

सावित्री की ट्यूशन वह निभा सकेगी? अब तो जैसे भी हो, निभाना ही होगा। वह स्कूल में छह-छह घंटे काम करती है, तब जाकर उसे दो सौ रुपये मिलते हैं और कहाँ डेढ़ घंटे के ही दो सौ! फिर एक महीने खुशामद की उसकी माँ ने। चार चक्कर तो घर के ही लगाए। पर फिर भी...और उसकी आँखों के सामने मकानमालिक के मास्टर जी फिर घूम गए...वे मास्टर जी हैं, पर कभी रिक्शा में सामान लदवाकर लाते हैं, तो कभी सेठानी का हिसाब लिखते रहते हैं। हुँ, वह तो जिस दिन भी देखेगी कि उसके सारे परिश्रम के बावजूद सावित्री नहीं सुधर रही है, कुछ भी नहीं सीख रही है, उसी दिन छोड़ देगी, चाहे फिर कितनी ही मुसीबत क्यों न सहनी पड़े। सावित्री को पढ़ाना कोई सरल काम नहीं है। जो आठवीं के भी लायक नहीं है, उसे नवीं में पास करवाना...

एक महीने में ही बैंक से पापा के हजार से अधिक रुपये निकल चुके थे। वह नहीं चाहती कि अब और निकलें। पूँजी के नाम पर उनके पास कुल पन्द्रह हजार ही तो बचे थे जिनके प्रति उनका मोह उम्र के साथ-ही-साथ बढ़ता जा रहा था। लगता

था, जैसे यह रुपया ही उनका एकमात्र सहारा है। उसे वह कभी कुन्ती के ब्याह के लिए बताकर एक उत्तरदायी बाप होने का सन्तोष प्राप्त करते थे तो कभी टुन्नी की पढ़ाई के लिए बताकर उसके उज्ज्वल भविष्य की कल्पना का सुख लेते थे। उसमें से भी अब खर्च होने लगा। कुन्ती भी क्या करती? यों तो पापा की पेन्शन, अपनी तनख्वाह और गाँव के मकान के किराये से वह अच्छी तरह काम चलाती आ रही थी, पर बीमारी का यह अतिरिक्त खर्च...और बीमारी भी अनिश्चित अवधि तक की...

दूर कहीं मुर्गा बोला। यह क्या सवेरा होने को आया? तो वह आज बिलकुल नहीं सो पाई? कल सवेरे से ही फिर जुट जाना है...बाजार, स्कूल, सावित्री, पापा की परिचर्या...उसका सिर भारी होने लगा।

अपनी क्लास लेकर कुन्ती स्टाफ-रूम में पहुँची और चुपचाप कुर्सी पर बैठकर बाहर देखने लगी। बहुत-सी कॉपियाँ देखने को जमा हो गई थीं पर मन ही नहीं कर रहा था कुछ करने को। सिर बेहद भारी हो रहा था और नींद आँखों में घुल रही थी। तभी मिसेज नाथ अपने भारी-भरकम कन्धों पर कॉपियों के दो गट्ठर लादे घुसीं। उसने देखकर भी नहीं देखा। मिसेज नाथ भी कुछ नहीं बोलीं, चुपचाप कॉपियाँ देखने बैठ गईं। कुन्ती ने सोचा, क्या इन्हें मालूम नहीं हुआ है कि मैंने सावित्री के यहाँ ट्यूशन कर ली है? हो सकता है आज न हुआ हो, पर कल तो होगा ही। तब...?

फड़फड़ाती हुई एक कॉपी फर्श पर गिरी तो कुन्ती ने चौंककर पीछे देखा। मिसेज नाथ ने गुस्से में आकर किसी लड़की की कॉपी ही उछाल दी थी और बड़बड़ा रही थी—"दिमाग में तो गोबर भरा है पर शौक चर्राया है पढ़ने का... अपने घर बैठो, खाओ-पिओ और मौज करो। न जाने कहाँ-कहाँ से दिमाग चाटने आ जाती हैं!..."

कुन्ती फिर बाहर देखने लगी। यों वह इस एक साल में इन सब बातों की काफी अभ्यस्त हो चुकी थी। फिर भी लड़कियों पर यों झुंझलाना, ऐसे अपशब्द कहना उसे कभी अच्छा नहीं लगता। फिर पढ़ी-लिखी, सभ्य-सुसंस्कृत महिला के मुँह से निकले हुए ऐसे शब्द, जो इतनी छात्राओं की अध्यापिका हैं, उनकी आदर्श हैं।

उसे याद आया, जब पहली बार उसने इन्हीं मिसेज नाथ को डाँटते हुए सुना था तो आश्चर्य और गुस्से के साथ उसे बेहद हँसी भी आई थी। वे गुस्से से काँपती

हुई जोर-जोर से स्केल को मेज पर पटककर सामने खड़ी थर-थर काँपती किसी लड़की को कह रही थीं—"कल यदि पाठ याद करके नहीं आई तो इस चलते हुए पंखे से लटका दूँगी!" और कुन्ती को पंखे से लटकी हुई लड़की की कल्पना ने बेहद हँसाया था।

एक वह थी जो अपनी कमजोर छात्राओं को सवेरे जल्दी आकर पढ़ाया करती या देर तक ठहरकर पढ़ाती; स्नेह और सहानुभूतिपूर्ण व्यवहार से उनके खोये आत्मविश्वास को जगाती। पढ़ाई के अतिरिक्त विभिन्न रुचियों के विकास के लिए नई-नई योजनाएँ बनाया करती। इन सबका परिणाम यह हुआ था कि थोड़े ही दिनों में वह अपनी सहकर्मिणियों के बीच व्यंग्य और उपहास की पात्री और छात्राओं की 'परमप्रिय बहन जी' बन गई थी। पर साल बीतते-बीतते उसका भी उत्साह बहुत कम हो गया था। कॉपियाँ देखते समय उसने कई बार अपने परिश्रम की व्यर्थता महसूस की थी। पर किसी भी ऐसे अपशब्द...इस तरह झल्लाना...

"सुना है, सावित्री की माँ ने उसे किसी दूसरे स्कूल में नवीं कक्षा में भरती करवा दिया है और शायद तुमने उसे घर पर पढ़ाना मंजूर कर लिया है।"

बात कुन्ती से ही कही गई थी पर कुन्ती ने न मुड़कर उधर देखा, न जवाब ही दिया।

"पैसे के जोर से नवीं कक्षा क्या, मैट्रिक का सर्टिफिकेट भी मिल सकता है। और भई, हमने तो पहले ही कहा था कि ऐसी अच्छी ट्यूशन भाग्य से ही मिलती है। जब सामनेवाला खुशामद कर रहा है तो हमें क्या, सीखे न सीखे, हमारी बला से—हम तो जितना समय तय हुआ है, पढ़ाकर आ जाते हैं। अच्छा कुन्ती, कितना लोगी?"

मिसेज नाथ के शब्द कुन्ती को बुरी तरह बेध रहे थे। बिना मुड़े ही उसने जवाब दिया—"मैंने लेन-देन की कोई बात नहीं की। एक महीने में यदि वह कुछ सीखेगी तो पढ़ाऊँगी, नहीं तो छोड़ दूँगी।" और उसे लगा कि मिसेज नाथ के चेहरे पर फिर वही व्यंग्यात्मक मुस्कराहट फैल गई है, मानो वह कह रही हों—अभी नई-नई हो, इसलिए कह रही हो, धीरे-धीरे अपने-आप रास्ते पर आ जाओगी।

क्या सचमुच कुन्ती भी एक दिन मिसेज नाथ जैसी हो जाएगी?...घर जाकर कुन्ती ने चाय पी और सावित्री के यहाँ चलने की तैयारी करने लगी। चाय वह हमेशा पापा के साथ रहकर ही पीती थी और उनकी तबीयत का हाल भी जान लेती थी।

यों नौकर अच्छा है, फिर भी उसने रमा बुआ को लिख दिया है कि वे गाँव से आ जाएँ। उसका तो बहुत-सा समय बाहर निकल जाता है। घर का कोई आदमी पापा के पास होना ही चाहिए। वह उठने लगी तो पापा ने कहा—"अभी तो स्कूल से आई है, थोड़ी देर आराम कर ले।"

वह बैठ गई। वह जानती है कि देर कर देने से ट्राम-बस में ऑफिस की भीड़ हो जाती है, घुसना असम्भव हो जाता है, फिर भी पापा की बात टालना नहीं चाहती। उसके इस दोहरे परिश्रम से पापा यों ही काफी दु:खी हैं। इस सबके लिए वे अपने को ही दोषी समझते हैं। कुन्ती उनके दु:ख को किसी प्रकार भी नहीं बढ़ाना चाहती। इस बीमारी ने कितना विवश, कितना निरीह बना दिया है पापा को!

एक महीना पढ़ाकर कुन्ती को लगा कि वह सावित्री को अब न पढ़ा सकेगी। डेढ़ घंटा पढ़ाने के लिए पूरा डेढ़ घंटा और उसे बस में बिगाड़ना पड़ता है। और इस प्रकार स्कूल के बाद पूरे तीन घंटे सावित्री के नाम अर्पण हो जाते हैं। उसके बाद वह इतनी थक जाती है कि किसी पत्रिका की दो पंक्तियाँ भी उससे नहीं पढ़ी जातीं। कल जब वह लेटी थी तो उसने देखा था कि वॉयलिन पर धूल की हल्की-सी परत जम गई है। उसका मन टीस उठा था। उसने धूल पोंछी, पर चाहकर भी बजाने के लिए वह ऊपर न जा सकी थी। बस, एकटक उसे देखती रह गई थी और उसे लग रहा था कि यदि जिन्दगी का यही रवैया रहा तो वह शायद फिर कभी वॉयलिन न बजा सकेगी। इस कल्पना से उसकी आँखें छलछला आई थीं। नहीं-नहीं, जो भी होगा वह सहन कर लेगी, पर कल ही सावित्री की माँ से कह देगी कि वह अब पढ़ा न सकेगी। और सचमुच ही दूसरे दिन कुन्ती ने जाकर सावित्री की माँ से कहा—"देखिए, मैंने अपनी ओर से भरसक प्रयत्न किया, पर लगता है, सावित्री को पढ़ाना मेरे लिए सम्भव न होगा।" सारे रास्ते वह संकल्प-विकल्प करती रही थी, एक महीने के मिले हुए दो सौ रुपयों से घर की आर्थिक स्थिति कितनी सँभल जाएगी, यह भी उसके सामने था; पर फिर भी उसने कह ही दिया।

"यह क्या बहन जी? आपके भरोसे तो हमने नया स्कूल शुरू करवाया। आपके पास पढ़कर इसका मन कुछ-कुछ लगने लगा था...ऐसा तो मत करिए। एक बार बस किसी तरह दसवीं में पहुँचा दीजिए।"

"मैं बेहद थक जाती हूँ। दूर भी तो बहुत आना पड़ता है। फिर पापा बीमार हैं, उनकी देखभाल, दवा-दारू करने के लिए भी तो मैं ही हूँ।" पर कुन्ती को स्वयं लगा कि बात के अन्त तक आते-आते उसके स्वर की दृढ़ता जाती रही है।

"दूर तो है," कलाई में हीरे की चूड़ी नचाती हुई सावित्री की माँ बोली, "पर एक साल तो अब आप निभा ही दीजिए!" फिर कुछ रुकते-रुकते बोली, "न हो, मैं गाड़ी का प्रबन्ध कर दूँगी; और क्या कर सकती हूँ?"

कुन्ती अवाक्-सी उसका चेहरा देख रही थी...दो सौ रुपये और गाड़ी!

"बात यह है बहन जी कि सावित्री की बात एक बहुत बड़े घर में चल रही है। उन लोगों की एक ही जिद है कि लड़की दसवीं हो जाएगी तो शादी करेंगे। आप किसी न किसी तरह दसवीं में पहुँचवा दीजिए, फिर तो सँभाल लेंगे। अब आजकल के लड़कों को भी क्या कहें, और यह सावित्री भी है कि आपके सिवाय किसी से पढ़ने को राजी ही नहीं होती। बस आप आइए, गाड़ी का प्रबन्ध मैं कर दूँगी।"

उस दिन कुन्ती गाड़ी में बैठकर घर लौटी। जैसे ही गाड़ी कोठी के फाटक में घुसी, उसने देखा मकान मालिक के यहाँवाले मास्टर साहब रिक्शे में सामान लदवाए चले आ रहे हैं। अपने को गाड़ी में पाकर उसका मन गर्व और आत्म-सन्तोष से भर गया। उसने ट्यूशन भी की तो आत्मसम्मान के साथ की। बड़ी कोठी को पार करके वह अपने घर के सामने उतरी। पापा ने सुना तो वे भी प्रसन्न हुए।

दूसरे दिन सन्ध्या को जब वह गाड़ी में बैठकर सावित्री के यहाँ जा रही थी तो उसने पहली बार देखा कि वह रास्ता कितना सुन्दर है। ठसाठस भरी हुई बस में धक्के खाते समय शायद अपने को सँभालने की चिन्ता ही अधिक रहती थी और काम से लौटते हुए, सट-सटाकर खड़े प्राणियों के पसीने की दुर्गन्ध से सिर भन्नाता रहता था। उन सबको पार करके रास्ते का सौन्दर्य देख पाना क्या कोई सरल काम था? थोड़े दिनों में तो उसे लगने लगा—काश, वह स्कूल भी गाड़ी में ही जा पाती!

टुन्नी का मन अब लग गया था। मामा ने खबर दी थी कि वह पढ़ाई में अच्छा चल रहा है। पापा की तबीयत कभी ठीक, कभी खराब, यों ही चलती। बोलना उन्होंने एक प्रकार से बन्द ही कर दिया था। उनकी देखभाल के लिए रमा बुआ आ

गई थीं। कुन्ती के लिए वही स्कूल, घर, सावित्री...सारा घर जैसे एक ढर्रे पर चल रहा था। मन जब बहुत ऊबता तो रात में ऊपर जाकर घंटों वॉयलिन बजाती, यही तो उसके नीरस जीवन का एक आधार था।

उस दिन कुन्ती सावित्री को पढ़ाकर घर के लिए काम दे रही थी कि माँ ने एक बच्चे के साथ प्रवेश किया—"बहन जी, यह सावित्री का भानजा है। अब से मेरे पास ही रहेगा। इसे कल ही स्कूल में डाला है। सावित्री के बाद थोड़ी देर इसे भी देख लिया करिए!" कुन्ती को बोलने का अवसर दिए बिना ही वह बोले चली जा रही थी—"बड़ा प्यारा बच्चा है, मीठी-मीठी बातें करके आपका मन मोह लेगा। नमस्ते करो मुन्नू!" और उस बच्चे ने अपने छोटे-छोटे हाथ जोड़ दिए।

कुन्ती न हाँ कह सकी, न ना। अब सावित्री के बाद आधे घंटे के करीब वह बच्चे को भी पढ़ाने लगी। सन्तोष और तसल्ली यही थी कि उसके बाद उसे गाड़ी घर तक छोड़ने आती थी। गाड़ी में बैठकर ठंडी हवा का झोंका उसके बदन को सहलाता और इस अतिरिक्त काम के बोझ को अपने साथ बहा ले जाता।

धीरे-धीरे यह सिलसिला बढ़ता गया। सावित्री के छोटे भाई-बहन में से कोई-न-कोई अब आता ही रहता। कभी किसी को घर का काम पूछना रहता था, तो किसी को टेस्ट की तैयारी करनी रहती थी। माँ बस इसी बात का ध्यान रखती थी कि सावित्री जब तक पढ़े, कोई बच्चा कमरे में न जा पाए। कभी-कभी तो माँ स्वयं उसके पास आकर बैठती, सावित्री की पढ़ाई की बात पूछती, पापा की तबीयत के बारे में पूछती, घर की और बातें पूछती और फिर कुन्ती के धैर्य की, उसके साहस की तारीफ करती हुई चली जाती। शुरू-शुरू में कुन्ती को यह सब बहुत अटपटा लगता था, फिर धीरे-धीरे वह इन सबकी अभ्यस्त हो गई।

रात को जब वह लेटी तो उसे टुन्नी की बड़ी याद आ रही थी। आज स्टाफ रूम में देखे हुए एक सिनेमा पर बड़ी बातें होती रही थीं। टुन्नी के जाने के बाद कितना नीरस हो गया है उसका जीवन! बिस्तर पर लेटे हुए पापा और काम में व्यस्त बुआ जी। उसके बराबर की और लड़कियाँ कितनी मौज करती हैं! घूमना-फिरना, सैर-सपाटे, हँसी-मजाक...उसके जीवन में तो यह सब दूर-दूर तक भी नहीं है।... क्या कभी भी नहीं होगा? क्या उसका सारा जीवन यों ही निकल जाएगा? जितना रुपया वह कमाती है, उसमें कितने ठाट से वह रह सकती है! पर वह तो जानती ही नहीं कि ठाट क्या होता है, मौज क्या होती है। पापा क्या अब कभी अच्छे नहीं

होंगे?...कितने दिन तक वे इस तरह पड़े रहेंगे?...टुन्नी होता तो वह कल ही उसके साथ सिनेमा जाती। कब टुन्नी बड़ा होगा और उसके कन्धों का भार हल्का करेगा? सच, अब तो वह ऊब गई है।

सामने वॉयलिन लटका हुआ था। अब वह बजा नहीं पाती, उसे देखती रहती है। उसे एकटक देखते रहना भी सान्त्वना देता है। कितना कम हो गया है उसका वॉयलिन बजाना! जब-जब समय मिलता है तो उसकी धूल पोंछ देती है। कभी-कभी तो उसका मन करता है कि स्कूल, घर—सब छोड़कर, अपना वॉयलिन लेकर कहीं चली जाए और इतना बजाए, इतना बजाए कि उसका अस्तित्व ही मिट जाए। वह कुन्ती न रहे, बस संगीत की एक स्वर-लहरी बन जाए, उसी में मिल जाए!

दिसम्बर की छुट्टियों में टुन्नी आया। उसके आने से ही जैसे घर चहक उठा। पापा प्रसन्न, कुन्ती प्रसन्न। घर की एकरसता टूट गई। आते ही उसने फरमाइश की कि क्रिकेट का टेस्ट मैच देखेंगे। अभी भी क्रिकेट के लिए उसका पागलपन जैसे-का-तैसा बना हुआ था। पिछले साल सारे दिन क्रिकेट खेल-खेलकर ही तो फेल हुआ था। पर इस बार कुन्ती ने टिकट का प्रबन्ध करने के लिए जमीन-आसमान एक कर डाला। उसकी बड़ी इच्छा थी कि जैसे भी हो, टुन्नी को वह मैच देखने के लिए भेज दे। इसी बहाने वह अपने परिचितों के घर भी हो आई, वरना आजकल तो मिलना-जुलना भी छूट गया था।

पर किसी तरह भी टिकट का प्रबन्ध नहीं हो सका। वह समझ नहीं पा रही थी कि लोगों पर ऐसा पागलपन कैसे सवार हो जाता है इस खेल को लेकर! किसी चीज का नशा भी होता है, यह सब वह जैसे धीरे-धीरे भूलती जा रही थी। उसने टुन्नी को समझा दिया कि कमेंट्री सुनकर ही सन्तोष कर लेना।

सावित्री के यहाँ पढ़ाने गई तो सावित्री ने डरते-डरते कहा, "बहन जी, कल मत आइए, हम मैच देखने जाएँगे।"

"अच्छा, तुम लोगों को टिकट मिल गए? मेरा छोटा भाई भी आया हुआ है इलाहाबाद से, पागल हो रहा है...पर किसी तरह टिकट का इन्तजाम नहीं हो सका।"

"माँ से पूछूँ, शायद एकाध ज्यादा हो।" और सावित्री दौड़ गई।

कुन्ती सोच रही थी, उसे इन लोगों का खयाल क्यों नहीं आया अभी तक? माँ आई, टेलीफोन किया और कहा—"आप उसे तैयार रखिए नौ बजे। बच्चे गाड़ी में उधर से ही उसे लेते जाएँगे।"

कुन्ती प्रसन्न हो गई। टुन्नी सुनेगा तो कितना प्रसन्न होगा! वह जबर्दस्ती इन लोगों से खिंची-खिंची रहती है। कितना अपनापन रखती है बेचारी! पापा के बारे में भी हमेशा पूछती रहती हैं, कहती रहती हैं कि किसी भी तरह की जरूरत हो तो कहिएगा। वह व्यवहार में क्यों जरूरत से ज्यादा रूखी है?

टुन्नी इलाहाबाद लौट गया। उसी सप्ताह दो बार पापा की तबीयत खराब हुई। कई दवाइयाँ बदलीं, विशेषज्ञ को भी बुलाना पड़ा और न चाहकर भी कुन्ती को फिर से बैंक से पाँच सौ रुपये निकालने पड़े। आखिर वह क्या करे!...अब बचे ही कितने हैं, वे भी समाप्त हो जाएँगे, तब? कुन्ती को कुछ नहीं सूझता कि तब वह क्या करेगी?

सावित्री के छमाही इम्तिहान का रिजल्ट निकलनेवाला है। वह पहले से कुछ सुधरी तो है पर नवीं में वह पास नहीं हो सकती, यह कुन्ती जानती है। उसने तो पहले भी कहा था, पर माँ को एक ही जिद है कि जैसे भी हो, उसे दसवीं में भेजना है। अब वह भी क्या करे! वह पूरा परिश्रम करती है, जी-जान लगाकर पढ़ाती है। परीक्षा-फल अच्छा नहीं निकला तो माँ क्या कहेगी?

वह पहुँची तो पहले माँ से ही मुलाकात हुई—"लीजिए, आपकी ही बात कर रही थी। इस बार मेरा एक़ काम आपको करना होगा।"

कुन्ती की जिज्ञासु आँखें माँ के चेहरे पर टिक गईं। मेज की दराज में से एक थैला निकालकर वह बोली, "उस दिन आपका भाई जैसा स्वेटर पहने था, वैसा एक मेरे लिए भी बना दीजिए। मैं तो यह काम जानती नहीं। उसका स्वेटर मुझे बहुत ही पसन्द आया।" बाहर से किसी के बुलाने पर माँ थैला मेज पर छोड़कर चली गई और फिर लौटकर आई ही नहीं।

कुन्ती लौटी तो उसके हाथ में ऊन का थैला था। घर आते ही बुआ ने बताया—"डॉक्टर साहब आए थे, एक नुस्खा दे गए हैं।" उसने बिना देखे ही नुस्खा पर्स में पटक दिया। पापा के पास पहुँची तो वे आँखें बन्द किए सो रहे थे। एक क्षण वह उनके मुरझाए जर्द चेहरे को देखती रही, फिर भारी मन से लौट आई। उस रात

खाना भी नहीं खाया। चुपचाप पड़ी-पड़ी वॉयलिन को ही देखती रही। फिर आँखें मूँदीं, तो कोरों से आँसू ढुलक पड़े।

आखिर जिस बात का डर था, वही हुआ। सावित्री छमाही इम्तिहान में फेल हो गई। कुन्ती पहुँची तो देखा, सावित्री रो रही थी और माँ का पारा चढ़ा हुआ था। कुन्ती को देखते ही बोली—"यह देखिए, यह निकला रिजल्ट! आप तो कहती थीं कि अब सुधर रही है, निकल जाएगी। सभी में तो फेल है! नहीं बहन जी, अब तो यह पढ़ाई छुड़ानी ही पड़ेगी...पढ़ना-लिखना इसके बस का नहीं। फिर वह सगाई की बात भी खत्म हुई, अब कौन पानी की तरह रुपया बहाए!"

"देखूँ," कुन्ती ने रिपोर्ट हाथ में लेते हुए कहा, "पेपर्स इतने खराब तो नहीं किए थे कि सभी में फेल हो जाती।" पर उसे रिपोर्ट में लाल धब्बों के सिवाय कुछ भी दिखाई नहीं दे रहा था। सावित्री की रिपोर्ट के लाल धब्बे, पापा के कफ में खून के लाल धब्बे...सब जगह बस लाल...लाल...

"मैं तो अभी भी कहती हूँ कि आप एक बार इसके स्कूल जाइए, इसकी टीचरों से मिलिए। स्कूल जाने से बात ही दूसरी हो जाती है। कुछ उम्मीद हो तो पढ़ाई जारी रखें, नहीं तो किस्सा खत्म करें।"

और कुन्ती सोच रही थी, उसके घर आकर उसकी खुशामद करनेवाली माँ और यह माँ क्या एक ही हैं?

"मैं स्कूल जाकर पता लगाऊँगी, बात करूँगी। वार्षिक परीक्षा में तो इसे पास करवाना ही है।"

"अब आप जिम्मा लें, तभी पढ़ाऊँगी! जैसे भी हो, पास करवा दीजिए!"

कुन्ती जानती है कि ऐसा जिम्मा कोई नहीं ले सकता, और ले तो निभा नहीं सकता। फिर भी उसने कहा कि वह पूरी कोशिश करेगी।

और सचमुच कुन्ती सावित्री के स्कूल गई। सौभाग्य से वहाँ की अध्यापिकाओं में एक पुरानी परिचिता मिल गई। पर वहाँ वह पूछताछ के अतिरिक्त कर ही क्या सकती थी?

वह सावित्री को और ज्यादा मेहनत से और अधिक समय देकर पढ़ाने

लगी।...अभी सावित्री का पढ़ना बन्द हो जाए तो? इस 'तो' के बारे में तो वह सोच ही नहीं सकती!

गर्मियाँ आईं तो कुन्ती के नीरस, बोझिल, उदास दिन और भी लम्बे हो गए। अब उसे न पापा की बीमारी की चिन्ता थी, न स्कूल के काम में कोई दिलचस्पी थी, और न सावित्री को पढ़ाने में, फिर भी वह मशीन की तरह सब करती थी। अब सावित्री की माँ की कोई भी बात उसे बुरी नहीं लगती। लौटते समय कभी कोई बच्चा साथ हो जाता और माँ आजकल के जिद्दी बच्चों को कोसती हुई कह देती—"बहन जी, जरा दो मिनट को उतरकर इसे जूता दिलवा दीजिएगा। ये ड्राइवर लोग तो ठगा लाते हैं।...बच्चे भी क्या हैं, बात मुँह से पीछे निकलती है, चीज पहले चाहिए!"

कुन्ती दिलवा देती।

अब टुन्नी आ जाएगा। वह बेसब्री से टुन्नी की प्रतीक्षा कर रही थी। उसके आने से स्थिति में किसी तरह का भी अन्तर पड़नेवाला नहीं था, फिर भी वह उसकी प्रतीक्षा कर रही थी। कितनी ही बार उसने पड़े-पड़े सोचा कि टुन्नी के आते ही वह कहेगी—'टुन्नी ले, अब तू सँभाल। मैं नहीं जानती, तू छोटा है या बड़ा...जो तेरी समझ में आए कर। पापा का ठेका मैंने अकेले तो नहीं लिया। जब तक मुझमें दम रहा, मैंने सँभाला...अब एक दिन भी मुझसे नहीं सँभलता...' और जब-जब उसने ऐसा सोचा, वह घंटों रोई। पापा से वह क्यों ऊब गई थी?...क्यों जाने-अनजाने मानने लगी थी कि या तो पापा अच्छे हो जाएँ या फिर...

सावित्री को पास कराने के लिए उसने रात में देर-देर तक जागकर प्रश्नों के उत्तर लिखे और रटवाए। इम्तिहान के दिनों में वह सवेरे-शाम, दोनों समय पढ़ाने गई। इतना सब करने पर भी पता नहीं वह पास होगी या नहीं?

अचानक एक दिन पापा को जोर की कै हुई और सारा फर्श खून से भर गया। कुन्ती सकते में आ गई। बुआजी ने रो-रोकर घर भर दिया। डॉक्टर, दवाई, इंजेक्शन, भाग-दौड़...पागलों की तरह कुन्ती ने सब किया। वह खुद नहीं जानती, उसमें इतनी शक्ति कहाँ से आ गई।

विशेषज्ञ के कहने पर पापा अस्पताल में भरती करवा दिए गए। कुन्ती

अस्पताल से लौटी तो बुआ ने सारा घर धो रखा था। घर में पैर रखते ही उसे एक विचित्र-सी अनुभूति हुई। लगा, जैसे वह उन्हें कुछ दिनों के लिए अस्पताल में नहीं छोड़कर आई है, वरन हमेशा-हमेशा के लिए कहीं छोड़कर आई है, जैसे वे अब कभी नहीं लौटेंगे...वह सिहर गई।

टुन्नी को तार देकर बुला ले? नहीं...दो दिन बाद उसकी परीक्षा समाप्त होगी, तभी बुलाएगी। कहीं बीच में ही आ गया तो यह साल फिर खराब हो जाएगा। एक साल तो पहले ही खराब हो चुका है।

दो दिन बाद ही कुन्ती को सावित्री की माँ से जाकर पाँच सौ रुपये माँगने पड़े। माँ ने रुपये दे दिए। उसने जल्दी से उन्हें लौटाने का आश्वासन दिया। इम्तिहान हो चुके थे, सो, पढ़ाने का काम इतना नहीं था, यों ही इधर-उधर का कुछ करवाकर कुन्ती लौटी, तो माँ ने कहा, "बहन जी, अब तो सावित्री का रिजल्ट निकलनेवाला है। आप एक बार जरा स्कूल में देख आइए न! ऊँच-नीच हो तो अभी कुछ करवा डालिए, रिजल्ट निकलने के बाद बड़ी मुश्किल हो जाती है। अभी जाना चाहें तो गाड़ी नीचे खड़ी है।"

"जी, इस समय तो अस्पताल जाना है। फिर मैं सोचती हूँ, इस बार वह वैसे ही पास हो जाएगी।"

"कोई भरोसा नहीं बहन जी, कल आप स्कूल के समय आकर चली जाइए। यह सब करवाने का जिम्मा अब तो आपका ही है। कुछ लेने-देने की बात भी हो तो कोई चिन्ता नहीं। उस स्कूल में सब चलता है। बस, जरा बात करने का ढंग चाहिए।"

"जी, कल जाकर देखूँगी। मैं तो सोचती हूँ कि वह यों ही पास हो जाएगी।"

"सोचिए-साचिए मत, आप चली ही जाइए!" उतरते-उतरते कुन्ती ने सुना।

रात में सोई तो सोच रही थी कि ये पाँच सौ रुपये कैसे चुकाएगी? मामा को लिख दे कि गाँव का मकान बेच दें?...मामा को एक बार कम-से-कम आकर देखना तो चाहिए था।...आज कितना असहाय वह अपने को महसूस कर रही थी। इतनी बड़ी दुनिया में क्या कोई भी ऐसा नहीं है जो उसकी पीठ पर आश्वासन-भरा हाथ रखकर दो शब्द सान्त्वना के ही कह दे? रोते-रोते उसकी हिचकियाँ बँध गईं।

अचानक ही उसके मुँह से निकला—"हे भगवान! अब तो तू पापा को उठा ले! मुझसे बर्दाश्त नहीं होता! मैं टूट चुकी हूँ।" और फिर उसने दोनों हाथ कसकर मुँह पर रख लिए, मानो मुँह से निकली हुई इस बात को वापस धकेल देना चाहती हो।

सामने वॉयलिन लटका था, उसपर धूल की मोटी-सी परत जम गई थी। वॉयलिन बजाना तो उसका कभी का छूट चुका था, जब-तब उसकी धूल पोंछ दिया करती थी, सो वह भी छूट गया। कितने दिनों से उसने धूल नहीं पोंछी। आज भी उससे नहीं उठा जा रहा है। क्या होगा केवल धूल पोंछकर? अब क्या वह कभी वॉयलिन बजा पाएगी?

टेलीफोन करके, इधर-उधर से कोशिश करके सावित्री की माँ ने पता लगा लिया कि सावित्री दो विषयों में फेल है। एक विषय में फेल होती तो उसे चढ़ा दिया जाता, पर अब उसे नहीं चढ़ाया जाएगा। एक विषय में जैसे भी हो उसे पास करवाना ही है। कुन्ती जब पहुँची तो माँ ने उसे बैठने भी नहीं दिया—"बहन जी, यह मैंने पता लगा लिया, वरना सावित्री तो फेल हो ही जाती। आपने तो कह दिया, पास हो जाएगी। अब आप तुरन्त ही गाड़ी लेकर जाइए, अपनी पहचानवाली बहन जी से, बड़ी बहन जी से बात करिए, इधर-उधर कोशिश करके पास करवाकर आइए; नहीं तो हमारे इतने रुपयों पर पानी फिर जाएगा, साल खराब हुआ सो अलग।"

"किन दो विषयों में फेल हो गई?"

"वहाँ जाकर पता लगाइए। फेल हुई है, यह तय बात है। आपने जिम्मा लिया था, अब तो पूरा करना ही पड़ेगा। आखिर..."

कुन्ती से कोशिश करके भी कुछ नहीं बोला गया।

"गाड़ी नीचे ही खड़ी है। देर करने से अब काम नहीं चलेगा। दो दिन बाद तो रिजल्ट ही निकल जाएगा। फिर कितनी मुश्किल होगी कुछ करवाने में! और हाँ, न हो तो कुछ रुपये लेकर जाइए, ढंग से बात करने से सब कुछ हो जाता है इस स्कूल में...हमने नवीं में भरती करवा ही दिया था, आप अब चढ़वा दीजिए!"

कुन्ती बिना बोले चुपचाप नीचे उतर गई। सबसे पहले वह अपनी परिचिता के पास गई। पर वह समझ ही नहीं पा रही थी, वह क्या कहे, कैसे कहे? उसकी मित्र काम करते हुए भी इधर-उधर की बातें कर रही थी—"तुम बहुत दुबली दिखाई दे रही हो...पापा कैसे हैं..." आदि-आदि।

कुन्ती स्वयं नहीं जानती, उसने क्या कहा, कैसे कहा। बस, इतना ही उसे याद है कि वह एक अध्यापिका से मिली थी, प्रधानाध्यापिका से भी मिली थी। उनसे मिलने के लिए काफी देर तक उसे बाहर प्रतीक्षा करनी पड़ी थी। वह बैठी भी रही थी। उसे याद नहीं कि उसे उनसे कुछ आश्वासन भी मिला था या नहीं। उसे यह भी पता नहीं था कि लौटकर माँ से वह क्या कहेगी।

नीचे उतरी तो प्यास से उसका गला बुरी तरह सूख रहा था। मई की गर्मी भी कितनी भयंकर होती है! उसने चपरासी से पानी माँगा। उधर से एक भारी-भरकम महिला हँसती हुई पेपर्स का बंडल लिये गुजरी। कुन्ती को लगा, यह महिला मिसेज नाथ से कितनी मिलती-जुलती है!

चपरासी ने पानी लाकर दिया तो एक ही साँस में वह सारा गिलास खाली कर गई। पता नहीं, जल्दी पीने के कारण या क्यों...उसे बड़े जोर की खाँसी आई। वह खाँसती ही चली गई...खों-खों-खों...यहाँ तक कि उसका मुँह लाल हो गया और आँखों से पानी निकलने लगा। एक हाथ से छाती दबाए और दूसरे से रूमाल मुँह पर रखे वह गाड़ी की ओर बढ़ी। खाँसी बन्द हुई, पर फिर भी उसके कानों में जैसे वही आवाज गूँजती रही...खों-खों-खों...

एकाएक कुन्ती को लगा कि उसकी यह खाँसी, यह खोखली-खोखली आवाज, पापा की खाँसी से कितनी मिलती-जुलती है...हूबहू वैसी ही तो है!... सहमकर उसने गाड़ी के शीशे में देखा, कहीं उसके चेहरे पर भी वैसी ही मुर्दनी तो नहीं जो उसके पापा के चेहरे पर है...?

कील और कसक

जैसे ही कैलाश ने आकर बताया कि नया मकान मिल गया है, रानी के मन को जैसे ठेस लगी। उसने कहा, "तुम तो बस, किसी बात के पीछे ही पड़ जाते हो। अब दूर मकान लेकर कितनी परेशानी उठानी पड़ेगी, यह भी सोचा है? रात-दिन तुम्हें प्रेस में रहना पड़ता है, यहाँ थे तो जब चाहा ऊपर चढ़ आए, और मुझे भी तसल्ली रहती थी कि नीचे ही हो। दूर मकान लेकर यह काम कैसे निभेगा।"

"तुम्हीं ने तो अभी चार दिन पहले रो-रोकर घर भर दिया था कि तुम अब एक घड़ी भी इस मकान में नहीं रहोगी। मेरा क्या है, जैसे भी होगा निभा लूँगा!"

"गुस्से में कह ही दिया तो उसका क्या? मुझे नहीं बदलना मकान। साल-भर यहाँ रहते-रहते सबसे जान-पहिचान हो गई, अब कहाँ नई जगह जाकर रहूँगी।"

"जान-पहिचान! सारे दिन तो लड़ती रहती हो, न लाज न हया। मेरी तो नाक कटवाकर रख दी तुमने, अब तो तुम लाख कहो, मैं एक दिन भी तुम्हें इस घर में नहीं रहने दूँगा।"

रानी रो पड़ी—"मैं तुम्हारे हाथ जोड़ती हूँ, मुझे यहीं रहने दो। अब मुँह भी खोलूँ तो तुम्हारे सिर की कसम।"

"मैं कह रहा हूँ, उठकर सामान बाँधना शुरू करो। कल जैसे भी हो, हमें नए मकान में चले जाना है।" और कैलाश धड़धड़ाता हुआ नीचे चला गया।

रानी का मन जाने कैसे अवसाद में डूब गया। वह पंखी लेकर चारपाई पर लेट गई। चाहकर भी सामान नहीं बाँधा गया। सामने शेखर का कमरा था। वह उसी ओर

देखती रही। परसों जो कुछ कांड हो गया, उसका परिणाम इतना भयंकर निकलेगा, यह जानती तो अपने मन को काबू में कर लेती। शेखर लाख बुरा हो फिर भी...। और उसकी आँखें भीग गईं। आँसू-भरी आँखों के आगे न जाने कितने धुँधले चित्र उभरने लगे।

साल-भर पहले जब वह ब्याहकर इस घर में पहुँची थी तो अरमानों की आँधियाँ उसके मन में मचल रही थीं। चढ़ती जवानी और चाँद को शरमानेवाले रूप ने सुहागरात की कल्पना को और अधिक चटकीला रूप दे दिया था। औरतों के बीच वह घिरी बैठी थी, पर मन उसका इस सारे कोलाहल को पार कर, दोपहर की उबा देनेवाली इन नीरस लम्बी घड़ियों को पीछे छोड़, रात के उस मदिर पहर की ओर दौड़-दौड़कर जाता था, जब कोई बड़े दुलार से उसका घूँघट हटाकर, अपने रोम-रोम को आँख बनाकर उसके रूप को निहारेगा और प्रशंसा के पुल बाँधकर दो अपरिचित हृदयों की दूरी के अस्तित्व को ही मिटा देगा। यह कल्पना यहाँ बैठे-बैठे भी उसके गालों को सुर्ख बना देती और एक मादक-सी सिहरन उसके सारे शरीर में दौड़ जाती। उसको लगता उसका अंग-अंग जैसे बेकाबू हुआ जा रहा है। अपने पति की सूरत के सौ-सौ काल्पनिक नक्शे उसकी आँखों के आगे दौड़ जाते—कैसे होंगे वे? और प्रश्न के साथ ही वह कल्पना में डूबने-उतराने लगती। जब बारात चढ़ी तो बड़ा मन हुआ था उसका कि सहेलियों के साथ वह भी छज्जे पर चढ़कर अपने प्रियतम की एक झलक तो देख ले, पर दादी-बुआ के बीच घिरी, वह वहाँ से हिल भी न सकी। उसकी उत्सुक आँखें लौटकर आई हुई सहेलियों पर टिक गईं। पर वह इतना कुछ न जान पाई, जिसका सहारा लेकर मन के कुतूहल को मिटा पाती। हाँ, इतना उसने अवश्य सुना कि पति उसके काले हैं। दादी कह रही थी—"अरे, मर्दों का क्या रूप देखना! और फिर रंग का क्या—काला या गोरा! रानी खाने-पीने की सार रखेगी तो रंग भी निखर आएगा। कमाबै तो तीन सौ है। भाग जाग गए रानी के—बस रानी बनकर ही रहेगी। फिर परिवार का टंटा नहीं...सास है तो गाँव में, बस दोनों मौज करेंगे।" और रानी बनकर मौज करने की इस कल्पना पर ही तो रह-रहकर उसका मन थिरक रहा था।

धीरे-धीरे रस्म-रिवाज, देखना-दिखाना, खाना-पीना, निन्दा-आलोचना का दौर समाप्त हुआ और घड़ी ने दस बजा दिए। अपने कमरे में सजी-सँवरी रानी के मन

का बिखरा-बिखरा उल्लास प्रतीक्षा में बदल गया। हल्की-से-हल्की आहट पर भी उसका मन गुदगुदा उठता और नेत्र घूँघट के झीने आवरण को चीरकर कुछ खोजने लगते। करीब ग्यारह बजे सास आई—"अरे, अभी तक नहीं आया कैलाश! हद्द करे है ये भी। आज के दिन तो परेस का काम छोड़ दिया होता। बिचित्तर आदमी है, बड़ा ही साधू। अपने सुख-आराम की तो इसे रत्ती-भर भी परवाह नहीं। लाओ, मैं ही बुला लाऊँ।" और वे धीरे-धीरे जीना उतरने लगीं। इस विचित्र आदमी के साधुत्व ने रानी के आक्रोश को इस हद तक बढ़ा दिया था कि उसकी इच्छा हो रही थी कि वह रो ले, पर तभी किसी ने कमरे में प्रवेश किया। रानी की पलकें झपक गईं, इस आशा से कि जल्दी ही कोई हौले से आकर उसका घूँघट हटा देगा और फिर वह अपने लाज-भरे चेहरे को छिपाने के लिए बेसुध-सी किसी के सीने का आश्रय ले लेगी। पर तभी एक रूखी कर्कश-सी ध्वनि ने उसकी कल्पना के आवरण को बुरी तरह चीर डाला—"इतनी देर जागने की कोई जरूरत नहीं थी, तुम्हें सो जाना चाहिए था। मेरा तो काम ही ऐसा है। आज भी माँ जबर्दस्ती बुला लाईं, अब सवेरे तक सारा काम खतम न हुआ तो मुसीबत हो जाएगी।" और वह रानी के अस्तित्व को भूलकर सो गया। रानी को लगा, वह अपने पास सोये इस आदमी का मुँह नोच ले, अपने बाल नोच ले, फूट-फूटकर रो पड़े और आँसुओं से सारे घर को और नीचे ही निरन्तर धड़धड़ करनेवाले इस प्रेस को डुबो दे। पर ऐसा कुछ भी नहीं हुआ और खामोशी से आँसू बहाते और सर्द आहें भरते-भरते रानी सो गई।

दूसरे दिन ही घर अपनी असली स्थिति में आ गया। बड़ा कमरा—जो उस घर का सबसे शानदार कमरा था—पड़ोसियों को लौटा दिया गया। विवाह के लिए वह माँग लिया गया था। दो नौकर और एक महाराज जो कल दौड़-दौड़कर काम कर रहे थे, अपना-अपना हिसाब लेकर चलते बने। रह गए घर में तीन प्राणी, एक कमरा, एक छोटी-सी कोठरी और एक छोटी-सी रसोई। घर के नीचे प्रेस था, और ऊपर के तल्ले में मकान मालिक रहते थे। बीच के तल्ले में तीन किरायेदार रहते थे। सारा वातावरण काफी घुटा-घुटा था और प्रेस की लगातार धड़धड़ की आवाज एक अच्छे-भले आदमी के सिर में दर्द पैदा करने के लिए पर्याप्त थी। सास खाना बनाने बैठी तो मजबूरन उस धुएँ से घुटी रसोई में रानी को भी जाना पड़ा, एक बार के आग्रह से ही सास चूल्हा छोड़कर दरवाजे पर बैठकर बहू को घर के रंग-ढंग से परिचित कराने लगीं, सारा काम-काज समझाने लगीं। उस अँधेरे चौके में देखने

की सुविधा के विचार से रानी ने घूँघट कम कर दिया था। सास ने सबसे पहले उसी को लेकर आदेश दिया—

"सिर का पल्ला जरा नीचे रखा करो बहू! पचास तरह के लोग यहाँ आवै-जावै हैं। फिर कैलाश को बेशर्मी पसन्द भी नहीं।"

"अब तुमसे घर का क्या छिपाना—कैलाश पर बारह हजार का कर्जा है। जाने कैसी मनहूस घड़ी यह कुकर्म हुए उससे। अब तो बेचारा रात-दिन एक करके पैसा कमा रहा है। न खाने की सुध, न पीने की। किसी तरह शादी करने को राजी नहीं होवै था, कौन एक प्राणी का खर्च बढ़ाए, पर मैंने ही जोर-जबर्दस्ती करके शादी करवा दी। आखिर कोई खाने-पीने का खयाल रखनेवाला भी तो हो। मैं तो..."

"खाना बन गया, अम्माजी?" अम्मा की बात का स्रोत टूट गया। एक अपरिचित को सामने देखकर रानी ने घूँघट और खींच लिया।

"हाँ-हाँ बन गया, आओ बेटा, बैठो। अब मैं तो दो-तीन दिन में गाँव चली जाऊँगी, तुम और तुम्हारी ये भाभी मिलकर कैलाश का खयाल रखना बेटा! बड़ा बिचित्तर आदमी है। बहू, एक थाली तो लगा दो। ये सामनेवाले कमरे में रहै है, और यहीं खावै है।"

रानी ने घूँघट में ही झाँककर देखा, एक सुन्दर आकृति उसी की ओर देख रही है। वह अन्दर ही अन्दर सकुचा गई। उसे लगा, सामनेवाले पुरुष की आँखें जैसे उस घूँघट को चीरकर उसके चेहरे को निरख रही हैं। उसने थाली लगाकर सरका दी।

"अम्मा, भाभी से कह दो मुझसे पर्दा न करें। तुम भी नहीं रहोगी और ये यों लाज की छुई-मुई बनी रहेंगी तो मुझसे खाते नहीं बनेगा। तुमने बेटा माना तो ये क्या देवर न मानेंगी?" रानी को लगा, कोई है—जो उसका चेहरा देखने को व्याकुल है, और एक अव्यक्त-सी इच्छा उसकी रग-रग में समा गई कि वह घूँघट उलटकर अपना चाँद-सा मुखड़ा उसके सामने कर दे। पर वह वैसे ही रोटी बेलती रही।

"वाह! खाना तो भाभी बहुत बढ़िया बनाती हैं। अरसे से ऐसा स्वादिष्ट खाना नहीं खाया अम्मा!"

रानी का प्रशंसा का भूखा मन पुलक उठा, हाथों की गति बढ़ गई और एक बार उसने संकोच से सामने बैठे व्यक्ति पर उड़ती-सी नजर डाली। भरा-पूरा स्वस्थ

सुन्दर चेहरा और तभी उसके सामने मुहाँसों और चेचक के दाग से भरा एक काला-सा चेहरा उभर आया। उसके हाथ फिर शिथिल पड़ गए।

खाना खाकर वह चला गया।

अम्मा बोली, "25 रुपया महीना देवै है और दोनों समय खाना खावै है। अकेला जीव है, बड़ा भला। इसे ठीक से खिला दिया करो। कैलाश तो बस अपने ही काम में रहे है सो यह कभी-कदाच काम भी कर दिया करेगा!"

दो दिन बाद अम्मा चली गईं। रानी के लिए जिन्दगी पहाड़ हो गई। वह अपने कमरे के दरवाजे पर पड़ी चिक पर खड़ी होकर देखा करती। ठीक सामने शेखर का कमरा था, ढेर किताबें, सब अस्त-व्यस्त। शेखर को देखकर उसका मन कैसा-कैसा होने लगता। खाना खाने जब वह आता तो बड़ा आग्रह करता घूँघट खोलने का, बड़ी प्रशंसा करता उसके खाने की। धीरे-धीरे कब रानी का घूँघट खुल गया और खाने की प्रशंसा, रूप की प्रशंसा में बदलकर उसके अतृप्त मन को तृप्त करने लगी, वह स्वयं नहीं जान पाई। कैलाश के स्वभाव की रुखाई को वह शेखर की सरसता के सहारे ही बर्दाश्त करने लगी। सवेरे-शाम शेखर बाहर रहता और सारे दिन घर। धीरे-धीरे वह अपने कमरे की अपेक्षा, रानी के कमरे में रहने लगा। वह उसको अपनी कविताएँ सुनाता, कहानियाँ सुनाता। रानी चाहे कुछ समझती या नहीं, पर शेखर की हर बात में बड़ा रस लेती।

उस दिन सवेरे बड़ा शोर मच गया। अचानक नल बन्द हो गए। सब लोग नीचे के नल पर पानी लेने को दौड़ पड़े क्योंकि नीचे पानी दस बजे तक ही आता था। रानी भी बाल्टी लेकर पानी भरने पहुँची। भरी बाल्टी लिए वह ऊपर चढ़ आई, पर जाने कैसे साड़ी पैर में उलझ गई और वह गिर पड़ी। बाल्टी से उसकी अँगुली कट गई, खून बहने लगा। कैलाश प्रेस जाने के लिये नीचे उतर रहा था। एक तो उसे यों ही देर हो गई थी, दूसरे रानी का इस प्रकार सबके बीच गिर पड़ना देखकर उसे क्रोध आ गया। झल्ला पड़ा वह—"देखकर क्यों नहीं चलती हो। अब जाकर कपड़े बदलो, गीले कपड़े पहिने यहाँ सबके सामने क्यों बैठी हो?" और वह धड़धड़ाता हुआ उतर गया। उसके जाते ही शेखर आया। हाथ पकड़कर उठाया। खून देखते ही बोला, "अरे यह क्या? तुमने तो अँगुली काट ली।" और झट जेब से रूमाल निकाल उसने बड़े दुलार से उसके हाथ में बाँध दिया। प्रेम से बाँधी गई उस गाँठ में अनायास ही रानी का हृदय भी बँध गया।

चौबीसों घंटे प्रेस की मशीनों के बीच काम करते-करते कैलाश स्वयं एक मशीन बन गया था, भावनाहीन, रसहीन। उसे न रानी में दिलचस्पी थी, न घर में। कर्ज का भूत कोड़े लगा-लगाकर उससे काम करवाता था। शहर में प्रदर्शनी हो रही थी, रानी ने कितनी ही बार कैलाश से कहा, "एक दिन मुझे प्रदर्शनी ही दिखा लाओ। देखो ना, पड़ोस की सारी औरतें देख आईं।"

"तुम भी किसी के साथ चली जातीं! मुझे तो समय नहीं है सैर-सपाटों के लिए।"

"वे कोई अकेली जाती हैं, जो चली जाती! सब अपने-अपने मर्दों के साथ जाती हैं।" फिर कुछ रुककर बोली, "तुम कहो तो शेखर के साथ चली जाऊँ?"

"दूसरी औरतों के मर्दों के साथ जाते तो तुम्हें अजीब लगता है और शेखर के साथ अकेले जाते शर्म नहीं लगती?" स्वर में कुछ तीखापन और आँखों में कुछ सन्देह का भाव था, जिसने रानी के हृदय को मथ डाला।

कैलाश के जाते ही वह फूट-फूटकर रोने लगी। विवाह से लेकर आज तक वह अनेक प्रकार से अपने मन को समझाती आई है, पर आज उसका मन बुद्धि और तर्कों के जाल को तोड़कर पूरी शक्ति के साथ विद्रोह कर उठा। तभी उसने बालों पर किसी के स्नेहिल स्पर्श का अनुभव किया—"क्या बात हुई भाभी, रो क्यों रही हो?"

पर रानी कुछ बता नहीं सकी, बस फूट-फूटकर रोती रही। अपने अपमान, अपनी उपेक्षा की बात किस मुँह से वह कहती। शेखर ने अपनी जेब से अखबार में लिपटा हुआ कुछ निकाला और बोला, "कल रात प्रदर्शनी देखने गया था—तुम्हारे लिए वहाँ से ये चूड़ियाँ और बिन्दियाँ खरीद लाया हूँ।" पर रानी थी कि रोती रही, आँसू जैसे थम ही नहीं रहे थे।

गर्मी बढ़ चली थी। चूल्हे के पास बैठने से रानी के दोनों गाल सुर्ख लाल हो गए थे। वह कमरे में बैठकर पंखी लेकर पसीना सुखा रही थी कि तभी शेखर आया और उसके गालों की सुर्खी देखकर वह एकटक उधर ही देखता रह गया। दिलोजान से इस दृष्टि का स्वागत करते हुए भी रानी ने कहा, "यों क्या घूर रहे हो मुझे?"

शेखर मुस्करा दिया—"जाने क्यों तुम्हारे गालों को देखकर मुझे गुलाब के उन फूलों की याद आ गई जो रोज सवेरे बगीचे में देखता हूँ। जब उन गुलाबों को देखता हूँ, तब भी मुझे अकसर तुम्हारे गालों की याद आ जाया करती है।"

"चलो, बड़े बेहूदे हो तुम। भले आदमी ऐसी बातें नहीं करते, समझे! लो, अब खाना खा लो।" और रानी फिर चूल्हे के पास बैठकर रोटी सेंकने लगी।

"भाभी, तुम मेरे लिए रोटी बनाकर रख दिया करो। मेरे खाने का कोई समय ठीक नहीं, नाहक तुम चौका लिए बैठी रहती हो।"

"कौन मेरे पास बड़ा काम है! यों ही तुम तीन रोटी खाते हो, ठंडी होगी तो शायद एक खाकर ही उठ जाया करोगे।"

दोपहर को जब रानी अपनी पड़ोसिनों के पास बैठती तो उस बिल्डिंग के लोगों की टीका-टिप्पणी ही उनका विषय होता। उस समय शेखर की प्रशंसा के पुल बाँधते-बाँधते रानी अकसर उस सीमा तक पहुँच जाती थी, जहाँ पहुँचकर वह स्त्रियों के सन्देह का कारण बन जाया करती थी। कैलाश को तो कुछ भी खबर नहीं रहती कि ऊपर क्या होता है, पर छोटी से छोटी बात में भी किसी बड़े रहस्य का उद्घाटन कर डालने को आतुर रहनेवाला स्त्रियों का मन, रानी और शेखर की घनिष्ठता से उदासीन न रह सका। पर बात अभी कानाफूसी तक ही सीमित थी, आम आलोचना का विषय नहीं बन पाई थी। तभी शेखर ने एक दिन आकर बताया—"मेरी जीजी आ रही हैं। जब तक वे रहेंगी तब तक तो मैं तुम्हें खाना बनाने के कष्ट से मुक्ति दे दूँगा।"

"अरे, अपनों को खिलाने में भी कोई कष्ट होता है? जीजी बेचारी थोड़े से दिनों के लिए आ रही होंगी और तुम उनसे रोटी सिंकवाओगे? जीजी भी यहीं खा लेंगी।"

पर शेखर ने बात मानी नहीं, कैलाश इस अतिरिक्त खर्चे को बर्दाश्त न करता और जीजी किसी के घर खाना पसन्द नहीं करती। जीजी आईं तो शेखर ने बड़ी तारीफ करके, अपनापन दिखाकर रानी का परिचय करवाया। रानी ने बड़े प्रेम और आदर से उनके पैर छुए, स्वागत किया। दोपहर को दोनों बातें करने बैठीं तो जीजी बोलीं, "इस बार तो मैंने ऐसी लड़की ढूँढ़ी है कि शेखर को हाँ करनी ही होगी। बड़ा परेशान कर डाला हमें तो इस शेखर ने। सत्तर गुण तो एक लड़की में मिलने से रहे, फिर आदमी अपनी औकात भी देखे। पढ़ी-लिखी होगी तो वह तुम्हारे घर क्यों आएगी भला! वह भी किसी अफसर-ओहदेवाले को ढूँढ़गी। और रूप की बात कहो तो ऐसी है कि चाँद भी लजा जाए।"

"तो इन्होंने पसन्द कर ली लड़की?" रानी के स्वर का उत्साह कुछ उतार पर आ गया था।

"अभी देखी ही कहाँ है? वह तो बस एक ही रट लगाए है कि मुझे शादी करनी ही नहीं। पर तुम्हीं बताओ, बिना ब्याह और औरत के भी कोई जिन्दगी है मरी?"

"सच पूछो तो जीजी, क्या रखा है ब्याह में भी? एक बन्धन ही तो है, जी का जंजाल। बिना ब्याह के तो कैसी मस्ती रहती है, नहीं तो पचास झंझट।"

"तुम भी कैसी बातें करो बहू! खुला बैल सत्तर जगह मुँह मारे है। आदमी अपने खूँटे से बँध जाए तो चित्त भी ठिकाने रहे।"

और शेखर के लिए मनोनीत पत्नी के रूप की, गुणों की प्रशंसा करते-करते जीजी ने सारी दोपहर ही ढाल दी। इधर दिन का प्रकाश साँझ के धुँधलके में डूबता जा रहा था, उधर एक अव्यक्त-से विषाद से रानी का मन भारी होता जा रहा था।

दूसरे दिन शेखर अपनी जीजी के साथ लड़की देखने चला गया। तीन दिन बाद लौटा तो जीजी ने आनन्द से गद्‌गद होकर शेखर की स्वीकृति का समाचार सब लोगों को सुना दिया। साथ ही यह भी बताया कि अब तो वे आते महीने में ब्याह करके ही लौटेंगी। शेखर जब रानी के सामने पड़ा तो रानी ने कहा, "अब तो मुँह मीठा कराओ।"

"क्या बताएँ भाभी, हम तो बस बुरी तरह घायल हो गए। लगता है, ईश्वर ने बड़ी फुर्सत से गढ़ा है उसे। यों बिलकुल देहातन है, पढ़ी-लिखी भी बिलकुल नहीं, पर बस, उस रूप ने ही मार डाला।" उसके स्वर में उल्लास छलका पड़ रहा था।

रानी तरकारी काटने बैठी तो अँगुली पर ही चाकू चल गया। चूल्हा जलाया तो जाने कैसे हाथ जल गया, पर जैसे उसे जलन महसूस ही नहीं हुई। कैलाश आया तो वह खाना परोसने बैठी। शिथिल हाथों से उसने थाली परोसी और चकले पर रोटी बेलने लगी। तवा चढ़ाना भूल ही गई और रोटी बेलकर एकदम चूल्हे में ही डाल दी। कैलाश रानी के इस अनमनेपन को कभी से लक्ष्य कर रहा था—"कहाँ ध्यान है तुम्हारा?" रानी ने अपने-आपको संयत किया। कैलाश खाकर चला गया तो उसने चौका उठा दिया। उस दिन उससे खाना न खाया गया। फिर बिना कारण ही वह पलंग पर गिरकर फूट-फूटकर रोने लगी तो अनजाने ही उसका मन किसी के स्नेहिल स्पर्श की आशा के लिए छटपटाता रहा, पर कोई न आया और रोते-रोते ही रानी न जाने कब सो गई।

शेखर ब्याह करके आ गया। जीजी से सिर-दर्द का बहाना करके रानी अपने कमरे में ही पड़ी रही। यों अपने कमरे में से वह झाँककर जितना देख सकती थी उसने जरूर

देख लिया था। सारी औरतों में नई बहू के रूप की चर्चा हो रही थी। रानी अनमनी-सी लेटी थी, तभी जीजी बहू को लिए हुए वहीं पहुँच गईं—"ये तुम्हारी जिठानी हैं, इनके पैर छुओ!" और बहू ने पैर छू लिए।

"अब तुम्हारी तबीयत कैसी है रानी?"

"ठीक है, बैठो।" और रानी ने बहू का घूँघट उठाकर उसका मुँह देख...सगुन भी दिया पर उसके मुँह से प्रशंसा का एक शब्द भी नहीं निकला।

इधर-उधर की बातें करके, अत्यधिक व्यस्तता का बहाना बनाकर जीजी बहू को लेकर चली गईं। उनके जाते ही रानी अनमनी-सी फिर लेट गई। न जाने क्या था जो रह-रहकर टीस रहा था, कसक रहा था। थोड़ी देर बाद वह उठी, शीशा उठाकर उसने अपना चेहरा देखा। एक नि:श्वास छोड़कर वह फिर लेट गई।

घर-गृहस्थी की बातें समझाकर जीजी चली गईं। नई बहू ने रानी से मित्रता गाँठने की बड़ी चेष्टा की, पर रानी का रुख देखकर साहस न हुआ। उसने पति से कहा, "तुम तो इतनी तारीफ करते थे, बड़े मिजाज हैं तुम्हारी इन भाभी के तो, जाओ तो सीधे मुँह बात ही नहीं करतीं।"

"कौन? भाभी...नहीं-नहीं, बड़ा अच्छा स्वभाव है उनका।"

"क्या जाने भाई! हमसे तो ठीक से नहीं बोलतीं। और उनके आदमी को तो मैं कभी ऊपर देखूँ ही नहीं, कैसे हैं?"

शेखर नहाकर आया था, तैयार हो चुका तो सीधा रानी के कमरे में पहुँचा, "भाभी, क्या बात है, तुम्हें बहू पसन्द नहीं आई? कहती थी, तुम उससे ठीक से बोलती नहीं।"

"नहीं बोलती तो क्या फाँसी पर चढ़ा दोगे? आए चार दिन नहीं हुए और तिरिया चरित्तर शुरू कर दिया!"

"अरे, तुम्हारी क्या शिकायत करेगी, मैंने ही उससे कहा था कि भाभी के पास आया-जाया करो तो मन लगा रहेगा।"

"किसी का मन बहलाने के लिए मैं कोई लौंडी-बाँदी हूँ?"

"तुम नाहक ही बिगड़ रही हो। सच बोलो, तुम्हें पसन्द नहीं आई?"

"मुझे क्या करना पसन्द-नापसन्द करके। रूपवती है तो सिर पर बिठाकर रखो, मुझे क्यों सुना रहे हो बार-बार।"

निहायत ही बदतमीजी की बातों से इस बार शेखर झल्ला गया। वह रानी के

आक्रोश को समझता था, पर किसी तरह उसे उचित नहीं ठहरा पाता था।

रोज शाम को शेखर अपनी बीवी को घुमाने ले जाता। उसने घूँघट काढ़ना छोड़ दिया था, और वह बड़े नखरे से सजकर निकला करती थी। रानी खुलेआम उसकी बेशर्मी की आलोचना करती। कभी छत गन्दी करने के अपराध में, तो कभी पानी ज्यादा बहाने की शिकायत लेकर वह अकसर बहू से लड़ लिया करती थी। शुरू में तो बहू संकोचवश चुप रह जाया करती थी, पर आखिर वह भी देहात की थी, लड़ने-झगड़ने में माहिर। रानी कुछ सुनाती तो सवाया उत्तर पाती। ज्यों-ज्यों नई बहू की शोखियाँ और रूप निखरता जा रहा था, दोनों का झगड़ा और अधिक तूल पकड़ता जा रहा था। अब तो आए दिन दोनों में झगड़ा होता, आसपास की औरतों को समझाना पड़ता। उस समय रानी बड़े तैश में कहती—"एक साल से इस घर में रह रही हूँ। क्या मजाल जो किसी से भी कहा-सुनी हुई हो। लड़ना-झगड़ना मेरी तो आदत में ही नहीं है, पर नीचों के बीच रहकर नीच ही बनना पड़ता है।" 'नीच' शब्द के आते ही फिर जो वाक्-युद्ध होता तो आँसुओं की अजस्र धाराओं में ही उसकी समाप्ति होती। कितनी ही बार शेखर घर में होता, पर न तो वह एक शब्द ही बोलता, न बाहर आता। ऐसी स्थिति में रानी स्वर को सप्तम पर ले जाकर कहती—"भला करने का जमाना नहीं रहा। अरे साल-भर तक रोटियाँ ठोंक-ठोंककर खिलाईं, उसकी कौन कहे! चार दिन इसे आए नहीं हुए कि सब किए-कराए पर पानी फिर गया। ऐसे नमकहराम भी नहीं देखे होंगे कहीं।" पर शेखर फिर भी खामोश रहता।

एक दिन कैलाश ने कहा, "यह रोज-रोज क्या महाभारत मचा रहता है घर में? कुछ लाज-शरम भी है या नहीं?"

"तो मैं क्या करूँ, कब तक किसी की सहूँ! वह चार दिन की ब्याही, उसे ही शरम नहीं तो मुझे ही क्या पड़ी है? तुम्हें तो सारा दोष मेरा ही दिखता है।"

"दोष किसी का भी हो, तुम्हें मुँह खोलने की जरूरत नहीं है।"

पर इस चेतावनी के बाद भी रोज के महाभारत में कोई अन्तर न आया। पड़ोस की औरतों का पक्ष अपनी ओर करने के लिए उसके पास एक ही दलील थी कि उसने शेखर को इतने दिन रोटियाँ खिलाईं। और जब पक्ष का बहुमत उसकी ओर हो जाता और सब एकमत होकर कह देतीं कि शेखर जैसे स्वार्थी आदमी इस दुनिया में ढूँढ़े से भी शायद ही मिलें तो रानी तत्काल ही कह देती—"अरे, शेखर तो ऐसा बुरा आदमी नहीं, यह तो जब से इस चुड़ैल का पैर घर में पड़ा है, उसकी भी मति

भ्रष्ट हो गई, नहीं तो साल-भर मेरे साथ रहा, क्या मजाल कि कभी जरा-भी बेअदबी की हो, पर अब देखो, कैसा बदल गया। बाहर बहू गालियाँ बके तो अन्दर बैठा गटर-गटर सुनता रहे, यह नहीं होवे कि झौंटा पकड़ के दो धौल जमा दे।" इस प्रकार की चख-चख बहू से रोज ही हुआ करती, पर परसों वह शेखर से भी उलझ गई। उस दिन हवा प्राय: बन्द थी और उमस ऐसी कि दम घुटा जा रहा था। रानी छत पर खटिया डालकर पंखे से हवा करते हुए जैसे-तैसे अपने झुलसते हुए शरीर को शान्त करने का असफल-सा प्रयास कर रही थी। तभी शेखर अपने पीछे एक कोयलेवाले को लेकर ऊपर आया और छत के एक कोने की ओर इंगित करके कोयला रखने को कहा। यह सुनते ही रानी भभक उठी।

"छत साझे की है, यहाँ किसी का कोयला गोबर-मिट्टी नहीं रहेगा, मैं अभी से कहे देती हूँ।"

शेखर खामोश रहा। उसने कोयलेवाले का हिसाब साफ करने के लिए पैसे निकाले और गिनने लगा।

"कान नहीं हैं क्या? मैं कह रही हूँ कि छत पर कोयले नहीं रहेंगे। गर्मी के दिन हैं, सब सोते-बैठते हैं। यह कोई कोयले रखने की जगह है भला!"

"छत साझे की है, हम अपने हिस्से में जो चाहे सो करें, किसी को इससे मतलब?" और उसने कोयलेवाले का हिसाब साफ किया।

रानी का क्रोध जो गर्मी के कारण कब से ही उबल रहा था, इस बात को सुनते ही फट पड़ा।

"मैं कहती हूँ, कोयले यहाँ नहीं रहेंगे।" और उसने जाते हुए कोयलेवाले को आदेश दिया कि बोरी हटा दे। कोयलेवाला बेचारा असमंजस में पड़ गया।

"मेरा मुँह क्या देख रहा है, जाकर बोरी को रसोई में पटक आ। कोयले यहाँ नहीं रहेंगे।"

शेखर इस प्रकार के झगड़ों में शायद कभी भाग नहीं लेता, पर जब रानी ने बोरी में से कोयले निकाल-निकालकर फेंकने आरम्भ किए और अनाप-शनाप बकना शुरू किया तो उसे मजबूरन बोलना पड़ा—

"हट जाओ यहाँ से, अपने हिस्से की छत पर रहो, नहीं तो हाथ पकड़कर निकाल दूँगा।"

अब तो गजब हो गया। रानी गले की पूरी ताकत के साथ चिल्लाने लगी। उसने अपना हाथ शेखर के शरीर से एक प्रकार से सटा-सा दिया, "ले पकड़, पकड़ तो हाथ। ये हाथ पकड़कर हटावेंगे। अब पकड़ता क्यों नहीं, असल मरद का बच्चा है तो पकड़कर ही दिखा दे।" और वह हाथ को उसके शरीर से सटाए चली जा रही थी। शेखर अन्दर चला गया, पर रानी की चीख-पुकारों ने सारा अड़ोस-पड़ोस इकट्ठा कर लिया।

"अब क्या भले आदमी इस घर में रह सकेंगे! अपने घर में एक छिन्नाल बिठा रखी है तो सबको छिन्नाल ही समझ रखा है। पराई औरतों का हाथ पकड़ेंगे!" और वह फूट-फूटकर रोने लगी।

"किसने हाथ पकड़ लिया?"

"हाथ पकड़ लिया? किसने हाथ पकड़ लिया?"

"बड़े आए हाथ पकड़नेवाले, जरा पकड़कर तो देखें। अब औरतों की तरह मुँह छिपाकर अन्दर बैठ गए। जरा निकलकर हाथ पकड़ें तो सही।" आँसुओं से भीगा होने पर भी स्वर काफी तेज था।

ऊपर खड़ी मालकिन भी यह तमाशा देख रही थीं। उन्होंने रानी को बुलवाया। रानी रोती-चीखती ऊपर चली गई—"क्या शेखर ने तुम्हारा हाथ पकड़ लिया?"

"नहीं, हाथ पकड़ तो कैसे ले...कोई तमाशा है?" और वह फूट-फूटकर रोने लगी।

"तब फिर क्यों ऐसे रो रही हो—कहा-सुनी तो हो ही जाया करती है।"

पर रानी थी कि रोये चली जा रही थी। उसने हाथ शेखर के शरीर से सटा दिया था, फिर भी उसने नहीं पकड़ा, नामर्द कहीं का!

बात कुछ भी न थी, फिर भी सारे घर में यों फैली कि शेखर ने रानी का हाथ पकड़ लिया। कैलाश ने सुना तो आगबबूला हो गया। काम छोड़कर ऊपर आया। रानी को कमरे में खींचकर उसने दो-तीन लात जमा दीं—"एक दिन शान्ति से नहीं रहने देगी यह चुड़ैल। सारे दिन चखचख.. मैं कल ही सब काम छोड़कर नया मकान ढूँढ़ लूँगा। इस घर में रहना हराम कर दिया!"

रानी रोती रही। दोष उसका नहीं, फिर भी पिट रही है। उधर शेखर की बहू चाहे कुछ भी करे, शेखर उसे पान-फूल की तरह ही फेरता रहता है। अपने इस

दुर्भाग्य पर उसका हृदय बुरी तरह मथा जा रहा था। तभी उसने सुना, शेखर के कमरे से रोने की आवाज आ रही थी। स्वर बहू का था—तो आज पड़ गई बहू पर। परम सन्तोष से उसका मन भर गया और वह पूरी तरह सतर्क होकर उधर की आहट लेने लगी।

"खबरदार जो तुम कभी भी भाभी से लड़ीं। दोष चाहे किसी का भी हो, पर तुम बोलीं तो ठीक नहीं होगा, यह मैं अभी से कह देता हूँ।"

बहू ने भी कुछ कहा पर स्वर सिसकियों में ही खो गए। रानी कुछ समय के लिए गर्मी की तकलीफ को भी भूल गई। थोड़ी देर में उसने बहू को कमरे के बाहर देखा। अधिक रोने के कारण आँखें सूज आई थीं। रानी ने मन में सोचा, दो-एक धौल भी पड़े दिखते हैं। अब अक्ल ठिकाने आ जाएगी, सारा गरूर झड़ जाएगा रानी साहिबा का। सारे दिन रानी का मन प्रसन्न रहा। आखिर कुछ भी हो, शेखर का मन वह जानती है पर तभी कैलाश ने आकर बताया कि मकान ठीक हो गया है।

और उसकी विचारधारा ने पलटा खाया। अब उसे यहाँ से जाना ही पड़ेगा। कैसे झक्की आदमी से पाला पड़ा है। खुद तो सारे दिन मशीनों में जुते रहते हैं, मैं यहाँ चार आदमियों में रहती थी सो भी इन्हें नहीं सुहाया। मैं नहीं जाऊँगी, वह मन-ही-मन बुदबुदा रही थी कि कैलाश ने आकर फटकार दिया—

"यह क्या...तुम यों ही पड़ी हो—उठकर सामान क्यों नहीं बाँधतीं?" रानी से कुछ न कहा गया। मन मारकर उठी और सामान बाँधने लगी। सब कपड़े बक्सों में बन्द किए। शाम को खाना बनाने के दो-चार बर्तनों को छोड़कर बर्तन बन्द किए। और तो घर में सामान ही क्या था! कपड़े जमाते समय एकाएक उसके हाथ में अखबार में लिपटा हुआ एक पुलिन्दा आ गया। उसमें लिपटी चूड़ियाँ और चमचमाती बिन्दियों को देखकर अनायास ही उसकी आँखें भर आईं। एक गहरी निःश्वास छोड़कर वह फिर काम करने लगी। शाम को ही सारा सामान ठेले में लदवाकर कैलाश चला गया। सब सामान जमवाकर रात में वह लौटेगा और दूसरे दिन सवेरे इस घर से वे लोग चले जाएँगे। घर छोड़ने की बात से ही रानी का कलेजा मुँह को आ रहा था। वह रो-रोकर सबसे मिल आई थी। बस, शेखर के यहाँ नहीं गई। वहाँ जाएगी भी नहीं, पर मन उसका बड़ा कर रहा था कि चली जाए।

सवेरा हुआ, ताँगा आया। भीगी आँखों से उसने सबसे विदा ली। सामने बहू खड़ी थी। उसकी आँखें शेखर को ढूँढ़ रही थीं। पर वह दिखा नहीं। बहू को देखते ही

उसे लगा, यह कम्बख्त ही सब अनर्थों की जड़ है—उसका क्रोध भभक गया। जाते-जाते भी उसको लक्ष्य करके बरस पड़ी—"अब खूब फैल-फैलकर रहना—सारे दिन नहान-घर में घुसी रहना, सारी छत पर कोयले फैलाकर रखना, कोई तुम्हें कुछ कहने नहीं आएगा। एक दिन चैन से नहीं रहने दिया।" कह वह बहू से रही थी पर बराबर उसकी आँखें कमरे पर पड़ी चिक के पार लगी थीं, जाने वह क्या चाह रही थी। तभी कैलास का स्वर सुनाई पड़ा, "अरे जल्दी करो, ताँगेवाला चिल्ला रहा है।"

कसकते मन को लेकर रानी उतर पड़ी। आँखें इस समय भी उसकी भरी थीं, और उससे भी ज्यादा भरा था उसका मन। ताँगे में एक कील निकल रही थी। रानी ने देखा नहीं और जाने कैसे पकड़ा कि कील अँगुली में। हाथ खींचते ही खून बह आया। कैलाश ने देखा तो झल्ला उठा—"कोई काम देखकर नहीं करतीं, और कुछ नहीं तो हाथ काट लिया।" रानी एकटक अँगुली से बहते खून को देख रही थी और एक अस्पष्ट-सी तसवीर उसकी आँखों के आगे उभर आई—"अरे, यह क्या, तुमने तो अँगुली काट ली भाभी!" और चट से एक रूमाल बँध गया।

मन का गुबार कहीं भयंकर उच्छ्‌वास बनकर न फूट पड़े, इसलिए उसने जोर से अपनी खून से सनी अँगुली को दाँतों में दबा लिया। पर उसके बावजूद आँखों से तो आँसू बह चले।

"अब जरा-सी लग गई तो यों रास्ते में रो क्यों रही हो? घर चलकर पट्टी बाँध लेना।"

पर रानी रोती ही रही, रोती ही रही...

तीन निगाहों की एक तसवीर

नैना

सहमे-से हाथ से मैंने दरवाजे की कुंडी खटखटाई। एक-बार भयभीत-सी नजर आसपास के घरों पर डाली। गली में उस समय अन्धकार के साथ-साथ नीरवता भी छाई हुई थी। सामने के घर की खिड़की पर गोदी में बच्चा लिये एक औरत खड़ी हुई थी। वेश-भूषा से वह एकदम गृहस्थिन लग रही थी।...नहीं-नहीं, यह मोहल्ला ऐसा-वैसा नहीं हो सकता! कुछ अधिक विश्वास के साथ एक बार जोर से मैंने कुंडी खटखटाई। गली के लैम्प-पोस्ट का धीमा प्रकाश मकान के 23/8 नम्बर पर सीधा पड़ रहा था। मकान तो यही है, पता नहीं, अन्दर क्या देखने को मिले? यही सोच रही थी कि दरवाजा खुला और एक बुढ़िया को सामने खड़ा पाया। उसके पान खाए होंठों ने मन को यों आक्रान्त कर दिया कि मैं कुछ पूछना भूल अवाक्-सी उसका मुँह ही देखती रह गई। दीवारों पर भी पान की पीक के दाग नजर आए। तो क्या माँ ठीक ही कह रही थीं?

"किसको चाहती हो?" तभी कानों से यह प्रश्न टकराया।

मेरे होश लौटे—"दर्शना देवी यहीं रहती हैं?—मैं कानपुर से आई हूँ।" मैंने हकलाते हुए कहा।

"नैना हो क्या? आओ-आओ, ऊपर आओ! बीबीजी तो बस कल से तुम्हारा ही नाम रट रही हैं, उनके प्राण शायद तुममें ही अटके हैं! तुम आ गईं, बहुत अच्छा किया!"

वह और भी जाने क्या-क्या बोले चली जा रही थी, पर मैं बिना कुछ सुने यन्त्रवत् उसके पीछे खिंची चली जा रही थी। मेरे कान ऊपर की आहट लेने को सतर्क थे और नजर इधर-उधर कुछ ढूँढ़ रही थी, पर न मुझे कुछ सुनाई दे रहा था न दिखाई। मुझे पूरी तरह इस बात का भी होश नहीं कि कब मैं छोटे से कमरे में एक मृतप्राय रोगिणी की शय्या के समीप जा खड़ी हुई।

बुढ़िया ने कहा, "बीबी जी, नैना आ गई है!"

और जब पलंग पर लेटी उस कृशकाय नारी की निस्तेज आँखें मेरे शरीर पर ऊपर से नीचे घूमने लगीं, तो मेरा रोम-रोम काँप उठा।

तो ये हैं मेरी दर्शनी मासी! और तभी मेरी आँखों के सामने आज से कोई सात साल पहले मेरे घर के ड्राइंग-रूप में लटकी, मासी की वह तसवीर घूम गई, जिसमें मासी नवविवाहिता वधू के रूप में शरमाई-सी मासा जी से सटकर बैठी थीं। पर उस रूप में और इस रूप में तो कोई साम्य नहीं है। यह हालत कैसे हो गई मासी की?

जाऊँ, उनके पास जाकर बैठूँ, यह सोचकर जैसे ही कदम बढ़ाया कि मासी का क्षीण स्वर सुनाई दिया। शून्य आँखों से देखते हुए बोलीं, "मैं जानती थी, जीजी कभी नैना को मेरे पास नहीं भेजेंगी। भेज देतीं, तो एक बार उसे प्यार करके मन की निकाल लेती। नैना की जगह यह न जाने किसे भेज दिया है! अन्त समय में मुझे यों न छलतीं तो उनका क्या बिगड़ जाता?"

उनकी आँखों से आँसू टपक पड़े और उन्होंने करवट लेकर मेरी ओर पीठ कर ली। मैं जड़वत् जहाँ की तहाँ खड़ी रह गई।

बुढ़िया ने मुझे समझाया—"अभी होश में नहीं हैं, तुम उधर चलकर खाओ-पीओ। सवेरे होश आने पर पहचान लेंगी। कल से तुम्हारा ही नाम रट रही थीं।"

पर मेरे पाँव तो जैसे वहीं जम गए थे। बार-बार एक ही बात दिमाग में गूँज रही थी, क्या सबने इन्हें छला ही है? मैंने एक बार कमरे में चारों ओर नजर डाली। कमरे के धीमे प्रकाश में वहाँ की उदासी और भी बढ़ गई थी। कमरे की अस्त-व्यस्त चीजों की आड़ी-टेढ़ी बेडौल छायाएँ दीवार पर पड़ रही थीं, देखकर ही मन भय से भर उठा। उस समय मासी की हालत पर तरस कम और सबको नाराज करके यहाँ चले आने की अपनी जिद पर पश्चाताप अधिक हो रहा था।

बुढ़िया मुझे दूसरे कमरे में छोड़कर चली गई। जाने कितने-कितने प्रश्न आँधी की तरह मेरे मन में उमड़-घुमड़ रहे थे। माँ की बातें, मासी की हालत, घर का

वातावरण, सब मेरे सामने एक अनबूझ पहेली की तरह खड़े थे। मैंने अपनी सतर्क नजरों से इधर-उधर देखना शुरू किया। एकाएक ही कोने में रखे सितार, तानपूरे और तबले में मेरी दृष्टि उलझ गई। ये चीजें कभी देखी न हों, सो बात नहीं, पर यहाँ बैठकर मेरे रोएँ खड़े हो गए। जबर्दस्ती दबाई हुई मन की आशंका पूरे वेग से उभर आई। देखते-ही-देखते कमरे के कोने में रखे वे वाद्य-यन्त्र झनझना उठे, तबला ठनकने लगा, घुँघरू झनकने लगे और कहकहों की गूँज से कमरा भर गया। मुझे लगा, मेरा सिर चकरा जाएगा। इस सबके बीच माँ की क्रोध-भरी मूर्ति दिखाई देने लगी—'देख नैना! उस छिन्नाल के घर तू मत जा! वह मर रही है तो मरने दे। मैंने तो सात साल पहले ही उसे मरा समझ लिया था। जिद करके तू वहाँ चली गई तो समझ लेना, माँ तेरे लिए मर गई।'

मैं पसीने से तर-बतर हो गई। मैंने अपने को ही समझाते हुए कहा, 'नहीं-नहीं, मेरी दर्शना मासी ऐसी नहीं हो सकतीं। यह सब गलत है।' और मैंने उस अदृश्य नाचती नारी के स्थान पर मासी की वही छवि ला बिठाई, जिसमें वह नवविवाहिता वधू बनकर बैठी थीं।

"नैना बेटी, कुछ खा लो।" बुढ़िया थाली लिये मेरे सामने खड़ी थी।

"यहाँ अब कोई आएगा तो नहीं? रात में क्या यहाँ बहुत लोग आते-जाते हैं?" एक साँस में ही मैं पूछ बैठी।

"रात-दिन क्या, यहाँ तो कभी कोई नहीं आता। जब बीबी जी की तबीयत ज्यादा खराब होती है, तो मैं ही वैद्य जी को बुला लाती हूँ।"

मैंने निश्चिन्तता की एक लम्बी साँस ली। इच्छा हुई, इस बुढ़िया से ही सबकुछ पूछ डालूँ, सबकुछ जान लूँ, पर भय के मारे जाने कैसी जड़ता मन में व्याप गई थी कि मैं कुछ पूछ ही नहीं पाई। खाया मुझसे कुछ नहीं गया, चुपचाप लेट गई।

अजनबी घर में अजनबी लोगों के बीच पड़े-पड़े जाने कैसा लग रहा था। सोचा, मैं क्यों चली आई? घर में सबसे लड़कर, सबको नाराज करके यहाँ आने की अपनी जिद को जैसे मैं स्वयं ही नहीं समझ पा रही थी। मासी, जिन्हें मैंने अपनी जिन्दगी में पहली और आखिरी बार चार वर्ष की उम्र में देखा था और जिनकी मुझे लेशमात्र भी याद नहीं थी, उनका प्रेम मुझे यहाँ खींच लाया, यह बात मन में किसी प्रकार भी टिक नहीं पा रही थी। तब? शायद यह महज कुतूहल था, जो मुझे यहाँ खींच लाया था।

जब से होश सँभाला, अपनी इस मासी के रूप-गुण का बहुत बखान सुनती आ रही थी मैं। अपने जन्मदिन पर उपहार पाकर मेरे मन में यह धारणा बहुत दृढ़ हो गई थी कि वह मुझे बहुत प्यार करती हैं। माँ भी बराबर यह कहा करती थी कि नैना ने दर्शना का मन मोह रखा है। जब मैं छह: वर्ष की हुई, तो मासी का विवाह हुआ। पर माँ बताती हैं कि मैं ऐसी बीमार पड़ी कि कोई भी उनके विवाह में सम्मिलित नहीं हो सका। उसके बाद मासी के विषय में बातें तो मैं बहुत सुनती, पर न माँ मुझे कभी वहाँ भेजती, न मासी को ही कभी बुलातीं। जब बात समझने की अक्ल आई, तो जाना, मासा जी को ऐसा रोग है कि माँ मुझे वहाँ भेज ही नहीं सकतीं, और मासी, मासा जी को बीमारी की हालत में छोड़कर आ नहीं सकतीं। और धीरे-धीरे यह रोग भी जैसे जीवन के दैनिक कार्यक्रम की तरह बन गया जिसे सबने मासी का दुर्भाग्य समझकर उसपर सोचना भी छोड़ दिया।

आज से करीब सात साल पहले का वह दिन मुझे अच्छी तरह याद है, जब मासा जी का एक पत्र पाकर घर में एक अजीब-सी दहशत छा गई थी। माँ बहुत रोई थीं, पिता जी के समझाने पर उसने कहा था, इससे तो दर्शना मर जाती तो अच्छा था! कुल को कलंक तो नहीं लगता।

इसके बाद करीब पन्द्रह दिनों तक कभी मामा जी का पत्र आता तो कभी बड़ी मासी का, और कुछ पूछने पर घर में क्रोध-भरी फटकार के सिवाय मुझे कुछ नहीं मिलता। एक दिन गुस्से में आकर माँ ने ड्राइंगरूम से मासी की तसवीर भी उठाकर फेंक दी और उसके बाद से तो मासी का नाम तक लेना वर्जित हो गया। मैं उस समय उम्र के उस दौर से गुजर रही थी, जब छोटी-से-छोटी बात भी मन पर बड़ा रहस्य बनकर छा जाती है। पर किसी तरह भी नहीं जान पाई कि आखिर मासी ने ऐसा क्या अपराध कर डाला कि एकाएक ही वह सबके लिए घृणा की पात्री बन गईं? जानती भी कैसे? माँ तो मुझे उनके नाम से ही इस प्रकार बचा-बचाकर रखती, मानो उनकी छाया भी मुझपर पड़ गई तो मेरे लोक-परलोक, दोनों ही भ्रष्ट हो जाएँगे। मैं माँ की इकलौती बिटिया जो थी।

इसके बाद जब मेरे जन्मदिन पर मासी का उपहार आया तो माँ ने साफ मना कर दिया कि उसके घर की रत्ती-भर चीज भी नहीं ली जाएगी। पर मैं अड़ गई तो माँ को झुकना ही पड़ा। जाने क्यों माँ के मुँह से जब-तब 'छिन्नाल' शब्द सुनकर मेरे मन की ममता मासी के प्रति और भी बढ़ गई थी। कभी-कभी घंटों उनकी उस

तसवीर को (जिसे मैंने अपने पास सँभालकर रख लिया था) देखकर मैं यही सोचा करती थी कि सामने बैठी यह सीधी-सादी, भोली-भाली युवती आखिर छिनाल कैसे बनी?

अतीत के इन्हीं बनते-बिगड़ते चित्रों में खोये-खोये कितनी रात मैंने बिता दी, मैं स्वयं नहीं जानती। उसके बाद एकाएक ही जाने कैसा आकर्षण मासी के प्रति जागा कि उठी और दबे पाँव उनके कमरे में चली गई। सोचा, यदि जग रही होंगी तो उनसे बात करूँगी, कुछ इस तरह कि वह मुझे पहचान जाएँ। मैं उन्हें यह बता देने को व्याकुल हो उठी कि मैं उन्हें बहुत प्यार करती हूँ। सारी दुनिया चाहे घृणा करे, पर अनजान रहकर भी मैं सदा से ही उन्हें बड़ा प्यार करती आई हूँ। मैंने ढूँढ़कर जैसे-तैसे स्विच ऑन किया पर जैसे ही रोशनी में उनका चेहरा देखा, मुझे लगा जैसे बिजली मेरे शरीर में दौड़ गई हो! उनकी फटी आँखें और खुला मुँह देखकर मेरी चीख भी जैसे घुटकर अन्दर ही रह गई। उलटे पैरों दौड़कर कैसे मैंने बुढ़िया को जगाया, यह सब मैं स्वयं नहीं जानती। बुढ़िया के रोने के साथ मेरी संज्ञा लौटी तो मैं भी रो पड़ी। वह दु:ख का रोना था या भय का, सो मैं नहीं जानती। मृत्यु को इतने पास से देखने का मेरा पहला ही मौका था। कैसे दूसरा दिन हुआ और कुछ लोगों ने जुटकर मासी का क्रिया-कर्म किया, मुझे कुछ मालूम नहीं। हाँ, इतना याद है कि निकटतम सम्बन्धी होने के नाते मुझसे भी कुछ-कुछ करवाया गया था और मैं यन्त्रवत् किए चली जा रही थी। मासी का शव जब चला गया तो मैं आतंकित-सी दूसरे कमरे में बैठी रही। कैसी विचित्र मौत थी! अजीब-सा सन्नाटा घर में छाया हुआ था और उससे भी अधिक शून्य थे मेरे दिल-दिमाग। बाहर के बरामदे में बैठी बुढ़िया धीरे-धीरे रो रही थी। जाने कैसी विरक्ति मेरे मन में छा गई कि कुछ भी जानने-पूछने की इच्छा ही नहीं रही। जो अब इस संसार में है ही नहीं, जो अपनी लज्जा और दूसरों की घृणा अपने में ही समेटकर सदा के लिए चली गई, उसके कर्मों का लेखा-जोखा करना किसी तरह भी उचित नहीं लगा।

सन्ध्या को जब मैंने चलने की अनुमति माँगी तो बुढ़िया ने पूछा कि घर के सामान का क्या होगा? मैं भला क्या बताती? मेरे सामने चाबियों का गुच्छा फेंकते हुए उसने कहा, "वह बस तुम्हीं को याद करती थीं, इसलिए उनके सामान की अधिकारिणी तुम्हीं हो।" मन का सोया कुतूहल फिर जाग उठा और जाने क्या

सोचकर मैंने गुच्छा उठा लिया और उनके तीनों बक्से टटोल मारे। एक बक्से में किताबों, कॉपियों और कागज़ों के बीच दबी एक फाइल निकली। जाने क्यों, उसे देखते ही मुझे लगा कि इसे खोलते ही नीले-पीले-गुलाबी सेंट में महकते वे पत्र निकल पड़ेंगे, जो उनके किसी प्रेमी ने उन्हें लिखे होंगे और जिनके कारण उन्हें इतनी लांछना सहनी पड़ी! पर जब उसे खोला, तो उसमें किसी पत्रिका में से फाड़े हुए तीन पन्ने थे, एक संगीत का डिप्लोमा था और कुछ पन्ने किसी डायरी से फाड़े हुए लगते थे। उन पन्नों में कहीं दवाइयों के नुस्खे लिखे थे, कहीं धोबी के कपड़े, कहीं घर का हिसाब तो कहीं मासी के अलग-अलग तारीखों के नोट थे। पत्रिका के फटे हुए पन्नों के अन्तिम पृष्ठ पर चारों ओर एक मार्जिन में छोटे-छोटे अक्षरों में लिखे नोट थे। मैंने ध्यान से पढ़ा, एक जगह लिखा था—

"यहाँ तक यह मेरी ही कहानी है। मैं जानती थी कि तुम कहानीकार हो तो अवश्य ही किसी दिन मुझे अपनी कलम से हलाल करोगे, पर इसके बाद का सारा किस्सा गलत है, इसलिए मैं उसे फाड़े दे रही हूँ। तुम मनोवैज्ञानिक विश्लेषण देकर, मेरे कुकृत्य पर परदा डालकर सारी दुनिया को धोखा दे रहे हो, पर मैं अच्छी तरह जानती हूँ कि तुम झूठ बोल रहे हो। अपनी कलम का करिश्मा दिखाकर वाहवाही लूटने की लालसा ने ही तुमसे यह सब लिखवाया है। तुम सोचते हो, तुम्हारी इस दया से मैं कृतकृत्य हो जाऊँगी। नहीं, मुझे किसी की दया नहीं चाहिए..."

ओह, तो यह मासी के जीवन की कहानी है। हरीश नाम के किसी लेखक की थी वह कहानी। मैं उसे एक सपाटे में पढ़ गई।

हरीश

अविवाहित होना इतना बड़ा अभिशाप है, यह मकान खोजने के सिलसिले में ही महसूस हुआ। आखिर तीन कमरों के एक फ्लैट में एक कमरा मिला। यह पूरा फ्लैट एक दम्पती के पास था। अब आर्थिक संकट में फँसकर उन्होंने एक कमरा किराये पर उठाया था। तीन-चार दिन में ही मैं वहाँ जम गया। भाभी (मकान-मालकिन को मैं भाभी ही कहता था) बड़े अच्छे स्वभाव की महिला थीं। वह मेरा काफी खयाल रखती थीं। बच्चा उनके कोई था नहीं और पति बीमार थे इसलिए एक कमरे में पड़े रहते थे। क्या रोग था सो तो मैं बहुत दिनों तक नहीं जान पाया।

भाभी का सारा समय अपने बीमार पति की सेवा करने में बीतता था। बड़ी लगन, बड़ी तत्परता से वह उनकी देखभाल करती थीं। मुझे कभी खाली बैठा देखतीं तो इजाजत लेकर मेरे पास आ बैठतीं। वह जो बातें करतीं उनमें अधिक उनके पति से ही सम्बन्धित होतीं। क्या इलाज चल रहा है, कैसे सब डॉक्टर फेल होते जा रहे हैं, आदि-आदि। उस समय उनके चेहरे पर दु:ख की घनी छाया उतर आती थी और आँखें अनायास ही भर-भर आती थीं। फिर एकाएक ही वह अपने को सँभालकर कहतीं—"दो मिनट को आई तो अपना दुखड़ा ही ले बैठी, कैसी पागल हूँ!"—और बिना बात के ही एक धीमी-सी हँसी उनके होंठों पर फैल जाती।

एक दिन इसी तरह बातें करते-करते मैंने देखा कि वह बार-बार मेरे कुरते के बटनों की ओर देख रही हैं। मैंने अपने सीने की ओर देखा, बटन खुले हुए थे और मेरे सीने के घने काले बाल दिखाई पड़ रहे थे। एक महिला के सामने यों सीना उघारकर बैठने की लज्जा को ढँकते हुए मैंने कहा, "ये धोबी बटनों का तो कचूमर निकाल देते हैं।"

"मुझे दे दिया होता, मैं लगा देती! मुझे इतना पराया क्यों समझते हैं आप? देखिए, मैं तो बिना किसी संकोच के आपसे बाहर के अनेक काम करवा लिया करती हूँ। सच, आपके आ जाने से बड़ी राहत मिली। मन ऊबता है तो घड़ी-दो घड़ी बैठकर हँस-बोल लेती हूँ, मन बहल जाता है।"

उसके बाद से मैंने देखा कि जब कभी मेरी अनुपस्थिति में भाभी धोबी से कपड़े लेतीं, बटन हमेशा नदारद। एक बार तो मुझे ऐसा भ्रम हुआ मानो किसी ने बड़ी सफाई से बटन काट दिए हैं पर फिर अपनी इस कल्पना पर आप ही हँसी आई, बटन कौन काटेगा भला? लापरवाह आदमी, मैं बटन लगवाना भूल जाता और बाहर जाते समय जाकेट चढ़ा लेता। पर भाभी आतीं तो बहुत ढँकने पर भी मेरे सीने के बाल इधर-उधर से झाँका करते और वह उन्हें घूर-घूरकर मुझे संकुचित करती रहतीं।

उस दिन तो मेरी लज्जा का कोई ठिकाना ही नहीं रहा जिस दिन उन्होंने अपने नौकर को इसी बात के लिए बुरी तरह डाँटा कि वह क्यों धोती को मोड़कर घुटने तक चढ़ा लेता है और कमीज के सारे बटन खोलकर, बाँहें उलटकर नंगा सीना और नंगी बाँहें दिखाता फिरता है? मैंने उस दिन ही भाभी को क्रोध करते देखा था।

वह गुस्से से लाल होकर काँप रही थीं और चिल्लाए जा रही थीं—"औरतोंवाले घर में काम किया है कभी या नहीं? बदतमीज कहीं के! रहना है तो तमीज से रहो!"

मुझे उनका यह अत्यधिक क्रोध समझ में नहीं आ रहा था। साथ ही यह भी लग रहा था कि वह नौकर की आड़ में मुझको ही तो नहीं डाँट रही हैं। उसी दिन मैंने दर्जी के पास सारे कुर्ते ले जाकर सीप की जगह कपड़े के बटन लगवा लिए।

यों भाभी मेरा बहुत खयाल रखती थीं पर उन्हें मेरे मित्रों का बहुत आना-जाना पसन्द नहीं था। एक-दो बार तो मैंने यह भी देखा कि मुझे बिना सूचना दिए ही उन्होंने मेरी एक परिचिता को यह कहकर लौटा दिया कि मैं घर पर नहीं हूँ। मुझे बुरा लगा। फिर सोचा, शायद यहाँ लोगों के आने से इनके पति को परेशानी होती होगी। दूसरे दिन जब मेरी एक मित्र आईं तो मैंने कमरे का दरवाजा बन्द कर लिया, ताकि बाहर किसी प्रकार की आवाज न जाए। करीब घंटे-भर बाद वापस जाने के लिए जैसे ही मैंने दरवाजा खोला, देखा भाभी दरवाजे पर ही खड़ी थीं। मेरी मित्र की ओर देखती हुई वह जोर-जोर से रोकर चिल्लाने लगीं—"तुम लोगों को इतनी भी लज्जा नहीं कि बगल में एक बीमार आदमी है तो जरा हँसी-ठिठोली कम करें? दरवाजा बन्द करने से ही क्या हो जाता है..."

उस लड़की से क्षमा-याचना करता हुआ मैं उसे नीचे ले गया। लौटा तो सोचा, भाभी से साफ-साफ बात कर लूँगा। भाभी का इस प्रकार दरवाजे पर खड़े होना भी मुझे अच्छा नहीं लगा। लेकिन जैसे ही मैं लौटा, भाभी ने मुझे देखते ही जोर से अपने कमरे का दरवाजा बन्द कर लिया। यह भी एक नई बात थी। यहाँ आने के बाद मैंने कभी उन्हें दरवाजा बन्द करके रहते नहीं देखा था, यहाँ तक कि रात को भी वह दरवाजा खुला ही रखती थीं।

शाम को मैं बाहर चला गया। मन का आक्रोश धुला नहीं था।

रात नौ बजे लौटा तो देखा, भाभी का कमरा वैसे ही बन्द था। मैं उन्हीं के बारे में सोचता-सोचता जाने कब सो गया।

इसके बाद दो दिन तक हमारी कोई बात नहीं हुई। उनके कमरे का दरवाजा भी बन्द ही रहता। जब कभी बाहर निकलतीं तो देखता कि दो दिन में ही चेहरा बड़ा उतर गया है। आँखों से लगता था जैसे बराबर रोती ही रही हैं। तीसरे दिन रात नौ बजे के करीब मैं अपने कमरे में बैठा एक कहानी लिख रहा था कि दरवाजा धकेलकर

भाभी भीतर आ घुसीं। उनके लम्बे-लम्बे बाल बिखरे हुए थे और आँखें सुर्ख थीं। उनकी यह करुण और दयनीय स्थिति देखकर मन जाने कैसा हो गया। मैं कुछ कहूँ उसके पहले ही वह हाथों में मुँह छिपा फूट-फूटकर रो पड़ीं—"अब मैं क्या करूँ? आज डॉक्टरों ने साफ-साफ कह दिया है कि इन्हें पहाड़ पर नहीं ले जाया गया तो बचना मुश्किल है।"

"आज तो मैंने उन्हें टहलते हुए देखा था और मुझे लगता था कि उनकी तबीयत सुधर रही है। किस डॉक्टर ने कहा? सब गलत है, आप हिम्मत से काम लीजिए।"

"नहीं-नहीं, यह सब झूठी तसल्लियाँ हैं! आज तो एकाएक ही जैसे मेरा हौसला टूट गया, हिम्मत पस्त हो गई। जिस दिन ब्याहकर आई, उसी दिन से इनकी सेवा कर रही हूँ पर इन्हें अच्छा नहीं कर पाई और अब तो कोई उम्मीद भी नहीं है।" और वह फिर फूट-फूटकर रोने लगीं। रात ग्यारह बजे तक उन्हें तरह-तरह के आश्वासन देता रहा, स्नेहपूर्ण बातों से उनका मन भरमाता रहा। एक बार तो आवेग में आकर उन्होंने अपना सिर मेरे सीने पर टिका दिया, मैंने धीरे-से हटाकर उन्हें हौसला बँधाया। थोड़ी देर बाद उठकर जब वह गईं तो ऐसी निराशा उनके चेहरे पर छाई थी मानो जुआरी अपना सबकुछ हार गया हो। उस दिन सच ही वे बड़ी उद्विग्न थीं, बेहद परेशान। मुझे कुछ भी समझ में नहीं आ रहा था कि मैं क्या करूँ? लेटा तो नींद नहीं आई। बार-बार भाभी का बेबस, मायूस चेहरा आँखों के आगे उभर आता।

आखिर जब कमरे में दम घुटने लगा तो मैं चुपचाप ऊपर छत पर चला गया, पर दरवाजे पर पहुँचकर ही ठिठक गया। देखा, छत की मुँडेर पर दोनों कुहनियाँ टिकाए, भाभी शून्य भाव से सामने देख रही थीं। मन बुरी तरह अकुला उठा। एक बार उचित-अनुचित का ज्ञान भूलकर बड़ी जोर से इच्छा हुई कि इस रोती, बेबस नारी को जाकर अपनी बाँहों में भर लूँ; अपने लिए नहीं, उसके सन्तोष के लिए, उसकी सान्त्वना के लिए लेकिन फिर खयाल आया, इस आग को भड़काने से लाभ? मैं चुपचाप नीचे उतर आया। और उन्हीं की बात सोचते-सोचते जाने कब सो गया।

रात शायद आधी से ज्यादा बीत चुकी थी कि अचानक किसी के स्पर्श से चौंक उठा। आँखें खोलीं तो देखा, भाभी मुझ पर झुकी हुई थीं। पहली बात जो दिमाग में आई वह यही कि इनके पति चल बसे। फिर एकाएक अज्ञात भय से काँप उठा। पर भाभी की आँखों में जाने क्या था कि...

कहानी यहीं से फाड़ दी गई थी और चारों तरफ नोट लिखे थे।

दर्शना

7.3.47

इनकी हालत दिन-पर-दिन गिरती जा रही है। इनके चिपके हुए गाल, निस्तेज आँखें, कुम्हलाया पीला चेहरा और धँसा सीना देखती हूँ तो लगता है खूब रोऊँ। इन्हें कैसे अच्छा करूँ कि ये हृष्ट-पुष्ट और स्वस्थ हो जाएँ...?

20.8.47

मेरी सारी कोशिशें बेकार जा रही हैं। जब कभी सोचती हूँ कि अब क्या होगा तो आँखों के आगे ऐसा अभेद्य अन्धकार छा जाता है, जिसके परे कुछ दिखाई नहीं देता। मन बड़ा टूटा-सा रहता है। सब ओर निराशा, उदासी! न दिन को चैन, न रात को नींद! विचित्र-विचित्र सपने आते हैं। कल के सपने का ही क्या अर्थ हुआ भला? देखा, छोटी-छोटी पहाड़ियों की चोटियों से जल के झरने झर रहे हैं पर फिर भी आसपास कहीं हरियाली नहीं, रेगिस्तान-ही-रेगिस्तान है। कोई उस जल को पीनेवाला नहीं, कोई फल-फूल उस जल से खिलनेवाला नहीं। विचित्र संयोग था, जल के किनारे निर्जन रेगिस्तान! जल की इससे बढ़कर और क्या निरर्थकता हो सकती है? पर यह भी कोई सपना हुआ भला?...

13.5.48

आज मेडिकल कॉलेज गई थी। मैंने वहाँ हड्डियों का ढाँचा देखा। देखकर ही जाने कैसा विचित्र भय मेरे मन में समा गया। एक दहशत-सी छा गई। मुझे लगा, उस कंकाल ने अपने दोनों हाथ फैलाना शुरू किए और मुझे दबोच लिया! उसकी पकड़ कसती जा रही थी और मुझे लग रहा था जैसे कोई मेरे शरीर का रक्त सोखे जा रहा है। उसके बाद शायद मुझे गश आ गया था क्योंकि मुझे कुछ मालूम नहीं कि उसके बाद क्या हुआ?...डॉक्टर कहते हैं कि मैं इतना परिश्रम न करूँ; नहीं तो मेरी भी हालत खराब हो जाएगी। सच ही तो है, मैं बीमार हो गई तो इन्हें कौन देखेगा? पर इस भय से कैसे मुक्ति पाऊँ! घर के जिस कोने में भी जाती हूँ, वह कंकाल मुझे दबोचने को चला आता है, जैसे मुझे वह मारकर ही छोड़ेगा!...

6.4.50

इस नौकर को बदलना ही होगा। कितनी बार इससे कहा कि ठीक से कपड़े पहनकर रहा करो, यह सुनता ही नहीं! सोचती हूँ नौकरानी रख लूँ, पर बाहर के काम की वजह से इसे ही रखना पड़ता है। यों हरीश जी के आने से कुछ सुविधा जरूर हो गई है पर उनका क्या, लेखक आदमी हैं। फिर छाती के बटन तो उनके भी टूटे ही रहते हैं। जाने क्यों यह निर्लज्जता मुझसे बर्दाश्त नहीं होती। किसी की उघड़ी छाती देखकर सारे बदन में जैसे काँटे चुभने लगते हैं।

11.10.50

सामनेवाली मेम का यह काला-झबरा कुत्ता कितना प्यारा है! इसके काले, बड़े-बड़े बाल कैसे सुहावने हैं! जी चाहता है, अपना मुँह उसके काले बालों में छिपा लूँ। शाम को जब वह घूमकर आता है तो कितने प्यार से मेम का हाथ चाटता है, दोनों टाँगें उसके कन्धे पर रखकर अपना सिर उसकी छाती से लगा लेता है। मेम उसके मुलायम केशों में अँगुलियाँ डालकर सहलाया करती है। ये कुत्ते भी कितने स्नेही और ममतामय होते हैं! कहते हैं, यह मेम इस कुत्ते को अपने बच्चों से भी ज्यादा प्यार करती है। मन करता है मैं भी एक कुत्ता पाल लूँ, काले-झबरे बालोंवाला। उसके बालों में अँगुलियाँ डालकर सहलाऊँ, उसे प्यार करूँ। पर कौन देखरेख करेगा उसकी? अभी तो इनके कामों से ही फुर्सत नहीं मिलती।

कितना मन करता है कि नैना को अपने पास बुलाऊँ। पर कैसे लिखूँ? दीदी भेजेंगी नहीं, भेजें भी कैसे? इनको टी.बी. है, और उनकी वह अकेली लड़की है। सब कुछ जानती हूँ, उसे बुलाना ठीक नहीं है, फिर भी बड़ी इच्छा होती है कि वह मेरे पास हो, मैं उसे प्यार करूँ, उसके साथ खेलूँ, उसे अपने पास सुलाऊँ। कितनी प्यारी बच्ची है!

8.5.51

आज ऊपर गई तो विचित्र ही दृश्य देखा। सामनेवाली मेम के कुत्ते को जाने क्या रोग हो गया है कि उसके सारे बाल झड़ गए और चमड़ी खाज से भर गई है। सुनते हैं, मेम ने बहुत इलाज करवाया, पर अब डॉक्टरों ने जवाब दे दिया है। मेम एक जमाने में उसे कितना प्यार किया करती थी पर अब उसे अन्दर भी नहीं आने देती। आज

मैंने सुना, रोते-रोते उसने अपने नौकर को हुक्म दिया कि उसे बाहर ले जाकर शूट कर दो। कुत्ता निरीह भाव से खड़ा था, मानो वह भी समझता हो कि इस निरर्थक जीवन को ढोने से कोई लाभ नहीं। वह आगे भी नहीं बढ़ा, इस गन्दी बीमारी को लेकर मेम तक जाने का उसे अधिकार नहीं है, यह बात भी जैसे वह समझता है। ओह! कुत्ते भी कितने समझदार होते हैं!

पर जो बात कुत्ता समझ रहा है, वह जाने क्यों मेरे गले नहीं उतर पा रही है। जिस कुत्ते को मेम इतना प्यार करती थी, उसे अब शूट करवा दिया जाएगा। क्या यह ठीक है? कभी लगता है ठीक है, कभी लगता है गलत है।

13.5.58

चार दिन से कुत्ते की इस घटना ने मुझे पागल बना रखा है। लगता है, मैं सच ही पागल न हो जाऊँ।

हरीश जी के पास यह लड़की आती है तो जाने क्यों मुझे जरा नहीं सुहाती। खैर, मुझे क्या, कोई भी आए-जाए। मैं तो भगवान से यही प्रार्थना करती हूँ कि मुझे सद्बुद्धि दे, बल दे! पर अब तो इतनी थक गई हूँ कि प्रार्थना करने की शक्ति भी जाती रही!

14.5.58

आज इन्होंने मुझे मारा। शादी के बाद आज पहली बार मैंने जाना कि इनके शरीर में अब भी इतना जोर है! इनकी बीमार लातों ने भी मेरी कमर तोड़ दी तो जब ये टाँगें पुष्ट रही होंगी, कितना जोर रहा होगा इनमें! हजारों बार ही मैंने गलतियाँ कीं, कितना अच्छा होता उस समय भी ये मुझे मारते, कम-से-कम फिर इतनी बड़ी गलती तो नहीं करती। मुझे मार खाने का जरा भी गम नहीं। काश, इन्होंने पहले मारा होता! हरीश जी के लिए बहुत दु:ख है, मेरे पीछे उन्हें भी व्यर्थ ही अपमानित होना पड़ा।

15.5.58

आज इन्होंने घर से निकल जाने को भी कह दिया। आज सब जगह इन्होंने पत्र भी लिखे हैं—माँ, भैया और दीदी को। जाने क्या-क्या लिखा होगा। जो मौखिक सहानुभूति आज तक मिलती आई थी, वह भी बन्द हो जाएगी। शायद सब मुझसे

नफरत ही करने लगें। फिर भी जाने क्यों, मुझे न अपने किए का दु:ख है, न इस दंड का! इस सबके बाद मैं स्वयं ही घर छोड़कर निकल जाती। दो दिन आगे या पीछे विधाता जिस दंड का विधान करनेवाला था, वह आज ही हो गया! पर इनका क्या होगा? कोई सम्बन्धी यहाँ झाँकना भी पसन्द नहीं करता! पर जो मनुष्य बिना क्षमता के केवल चाहना-ही-चाहना करता है, उसका अन्त इसके अतिरिक्त और हो ही क्या सकता है?

20.7.51
आज उनकी मृत्यु का समाचार सुना। समझ नहीं पा रहीं हूँ, क्या करूँ? मेरी तो सारी भावनाएँ ही जैसे मर गई हैं। मैं ही जाने क्यों जिन्दा हूँ?

13.8.51
भाग्य से मुझे संगीत के पंडित जी अच्छे मिल गए। एक जमाने में मुझे गाने-बजाने का कितना शौक था, पर सब छूट गया था। उस समय जो मात्र शौक था, उसे अब जीविका का साधन बनाना पड़ेगा।...यहाँ एक स्कूल में नौकरी मिल गई है। लगता है, जीवन को एक राह मिल गई। सब ओर से बेसहारा होकर भी अब जी लूँगी।

23.11.51
आज नैना का जन्मदिन है। डरते-डरते मैंने उपहार भेजा था। कौन जाने रखें, न रखें। पर उन्होंने रख लिया। तो क्या समझूँ कि दीदी आज भी मुझे प्यार करती हैं? यह भावना ही कितनी सुखदाई है कि कोई हमें भी प्यार करता है!

2.6.52
हरीश ने मुझपर कहानी लिखी। पर लिखकर इतना मनोवैज्ञानिक बनाने की क्या आवश्यकता थी? यों भी कह देता तो मैं उसे दोष नहीं देती। मूर्ख कहीं का!

छत बनानेवाले

दरवाजे के बाईं ओर की दीवार पर लगी नेमप्लेट को दो बार अच्छी तरह पढ़ने के बाद बड़े झिझकते-से हाथों से शरद ने कुंडी खटखटाई।

"कौऽऽऽन?" एक दहाड़ता-सा स्वर दरवाजे से टकराकर बिखर गया। शरद की समझ में नहीं आया कि वह क्या कहे। एक बार तो मन हुआ कि चुपचाप चल दे और होटल में टिक जाए, पर रिक्शा जा चुका था। तभी भीतर से खड़ाऊँ की खटपट-खटपट करीब आती लगी और भड़ाक् से दरवाजा खुला।

धोती को तहमद की तरह लपेटे, बनियान पहने, ललाट पर लम्बा-सा तिलक लगाए जो व्यक्ति सामने दिखाई दिया, वही ठाकुर ताऊ जी हैं, यह समझते शरद को देर नहीं लगी। उनके चेहरे पर फैला प्रश्नवाचक भाव और अधिक गहरा होता, उसके पहले ही शरद ने बड़ी नम्रता से हाथ जोड़कर कहा, "नमस्ते ताऊ जी!"

क्षणांश के लिए घनी भौंहों के नीचे आँखों के कटोरे कुछ सिकुड़े, ललाट की सलवटें कुछ और अधिक उभर आईं। सामने रखे सामान की ओर उड़ती-सी नजर डालकर उन्होंने फिर शरद के चेहरे की ओर देखा और अनुमान लगाते-से स्वर में बोले, "कौऽन, तुम पन्ना हो क्या?"

बहुत दिनों बाद अपने बचपन का नाम सुनकर शरद को हँसी आ गई। मुसकुराता-सा बोला, "जी हाँ।" और इसके साथ ही सामनेवाले व्यक्ति का तिलक फैल गया, चेहरे के सारे तनाव ढीले पड़ गए और शरद ने अपनी पीठ पर एक स्नेहिल स्पर्श महसूस किया—"कमाल है भाई। कोई खबर नहीं, सूचना नहीं। मैं

ताँगा भेज देता लेने के लिए। आओ...आओ..."

शरद ने अपना सूटकेस और बैग उठाते हुए कहा, "मैंने सोचा, घर तो ढूँढ़ ही लूँगा, सवेरे-सवेरे बेकार ही तकलीफ होगी।"

"वाह, इसमें तकलीफ की क्या बात है भला।" फिर शरद को सामान उठाए देखकर कुछ परेशान से बोले, "अरे, अरे सामान यहीं रख दो, अभी तुम्हारा कमरा ठीक हो जाएगा तो वहीं पहुँच जाएगा।" और फिर जरा व्यस्त भाव से भीतर की ओर झाँककर बोले, "सुनती हो मोटू की माँ, देखो तो कौन आया है?"

मोटू की माँ ने सुना या नहीं, इसकी तनिक भी चिन्ता किए बिना शरद की पीठ पर हाथ रखकर वे उसे भीतर ले गए। शरद को पिता जी की बात याद आई—"आदर्श परिवार किसी को देखना हो तो ठाकुर साहब का देखो। क्या डिसिप्लिन है, क्या बच्चे हैं।" और शरद ने एक उड़ती-सी नजर कमरे पर डाली।

"बैठो!" और ताऊ जी खिड़कियाँ खोलने लगे—"रामेश्वर मजे में हैं, तुम्हारी अम्म, बाल-बच्चे?" शरद 'जी, जी' करता रहा। यह शायद घर की बैठक है, शरद ने अनुमान लगाया। दो तख्त जोड़कर मोटा-सा गद्दा बिछा रखा था, जिसपर हल्की-सी मैली हो आई चद्दर बिछी थी। तीन तरफ गोल तकिये पड़े थे। दीवारों पर सुनहरी फ्रेम में मढ़ी कुछ तसवीरें लगी थीं—गोपियों के साथ होली खेलते हुए कृष्ण, शिव-पार्वती। एक कैलेंडर लटका था जिस पर कल की तारीख लगी हुई थी। दीवारों पर दो तरफ सिन्दूर से स्वास्तिक चिह्न बने थे। सामने की दीवार के बीचों-बीच दीवाल-घड़ी टँगी हुई थी। तख्त से कुछ हटकर दोनों ओर की दीवारों के सामने दो-दो टिन की कुर्सियाँ रखी थीं, जिनपर रंग-बिरंगी फूल-कढ़ी, सफेद गद्दियाँ बिछी थीं।

"तुम आए बड़ी खुशी हुई। पर आने से पहले तुम्हें खबर करनी चाहिए थी।" शरद को कुर्सी पर बिठाकर स्वयं तख्त पर बैठते हुए उन्होंने कहा, "वैसे कोई एक महीना पहले रामेश्वर ने लिखा था कि पन्ना एक सप्ताह के लिए यहाँ आकर रहना चाहता है, सो यदि घर में दिक्कत हो तो किसी होटल-वोटल में इन्तजाम करवा दीजिए।"

"जी वो..." शरद कुछ कहने ही जा रहा था कि बीच में ही वे दहाड़ उठे—"जी क्या? घर होते हुए तुम होटल में ठहरोगे? होटल भी कोई भले आदमियों

के ठहरने की जगह होती है? रामेश्वर बड़ा शहरी हो गया है, अपनापन अब उसमें रहा ही नहीं। वरना जब यहाँ था तो घरों के बीच में जरूर दीवार थी, पर हम लोगों के मन एक थे। तुम्हें तो क्या याद होगी उन दिनों की? मुश्किल से नौ बरस के रहे होओगे।" और जैसे उनकी आँखों के आगे वे ही दिन उभर आए—"छोटू-मोटू, पन्ना-मोती, दशरथ के चारों बेटों की तरह रहते थे।" उनके चेहरे पर ममतामय उल्लास चमकने लगा। शरद, मोटू-छोटू के बारे में पूछने ही जा रहा था कि तभी ठोड़ी तक घूँघट निकाले एक महिला दरवाजे पर आकर ठिठक गई; इस दुविधा में कि भीतर घुसे या नहीं।

"आओ...आओ...देखो, पहचानती हो इन्हें?"

शरद ने हाथ जोड़कर उठते हुए बड़ी नम्रता से कहा, "नमस्ते ताई जी।"

पर इस सम्बोधन से भी वे शायद पहचान नहीं पाईं, सो ज्यों-की-त्यों खड़ी रहीं।

"अरे पन्ना है, पन्ना। नहीं पहचान सकीं न? अपने रामेश्वर का बड़ा बेटा।" और ताऊ जी 'हो-हो' करके हँस पड़े।

"ओह, पन्ना है! खबर नहीं दी भैया। कोई लिवाने चला जाता।" और भीतर आकर ताई जी ने शरद की पीठ पर हाथ फेरा। ताऊ जी के मुकाबले में ताई जी की आवाज बड़ी धीमी और मुलायम लगी।

"नहीं, कोई जाता तो तकलीफ होती। ये शहरी लोग हैं, आराम-तलब। इन्हें हर बात में तकलीफ दिखाई देती है।" स्नेह ने व्यंग्य के पैने किनारे को इतना मुलायम बना दिया था कि बात मन में कहीं चुभी नहीं।

"रामेश्वर लाला अच्छे हैं? अम्मा, मोती, हीरा..."

"अब तो आप घूँघट खोल दीजिए ताई जी।" शरद को इस घूँघट से बड़ी उलझन हो रही थी।

"भई, मेरठ छोटा-सा शहर है, यहाँ बड़े शहरों जैसी बेशर्मी तो चलती नहीं। फिर हमारे घर की तो..."

"पर मैं तो मोटू-छोटू की तरह हूँ, ताऊ जी।"

"नहीं...नहीं..." ताऊ जी नकारात्मक भाव से सिर हिलाते हुए बोले, "अपना जाया बेटा भी जब जवान हो जाता है तो...नहीं-नहीं, यह सब मुझे पसन्द ही नहीं।" शरद को बड़ा अजीब-सा लगा। फिर एकाएक प्रसंग बदलकर वे ताई जी से बोले, "अब तुम कुछ दूध-लस्सी का सिलसिला तो बिठाओ। और हाँ सुनो, छोटी-बड़ी

बहू को कहो कि पन्ना के लिए ऊपर का कमरा तैयार कर दें।" शरद ने आवाज की बुलन्दी और रोब को भीतर तक महसूस किया और उसे लगा कि ताऊ जी केवल हुक्म ही दे सकते हैं। कभी इन्हें किसी के सामने याचना करनी पड़े तो? उस समय कैसा रहेगा इनका स्वर?

ताई जी लौट गईं। "मोटू-छोटू कहाँ हैं?" शरद को खुद आश्चर्य हुआ कि जिस बात को वह सबसे पहले पूछना चाहता था उसे इतनी देर तक कैसे टालता रहा। इस घर में आने का सबसे बड़ा आकर्षण तो उसके हमउम्र मोटू-छोटू ही थे। बचपन की स्मृतियों को सजीव करने में उसे सबसे ज्यादा मदद तो उन्हीं से मिलेगी।

"वे दोनों मन्दिर गए हैं।"

"मन्दिर?"

"हाँ, यहाँ पास ही है।" शरद के स्वर में लिपटा आश्चर्य का भाव वे शायद पकड़ नहीं पाए। उसी सहज भाव से बोले, "शाम को आरती के समय चाहो तो तुम भी चले जाना। बस आते ही होंगे, इतने में तुम भी नहा-धोकर निपट लो।"

शरद का मन हो रहा था कि किसी तरह एक प्याला चाय मिल जाए तो हिले-डुले। पर दूध-लस्सी की बात सुनने के बाद उससे कुछ भी कहा नहीं गया।

वह उठा और बरामदे में रखे अपने बैग में से तौलिया, ब्रश आदि निकाला और सूटकेस में से एक जोड़ी कपड़े। "वह नल है, वहाँ दातुन कर लेना; उधर ही पखाना और गुसलखाना है।" इशारे से बताकर ताऊ जी फिर बैठक में चले गए। शरद कन्धे पर तौलिया लटकाए, मुँह में पेस्ट लगा ब्रश दबाए, दो मिनट यों ही निरुद्देश्य-सा देखता रहा। आँगन के बीचों-बीच पक्का चबूतरा बना हुआ है; जिसके ऊपर बने सीमेंट के गमले में तुलसी खूब फूल रही है। गमले के चौड़े से किनारे पर एक बुझा हुआ दीपक रखा है। आँगन के चारों ओर करीब पाँच-छह फुट चौड़ा बरामदा-सा बना हुआ है और फिर कमरे।

तभी पायल की झनक से उसका ध्यान टूटा। गुलाबी-पीली साड़ियों में लिपटी, अपने को भरसक समेटती-सी, लम्बा-लम्बा घूँघट काढ़े दो महिलाएँ हाथ में झाड़ू, दरी, सुराही आदि लिये बैठक के ठीक सामने की ओर बने जीने में घुस गईं। 'ये छोटू-मोटू की बहुएँ होंगी' शरद ने अनुमान लगाया और एकाएक उसके सामने कुन्तल का चेहरा घूम गया। बिना बाँहों का ब्लाउज पहने और ऊँचा जूड़ा बाँधे। जाने क्यों उसे भीतर-ही-भीतर हँसी आ गई।

वह गुसलखाने में नहा रहा था कि उसे बाहर आँगन में तीन-चार लोगों की पदचाप सुनाई दी और फिर ताऊ जी का स्वर—"अरे मोटू-छोटू, पन्ना आए हैं लखनऊ से। अभी नहा रहे हैं।" स्वर में उल्लास छलका पड़ रहा था।

"अरे हमारा बेटा चरणामृत लाया है...लाओ, लाओ...इत्ता बड़ा हो।" ताऊ जी शायद किसी बच्चे से कह रहे थे।

एकाएक शरद के मन में छोटू-मोटू को देखने का कौतूहल जाग उठा। उसने जल्दी-जल्दी बदन पोंछकर कपड़े पहने और निकला तो—'अरे पन्ना भैया!' और लपककर दोनों ने शरद के पैर छुए। पास खड़े ताऊ जी मुग्ध भाव से भरत-मिलाप का यह दृश्य देखते रहे पर शरद बेहद संकुचित हो उठा। उसे ध्यान आया, उसने तो ताऊ जी-ताई जी तक के पैर नहीं छुए। "ये लल्ला हैं, मोटू के बेटे और ये मुन्ना हैं छोटू के बेटे। पैर छुओ तो बेटा, ताऊ जी के।" और ताऊ जी ने हल्के-से बच्चों को शरद की ओर धकेल-सा दिया।

मोटू-छोटू डील-डौल में शायद उससे इक्कीस ही थे। चौड़े ललाट पर चन्दन का टीका; दोनों के हाथ की कलाइयों में कलावा बँधा हुआ था। छोटू के गले में काली डोरी में बँधा ताबीज जैसा कुछ लटक रहा था। शरद उन्हें कुछ इस भाव से देखता रहा, मानो पहचानने की कोशिश कर रहा हो।

"आपने आने की कोई खबर नहीं दी भैया, वरना हम ताँगा लेकर स्टेशन आ जाते।"

तीसरी बार भी यही बात सुनकर शरद को लगने लगा जैसे खबर न देकर सचमुच ही उसने कोई अपराध कर दिया हो।

दूध और लस्सी के गिलास क्रोशिए से बने जालीदार मेजपोश से ढकी एक छोटी-सी टेबिल के चारों ओर रखे थे और बीच में एक प्लेटनुमा थाली में मठरी और बेसन के लड्डू।

"तुम दूध लोगे या लस्सी? हमारे यहाँ इस मामले में छोटे से लेकर बड़े तक सब मन के मालिक हैं। किसी को दूध चाहिए तो किसी को दूध की लस्सी; कोई दही की लस्सी के सिवाय कुछ छूता ही नहीं। सबकी फरमाइश पूरी करती हैं तुम्हारी ताई जी।" अपने घर की सारी व्यवस्था को लेकर ताऊ जी कुछ अतिरिक्त उत्साह में आए हुए थे।

'मन के मालिक' होने का सहारा पाकर शरद ने झिझकते-से स्वर में कहा,

"यदि दिक्कत न हो तो मैं चाय लेना..."

"ऐसी गर्मी में चाय?" ताऊ जी ने बीच में ही बात काट दी।

"दिक्कत की तो कोई बात नहीं, पर यह भी कोई चाय का मौसम है भला?"

"चाय तो शरीर को झुलता देती है भैया!" छोटू बोला।

"हल्के किस्म का नशा ही है, लत लग गई है तो फिर सर्दी-गर्मी क्या?" यह मोटू का फतवा था। ताऊ जी ने दोनों की बात का समर्थन करते हुए प्रसन्न मुद्रा में सिर हिलाया और फिर फैसला सुनाने के ढंग से कहा, "इनके लिए गरम-गरम दूध लाओ जी। यहाँ पानी मिला बाजार का दूध नहीं है, घर की भैंस का दूध है। चाय पिलाकर तुम्हारी सेहत बिगाड़नी है?" और उन्होंने तृप्ति युक्त आनन्द से मोटू-छोटू के भरे पूरे शरीरों को देखा।

शरद के भीतर कुछ उमड़ा जिसे उसने भीतर ही दबा लिया।

"क्यों भैया, आप यहाँ क्या ऑफिस के काम से आए हैं?"

"ऑफिस? ऑफिस तो मेरा कोई है नहीं।" ताई जी ने दूध का गिलास शरद के हाथ में पकड़ा दिया था, उसकी ओर घूमते हुए उसने कहा और उसे लगा कि अब वही प्रसंग आनेवाला है जिससे वह ऐसे काम-काजी लोगों के बीच बचना चाहता है। वह मन-ही-मन अपने को साधने लगा। "आप शायद अपना ही कोई धन्धा करते हैं।" हथेली से दूध की सनी मूँछों को साफ करते हुए छोटू ने जिज्ञासा प्रकट की।

शरद की समझ में ही नहीं आया कि वह क्या कहे। गोद में बैठे अपने दो-तीन साल के पोते के मुँह में मठरी का चूरा देते हुए ताऊ जी ने पूछा, "तुम आजकल वैसे कर क्या रहे हो?"

दूध का घूँट जैसे-तैसे सटककर आखिर उसने कह ही डाला—"जी बस, यों ही लिखने-विखने का शौक है।"

"सो तो तुम्हारा शौक हुआ। मैं शौक की बात नहीं, काम की बात पूछ रहा हूँ।" दोनों हथेलियों को आपस में फट-फट करके आपस में रगड़ते हुए उन्होंने मठरी का चिपका हुआ चूरा साफ किया। जाने क्यों शरद को लगा कि उसके कुछ कहने के साथ ही ये हथेलियाँ इसी तरह उसकी पीठ फटकारने लगेंगी। कुछ भिनभिनाते-से स्वर में बोला, "बस अपना तो काम भी यही है।"

"पर आमदनी का भी तो कोई जरिया होगा या नहीं?" ताऊ जी के चेहरे पर असन्तोष का भाव बढ़ता ही जा रहा था। इतनी देर तक शरद अपने लेखक

को भीतर-ही-भीतर दबाए स्वयं बोल रहा था, अब जैसे एकाएक उसका लेखक उभर आया। सारा संकोच और दुविधा एक किनारे रखकर वह कुछ ढिठाई के से स्वर में बोला, "बहुत पैसा कमाने की या जोड़ने की अपनी कोई इच्छा नहीं है, गुजारे लायक इसी से हो जाता है।" और उसने पैर थोड़े सामने को फैलाकर पीठ कुर्सी पर टिका दी। मानो पूरी तरह मोर्चे पर जम गया हो कि लो बोलो, क्या कर लोगे मेरा!

पर शायद ताऊ जी पर शरद के इस लहजे का कोई खास प्रभाव नहीं पड़ा। तैश में बोले, "नो-नो..., यह भी कोई बात हुई भला? रामेश्वर ने हाड़ पेल-पेलकर तुम्हें एम.ए. करवाया, अब उनके बुढ़ापे में तुम अपना शौक लेकर बैठ जाओ।" फिर स्वर को जरा मुलायम बनाकर बोले, "देखो बेटा, बुरा मत मानना पर तुम्हारे सोचने का यह तरीका ही गलत है।"

"हाँ भैया, देखिए न, आदमी होकर बस अपना पेट भरने का जुगाड़ कर लिया...यह तो कोई बात नहीं हुई न?" और समर्थन पाने के लिए मोटू ने ताऊ जी की ओर देखा। समर्थन में छोटू का सिर धीरे-धीरे हिल रहा था। खिन्न स्वर में ताऊ जी ने कहा, "कुछ समझ में ही नहीं आता...लगता है रामेश्वर ने जैसे अपने घर का सारा सिलसिला ही बिगाड़ लिया। अब यहाँ होते तो..."

कोई और समय होता तो पता नहीं शरद क्या कर बैठता। कम-से-कम अपना सामान लेकर चल तो पड़ता ही। पर इस समय वह केवल मन्द-मन्द मुसकराता रहा। मुग्ध भाव से सुनने और दाद देने का पार्ट अदा करते हुए मोटू-छोटू और वक्ता ताऊ जी...उसके मन में एक विस्मयपूर्ण कौतुक के अतिरिक्त और कोई भाव नहीं आ रहा था।

तभी घड़ी ने टन-टन करके आठ बजाए। घंटों की आवाज से ही ताऊ जी कुछ याद करते से बोले—"ओ होऽऽ—मैं तो भूल ही गया। चौधरी साहब के यहाँ आज साढ़े आठ बजे लगन चढ़नेवाला है। मोटू, तुम जल्दी से तैयार होकर चले जाओ। दो रुपये देते आना...और देखो, लिखवा जरूर देना।"

मोटू चला गया तो ताऊ जी ने जरा-सा तिरछे खड़े होकर तहमद खोली और कायदे से धोती पहन ली और बाहर की ओर मुँह करके बोले, "ये बर्तन ले जाना यहाँ से।" फिर छोटू की ओर देखकर बोले, "लिखने-लिखाने का शौक हमारे इन छोटू साहब को भी चर्राया था एक जमाने में। अरे, ये जब पेट में थे तो तुम्हारी ताई जी तुम्हें बहुत खिलाया करती थीं, सो तुम्हारी ही छाया पड़ गई होगी।" और फिर

अपनी ही बात पर हो-हो करके हँस पड़े—"सो भैया, हमने तो शुरू में ही ठीक कर दिया। क्यों छोटू, याद है न?"

छोटू कुछ ऐसे झेंपा मानो सबके सामने उसकी पोल खोल दी हो। धरती में नजर गड़ाए धीरे से बोला, "वह तो बचपने की बातें थीं।"

"हाँऽऽ, अब तो बचपने की बातें लगती ही हैं। पर उस समय..."

"पिता जी, ऊपर का कमरा ठीक कर दिया।" एक तेरह-चौदह साल की लड़की साड़ी पहने, गठरी बनी-सी दरवाजे पर आकर खड़ी हो गई। ताऊ जी ने उसे बिना भीतर बुलाये ही कहा, "पन्ना, ये बिट्टी हैं, तुम्हारी सबसे छोटी बहन। पिछले साल आठवाँ दर्जा पास किया था, अब घर का कामकाज सीख रही है। अगले साल तक या हो सका तो आती सर्दियों में ब्याह कर देंगे।"

बिट्टी इस प्रसंग पर सुर्ख होती हुई भाग गई—"छोटू पन्ना को कमरे में पहुँचा दो, और देख लो इन्हें किसी चीज की जरूरत तो नहीं है।" फिर उससे बोले, "देखो बेटा, यहाँ संकोच करने की जरूरत नहीं है! यह तुम्हारा अपना ही घर है। और देखो, हमारी किसी बात का बुरा मत मानना। क्या करें, तुम लोगों को पराया नहीं समझ पाते सो जो कुछ बुरा लगता है, कह देते हैं।"

"नहीं...नहीं..." शरद ने उठते हुए कहा।

सीढ़ियाँ चढ़ते हुए उसने सुना—"छोटू, लौटकर तुम हिसाब तैयार कर लेना।" आदेश देते हुए ताऊ जी का स्वर मिलिट्री के अफसर जैसा लगता है, कमांड करता हुआ। ऊपर पहुँचकर शरद ने देखा, बड़ी-सी खुली छत है, जिसके एक ओर एक कमरा बना हुआ है और दूसरी ओर टिन के शेड के नीचे सीमेंट की बोरियाँ चिनकर रखी हुई हैं।

"सीमेंट का भी कोई कारोबार है क्या?" शरद ने पूछा तो छोटू झेंपता-सा बोला, "नहीं-नहीं। ऊपर की मंजिल बनवानी है, इसी सप्ताह काम शुरू करवाना है। सीमेंट की तो ऐसी दिक्कत है कि बस। बड़ी मुश्किल से भाग-दौड़ करके इकट्ठी की है।"

शरद उसे गौर से देख रहा था। कैसी गम्भीरता और जिम्मेदारी से बात करता है। उसकी पीठ पर धप् मारकर हँसते हुए बोला, "यार छोटू, तुम तो अभी से अच्छे-खासे बुजुर्ग बन गए।"

छोटू झेंप गया।

"और यार, कुछ अपने हालचाल सुनाओ। तुम तो लड़कियों की तरह झेंप रहे हो।"

"नहीं तो। बस, सब ठीक चल रहा है।" फिर सीधे शरद की ओर देखकर बोला, "शाम को दुकान की तरफ आइए न!"

"किसकी दुकान है?"

"प्रोविजन और जनरल स्टोर है। यहाँ का तो सबसे बड़ा स्टोर है।" शरद को लगा जैसे वह अपना स्टोर दिखाने के लिए बहुत उत्सुक है। शायद चाहता है कि शरद देख ले कि...

"अच्छा चलूँ! आप देख लीजिए सब ठीक तो है न?"

"सब ठीक है यार, तुम बैठो न थोड़ी देर। तुमसे तो बहुत-सी बातें करनी हैं।" लापरवाही से शरद बोला।

"जरा हिसाब ठीक करना था। आप तो अभी यहाँ हैं ही, खूब बातें करेंगे।" छोटू उठ खड़ा हुआ। शरद लौटते हुए छोटू को कुछ इस भाव से देखता रहा मानो उसे पहचानने की कोशिश कर रहा हो। फिर उसने अपना कमरा देखा। एक खाट पर बिस्तर लगा था, जिस पर साफ कढ़ी हुई चादर बिछी थी। एक कोने में छोटी-सी टेबल और टिन की कुर्सी। सच, इस तरह की कुर्सियों को तो वह भूल ही चुका था। खिड़की पर सुराही रखी थी, पास में गिलास। नीचे दरी बिछी थी। दीवार के सहारे उसका सामान रखा था। ओह, उसे खयाल ही नहीं रहा, इसे कौन उठाकर लाया होगा? मोटू-छोटू की बहुएँ। अपनी लापरवाही पर उसे क्षोभ हुआ।

उठकर उसने दरवाजे पर लगी चिक को गिरा लिया। कमरे में हल्का-सा अँधेरा हो गया। जब पूरी तरह आश्वस्त हो गया कि वह अकेला है तो बैग में से निकालकर उसने सिगरेट सुलगाई। चाय न मिली तो यही सही और इत्मीनान से धुआँ छोड़ते हुए वह मन-ही-मन मुसकराया।

कभी कुन्तल यहाँ आए तो? वह तो ताऊ जी को देखकर सीधे ही कह बैठे— 'बुढ़ऊ क्रैक है।' उसके होंठ और फैल गए। आज रात को कुन्तल को पत्र लिखेगा।

शाम को निकला शरद घर लौटा तो रात के नौ बजे थे। सारे समय वह उन स्थानों पर घूमता रहा, जहाँ उसने बचपन के दिन बिताए थे, और जिनकी उजली-धुँधली अनेक स्मृतियाँ उसके मन में लिपटी थीं। छोटे रास्ते से जाने पर बीच में पड़नेवाला वह नाला, उसके पास लगे इमली और जामुन के पेड़ आज भी ज्यों-के-त्यों थे। मोटू-छोटू और वह जामुन तोड़ने में इतने मगन हो जाते थे कि स्कूल में देर हो जाती थी और गणित के काने मास्टर जी उन तीनों को सजा देकर बेंच

पर खड़ा कर दिया करते थे। जब वे तिरछे होकर बोर्ड पर सवाल समझाते होते तो बेंच पर खड़ा-खड़ा छोटू जीभ निकालकर और मुक्का दिखा-दिखाकर उन्हें चिढ़ाया करता था। उस समय कैसे भीतर से उमड़ती हुई हँसी को जबरन होंठों में ही दबाना पड़ता था।

इम्तिहान में हमेशा तीनों एक-दूसरे की नकल किया करते थे। पतंग उड़ाना, सोडे की बोतलों को पीस-पीसकर माँजा सूतना, घंटों गिल्ली-डंडे और गोलियाँ खेलना, छिपकर ताऊ जी की बीड़ी पीना, मन्दिर में से पैसे उठाकर ले आना— हर प्रसंग की अनेक-अनेक घटनाएँ उसकी स्मृति में लिपटी थीं। छोटू शुरू से ही ज्यादा शरारती था। दिन में दो-तीन बार वह ताऊ जी से जरूर पिटता था। पिता जी बचाते तो ताऊ जी उन्हीं पर बरस पड़ते—'छोड़ दे रामेश्वर, इस समय ढील दी तो आवारा हो जाएगा यह।'

बचपन की उन्हीं सब बातों को, उन्हीं स्थानों के बीच, एक बार फिर से सजीव करने के उद्देश्य से ही वह यहाँ आया था। पर जाने क्यों सारे दिन उसे यही लगता रहा कि बचपन की स्मृतियों के नाम पर उसने जो कुछ भी अपने मन में अंकित कर रखा है, उसमें से कुछ भी नहीं मिलेगा। शायद वह सोचता बहुत है और सोचने की इस प्रक्रिया में बहुत-सी काल्पनिक चीजें भी जोड़ता चलता है। पर जब वे सारे-के-सारे स्थान और चिह्न हल्के से परिवर्तन के साथ ज्यों-के-त्यों मिल गए तो उसे बड़ा सुखद आश्चर्य हुआ। यहाँ तक कि हरखू मोदी की वह दुकान भी मिली जहाँ से वे तीनों उधार लेकर चने-मूँगफली खाया करते थे और जब यह बात घर पहुँचती थी तो पिटते थे। बूढ़ा हरखू एक आँख पर हरे फ्लैनल की थिगली-सी लटकाए उससे मिलकर बड़ा प्रसन्न हुआ। उसने आज भी चने खरीदे तो हरखू ने पैसे नहीं लिये।

"तुम्हारा बेटा कहाँ गया?"

"भैया, लल्लन ने तो शहर में नौकरी कर ली। मुझको भी बुलाता है पर अपना तो जब तक शरीर चलता है, अपनी दुकान भली।"

रात को वह लौटा तो घर में सन्नाटा छाया हुआ था।

पहले दिन उसके खाने-पीने और सोने की अनियमितता की अभिभावात्मक ढंग से आलोचना करने के बाद ताऊ जी ने 'चार दिन को आया है' कहकर उसे स्वीकार भी कर लिया था। पर बाहर जाने से पहले वे एक बार अवश्य ऊपर आते थे—'क्यों

बेटा, किसी चीज की जरूरत तो नहीं है न?' से शुरू होकर बात काफी आगे तक चलती थी। उस समय ताऊ जी सफेद ब्रिचिस और बन्द गले का सफेद कोट पहने रहते, जिसमें मीने के काम के सोने के बटन लगे होते। सिर पर कलफदार साफा। शरद के मन में ताऊ जी का यही रूप अंकित था, केवल चेहरा कुछ अधिक चिकना और शरीर कुछ अधिक कसा हुआ। उनके हाथ में करीब दो फुट लम्बा, गोल लकड़ी का डंडा रहता, जिसके एक सिरे पर जीभ के आकार का कटा हुआ चमड़े का एक टुकड़ा लटकता रहता। वह डंडा हिला-हिलाकर बात करते तो बहुत रोकने पर भी शरद का मन बात से ज्यादा चमड़े की लपलपाती उस जीभ पर चला जाता।

बात हमेशा उसके परिवार से शुरू होती और फिर अनायास ही ताऊ जी के अपने परिवार पर आ जाती।

"तुम लोग तो लड़के हो, पर यह बताओ उस हीरा को क्यों कुँआरा बिठा रखा है? छब्बीस की तो होगी? और क्या, लल्ली से दो बरस बड़ी है। जानते हो, लल्ली के तीन बच्चे हैं।" और फिर वे शरद की ओर कुछ इस भाव से देखते मानो उसके तीन बच्चे होना बहुत बड़ी उपलब्धि हो। शरद मुसकराता-सा कहता—"वह अब डॉक्टर हो गई है—बड़ी और समझदार है। उसका अपना व्यक्तित्व है..."

"अब तो हो ही गई बड़ी, पर पेट में से तो डॉक्टर होकर नहीं निकली थी।" ताऊ जी भभकते, फिर बड़े खेद और असन्तोष से सिर हिलाते हुए कहते—"हमारी तो कुछ समझ में ही नहीं आता कि रामेश्वर ने यह सारे घर का सिलसिला क्यों बिगाड़ रखा है। लड़कियों को कहीं यों छूट दी जाती है? लगता है रामेश्वर ने बच्चों की तरफ से आँखें मूँद ली हैं। कच्ची उम्र में बच्चों का भविष्य उनके हाथ में छोड़ देने से तो ऐसा ही होता है।" फिर एकाएक स्वर को गिराकर बोले, "तुम विश्वास नहीं करोगे, छोटू ने इस घर में कम तुफैल नहीं मचाए थे। मैट्रिक में फर्स्ट पोजीशन क्या आ गई, अपने को लाटसाहब ही समझने लगा था। आगे पढ़ने के लिए बाहर जाएँगे, घर में नहीं रहेंगे, दुकान पर नहीं बैठेंगे।" फिर एकाएक वे कुछ आत्मीय बातें करने के मूड में आ गए। जरा सामने झुककर, शरद को विश्वास में लेते से बोले, "प्रेम-व्रेम के चक्कर में भी पड़ गए थे। वो बावेला मचाया घर में कि बस। कोई कायस्थों की छोकरी थी, आवारा-सी।" एकाएक शरद की जिज्ञासा जागी, पर पता नहीं उन्होंने शरद के सामने वह सब कहना उचित नहीं समझा या कि वह प्रसंग दोहराना ही उन्हें अरुचिकर लगा सो उन्होंने बात को वहीं तोड़कर उसका सार निचोड़कर रख दिया—"सो भैया, घर

है तो ऊँच-नीच तो लगी ही रहती है। जमाने की हवा है तो बच्चे उससे अछूते थोड़े ही रहते हैं, पर घर का जमा-जमाया एक सिलसिला हो तो सब ठीक हो जाता है। बच्चे जब भटकने लगें उस समय भी यदि उन्हें ठीक से गाइड न कर सकें तो लानत है हमारे माँ-बाप होने पर।" और एकाएक ताऊ जी ने डंडा मेज पर जमाया तो चमड़े की वह जीभ एक बार फिर हवा में लपलपा उठी। शरद को लगा कि प्रतिवाद करने के लिए यदि उसने चूँ भी की तो यह जीभ उसे निगल ही लेगी।

पुराने एसोसिएशन्स ताजा होते ही शरद को जैसे लिखने का मूड आ गया। देखे हुए स्थानों का एक-एक डिटेल वह अपनी डायरी में नोट करने लगा। सिनेमा के ट्रेलर की भाँति नीचे से मोटू-छोटू और ताई जी की बातों के प्रसंगहीन टुकड़े उसके कानों में पड़ते रहते—'अम्मा, महादेव जी के मन्दिर में एक बड़े चमत्कारी महात्मा आए हैं, उन्हीं से लेकर ताबीज बाँधो, वैद्य-हकीमों से यह गठिया नहीं जाएगी'...'मोटू भैया, हाथरसवालों को मैंने जवाब दे दिया कि बिना जायचा जुड़ाए तो हम सम्बन्ध नहीं कर सकेंगे'...'शंकरलाल के लड़के ने किसी बंगालिन से शादी कर ली, माँ-बाप बेचारे झक मार रहे हैं'...'हरदेई चाची के मरने पर बेटों ने कह दिया हम तेरहवीं नहीं करेंगे।'...'सीमेंट के बीस थैलों का इन्तजाम और हो गया है, अब काम शुरू करवा देना चाहिए'...'मजदूरों के दिमाग भी आजकल आसमान पर चढ़ रहे हैं...'

पर जैसे ही ताऊ जी आते, सारे घर में उनका स्वर गूँजने लगता और बाकी स्वर जैसे उसी में डूबकर रह जाते..."मैं कहता हूँ, इन लल्ला, मुन्ना को तो कुछ सिखाया करो, औंधे लेटकर पढ़ रहे हैं, यह कोई ढंग है पढ़ने का? तुम लोगों को हमने होशियार कर दिया, अब इन्हें तो तुम देखो-भालो!" दुनिया-भर के आदेश, दुनिया-भर की हिदायतें।

"आज बाहर नहीं गए?" ऊपर चढ़ते हुए ताऊ जी ने पूछा।

"बस यों ही कुछ लिखने बैठ गया।" पेन बन्द करके कुर्सी से जरा-सा उठते हुए शरद ने दरवाजे पर खड़े ताऊ जी का स्वागत किया।

"शाम को सब लोगों से मिल-मिला आता हूँ, इसी बहाने थोड़ा घूमना भी हो जाता है।"

शरद चुप रहा और वे बाहर छत की ओर देखने लगे। धूप छत पर से कभी

की सिमट चुकी थी, इस समय हवा में थोड़ी ठंडक भी आ गई थी—"हवा यहाँ खूब चलती है।" फिर एक मिनट ठहरकर पूछा, "रामेश्वर मकान-वकान बनवा रहा है या नहीं?" शरद को लगा अब वे अपने मकान की बात करेंगे।

"हमने तो भाई, सिर छिपाने और पैर टिकाने के लिए यह मकान बनवा लिया।" होंठ दबा लेने के कारण शरद की हँसी मुस्कराहट बनकर रह गई।

"कुछ भी हो, अपने मकान की होड़ नहीं, क्यों?"

समर्थन के अतिरिक्त शरद के पास कोई चारा नहीं था।

"दो कमरे छोटू के लिए, दो मोटू के लिए। बिलकुल अलग। अब न किसी का लेना, न देना। साथ रहकर भी हमारे यहाँ सब स्वतन्त्र हैं। मैंने नियम बना दिया है कि रात नौ बजे के बाद कितना ही जरूरी काम हो, बेटे और बहुओं को उनके कमरों से नहीं बुलाया जाएगा। फिर काम भी ऐसा बाँट रखा है कि झगड़े की कोई बात नहीं।" फिर गर्दन जरा आगे की ओर झुकाकर पूछा, "तुम्हें आए तीन दिन हो गए, कभी देखा तुमने बहुओं को लड़ते हुए। सुनी उनकी तू-तू, मैं-मैं?"

शरद को पहली बार खयाल आया कि उसे तो आज तक यह भी नहीं मालूम पड़ा कि मोटू की बहू कौन-सी है और छोटू की कौन-सी। उसके कमरे की खिड़की से नीचे के आँगन का जो थोड़ा-सा भाग दिखाई देता है, वहीं से उसे कभी-कभी रंगीन साड़ियों की झलक मिल जाती है, न भी मिलती है तो दूसरे दिन आँख खुलते ही सामने तार पर फैली हुई साड़ियों से वह अनुमान लगा लेता है कि कल ये ही साड़ियाँ उनके शरीरों पर रही होंगी।

"सो भैया, हमने तो शुरू से ही ऐसा सिलसिला बिठा दिया कि झगड़े-टंटे की कोई गुंजाइश ही नहीं।" फिर सामने रखी सीमेंट की बोरियों की ओर देखकर बोले, "भाग-दौड़ करके सीमेंट इकट्ठी की कि अपने रहते-रहते ऊपर की मंजिल भी बनवा दूँ। कौन जाने आगे क्या हो? यों भी अब छोटू-मोटू के बच्चे बड़े हो रहे हैं। मैंने तो इसी इरादे से ये छतें छोड़ दी थीं, बच्चे जब तक छोटे रहें, खेल-कूद लें, बड़े होने लगे तो सिर पर छतें डलवा दो, कमरे बन गए।" और अपनी ही दूरदर्शिता पर वे मन्द-मन्द मुसकराते रहे। फिर एकाएक उठते हुए बोले, "कौन जाने इनके बड़े होने तक हम जिन्दा भी रहेंगे या नहीं, सो सिलसिला बिठा ही दूँ।"

आँख खुलते ही शरद ने पहली बात सोची कि आज वह चल देगा। दो बार जोर की अँगड़ाई लेकर वह छत पर निकला तो देखा, सारी छत पर धूप फैली हुई है। सामने सीमेंट की बोरियों के चारों ओर ईंटों के ढेर लगा दिए गए हैं। जरा-सा नीचे झाँका तो देखा कि छोटू कमर में पाँयचे खोंसे, कमीज की बाँहें मोड़, हाथ में पानी की बाल्टी लिये खड़ा है और फेंटा-सा कसे बिट्टी सींक की झाडू से 'शटाक-शटाक' करती आँगन धो रही है। शरद को देखते ही बोला—

"उठ गए पन्ना भैया? आइए आप जल्दी से निपट लीजिए, आपका नाश्ता रखा है।"

"बड़े जोरों से धुलाई हो रही है।" शरद के नीचे उतरते ही बिट्टी सिमटकर एक ओर खड़ी हो गई। दोनों बच्चे लोटे भर-भरकर पानी डाल रहे थे।

"आज मकान का मुहूर्त है सो सत्यनारायण की कथा करवाई है। कल से ऊपर की मंजिल का काम शुरू हो जाएगा। आप बाहर निकलें तो जल्दी आइएगा भैया!" छोटू के स्वर में उत्साह जैसे छलका पड़ रहा था।

"आज तो यार, हम जाने की सोच रहे हैं।"

"नहीं भैया, शंकर पंडित की कथा सुनने तो लोग दूर-दूर से आते हैं। आप कल जाइएगा।"

दूसरे दिन शरद कमरे में अपना सामान ठीक कर रहा था। बाहर छत पर मजदूर गीली सीमेंट की तगारियाँ भर-भरकर दूसरी ओर ले जा रहे थे। धोती की तहमद बाँधे ताऊ जी खड़े-खड़े उसी कमांडरी लहजे में आदेश देते जा रहे थे और नन्हा मुन्ना ईंट के ढेर पर खड़ा होकर चहक रहा था—"देखो लल्ला भैया, हम कितने ऊँचे पहाड़ पर..."

नई नौकरी

टाई की नॉट ठीक करते हुए कुन्दन आदेश देता जा रहा था—"सोफे का कपड़ा कम पड़ गया है, तुम खुद लाकर दे देना। इनके जिम्मे कर दिया तो समझो सब चौपट। दरवाजे-खिड़कियों का वार्निश आज जरूर पूरा हो जाना चाहिए। और देखो, प्लम्बर आएगा तो जहाँ-जहाँ के नल और पाइप खराब हों, सब ठीक करवा लेना।"

रमा पीछे खड़ी सामने के आईने में पड़ते कुन्दन के प्रतिबिम्ब को देख रही थी। उसे लग रहा था नई नौकरी के साथ कुन्दन की सारी पर्सनेलिटी ही नहीं, बात करने का लहजा तक बदल गया है। कितना आत्मविश्वास आ गया है सारे व्यक्तित्व में! रौब जैसे टपका पड़ता है।

होंठों के कोनों में चुरुट दबाए, जाने से पहले उसने सारे घर का एक चक्कर लगाया। यह भी रोज का एक क्रम हो गया था। पीछे के बरामदे में दर्जी सोफे के कवर सिलाई कर रहा था। कुछ दूर खड़ा मिस्त्री, छोटे-छोटे टिनों में वार्निश तैयार करते लड़के को कुछ आदेश दे रहा था। कुन्दन को देखकर उसने सलाम ठोंका। "अब्दुल मियाँ, काम आज पूरा हो जाना चाहिए, तुम्हारा काम बहुत स्लो चल रहा है।"

"काम भी तो देखिए सरकार! समय चाहे दो दिन का ज्यादा लग जाए, पर आपको शिकायत का मौका नहीं दूँगा। मैं साहब काम की क्वालिटी पर..."

"अच्छा...अच्छा..." कुन्दन लौट आया। ड्राइंग-रूम के पार्टीशन पर नजर पड़ते ही कहा, "इंटीरियर-डेकोरेटर्सवालों के यहाँ फोन कर देना। यह पार्टीशन

बिलकुल नहीं चलेगा। डिजाइन क्या बताया था, बनवा क्या दिया, रबिश।"

कुन्दन गाड़ी में बैठा। रमा पोर्टिको की सबसे निचली सीढ़ी पर खड़ी थी। उसे लगा, जाने से पहले एक बार वह फिर सारे आदेशों को दोहराएगा, पर नहीं। गाड़ी स्टार्ट करके, खिड़की से जरा-सा हाथ निकालकर हल्के से हिलाते हुए कहा, "अच्छा, बा...बाई," तो उसे खयाल आया कि यह तो उसकी आदत थी कि गाड़ी में बैठकर चलने से पहले वह नौकर के सामने बताए हुए सारे काम फिर से दोहरा दिया करती थी।

तब कुन्दन हँसता हुआ कहता था—"बस भी करो यार, अब कितनी बार दोहराओगी। तुम इतनी बार कहती हो इसी से वह गड़बड़ा जाता है।"

गाड़ी लाल बजरी की सड़क पर तैरती हुई फाटक से बाहर निकली और दूर होती हुई अदृश्य हो गई।

रमा को लगा जैसे कुन्दन उसे पीछे छोड़कर आगे निकल गया है...बहुत आगे। जैसे वह अकेली रह गई है। एक महीने पहले वह भी कुन्दन के साथ ही निकला करती थी, कुन्दन उसे कॉलेज छोड़ता हुआ ऑफिस जाया करता था। पर अकेलेपन की यह अनुभूति तभी तक रहती जब तक वह पोर्टिको में खड़ी रहती। जैसे ही फ्लैट का दरवाजा खोलकर वह भीतर घुसती—लक-दक फर्नीचर, शीशों के दरवाजों और खिड़कियों पर झूलते लम्बे-लम्बे परदे, मिस्त्रियों की खटपट, नए-नए डिस्टेम्पर और वार्निश की हल्की-सी गन्ध के बीच न जाने कहाँ डूब जाती।

काम की एक लिस्ट उसके पास होती, जिन्हें उसे पूरा करना होता; काम करते मिस्त्रियों को देखना होता; मार्केट के दो-एक चक्कर लगाने होते...और यह सब करते-करते ही शाम हो जाती! ट्रिंग-ट्रिंग...ट्रिंग-ट्रिंग...

फोन उठाकर उसने नम्बर बोला, "कौन, मिसेज बर्मन? कहिए-कहिए, क्या खबर है?"

मिसेज बर्मन शिकायत कर रही थीं—"कॉलेज छोड़े दो महीने होने को आए, एक बार सूरत तक नहीं दिखाई। आउट ऑफ साइट..."

"अरे नहीं-नहीं!" रमा ने बात बीच में ही काट दी। उसने थोड़ा-सा झुककर कोहनी मेज पर टिका ली। उलटे हाथ में पैंसिल लेकर वह फोन का सन्देशा लेने के लिए जो पैड रखा था, उस पर यों ही आड़ी-तिरछी लकीरें खींचने लगी।

"आज लंच के समय आओ न, साथ बैठकर खाएँगे। तुम्हारे चले जाने से

हमारा डिपार्टमेंट तो सूना ही हो गया। लंच के समय तो तुम्हें बहुत ही मिस करते हैं। और एक तुम हो कि जाने के बाद खबर तक नहीं ली...।"

"क्या बताऊँ, इस नए घर को ठीक कराने के चक्कर में इतनी व्यस्त रही कि उधर आ ही नहीं सकी। अच्छा यह बताइए सुधा, मालती, जयन्ती सब कैसी हैं?"

"कहा न, आज आ जाओ। सबसे मिल भी लेना, खाना भी साथ खाएँगे।"

"आज?" और एक क्षण को मन के भीतरी-स्तर पर आज के सारे कामों की लिस्ट तैर-सी गई—"आज तो सम्भव नहीं होगा मिसेज बर्मन!" क्षमा-याचना के-से स्वर में वह बोली, "बस एक सप्ताह और ठहर जाइए, फिर अपने इस नए घर की पार्टी दूँगी...देखिए अपनी रमा का कमाल...देखेंगी तो पता लगेगा कि इन दो महीनों तक क्या करती रही।" फिर और दो-चार इधर-उधर की बातें और हल्की-फुल्की-सी मजाकें हुईं और रमा ने फोन रख दिया।

फोन रखने के बाद नए सिरे से इस बात का बोध हुआ कि कॉलेज छोड़े उसे दो महीने होने को आए। जाना तो दूर, उसे कभी खयाल ही नहीं आया वहाँ का। आश्चर्य के साथ-साथ उसे थोड़ी-सी ग्लानि भी हुई; वह क्यों नहीं गई, कैसे रह सकी बिना गए। आज बर्मन का फोन नहीं आता तो पता नहीं और कितने दिनों तक उसे उधर का खयाल ही नहीं आता। क्या सचमुच वह बड़े अफसर की बीवी बन गई है? उसे मजाक में कसा हुआ जयन्ती का रिमार्क याद आया।

एकाएक मन हुआ कि अभी चल पड़े। एक बार सबसे मिल ही आए। मना करने के बाद पहुँचकर वह सबको प्लेजेंट सरप्राइज देगी। उसने रसोई में जाकर दस-बारह आलू के पराँठे और चाट तैयार करने को कहा। ये दोनों चीजें वहाँ सबको बहुत पसन्द थीं। सारे डिपार्टमेंट में वह और मिसेज बर्मन ही विवाहित थीं...बाकी सब कॉलेज हॉस्टल में रहती थीं और अच्छी-अच्छी चीजें खाने की उनकी फरमाइशें बनी ही रहती थीं।

उसे अपनी फेयरवैल पार्टी की याद आई। साढ़े दस साल की सर्विस थी। प्रिंसिपल ने अनेकानेक शुभकामनाओं के साथ फूलों के बड़े-बड़े गुलदस्तों के बीच पार्कर पेन का एक सैट रखकर दिया था—"मिसेज चोपड़ा, आप इसी पेन से अपनी थीसिस पूरी करिए। जब भी वापस काम करने का मन हो, बिना किसी संकोच के चली आइए, यहाँ आपका हमेशा ही स्वागत है।" उसके डिपार्टमेंट की सभी लेक्चरर्स गाड़ी तक छोड़ने आई थीं—"भई रमाजी, कॉलेज भले ही छोड़ दीजिए,

पर लंच के समय खाना लेकर जरूर आ जाया करिए" तो उसकी नम आँखों में भी हँसी चमक उठी थी। तब उसे कुन्दन की बात याद हो आई थी—"तुम वहाँ पढ़ाने जाती हो या खाने! फोन पर भी जब तुम लोगों की बातें होती हैं तो खाना ही डिस्कस होता है।" उसने केवल उन लोगों से ही नहीं कहा था, बल्कि मन में भी सोचा था कि लंच के समय वह कॉलेज चली ही जाया करेगी। आखिर उसे भी तो अपने को कॉलेज से एकदम काट लेने में काफी कष्ट होगा...इस तरह धीरे-धीरे तो फिर भी...

तो क्या कुन्दन ने ठीक ही कहा था? कॉलेज छोड़ने का निर्णय लेकर वह चुपचाप रो रही थी और कुन्दन उसे समझा रहा था—मैं कह रहा हूँ, तुम्हें कतई अकेलापन नहीं लगेगा, तुम जरा भी कमी महसूस नहीं करोगी; रादर यू विल फील रिलीव्ड। कितना स्ट्रेन है तुम पर आजकल!

कुन्दन को एकाएक विदेशी कम्पनी में इतनी बड़ी नौकरी मिल जाएगी, इसकी आशा औरों को चाहे रही भी हो, कुन्दन को बिलकुल नहीं थी। डॉ. फिशर से पिछले आठ साल से उसके सम्बन्ध थे, विशुद्ध व्यावसायिक सम्बन्ध। उनकी प्रशंसा और सद्व्यवहार को भी वह व्यावसायिक औपचारिकता से अधिक कुछ नहीं मानता था पर...

दस-बारह दिन तक केवल जश्न ही मनाया था रमा और कुन्दन ने। पैसे की उसे इतनी लालसा नहीं थी, पर मारवाड़ी कन्सर्न का काम उसके मिजाज के बिलकुल अनुकूल नहीं था। रमा इस नए माहौल से नितान्त अपरिचित नहीं थी—क्लब, डांस, डिनर, कॉकटेल, यह सब वह बचपन से देखती आई थी, पर बस देखती ही आई थी, उसमें अपने को कभी घुला नहीं पाई थी।

डॉ. फिशर ने कुन्दन को नौकरी ही नहीं दी थी, धीरे-धीरे वे उसकी सारी जिन्दगी का पैटर्न भी तय कर रहे थे। उसे दो-तीन क्लबों का मेम्बर बनना पड़ा। आए दिन दूसरी कम्पनियों के बड़े-बड़े अफसरों को एंटरटेन करना पड़ता। विदेशियों को हिन्दुस्तानी खाना खिलाने के बहाने उसे घर में भी बड़ी-बड़ी पार्टियाँ करनी पड़तीं और तीन महीने पहले उसे कम्पनी की ओर से यह फ्लैट मिल गया। उसने सोचा, वह अपने इस नए घर को निहायत ही ओरिएंटल ढंग से सजाएगा, विदेशियों के लिए तो यही नवीनता होगी।

पर घर के लिए नया फर्नीचर बनवाने, चुन-चुनकर चीजें खरीदने के लिए दोनों में से किसी के पास भी समय नहीं था। कुन्दन चाहता था यह काम रमा को ही करना

चाहिए; क्योंकि यह काम उसी का था...फिर उसकी सुरुचि और सुघड़ता के तो हल्ले भी थे मित्रों के बीच में, पर रमा के पास समय ही नहीं रहता। सवेरे उठकर वह बंटी को तैयार करके स्कूल भेजती। फिर खुद तैयार होती। तैयार होते-होते ही वह नौकर को आदेश देती जाती, सारे दिन का काम समझाती; नाश्ता करते-करते वह अपना लेक्चर तैयार करती, तैयार तो क्या करती बस सूँघ-भर लेती। फिर नौ बजे कुन्दन के साथ ही निकल जाती। तीन बजे के करीब वह लौटती...थोड़ा आराम करती और फिर शाम की तैयारी। बाहर नहीं जाना होता था तो घर में किसी को आना रहता था।

रात ग्यारह-साढ़े ग्यारह पर वह सोती तो थककर चूर हो जाती। कुन्दन को उस समय हल्की-सी खुमारी चढ़ी रहती, कहता—"डोंट बी सिली। पार्टी में कैसे थक जाती हो? गाड़ी में बैठकर जाती हो...खाना-पीना, हँसी-मजाक, इनमें भी कहीं थका जाता है? गाड़ी में बिठाकर ले आता हूँ।"

रमा तब केवल सूनी-सूनी आँखों से उसे देखती रहती। मन की भीतरी परतों पर हिस्ट्री के वे टॉपिक्स तैरते रहते जो उसे कल पढ़ाने होते और जिन्हें वह जबरन ही दिमाग से बाहर ठेलने का प्रयास करती रहती। कुन्दन उसे बताता रहता कि डॉ. फिशर उससे कितने खुश हैं, कितना इम्प्रेस कर रखा है उसने; एकाएक ही उसे अपना भविष्य बहुत उज्ज्वल दिखाई देने लगा है। पता नहीं थकान के कारण या किसी और वजह से वह उतना उत्साह नहीं दिखा पाती तो कुन्दन बिगड़ पड़ता—"क्या बात है, देखता हूँ तुम्हें कोई दिलचस्पी ही नहीं है मेरे राइज में...यू सीम टूबी..."

"क्या बेकार की बातें करते हो, मुझे नींद आ रही है।"

कभी कुन्दन फोन पर कह देता कि ठीक सात बजे तैयार होकर रहना और आकर देखता कि वह तैयार हो रही है बिगड़ पड़ता—"रमा, तुम्हें टाइम की सेन्स कब आएगी...कभी घर पर खाना होता और कोई कसर रह जाती तो रात में बड़े सँभलकर कहता—"मैं यह नहीं कहता कि तुम खाना बनाओ...तीन-तीन नौकर तुम्हारे पास हैं, पर जरा-सा देखभर लिया करो!" ऐसे मौकों पर रमा कुछ नहीं कहती।

उस दिन कॉलेज में रमा को एक पेपर पढ़ना था। उसने खुद ही ऑफर किया था। सोचा था, इसी बहाने एक टॉपिक तैयार हो जाएगा, पर बिलकुल भी तैयार नहीं कर पाई। रात में लेटी तो रोना आ गया।

"मुझसे यह सब निभता नहीं।" लौटकर बिना कपड़े बदले ही कटे पेड़ की तरह पलंग पर गिरकर उसने कहा।

"क्या नहीं निभता?"

"यह रवैया मेरे बस का नहीं है। कितना गिल्टी फील करती हूँ। बिना तैयार किए पढ़ाना, लगता है जैसे लड़कियों को चीट कर रही हूँ। दो घंटे का समय भी तो मुझे अपने लिए नहीं मिलता।"

कुन्दन सोच रहा था कि रात में रमा के साथ वह एक-एक कमरे को अरेंज करने की योजना बनाएगा। कलर-स्कीम के लिए उसने जेन्सन-निकसनवालों से बात की थी। रमा की बात सुनी तो चुप रह गया।

"बंटी की रिपोर्ट देखी? हमेशा फर्स्ट आया करता था, इस बार सेविन्थ आया है।"

बगल में लेटकर, रमा को अपनी ओर खींचते हुए कुन्दन ने बहुत प्यार-भरे लहजे में कहा, "तो तुम उसे पढ़ाया करो!"

"कब पढ़ाया करूँ, तुम्हीं बताओ? शाम को पाँच से सात बजे का जो समय मिलता है, उसमें वह खेलने जाता है।"

"तो तुम्हीं बताओ मैं क्या करूँ?" बालों में हाथ फेरते हुए कुन्दन ने बहुत ही मुलायम स्वर में पूछा।

"कल मुझे पेपर पढ़ना है। पन्द्रह दिन पहले टॉपिक मिला था। एक लाइन भी नहीं लिखी है...अब कोई झूठा बहाना ही तो बनाना पड़ेगा।"

कुन्दन की अँगुलियाँ बालों पर से उतरकर गालों पर फिसलने लगीं।

"दस साल पूरे हुए...छह, आठ महीने में ही अपनी थीसिस सबमिट कर देती तो मेरा सिलेक्शन-ग्रेड में आना निश्चित ही था, पर ऐसी हालत रही तो..."

रमा रो पड़ी।

दूर कहीं कुन्दन के कानों में डॉ. फिशर के शब्द गूँज रहे थे—जनवरी में जर्मनी से डाइरेक्टर आनेवाले हैं, हमें यहाँ का सारा काम दिखाना होगा। एक नया प्लांट बिठाने की भी योजना है, उसके लिए कुछ रिसपॉन्सिबल लोगों की जरूरत होगी...सम स्मार्ट यंग मैन! बिजनेस में सोशल कॉण्टेक्ट्स पे करते हैं। यू विल हैव टुबी वैरी सोशल।"

कुन्दन को इन बातों में हमेशा अपने लिए कुछ संकेत, कुछ आश्वासन मिलते।

"लकीली योर वाइफ..."

"तुम मुझे छोड़ जाया करो। कोई जरूरी है कि मैं हर दिन तुम्हारे साथ ही जाया करूँ?"

कुन्दन कुछ देर उसे यों ही सहलाता रहा, फिर एकाएक उसे बाँहों में भरता-सा बोला—"तुम्हें छोड़कर आज तक मैं कहीं गया हूँ, जा सकता हूँ। ऑफिस के अलावा हमेशा हम साथ जाते हैं। तुम तो जानती हो कि तुम्हारे बिना मुझे कुछ भी अच्छा नहीं लगता।"

रमा खुद इस बात को जानती है। उनका आठ साल का विवाहित जीवन दोस्तों के बीच ईर्ष्या और प्रशंसा का विषय रहा है। समझ नहीं पाई क्या कहे! वह जब तक सो नहीं गई, कुन्दन उसे प्यार से थपथपाता रहा था।

"मेम साहब, पराँठे अभी बनेंगे?"

"...ऐं?" चौंकते हुए रमा ने पूछा। फिर बोली—"नहीं-नहीं, साढ़े बारह बजे बनाना है, एक बजे हम कॉलेज जाएँगे आज। जितने एक चक्कर बाजार का लगा आऊँ और सोफे का कपड़ा लाकर दे दूँ।" उसने एक बार भीतर जाकर मिस्त्रियों को याद दिला दिया कि आज पॉलिश हर हालत में खत्म कर देनी है।

फिर अपनी डायरी देखी—बाजार से और क्या-क्या सामान लाना है। कपड़े बदलने अन्दर गई तो देखा नौकर ने रैक से सारी किताबें निकाल रखी थीं और पोंछकर जमा रहा था।

इनमें से एक किताब भी उसने नहीं पढ़ी है, कुछ पर तो अभी तक अपना नाम भी नहीं लिखा है। कुन्दन ने भी जोश में आकर एक दिन में इतनी ढेर-सी किताबें खरीदकर सामने रख दी थीं।

बात शुरू दूसरे स्तर पर हुई थी। कुन्दन ऑफिस से लौटा था तो बिना किसी प्रसंग के रमा ने कहा—"मैं कॉलेज छोड़ दूँगी। इस तरह काम करने से तो नहीं करना ज्यादा अच्छा है।" स्वर में न कहीं तल्खी थी न शिकायत, बड़े सहज स्वर में उसने कहा था।

कुन्दन देखता रहा। यही वाक्य था जिसे उसने अनेक बार अनेक तरह से मन-ही-मन में दोहराया था, पर कहने का मौका नहीं मिला था। अब तो उसे यह और भी जरूरी लग रहा था क्योंकि जनवरी तक उसे अपना सारा घर डेकोरेट करना था... ओरिएंटल स्टाइल पर। फिर भी उसने पूछा, "क्या बात हो गई?"

"कुछ नहीं।"

कुन्दन को इस समय और बात खींचना अच्छा नहीं लगा। चाय का प्याला हाथ में लिये ही लॉन में निकल गया। कैक्टस की जितनी वैराइटी ला सकता था, लाकर फाटक के दोनों ओर बड़ी खूबसूरत रॉकरीज बनाई थीं। पर लॉन से वह अभी भी सन्तुष्ट नहीं था। चाहता था लॉन पर्शियन कार्पेट में बदल जाए।

रात में फिर वही प्रसंग चला। कुन्दन उससे बचना भी चाहता था और जानना भी चाहता था कि रमा ने सचमुच ही यह निर्णय ले लिया है या कि केवल कुन्दन पर अपना आक्रोश प्रकट कर रही है। पर रमा ने केवल इतना ही कहा—"अब निभता नहीं, कल इस्तीफा दे दूँगी।"

स्वर के भीगेपन ने कुन्दन को भी कहीं से छुआ जरूर फिर भी सारी बात को एक हल्के मजाक में बदलने के लहजे में उसने कहा, "छोड़ो भी यार, वैसे भी क्या रखा है एन्शियंट हिस्ट्री पढ़ने में! चोल वंश, चेदि वंश के बारे में न भी जानेंगे तो कौन-सी जिन्दगी हराम हो जाएगी!"

रमा चुप!

"इससे तो तुम खूब किताबें पढ़ो, मैगजीन्स पढ़ो...कुछ छुटपुट क्लासेज अटेंड कर लो। बंटी को पढ़ाओ। दुनिया-भर के बच्चों को पढ़ाओ और अपना बच्चा निगलेक्ट हो..."

रमा चुप!

कुन्दन उस चुप्पी पर खीज आया, फिर भी अपने स्वर को भरसक संयत बनाकर बोला, "तुम्हें शायद लग रहा है कि मेरी वजह से, इस नई नौकरी की वजह से तुम्हें अपना काम छोड़ना पड़ रहा है...पर यह तो सोचो, मुझे ही इस नौकरी में क्या दिलचस्पी है? तुम्हारे लिए, बंटी के लिए..."

"मैंने तो ऐसा नहीं कहा। मैं तो यही सोच रही थी कि आखिर मेरे मन के सन्तोष के लिए क्या होगा?"

"मेरा सन्तोष, तुम्हारा सन्तोष नहीं है, मेरी तरक्की, तुम्हारी तरक्की नहीं है?"

"है क्यों नहीं? मेरा यह मतलब नहीं था। दस साल से काम कर रही थी... छोड़ दूँगी तो मेरा मन कैसे लगेगा?"

"मैं तो सोचता हूँ, तुम्हें यह सब सोचने का समय ही नहीं मिलेगा।" और शाम को उसने तीन बंडल किताबें लाकर उसके सामने रख दी थी।

और सचमुच उसके बाद उसे यह सब सोचने का समय ही कब मिला। आज भी मिसेज बर्मन के टेलीफोन ने ही उसे कॉलेज की याद दिलाई, वरना...

सारे दिन गाड़ी में घूम-घूमकर उसने घर का सामान खरीदा है। पर्दों के लिए उसने लूमवालों से यह तय किया कि चालीस गज कपड़ा बनाकर वह उस डिजाइन को नष्ट कर देंगे, जिससे उसके जैसे पर्दे और कहीं देखने को भी न मिलें। डिजाइन भी उसने खुद पसन्द करके बनवाया था।

राजस्थान की किसी रियासत का बहुत-सा सामान नीलाम हुआ था। कितने दिनों तक वह वहाँ जा-जाकर बैठी थी—पुरानी पेंटिंग्ज, झाड़-फानूस और भी सजावट की छोटी-मोटी चीजें उसने खरीदी थीं।

आज दरवाजों का पॉलिश समाप्त हो जाएगा तो सारा सामान जमाना है। डाइरेक्टर मुम्बई आ गए हैं, अगले सप्ताह तक यहाँ आ जाएँगे, तब तक वह सब जमा लेगी। 'इंटीरियर डेकोरेटर्स वालों' के यहाँ से एक आदमी बराबर आता रहा है। तभी उसे फोन करने का खयाल आया।

लाइन एंगेज्ड थी।

वह बाहर जाने के लिए निकल ही रही थी कि टेलीफोन की घंटी बजी। रमा ने रिसीवर उठाकर अपना नम्बर बोला, "ओह, मैं सोच रहा था, तुम कहीं मार्केट के लिए नहीं निकल गई होओ।"

"बस निकल ही रही थी।"

"सुनो डार्लिंग, लंच पर मेरे साथ एक साहब होंगे, यहीं के हैं, बहुत फॉर्मल होने की जरूरत नहीं है, बस जरा-सा देख लेना। डेकोरेटर को फोन किया?"

"किया था, पर लाइन नहीं मिली, लौटकर फिर करूँगी।"

"ओ.के.।" खट!

रसोई में जाकर रमा ने कहा, "थोड़ी सब्जियाँ उबालकर इन उबले हुए आलुओं में मिला दो। पराँठे नहीं बनेंगे, वेजिटेबिल कटलेट बना देना!"

फिर उसने फ्रिज खोलकर देखा—सबकुछ था। जब वह कॉलेज जाती थी तो कुन्दन का लंच ऑफिस जाता था, पर आजकल वह लंच के लिए घर ही आता है।

पहली तारीख! लंच के लिए कुन्दन आया। जब भी वह घर आता, एक बार सारे घर का चक्कर लगाता। इस नई साज-सज्जा को हर एंगिल्स से देखता...और उसके चेहरे पर एक सन्तोषमय, गर्वयुक्त उल्लास चमकने लगता। कभी-कभी इसी उल्लास में रमा को बाँह में भरता हुआ कहता—"यू आर रीयली वंडरफुल!" यों खुले में चूमने की मर्यादा वह तोड़ नहीं पाया था, इसी से केवल उसे दबाकर छोड़ देता।

पूरा चक्कर लगाकर बोला, "आई थिंक एवरी थिंग इज इन ट्यून! क्यों?"

कलफ लगा नैपकिन फड़फड़ाता हुआ उसकी गोद में फैल गया।

"अब कोई आए, मुझे चिन्ता नहीं। पाँच तारीख को डाइरेक्टर आ रहे हैं—मैं इस बार एक बड़ी पार्टी घर पर ही करूँगा।"

रमा खाती भी जा रही थी और उसकी प्लेट का ध्यान भी रख रही थी। जो चीज खत्म हो जाती, रख देती।

"बस यार, वो रोब पटकना है कि डाइरेक्टर की नजरों में जम जाऊँ...एक बार ये लोग इम्प्रेस हो जाएँ तो रास्ता साफ है। डॉ. फिशर तो जब भी कोई मौका आएगा, मेरे फेवर में ही राय देंगे।"

रमा कुन्दन के बच्चों जैसे पुलकमय आवेश पर मन्द-मन्द मुस्कराती रही।

"मेम साहब, आपका फोन है।"

"किसका है? बोलो बाद में करें। मेम साहब इस समय लंच ले रही हैं।"

कुन्दन इस समय रमा को वह सारी बातें सुनाना चाहता था, जो आज उसके और फिशर के बीच हुई थीं। कितने स्पष्ट थे सारे संकेत! फिर भी वह अपने अनुमानों का रमा से समर्थन करा लेना चाहता था।

"कॉलेज से मिसेज बर्मन का है।" बैरा लौटने लगा।

"अरे ठहरो!" और रमा एकदम उठ खड़ी हुई।

बातें शुरू हुईं तो वह भूल ही गई कि कुन्दन खाने की मेज पर बैठा है और वह खाना बीच में ही छोड़कर आई है।

"अरे डार्लिंग, आओ न! तुम औरतों का भी बस एक बार चरखा चल जाए तो खत्म ही नहीं होता।"

रमा लौट ही रही थी—"चरखा क्या, कोई इतने अपनेपन से बुलाए तो मैं ठीक से बात भी न करूँ! यह भी कोई बात हुई भला?"

"अच्छा-अच्छा, अब अपना खाना खत्म करो।"

"तुम्हारा हो गया तो तुम उठो न!"

"नो...नो...यह कैसे हो सकता है भला?"

खाने के बाद कॉफी लेकर, ईजी चेयर पर आराम करते हुए कुन्दन ने सिगरेट सुलगा ली और गोल-गोल छल्ले के रूप में धुआँ उगलता रहा। फिर रोज की तरह पाँच मिनट के लिए आँख मूँद ली। रमा अखबार पलटने लगी।

"अब चलें।" झटके से कुन्दन उठ खड़ा हुआ।

कोट उठाया तो तनख्वाह की याद आई। भीतर के जेब से नोट के दो बंडल निकाले—एक बड़ा, दूसरा छोटा।

"अरे यह क्या, तनख्वाह ले आए? आज क्या पहली तारीख हो गई?" रमा को आजकल तारीख और दिनों का कुछ खयाल ही नहीं रहता।

"ये आया, बैरा और खानसामा के हैं। अस्सी, अस्सी और सौ!" छोटा बंडल बढ़ाते हुए कुन्दन ने कहा। रमा ने बंडल ले लिया।

"और यह तुम्हारा है।" फिर जरा-सा झुककर बोला।

"अब जो मुनासिब समझो, इस गुलाम को पान-सिगरेट के लिए दे देना।" और हँस पड़ा। रमा भी मुसकरा दी।

"बा...बाई..." और लाल बजरी की सड़क पर तैरती हुई कुन्दन की कार रमा को वहीं छोड़कर आगे चली गई।

तीसरा आदमी

पाजामे को मोड़कर उसमें क्लिप लगाते हुए सतीश बोला—"तुमने तो सारा कमरा ही अस्त-व्यस्त कर रखा है, कहीं बैठने तक की तो जगह नहीं है। तुम ठीक-ठाक करो, तब तक मैं जरा बाहर ही घूम आता हूँ।"

हाथ में झाड़ू लिये-लिये ही शकुन ने उसे भरपूर नजरों से देखा—"देख रही हूँ, तुम्हें आलोक जी का आना अच्छा नहीं लग रहा है।" आवाज में हल्की-सी तल्खी थी, जिसे भौंहों पर पड़े बल ने और भी स्पष्ट कर दिया था।

"मुझे? मैंने तो ऐसा कुछ नहीं कहा!" और उसने यों ही स्टैंड के सहारे खड़ी साइकिल के पैडिल पर जोर से पैर मारा, तो पीछे का पहिया जोर से घन्ना उठा।

"सब कुछ कहा ही नहीं जाता है। कुछ बातें होती हैं, जो शब्दों के बिना भी शब्दों से ज्यादा स्पष्ट होती हैं। फिर मैं कोई बच्ची नहीं, तुम्हारी हर बात को खूब समझती हूँ।" और वह जोर-जोर से झाड़ू मारकर दरी की धूल झाड़ने लगी।

एक क्षण को सतीश की समझ में नहीं आया कि वह क्या कहे, क्या करे? बड़ी कातर-सी नजर से उसने शकुन को देखा और फिर साइकिल ठेलता हुआ सीढ़ियाँ उतरकर सड़क पर आ गया।

बाहर आकर एकाएक उसे लगने लगा जैसे आलोक का आना उसे सचमुच ही अच्छा नहीं लग रहा है। दो दिन से मन पर जो हल्की-सी खिन्नता छाई हुई है, वह कहीं 'अच्छा न लगना' ही तो है। वह शायद इस भावना को नाम नहीं दे पा रहा था, शकुन ने दे दिया।

शकुन के मन में बड़ा उत्साह है। कल से ही लगी हुई है सारा घर ठीक करने

में। और कल से उसे बड़ा अफसोस हो रहा है कि क्यों नहीं उसने बड़ा घर लेने की बात मान ली? अब इस कमरे को ही बड़ा करने के चक्कर में उसने न जाने कितना फालतू सामान हटा दिया है। अपने घर को बिलकुल नया रूप, नया जीवन देने पर तुली हुई है जैसे!

'नया रूप, नया जीवन?' कमरे के लिए ये शब्द कितने बेतुके हैं! उसे इन शब्दों का खयाल ही क्यों आया? उसे खुद लगने लगा कि बहुत भीतर कहीं कुछ हो रहा है, जो उसे एबनॉर्मल बनाता जा रहा है। तभी तो उसने कुछ नहीं कहा, फिर भी शकुन भाँप गई।

उसने देखा, वह शुक्ला के घर के सामने आ गया है। चलते समय उसने कुछ भी नहीं सोचा था कि वह कहाँ जाएगा! बस घर में बैठने की जगह नहीं थी, सो चल पड़ा था। कुछ देर शुक्ला के यहाँ ही बैठ ले! उसने पैर जमीन पर टिका दिए, पर दो मिनट तक वह तय नहीं कर पाया कि शुक्ला के यहाँ जाए या आगे बढ़ जाए। नहीं, उसे कहीं नहीं बैठना है। वह इस समय एकान्त में बैठकर अपने मन में ही झाँकेगा; जो कुछ भी अनुचित, अस्वाभाविक वहाँ है, उसे जाने-समझेगा। शायद इससे उसकी मानसिक स्थिति कुछ सुधरेगी। वरना यदि वह कल भी इसी तरह ऊटपटाँग व्यवहार करने लगा तो कितनी भद्दी बात होगी! फिर यह आनेवाला व्यक्ति लेखक ठहरा, जरूर बड़ी पैनी नजर होगी उसकी।

उसने साइकिल आनासागर की ओर मोड़ दी। बजरंग गढ़ पर चढ़ती भीड़ को देखकर उसे खयाल आया, आज जरूर मंगलवार ही होना चाहिए। होना क्या चाहिए, है ही। तो वह क्या भूलने भी लगा है? क्या होता जा रहा है उसे?

सारी बारहदरी पार करके वह उसके अन्तिम सिरे पर आ गया। साइकिल में उसने ताला डाला और तालाब की ओर मुँह करके बैठ गया। सामने पानी में छोटी-छोटी लहरें उठ-बिखर रही थीं। एक लहर उठकर आगे बढ़ती, पर किनारे तक आने से पहले ही दूसरी लहर धक्के से उसे बिखेर देती। वह कुछ देर लहरों का यह खेल ही देखता रहा।

कल आलोक जी आ रहे हैं। आलोक जी—जिन्हें वह जानता नहीं, जिन्हें उसने कभी देखा नहीं। वह शकुन के परिचित हैं और उसी के निमंत्रण पर आ भी रहे हैं। शकुन ने उसे भी पत्र लिखने के लिए कहा था, दो दिन तक वह तय ही नहीं कर पाया था कि लिखे या नहीं। फिर शकुन एकाएक बिगड़ पड़ी थी तो उसने उसी

समय एक पोस्टकार्ड लिख दिया था और अब वह आ रहे हैं। यों देखो तो बड़ी साधारण-सी बात है, फिर भी उसे लगता था कि कहीं कुछ है अवश्य।

आलोक जी बड़े लेखक हैं। शकुन से ही उसने उनके बड़प्पन की बात सुनी है। बड़े आदमी हैं तो व्यस्त भी जरूर रहते होंगे, फिर आना स्वीकार कैसे कर लिया? शकुन से भी तो कोई विशेष परिचय नहीं। चार महीने पहले वह दो दिन के लिए जयपुर गई थी अपने भाईसाहब के पास, वहीं शायद मिली थी कुछ समय के लिए। उसके बाद पत्र आते-जाते हैं; कभी-कभी किताबों के पार्सल भी। शकुन की मेज पर आलोक की कई पुस्तकें जम गई हैं, जिन्हें वह हमेशा पढ़ती-सराहती रहती है।

पर शकुन कुछ ज्यादा ही उत्साहित है। उत्साह क्या, आवेग में आई हुई है। शायद इसीलिए कि वही उन्हें जानती भी है और कोई बड़ा आदमी आता है, तो थोड़ा उत्साह-आवेग आ ही जाता है।

उसे याद आया—शकुन को इस घर में तीसरे आदमी की उपस्थिति असह्य हो जाती थी। कमरा एक ही था और जब कोई भी आ जाता तो उसके सोने के लिए अलग जगह नहीं रह जाती और सोते समय शकुन से अलगाव नहीं सहा जाता। जिस साल शकुन बी.ए. की तैयारी कर रही थी तो उसने गाँव से माँ को बुलवा लिया था। "घर माँ सँभाल लेंगी, तुम पढ़ने में लगी रहो, वरना यह दूसरी मेहनत तुम्हें मार देगी। कितना काम तुमको करना पड़ता है! सच, मैं तुम्हारे लिए..." पर शकुन रोती रही थी—"क्यों बेकार की बातें करते हो? तुम मुझसे चौगुना काम करवा लो, पर रात को तुम्हारी बाँहें नहीं छोड़ सकती। वहाँ आते ही सारी थकान मिट जाती है, अगले दिन के लिए ताजगी आ जाती है।" और सतीश ने बड़े ढंग से माँ को वापस गाँव भेज दिया था।

एक बार उसका एक बड़ा पुराना मित्र आकर टिक गया था। शकुन शिष्टता की सीमा लाँघकर उसके साथ पेश आई। सतीश को उस बार तो गुस्सा भी आ गया था, पर शकुन की यह दुर्बलता भीतर-ही-भीतर उसे कहीं पुलकित भी करती रहती।

"मैं बी.टी. करके नौकरी कर लूँ, तब तुम दो कमरे का मकान ले लेना और जिसको चाहो बुलाना। यूँ भी अब तो किसी तीसरे आदमी को बुलाएँगे ही...आखिर कब तक टालेंगे?"...और वह लजा पड़ी थी।

जिस दिन बी.टी. का रिजल्ट निकला था, वह और शकुन बेहद प्रसन्न थे और उस दिन पहली बार वे किसी तीसरे आदमी को लाने के लिए मनुहार करते रहे थे। तीन साल अपने को जब्त किया...अब और नहीं, अब और नहीं।

वे प्रतीक्षा करते और फिर नए सिरे से निराश हो जाते। जुलाई में शकुन को हायर सेकेंडरी स्कूल में नौकरी मिल गई। दो-तीन महीने अपने नए काम के बीच वह कुछ भूली रही। पर सतीश ने देखा कि धीरे-धीरे यह निराशा उसके भीतर-ही-भीतर कुछ तोड़ती-मरोड़ती चल रही है।

"अरे भाई, खाने पर आओ न, मैं बैठा हूँ।"

"तुम खा लो, मुझे आज खाना नहीं है।"

"क्या बात है, तबीयत तो ठीक है न?" सतीश ने भीतर लेटी शकुन को दुलारते हुए पूछा।

"हाँ-हाँ, ठीक है। मैंने व्रत रखा है।"

"व्रत!" सतीश जोर से हँस पड़ा—"यह व्रत तुम कब से रखने लगी हो?"

"अब से मंगल को रखा करूँगी। हनुमान जी का व्रत रखना चाहिए। तुम चाहे मजाक उड़ा लो, मैं तो मानती हूँ।"

सतीश एकाएक खिन्न हो आया था। वह अकेला ही खाने बैठा तो उससे खाया नहीं गया। उस रात उसकी छाती पर सिर रखकर शकुन बहुत-बहुत रोई थी—"मेरा मन नहीं लगता, मुझे बड़ा अकेला-अकेला लगता है।"

सतीश इस बात से दुःखी नहीं, शकुन के दुःख से जरूर दुःखी था, पर कुछ भी उसकी समझ में नहीं आता कि वह क्या करे? और एक दिन शकुन ने कहा, "सुनो, आज मैं डॉक्टर के पास गई थी।"

"क्यों?" बड़े आश्चर्य से उसने पूछा।

"इधर कुछ दिनों से मुझे अपनी तबीयत ठीक नहीं लग रही थी, सोचा, दिखा दूँ।"

"मुझे तो तुमने अपनी तबीयत के बारे में कुछ नहीं बताया?" कुछ अविश्वास से उसने पूछा। शकुन यों अकेली डॉक्टर के पास चली जाए—कुछ नई बात थी।

"बताने जैसा कुछ होता तो बता देती, बस यों ही जरा भारीपन-सा लगता था।"

"क्या बताया डॉक्टर ने?" डॉक्टर की बात सुनते ही उसका मन जाने कैसा-

कैसा होने लगा था, पर अब आशा की एक हल्की-सी लहर दौड़ गई। क्या शकुन कोई खबर सुनानेवाली है?

"कोई खास बात नहीं।" बड़ा उदास स्वर था शकुन का। नहीं, खुश होने जैसी कोई बात नहीं है।

"उसने तुम्हें बुलाया है।" शकुन फिर बोली।

"क्यों?" और वह गौर से शकुन को देखने लगा। शकुन भी शायद उसकी नजरों का सामना करना नहीं चाहती थी, मुँह किताब में ही गड़ाए रही।

"क्या हर्ज है, एक बार चले जाओ तो!" हिम्मत बटोरकर शकुन ने कहा।

सतीश को लगा—शकुन का यों अकेले डॉक्टर के पास जाना, उसे भी जाने के लिए कहना—जैसे भीतर-ही-भीतर कुछ घुनता जा रहा है। उसका मन हुआ, कोई तीखी-सी बात कह दे, पर कही नहीं गई। कहा केवल इतना ही—"मुझे क्या हुआ है जो डॉक्टर के पास जाऊँगा? मुझे नहीं जाना है!" और वह प्रतीक्षा करने लगा कि शकुन विरोध करे या जिद करे तो फिर वह भी कुछ सुनाए। शकुन ने कुछ नहीं कहा।...कहती क्यों नहीं है साफ-साफ?

"तो शकुन उसे..." भीतर-ही-भीतर उसके कुछ सुलगने लगा। सामने लेटी शकुन उसे बड़ी अपरिचित और पराई-सी लगने लगी। यही वह शकुन है जिसे उसने अपने प्राणों से ज्यादा प्यार किया है...जिसे उसकी बाँहों का सहारा लिये बिना नींद नहीं आती। वही शकुन उसपर सन्देह करती है। उसे...वह...बिना कुछ बोले ही वह बाहर चला गया था। उसे सारी बात पर कभी गुस्सा आता, तो कभी दु:ख होता, पर भीतर-ही-भीतर एक हल्का-सा भय भी अनजाने ही उसके मन में समाता जा रहा था।

और उस दिन के बाद उस घर की छत के नीचे बिना बोले, बिना कहे बहुत-कुछ घट गया था। शकुन के भीतर कहीं कुछ मर गया था। जिस रात की प्रतीक्षा में सतीश पहले सारा दिन काटता था, बिना थके फाइलों से जूझता रहता था...उसी रात से अब वह डरने लगा।

उसके बाद जब भी दो कमरे का घर लेने की बात आती, बड़े बुझे-बुझे से स्वर में शकुन कहती—"क्या करना है बड़े घर का? दो जनों के लिए यह कमरा ही काफी है।" हाँ, लकड़ी का पार्टीशन अवश्य लग गया था और बाकायदा सोने और बैठने के दो कमरे बना दिए गए थे। शकुन बहुत कंजूस हो चली थी। जब-तब कहती—"कौन लम्बी-चौड़ी आमदनी है! इसी में से खर्च करना है, इसी में

से बचाकर भी रखना है। बुढ़ापे में चार पैसे होंगे तो यही सहारा देंगे, वरना यहाँ कौन...” और सतीश का मन होता था कि इस बे-सिर-पैर की बकवास करने के लिए वह शकुन की जीभ खींच ले, पर भीतर-ही-भीतर दिन-प्रतिदिन बढ़नेवाला वह भय उसे कुछ भी नहीं कहने देता। क्या कहे वह?

और सबसे बड़ा परिवर्तन हुआ था कि सारा शरीर सतीश की बाँहों में छोड़कर भी शकुन कहीं और रहती थी। थोड़ी देर बाद उसकी बाँहों में से छूटकर करवट लेकर सो जाती—“मुझे नींद आ रही है।” और अपमानित-आहत सतीश करवटें लेता रहता और निश्चय करता कि वह शकुन को बिना बताए कल ही डॉक्टर के पास जाएगा और अपने को दिखा आएगा। यह झूठा लांछन वह क्यों अपने ऊपर ले?

पर सवेरा आता तो पता नहीं उसे क्या होता कि डॉक्टर के यहाँ जाने की उसकी हिम्मत नहीं पड़ती। मन के किसी कोने में छिपा हुआ वह भय फैलता जाता और उसके सारे निश्चय डिग जाते। वह साइकिल मोड़ लेता और सीधा ऑफिस ही पहुँच जाता।

संशय और द्वन्द्व से ग्रस्त, शकुन के दु:ख से दु:खी और एक अनजान आशंका से त्रस्त सतीश बस एक ही बात महसूस करता कि शकुन उससे दूर होती जा रही है—उसके शरीर से भी और मन से भी। कोई तीसरा प्राणी उनके बीच आ जाता तो वे कितने पास आ जाते! उसके अभाव में, उसकी अनुपस्थिति में दिनों-दिन वे दूर-दूर ही होते जा रहे हैं।

पर कोई तीसरा प्राणी नहीं आया। हाँ, खाना बनाने के लिए एक बुढ़िया माँजी को सतीश ने जिद करके रख लिया। जब तक उस बड़े अभाव की पूर्ति नहीं हो जाती, वह शकुन के लिए सामर्थ्य-भर दूसरी सुख-सुविधाएँ जुटा देना चाहता था।

...एकाएक घंटों की आवाज के बीच बजरंगगढ़ की आरती का स्वर चारों ओर फैल गया। सतीश भी स्वर में स्वर मिलाकर गाने लगा। वह कई बार मंगल को शकुन के साथ बजरंगगढ़ आया है, उसे पूरी आरती याद है।

शकुन ने कमरा ठीक कर लिया होगा, अब चलना चाहिए। उसे एकाएक पछतावा होने लगा कि वह यहाँ क्यों आया? उसे भी शकुन के साथ कमरा ठीक करवाना चाहिए था। वह भी उतने ही उत्साह से काम करता तो शकुन कितनी प्रसन्न

होती! वह क्या कहीं भी कभी भी, शकुन को प्रसन्न नहीं रख सकेगा?

पर वह क्या करे! उसे आज सचमुच कुछ अच्छा नहीं लग रहा है। आज क्या, उसे पिछले तीन-चार महीनों से कुछ भी तो अच्छा नहीं लग रहा। हाँ, शकुन जरूर कुछ प्रसन्न रहने लगी है। लगता है, जैसे उसने इस स्थिति को अपनी नियति मान लिया है। पर क्यों? साढ़े तीन वर्ष का समय कोई ऐसी अवधि तो नहीं है कि आदमी यों हताश हो जाए। उसके पास ऐसे लोगों की एक लम्बी लिस्ट है जिनके विवाह के पाँच-पाँच, सात-सात साल बाद बच्चे हुए, पर शकुन तो जैसे कुछ भी सुनने-सुनाने को तैयार ही नहीं है। उसकी इस जिद के लिए क्या किया जाए?

जिद! क्या सचमुच यह जिद बिलकुल ही आधारहीन है? और यदि है ही, तो क्यों नहीं वही उसे प्रमाणित करके उसे इस त्रास से मुक्ति दे देता? पर क्या हुआ है उसे जो वह डॉक्टर के पास जाए? वह बिलकुल नॉर्मल आदमी है। ऐसा कुछ भी होता, तो क्या उसे पता नहीं लगता? क्या तीन साल तक शकुन को पता नहीं लगता? उसने कभी कुछ महसूस नहीं किया, तो फिर यह शंका उसके मन में आई ही क्यों?

पर वह एक बार चला ही क्यों नहीं जाता? नहीं, वह शकुन की इस झूठी और बेतुकी जिद के सामने अपने को यों अपमानित नहीं होने देगा; पर हर बार ही कहीं बहुत भीतर से एक प्रश्न-सा उठता—क्या सचमुच शकुन की जिद के कारण ही जिद किए बैठा है, और कहीं कुछ नहीं है? किसी आशंका ने तो उसे नहीं रोक रखा है और यही आशंका धीरे-धीरे मन में गाँठ बनती चल रही थी। उसका खुद अपने पर से जैसे विश्वास उठने लगा था। उसे स्वयं शकुन का सन्देह कभी-कभी सच लगने लगता था। एक अपराध-भावना मन में घर करने लगी थी।

और तब उसने सोचा था कि शकुन को प्रसन्न करने के लिए वह सबकुछ करेगा। किसी भी कीमत पर वह उसे प्रसन्न रखेगा, पर बिना कुछ किए ही वह प्रसन्न रहने लगी तो उसे लगने लगा कि वह कीमत उससे चुकाई नहीं जा रही है, बहुत भारी पड़ रही है।

उसने स्वयं आलोक के पत्र पढ़े हैं। उनमें उसे कहीं कुछ ऐसा नहीं लगा, जिससे वह आहत अनुभव करे—पर हमेशा उसे लगता है कि लिखे हुए शब्दों से परे भी कुछ है जरूर; वरना इन शब्दों में आखिर ऐसा है ही क्या जो शकुन यों प्रसन्न रहती है?

घर लौटने की बात फिर उसके मन में आई। आठ-दस आवारा-से लोगों

को छोड़कर भले आदमियों की भीड़ जा चुकी थी। हवा में ठंडक बढ़ती जा रही थी। सतीश ने खड़े होकर बड़े अलसाए भाव से एक जोर की अँगड़ाई ली। सामने पानी के फैले विस्तार में अभी भी छोटी-छोटी लहरें उठ-बिखर रही थीं। तीन तरफ पहाड़ियों से घिरा यह तालाब और उठती-बिखरती ये लहरें!

शादी के बाद अकसर वह शकुन को लेकर यहाँ आया करता था। शकुन तब इंटर पास थी। वे बैठकर आगे की योजना बनाया करते थे और एक सौ दस रुपये में पूरा महीना काटने का बजट भी। उसे याद आया, यहीं शकुन ने उसे अपने पहले प्रेम-प्रसंग की बात भी सुनाई थी और बताया था कि वह कैसे केवल उसकी पलकों को ही चूमा करता था और उस दिन घर लौटते समय वह रास्ते-भर यही सोचता रहा था कि वह अब कभी शकुन की पलकें चूमे या नहीं? नहीं, वह कभी उसकी पलकें नहीं चूमेगा, वरना उसे अवश्य ही अपने उस प्रेमी की याद आएगी और वह नहीं चाहता, चाहता क्या शायद बर्दाश्त नहीं कर सकता कि शकुन उसके सिवा किसी और की बात सोचे। घर आकर उसने पूछा भी था—"अब भी तुम्हें कभी अपने उस प्रेमी की याद आती है?"

शकुन हँसी थी—"देखो, औरत यदि किसी से प्रेम करती है तो उसकी बात जबान पर भी नहीं लाती। बात जबान पर आ गई, तो समझ लो, प्यार मर गया। वे सब तो निरे बचपने की बातें थीं।" और उसने सतीश के सीने पर सिर रखकर आँखें मूँद ली थीं।

एकाएक सतीश को याद आया—आलोक का पत्र आया था। शकुन पत्र पढ़ती जा रही थी और एक प्यारी-सी मुसकान उसके चेहरे पर खिलती जा रही थी।

"ऐसा क्या लिख भेजा है लेखक जी ने...बड़ी मुस्कराहट फूट रही है?"

"कुछ नहीं, यों ही।"

रात को फिर उसने आलोक का प्रसंग छेड़ा तो शकुन एक तरह से झल्ला-सी उठी थी—"क्या बात है, देखती हूँ आलोक जी से परिचय मेरा है, पर छाए वे आप पर रहते हैं।" यह उत्तर उसे भीतर तक चीर गया था।

तो?...सतीश को लगा, जैसे कोहरे से चारों ओर का वातावरण बड़ा बोझिल-बोझिल हो चला है। सामने का पानी एकाएक यों स्थिर हो गया, मानो उसमें कोई चेतना ही न रह गई हो।

अब यहाँ से चल ही देना चाहिए। साइकिल पर बैठते ही ठंडी हवा का

अहसास तो हुआ, पर लगा, वह हल्का या अधिक सहज-स्वाभाविक होकर नहीं लौट रहा है।

घर को सचमुच नया रूप मिल चुका था।

"मैं बहुत थक गई हूँ।" कहकर शकुन करवट लेकर सो गई। पता नहीं, सो गई थी या सोने का बहाना करके पड़ी थी। नहीं, सो ही गई है शायद। उसने शकुन के चेहरे की ओर झुककर जरा गौर से देखा। थकान के लक्षण दिखाई दे रहे थे। शकुन को यों सोता देखकर ढेर-सा लाड़ उसके मन में उमड़ आया। भीतर-ही-भीतर उमड़ती-ऐंठती अपराध-भावना और ज्यादा गहरा गई। मन का भय विश्वास का रूप लेकर गहरे उतरने लगा। सचमुच ही उसके भीतर कहीं कुछ है अवश्य। शकुन के साथ अन्याय ही हो रहा है। उसे कोई अधिकार नहीं, शकुन पर इस तरह सन्देह करने का या आरोप लगाने का।

औरत की यह कितनी स्वाभाविक इच्छा होती है कि वह माँ बने! मान लो, यह बात प्रमाणित हो जाए कि वह कभी शकुन को माँ नहीं बना सकता है तो? जाने कैसा विचार उसके मन में आया कि वह भीतर तक सिहर गया। फिर वह अपने को जैसे तौलने लगा। क्या वह शकुन की इस इच्छा को पूरी करने में सहायक हो सकता है? क्या वह अपनी इस दुर्बलता के सामने घुटने टेककर ऐसी तटस्थ उदारता ला सकता है कि वह जैसे भी हो, अपनी इच्छा पूरी कर ले? मान लो, कभी ऐसा कुछ हो जाए, तो क्या वह उस बच्चे को स्वीकार कर सकेगा? नहीं, शायद शकुन की पलकों की तरह वह उस बच्चे को भी कभी नहीं छू सकेगा। जहाँ पर दूसरे की छाप है, उसे स्वीकार करना उसके लिए असम्भव है। किसी का बच्चा...

उसने झपटकर टेबल-लैम्प का स्विच दबा दिया। कमरे में एक क्षण को घुप्प अँधेरा छा गया, यहाँ तक कि पास लेटी शकुन की आकृति भी अँधेरे में डूबकर रह गई।

धीरे-धीरे फिर सब चीजें अपना रूप लेने लगीं। क्षण-भर को जो सबकुछ डूब गया था, फिर दिखाई देने लगा; स्पष्ट, और अधिक स्पष्ट! सतीश को बड़ी तसल्ली मिली। वह अपने कमरे में ही है और अँधेरे में भी सबकुछ देख सकता है। पहचान सकता है। कहीं कुछ नहीं बदला है, वह भी कैसी आधारहीन और निरर्थक बातों को

बढ़ा-चढ़ाकर व्यर्थ ही भयभीत होता रहता है!

बाँहें फैलाकर उसने शकुन को अपने पास खींचकर जोर से भींचना चाहा। शकुन ने हल्का-सा विरोध किया—"छोड़ो, बड़ी गर्मी लग रही है।"

फरवरी का महीना बीत ही गया था। सर्दी चाहे न लोगे, पर गर्मी का तो नाम भी नहीं था। कम्बल ओढ़कर ही सोते थे। उसे जून की याद आई। एक दिन ऐसे ही भयंकर गर्मी से चिपचिपाते हुए शकुन को उसने अलग कर दिया था, तो दूसरे ही दिन अपनी बचत के सारे पैसे सामने रखकर उसने कहा था—"आज ही एक टेबल-फैन खरीदकर लाओ। तुम तो जानते ही हो कि मुझे..." और वह बड़ी तिरछी नजरों से देखकर हँस पड़ी थी।

उनके घर टेबल-फैन ऐसे ही आया था।

ताँगा चला तो सतीश का मन गहरे अवसाद में डूबने लगा। स्टेशन आते समय मन में विशेष उत्साह और प्रसन्नता चाहे न रही हो, पर ऐसी खिन्नता भी नहीं थी, डूबने-डूबने का यह अहसास भी नहीं था। अब उसकी नजर पास बैठे आलोक के सीने की चौड़ाई में ही बँधकर रह गई और मन कहीं गहरे डूबने लगा।

"कैसा शहर है अजमेर?"

"आप खुद ही देख लीजिए, दो-चार दिन तो ठहरिएगा ही?"

"अरे नहीं साहब, आज रात को ही वापस लौट जाना है। शकुन जी का इतना आग्रह था, फिर आपका कार्ड मिला तो लगा, आना ही पड़ेगा।"

एक बोझ-सा हटा। ऐसे खुले व्यवहार का जन्म किसी रहस्य से तो हो ही नहीं सकता। वह व्यर्थ ही बैठा-बैठा कुढ़ रहा है। यह उसका अपना ही हीन-भाव है और कुछ नहीं।

पर इसकी ये स्वस्थ भुजाएँ, उनपर उभरी मछलियाँ...इसका तो सभी कुछ बहुत स्वस्थ होगा।

सवेरे पता नहीं क्यों एकाएक शकुन ने अपना इरादा ही बदल दिया था—"मैं स्टेशन नहीं जाऊँगी, तुम्हीं जाकर ले आओ!"

कहीं थोड़ा आश्वस्त और सन्तुष्ट-सा होते हुए भी उसने कहा था—"अरे

वाह! यह भी कोई बात हुई भला! इतना आग्रह करके बुलाया है और अब लेने नहीं जाओगी? शिष्टता भी तो कोई चीज होती है आखिर।"

"तुम तो पहुँच ही जाओगे। घर से कोई भी जाए, क्या फर्क पड़ता है?" सतीश ने गौर से शकुन को देखा। क्या सचमुच शकुन उसे और अपने को एक ही समझती है? कितने सहज भाव से उसने कह दिया कि कोई भी चला जाए, क्या फर्क पड़ता है, और एक वह है कि दो दिन से पता नहीं क्या-क्या सोच रहा है। उसके मन का तनाव एकाएक ही ढीला हो गया, फिर भी उसने कहा था—"मैं तो पहचानता भी नहीं, चलना तुमको भी चाहिए।"

"तसवीर तो तुमने भी देखी है, पहचान ही लोगे।"

"खैर, पहचान तो लूँगा ही।" और उसे लगा, वह तसवीर न भी देखता, तो भी पहचान लेता; और स्टेशन क्या, हजारों की भीड़ में भी वह आलोक को पहचान सकता है।

शकुन मुस्कराई थी। उस समय तो सतीश नहीं भाँप सका, पर अब उसे लगने लगा कि शकुन की उस मुस्कराहट में कहीं बड़ा तीखा व्यंग्य लिपटा हुआ था...।

"विचित्र संयोग है, पहली बार जयपुर आया था तो शकुन जी से मुलाकात हुई थी, इस बार आया तो उनके घर आना पड़ा।" आलोक हँसा।

यह सारी बात इतने सहज ढंग से कैसे कर लेता है? इसे क्या नहीं मालूम कि शकुन के निमंत्रण पर यों चले आने से मैं, शकुन का पति, कुछ गलत अर्थ भी तो लगा सकता है! पर ऐसी बात का बोध तभी होता है जब आदमी के मन में पाप हो। नहीं...नहीं, यह सब मेरा भ्रम है। कहीं भी तो कुछ नहीं है। आलोक से मिलकर आते ही शकुन ने भी तो सबकुछ बता दिया था। सबकुछ तो ठीक है। गलत कहीं कुछ है तो उसके अपने भीतर ही है। छिः! मन के संशय ने उसकी आत्मा को भी कितना दुर्बल बना दिया है!

आलोक शकुन का ही नहीं, उसका भी मेहमान है। शकुन कोई उससे अलग तो है नहीं, वह जबर्दस्ती ही अलगाव को पैदा कर रहा है और व्यर्थ ही कष्ट पा रहा है। कुछ होता तो शकुन उसे यों अकेले स्टेशन भेजती?

घर आते ही उसने आलोक की अटैची स्वयं उठा ली। आलोक ने हल्का-सा विरोध भी किया, पर वह नहीं माना। आखिर आलोक उन लोगों का मेहमान है। सामने बरामदे में ही शकुन प्रतीक्षा में खड़ी थी...उन्हें देखकर दोनों सीढ़ियाँ उतरकर

सड़क पर आ गई।

"देखो, सही आदमी को ही लाया हूँ न?" तीनों हँस पड़े और उसने सोचा, अब ऐसे ही व्यवहार करेगा। बहुत ही सहज और स्वाभाविक ढंग से। मन एकाएक ही हल्का हो आया।

तीनों भीतर घुसे, तो सजा हुआ कमरा उसे स्वयं बड़ा अच्छा लगा। आखिर इस घर का मालिक तो वही है। शकुन कुछ औपचारिक-सी बातें पूछ रही थी और वह मन-ही-मन सोच रहा था—'आज वह सबको खूब हँसाएगा। ऐसे-ऐसे चुटकुले सुनाएगा कि बस, लेखक वह चाहे न हो, पर मूड में आ जाए, तो लोगों को ऐसी बढ़िया कम्पनी दे सकता है कि एक बार मिलने के बाद लोग उसे आसानी से भूल नहीं सकते। शकुन को वह आलोक के सामने कतई महसूस नहीं होने देगा कि उसका पति, मात्र एक क्लर्क है—बूदम और डल! कितने दिन हो गए हैं उसे हँसे और हँसाए!'

आलोक दीवार पर लगी उन लोगों की तसवीर को देख रहा है, जो उन्होंने विवाह के बाद ही खिंचवाई थी।

"यह क्या बहुत पुरानी है, इसमें तो बड़े यंग और स्मार्ट लग रहे हैं आप लोग!" सतीश को लगा, यह रिमार्क उसने केवल शकुन के लिए दिया है, उसे तो बस यों ही औपचारिकता के नाते शामिल कर लिया है। और एकाएक उसने शकुन की ओर देखा तो पहली बार इस बात पर ध्यान गया कि बड़े यत्न से उसने अपने उन सब पक्षों को पूरी तरह उभारा है, जहाँ-जहाँ से वह सुन्दर लगती है। पर उससे क्या, यह तो बहुत ही स्वाभाविक है। उसे ऐसी छोटी-छोटी बातों का ध्यान भी क्यों आता है?

"शकुन, अब तुम गरम चाय पिलाओ तो आलोक जी की थकान भी उतरे और थोड़ी ताजगी और गरमाहट भी आए।" अपने स्वर की स्वाभाविकता उसे स्वयं बड़ी अच्छी लगी।

"मैं सिगरेट पी लूँ?" होंठों में सिगरेट दबाते हुए आलोक ने अनुमति माँगी।

"मुझे तो अभी भी जैसे विश्वास ही नहीं हो रहा है कि आप कभी हमारे घर आएँगे भी, कि आप आ गए हैं।" बड़े गदगदाते भोलेपन में शकुन बोली।

"लो, कमाल कर दिया। सशरीर सामने बैठकर भी यदि विश्वास न दिला सकूँ तब तो मामला बड़ा मुश्किल है।" आलोक जोर से हँसा।

"मैं सचमुच कितनी खुश हूँ कि आपने मेरा निमंत्रण स्वीकार कर लिया।"

"मैं तो इस बात से खुश हूँ कि तुमने किसी को निमंत्रण दिया तो! आलोक जी, आपको शायद विश्वास नहीं होगा; आप पहले आदमी हैं जिसके आने पर शकुन यों खुश हो रही है, वरना शकुन को इस घर में तीसरे आदमी की उपस्थिति तक बर्दाश्त नहीं होती।"

"चलिए, बेकार बदनाम मत कीजिए।" ठुनककर शकुन बोली, "देखिए आलोक जी, घर के नाम पर कुल यह एक कमरा है हम लोगों के पास। यह पार्टीशन भी डेढ़ साल से लगा है, पहले तो यह भी नहीं था। कोई भी आ जाता तो समझ में नहीं आता कि कहाँ हम सोएँ-बैठें, कहाँ उसे सुलाएँ-बिठाएँ। फिर मुझे एकान्त और प्राइवेसी पसन्द है, अब चाहे कोई कुछ भी कह ले।"

"एकान्त! प्राइवेसी!"...क्या आलोक इन शब्दों के अर्थ नहीं समझेगा?

"तब तो मेरे आने से भी आपको कष्ट होगा। वैसे मैं तो आज रात को ही चला जाऊँगा..."

"धत्!" बीच में ही बात काटते हुए शकुन बोली, "कैसी बातें करते हैं आप भी! आपके आने से कष्ट! यह तो हमारा सौभाग्य है। हाँ, आपको जरूर कुछ कष्ट हो सकता है। पर हमारी खातिर इसे भी सहिए!" फिर एकाएक पूछा, "क्या आप आज ही चले जाएँगे?"

"बिलकुल! हर हालत में। कल सवेरे मुझे चले ही जाना है।"

बुढ़िया नौकरानी चाय ले आई। सतीश ने देखा, ट्रे बड़े करीने से सजाई गई है। शकुन शायद पहले ही सबकुछ कर आई थी। शकुन के मुँह से बार-बार 'हम-हम' शब्द सुनकर सतीश का आत्मविश्वास जैसे बढ़-सा रहा था। शकुन ने और ठहरने के लिए एक बार भी नहीं कहा। आलोक भी ठहरने को व्यग्र नहीं। सभी कुछ तो बड़ा नॉर्मल है। नहीं, तुच्छता से जनमे सारे सन्देहों को वह पोंछ देगा।

चाय चलती रही। शकुन बड़ी आत्मीयता-भरी मनुहार से आलोक को खिला रही है। आज उसे अपना घर क्लर्क के घर से छोटे अफसर के घर के रूप में बदला हुआ लग रहा है। एक नामी लेखक उसके घर में बैठा हुआ है, उसकी पत्नी सजी-सँवरी, कलफ की साड़ी पहने सबको सर्व कर रही है...और इस घर और इस स्त्री का स्वामी वह है, केवल वह। इधर-उधर की गपशप चलती रही। आलोक खुश-मिजाज, हँसमुख और खुले स्वभाव का व्यक्ति है। अभिमान या बड़प्पन का

बोध तक नहीं। शकुन खास नहीं बोल रही, केवल सुन रही है। वैसे बोलना उसे ही सबसे ज्यादा चाहिए। जो भी हो, आखिर वह है तो उसी का मेहमान।

"तुम जरा तरकारी ले आओ!"

"पहले नहा लूँ।"

"नहीं, नहाना बाद में, पहले तरकारी ले आओ।" अधिकार-भरे स्वर में आदेश देती-सी शकुन बोली। और सतीश को लगा, जैसे अब वह थोड़ा एकान्त चाहती है, प्राइवेसी!

हवा उल्टी थी या पता नहीं क्यों साइकिल बड़ी भारी चल रही थी और सतीश को पूरा जोर लगाकर पैडिल मारने पड़ रहे थे।

वह लौटा तो शकुन और आलोक आमने-सामने बैठे बातें कर रहे थे। दोनों के बीच सिगरेट का हल्का-सा धुँआ छाया हुआ था। उसे देखते ही शकुन ने अपनी बात अधूरी छोड़ दी। न मालूम-सा खिंचाव भी उसे शकुन के चेहरे पर दिखाई दिया।

"ले आए?" ज्यों की त्यों बैठे-बैठे ही उसने पूछा। उठकर उसने थैला तक नहीं लिया।

"अब तुम नहा लो। तरकारी उधर माँजी को ही दे देना।"

"हाँ-हाँ, देखिए, आप लोग अपने रुटीन में किसी तरह की गड़बड़ न करिएगा। आप ऑफिस कितने बजे जाते हैं?"

"दस पर पहुँचना होता है, साढ़े नौ के बाद निकल जाता हूँ।" सतीश ने किसी तरह शब्दों को ठेलकर जवाब दिया।

"और तुम?"

पन्द्रह मिनट में ही स्थिति 'तुम' पर आ गई? नहीं, शायद बहुत पहले से ही यह स्थिति चल रही थी।

"मैंने तो आज छुट्टी ले ली है। एक दिन के लिए आप आए हैं, सारा दिन स्कूल में गुजार दूँगी, तो आपसे बात कब करेंगे?"

"करेंगे!" तो क्या शकुन मुझसे भी छुट्टी लेने के लिए कहेगी? यदि कहा, तो क्या वह ले लेगा? लेनी चाहिए उसे?

नहीं, बहुवचन का प्रयोग तो वह अपने लिए भी कई बार करती है। चाय के समय चुप क्यों बैठी थी? करती न उस समय बात! और आलोक अब रुटीन गड़बड़ करने की बात क्यों नहीं करता? कुछ देर पहले तक तो छुट्टी की कोई

बात भी नहीं थी। और उसे लगा कि फिर सबकुछ गड़बड़ा गया है, बाहर भी और उसके अपने भीतर भी।

वह नहाकर लौटा तो पार्टीशन के इधर नि:शब्द तैयार होने लगा। कान उसके उधर ही लगे हुए थे।

शायद किसी किताब का जिक्र हो रहा था। बोल आलोक ही रहा था। शकुन को जो बातें करनी हैं, वह करती क्यों नहीं? शायद वह उसके जाने की राह देख रही है।

ऐसा ही है तो वह इधर ही रहेगा, क्यों व्यर्थ ही उन लोगों के बीच जाकर बैठे? पर उससे रहा नहीं गया।

"तुम यहाँ बैठो, मैं जरा खाने के लिए माँजी को समझा आऊँ।"

सतीश बैठ गया, पर उसे समझ ही नहीं आया कि वह क्या बात करे? आलोक ने एक नई सिगरेट सुलगाते हुए कहा, "आपका जो काम है, उसके साथ साहित्य का तो कोई सम्बन्ध बैठता ही नहीं। यह शौक आपको कैसे लगा आखिर?"

"शौक कहाँ है! शकुन कहानी-उपन्यास पढ़ने की शौकीन है, सो बस, खाली समय में मैं भी पढ़ लेता हूँ। साहित्य की कोई खास समझ-वमझ तो है नहीं।" वह कह तो गया, पर फिर उसे लगने लगा कि कहीं कुछ गलत हो गया है। एजुकेशन बोर्ड में काम करनेवाला आदमी साहित्य में रुचि नहीं रख सकता या साहित्य नहीं समझ सकता, ऐसा कोई नियम तो है नहीं। कौन कहता है कि वह साहित्य नहीं समझता? अच्छा हुआ कि शकुन यहाँ नहीं है। अब उसे कोई वजनदार बात पूछनी चाहिए। कुछ सोचकर उसने पूछा—"अच्छा, यह बताइए, आप लोग जो लिखते हैं, उसका आधार वास्तविकता होती है या मात्र कल्पना? मेरा मतलब जो आप स्वयं भोग चुके होते हैं वही लिखते हैं या..."

"इस विषय में कोई निश्चित नियम तो नहीं है।" सतीश की अधूरी बात का पूरा मतलब समझते हुए आलोक बोला, "अलग-अलग लोगों का अपना अलग-अलग ढंग होता है। अपने बारे में मैं यही कह सकता हूँ कि मेरी वे ही रचनाएँ ज्यादा सशक्त या सजीव हैं, जिनको मैंने स्वयं भोगकर लिखा है।" फिर एक क्षण ठहरकर बोला, "बड़ा विचित्र प्रॉसेस होता है यह भी। जिन स्थितियों में हम पूरी तरह इनवॉल्व्ड होते हैं, वहाँ भी कभी-कभी बड़ी निर्ममता से काटकर हमें अपने को तटस्थ रखना पड़ता है। और कहीं-कहीं बिना किसी लगाव के भी

पूरी तरह इनवॉल्व्ड होने का अभिनय करना पड़ता है। इस मामले में लेखक को बड़ा निर्मम होना पड़ता है। सतीश जी, माँ की मौत पर जब सारा घर बैठकर रो रहा था, बिलख रहा था, मेरा मन सारी स्थिति से अनछुआ रहकर उसी घटना पर कहानी बुन रहा था। दूसरों की बात क्या कहूँ, कभी-कभी मुझे खुद पर विश्वास नहीं होता कि..."

इससे ज्यादा वजनदार बात तो उसके दिमाग में आ भी नहीं सकती। यह तो बैठकर ज्ञान ही बघारने लगा। उसे लिखने के प्रोसेस में कोई दिलचस्पी नहीं है। अच्छा हुआ, शकुन यहाँ नहीं है, वरना इसके बाद वह क्या पूछता? आलोक बोले चला जा रहा था—

"कभी-कभी ऐसे व्यक्तियों में कहानी की गन्ध आती है, जिनसे लगाव तो क्या, हमारा विशेष परिचय भी नहीं होता; फिर भी कहानी निकालने के लिए हमें लगाव ओढ़ना पड़ता है...यों समझिए, एक्टिंग करनी पड़ती है। बड़ा खतरनाक खेल होता है यह। कभी-कभी तो एक कहानी की दस गुनी कीमत भी अदा करनी पड़ती है।"

तभी शकुन आ गई और सतीश के दिमाग में कुछ कौंधते-कौंधते रह गया।

"आलोक जी, आप भी नहा लीजिए। असली थकान तो नहाने से ही जाएगी। मैं गरम पानी रख आई हूँ।"

"नहा लेंगे, जल्दी क्या पड़ी है! मैं कोई ब्राह्मण तो हूँ नहीं कि नहाकर ही मुँह जूठा करूँगा।"

शकुन हँसी। सतीश को हल्का-सा अफसोस हुआ कि वह हँस क्यों नहीं सका।

"नहीं, नहा डालिए।" आलोक की अटैची उठाकर सामने टेबल पर रखती हुई शकुन बोली।

यह अपनत्व-भरा अधिकार कहाँ से आ गया? और फिर उसे लगने लगा, कहीं कुछ है जो उसे मालूम नहीं है। जो कुछ जिस रूप में सामने है, मात्र वही नहीं है, इसके परे कहीं कुछ और भी है...है...

आलोक के जाते ही शकुन ने कहा, "कमीज तो नई पहन लेते, कितनी मुस रही है यह!"

"क्यों? ठीक है यह! मैं हमेशा ही कमीज तीन दिन पहनता हूँ, आज ही ऐसी कौन-सी खास बात है?" वह शकुन को जता देना चाहता है कि आलोक उसके लिए कोई विशेष महत्त्व नहीं रखता।

शकुन चुपचाप सतीश का खाना लेने चली गई। रोज की तरह वह उसे खिला रही है, पर सतीश को लग रहा है कि शकुन ने हर काम की योजना बना रखी है। सतीश के सामने तो समय बर्बाद ही होता, सो वह समय नहाने में लगवा दिया। इधर सतीश जाएगा और उधर आलोक तैयार!

शकुन ने एक बार भी उससे तो छुट्टी लेने के लिए नहीं कहा, बल्कि शायद वह मन-ही-मन मना रही है कि जल्दी-से-जल्दी सतीश वहाँ से चला जाए। इतनी साफ बात है और वह समझ नहीं रहा है।

क्रीम-रंग के अंडी के कुरते में जँचा-जँचाया आलोक घुसा, तो सतीश को अपनी मुसी हुई कमीज अखर गई। आज उसे कमीज बदल ही लेनी चाहिए थी, शकुन ने ठीक ही कहा था। उसे लगा, क्लर्की करते-करते सचमुच ही वह डल हो गया है शायद। समय पर उसे कोई बात सूझती ही नहीं, बाद में बेवकूफों की तरह अफसोस करता रहता है।

"तो आप तो चले?"

"हाँ, मैं तो अब चला। शकुन है आपके पास।" और उसने देखा, शकुन मुग्ध-भाव से आलोक को देख रही है।

"लौटिएगा कब?"

"अब तो साढ़े पाँच पर ही मुलाकात होगी। शाम को बाहर चलेंगे, और कुछ नहीं तो यहाँ का दौलतबाग और आनासागर ही देख लीजिए। शकुन को तो वह जगह बड़ी प्रिय है। शादी के बाद की कुछ शामें तो हमारी वहीं बीतीं। वहाँ जाते ही शकुन को बस हनीमून का-सा मूड आ जाता है आज भी।" और सतीश हँस पड़ा। उसने सोचा, बड़ी मार्के की बात वह कहता जा रहा है। आलोक जान ले कि उन दोनों के बड़े मधुर सम्बन्ध हैं, उसके मन में कोई ऐसी-वैसी बात हो भी तो निकाल दे। "अच्छा साहब, चलें।" और वह बाहर आ गया। रोज की तरह शकुन भी बाहर आई उसे विदा करने, पर सतीश को इस समय भी शकुन के चेहरे पर वही मुग्ध-भाव दिखाई दिया जो आलोक को देखते समय उभर आया था। उसे लगा, वह देख अवश्य उसे रही है; पर मन में कहीं आलोक को ही देख रही है।

एक बजे तक वह जैसे-तैसे अपने को फाइलों में डुबोए रखने का प्रयत्न करता रहा। फिर एकाएक उसे लगा, अब नहीं ठहरा जाएगा। उसने उसी समय एक स्लिप लिखकर बॉस के कमरे में भेज दी कि उसकी तबीयत ठीक नहीं है, सो वह घर जा रहा है; और निकल आया।

घर लौटना ठीक होगा? दोनों यही तो समझेंगे कि मुझे उन लोगों पर सन्देह है। अगर ऐसी कोई बात नहीं हुई तो कितना ओछा समझेंगे वे लोग? आत्मग्लानि से उसका मन भर आया। पाँच साल के विवाहित जीवन में उसे ऐसी कोई बात याद नहीं जो शकुन के प्रति उसे शंकालु बना दे। पिछले दो साल से वह खिन्न अवश्य रहती, कुछ दूर-दूर भी रहती है, उसका कारण तो वह स्वयं जानता है। कितना स्वाभाविक है उसका यों खिन्न रहना! फिर खिन्नता तो दो साल से चल रही है, जबकि आलोक से परिचय कुल चार महीने का है। दोनों बातों को एक साथ जोड़ने की कोई तुक ही नहीं है।

सचमुच यह उसका अपना काम्प्लेक्स ही है, जिसे उसने इतना शंकालु, ओछा और कुछ हद तक कमीना भी बना दिया। अपनी ऐसी हरकतों से तो कभी-कभी उसे स्वयं भी विश्वास होने लगता है कि उसका भय कहीं सच ही है; वरना यह सब क्यों हो?

उसे रोज की तरह ऑफिस में काम करना चाहिए था, पर अब? अब कुछ नहीं। सीधा घर जाएगा और साफ कहेगा कि वह भी छुट्टी लेकर आ गया है। आलोक जी आखिर रोज-रोज तो हमारे घर आने से रहे। फिर वह उनको घुमाने ले जाएगा। पहले वह उन्हें सोनी जी का मन्दिर दिखा देगा, फिर वे लोग आनासागर पर जाकर बैठ जाएँगे। वहीं वह अपने लतीफे सुनाएगा। वे सब तो अभी रह ही गए। वह चुन-चुनकर लतीफे याद करने लगा। कौन-कौन से लतीफे उसके नाम से प्रसिद्ध हो गए थे।

गाड़ी तो रात को दस बजे जाती है। आनासागर से ताँगा लेकर वह उसे कॉफी-हाउस ले जाएगा। बड़े शहरों के मुकाबले में तो यहाँ का कॉफी-हाउस कुछ भी नहीं; फिर भी कम-से-कम यह तो दिखा ही देगा कि वह सिर्फ क्लर्क ही नहीं, इस जिन्दगी से भी परिचित है। लेखक लोग तो कॉफी-हाउस में ही बैठे रहते हैं। कुछ रुपये ही तो खर्च होंगे, पर शकुन कितनी प्रसन्न होगी! वह उसके इस आरोप को गलत सिद्ध कर देगा कि उसे आलोक का आना अच्छा नहीं लगा। इसमें अच्छा न लगने की बात ही क्या है भला?

पर घर आया तो पता नहीं क्यों; उसने साइकिल घर से दस कदम दूर ही रख दी। दबे-पाँव वह सीढ़ियाँ चढ़ा। उसका दिल घबराने लगा था, मानो वह किसी दूसरे के घर में चोरी से घुस रहा हो। कुछ क्षण बरामदे में खड़े रहकर वह आहट लेता रहा—शायद कुछ बातचीत की आवाज ही आ रही हो। पर कहीं कुछ नहीं था।

दरवाजा बन्द था, फिर भी उसने हल्के से धक्का दिया, शायद खुल ही जाए! नहीं, दरवाजा भीतर से बन्द था। अब? फिर उसने दरवाजे से कान लगाया। बाहर के कमरे में बैठकर बात कर रहे होते, तब तो बाहर साफ-साफ आवाज आती। इसका मतलब है, सोनेवाले हिस्से में बैठे हैं। पर उधर तो शकुन किसी को नहीं आने देती। आलोक शायद 'किसी' की श्रेणी में नहीं आता। तब?

और एकाएक मन हुआ कि लात मारकर दरवाजा तोड़ दे और भीतर दोनों को रँगे हाथों पकड़ ले। शकुन को बातें करनी थीं, इसलिए तो छुट्टी ली थी। पर बातों का तो कोई सिलसिला ही नजर नहीं आता। भीतर क्या हो रहा है आखिर! कैसे जाने, कहाँ से जाने?

इस समय घर का दरवाजा रोज ही बन्द रहता है, पर रोज शकुन घर पर नहीं रहती है इसलिए। आज इसका भीतर से बन्द होना कोई विशेष अर्थ नहीं रखता? क्या वह लौट जाए? नहीं, वह लौटकर नहीं जाएगा। वह दरवाजा खटखटाएगा और देखेगा कि खुलने में कितनी देर लगती है। वह चेहरा देखकर ही भाँप लेगा कि भीतर क्या हो रहा था!

वह फिर एक कदम आगे बढ़ा, दरवाजा खटखटाने के लिए हाथ भी उठाया; पर बस, दरवाजे को धीरे से छूकर रह गया। नहीं, उसे इस तरह अधीर नहीं होना चाहिए। मान लो, कुछ नहीं हुआ तो वह उनकी नजरों में तो गिरेगा-सो-गिरेगा ही; अपनी नजरों में भी कितना गिर जाएगा! एकदम उसे खिड़की का खयाल आया। खिड़की भी भीतर से बन्द थी। अच्छा, खिड़की बन्द करने की क्या जरूरत थी? ऐसी सर्दी तो अब रह नहीं गई। कमरे में हवा आने के लिए यह खिड़की और दरवाजा ही तो है बस, दोनों ही बन्द हैं। तो? उसने सारी खिड़की पर नजर दौड़ाई... कहीं कोई छेद ही हो, जहाँ से वह भीतर झाँक सके, पर कहीं एक छोटा-सा सूराख तक नहीं मिला। फिर उसने दरवाजे को टटोला। कहीं कुछ नहीं। उसके पहले इस बात का खयाल क्यों नहीं आया? एक सूराख ही करके रख देता।

पर वह क्यों इस तरह अपराधी महसूस कर रहा है? यह उसका अपना घर है। इसमें वह जब भी चाहे, आ-जा सकता है। आखिर वह अपने घर में ही तो आया है। अपने घर में आना न चोरी है, न गुनाह। उसे क्या होता जा रहा है कि वह अकारण ही डरने लगता है? जैसे ही शकुन दरवाजा खोलेगी, कह देगा कि वह भी आधे दिन की छुट्टी लेकर आया है।

तभी उसके सामने शकुन का चेहरा घूम गया—आँखों में धिक्कार और भर्त्सना भरा चेहरा। मान लो, वह यही कह दे—आखिर आ गए न! तुम इसके सिवाय और कर ही क्या सकते हो?

हाथ फिर निर्जीव हो गया।

कोई तो आवाज आए, किसी तरह की। खौलते मन को यह तो मालूम हो कि भीतर की वास्तविक स्थिति क्या है?

और उसे लगने लगा कि जिस तरह उसने शकुन की पलकें चूमना छोड़ दिया था, वैसे ही अब उसे बाँहों में लेना भी छोड़ देना पड़ेगा...शायद धीरे-धीरे करके उसे पूरी-की-पूरी शकुन को ही छोड़ देना पड़ेगा।

वह संशय में क्यों पड़ा हुआ है? उस जैसा बेवकूफ आदमी शायद ही दुनिया में हो। सबकुछ आँखों से देखकर ही जाना जाता है? क्या वह कुछ भी अनुमान करने का माद्दा नहीं रखता? शकुन आजकल जिस मन:स्थिति में है, उसे वह क्या नहीं जानता? तो क्या शकुन...

वह नगरा, गुलाब-बाड़ी, आदर्श नगर—जाने कहाँ-कहाँ साइकिल लिये घूमता रहा! उसे बराबर लग रहा था कि कहीं बहुत बड़ा धोखा उसके साथ किया जा रहा है। उसका मन हो रहा था कि वह सब पर थूकता चले! क्या करे अब वह? कहाँ जाए? उसका कोई घर नहीं, कोई अपना नहीं। जिस शकुन को पिछले पाँच साल से वह अपने शरीर के अभिन्न अंग की तरह प्यार करता आ रहा है, वह इस समय किसी और की बाँहों में पड़ी मस्ती मार रही होगी...और वह है जो बे-घरबार होकर यों दर-दर भटक रहा है।

और यों ही निरुद्देश्य भटकते-भटकते जब वह पूरी तरह पस्त हो गया तो फिर आनासागर की बारहदरी के उसी कोने पर आकर बैठ गया। उसे लगा, आज उसमें और उन आवारा, बे-घरबार लोगों में कोई फर्क नहीं रह गया है जो रात-दिन यहाँ पड़े रहते हैं। वह भी अब यहीं पड़ा रहेगा। उसे कोई नौकरी नहीं करनी है, कोई काम नहीं करना है। कौन है उसका, जिसके लिए खून-पसीना एक करे! उसे सबसे नफरत होने लगी।

और उसे लगा, वह सचमुच ही पौरुषहीन है। कोई मर्द-बच्चा होता, तो दो

लात मारता दरवाजे के, और झोंटा पकड़कर बाहर कर देता शकुन को और दो झापड़ मारता उस लफंगे के। उसके सारे अस्तित्व को बुरी तरह मथता हुआ आज यह विश्वास पूरी तरह उसके मन में जम गया कि वह पुरुष नहीं है...और उसे लगा, यह बात तो वह बहुत पहले से ही जान गया था, तभी तो कभी उसकी हिम्मत नहीं हुई कि जाकर डॉक्टर को दिखा आए। आज के व्यवहार ने तो पूरी तरह सिद्ध कर दिया। लानत है उसपर। थू: । उसने सामने पानी में थूक दिया। कोई असली मर्द-बच्चा होता तो...उसे अपने-आपसे नफरत होने लगी। ठीक ही तो किया शकुन ने। कौन औरत ऐसे नामर्द की पत्नी होकर रहना पसन्द करेगी?

और फिर वह निढाल होकर लेट गया। उसकी आँखों के कोनों से आँसू बहने लगे। वह मन-ही-मन गालियाँ देने लगा। साला शोहदा कहीं का, कहानी लेने आया है! शकुन ने उसे जरूर बता दिया होगा। शकुन, किस जन्म का बैर तुमने मुझसे निकाला है! उस आदमी के सामने मुझे नंगा किया, जिसके सामने मुझे वस्त्रों की सबसे ज्यादा आवश्यकता थी!

बजरंगगढ़ की आरती फिर गूँज उठी। तो सात बज गए? वे जरूर भले आदमी बने उसकी राह देख रहे होंगे। अब वह यदि घर चला जाए, तो दोनों कैसा नाटक करेंगे? शकुन लड़ेगी कि इतनी देर क्यों कर दी? दो घंटे से इन्तजार में बैठा रखा है। सारा प्रोग्राम गड़बड़ कर देते हैं। मन-ही-मन चाहे खुश हो रहे होंगे साले, मस्तियाँ मार रहे होंगे!

आलोक ने तो कहा ही था कि जहाँ हम इनवॉल्व्ड नहीं होते, वहाँ भी कभी-कभी अभिनय करना पड़ता है। पर शकुन? वह यह अभिनय कहाँ से सीख गई? उसी ने सिखा दिया होगा, अपना उल्लू सीधा करने के लिए। यह अभिनय तो सभी स्तरों पर चल रहा है, और शायद शुरू से ही चल रहा है। वही बेवकूफ है, जो कुछ समझा नहीं। तभी शकुन चार महीने से प्रसन्न रहने लगी थी। वरना बाकी स्थिति ज्यों-की-त्यों है। यह प्रेम तो चार महीने से पक रहा है; वरना दो-चार घंटे में कोई विवाहित स्त्री एक अजनबी के साथ यों कमरा बन्द करके बैठ सकती है?

क्या-क्या हुआ होगा? शकुन ने आखिर क्या सोच रखा है, क्या चाहती है वह?

और जाने कैसे-कैसे दृश्य उसकी आँखों के सामने घूमने लगे। आज वह घर लौटेगा ही नहीं। आज सालों को जश्न ही मनाने दो; मेरे अपने ही घर में मेरा श्राद्ध करने दो। मैं यहीं पड़ा रहूँगा। किसका घर और किसकी बीवी?

उसने रूमाल से अपना चेहरा ढक लिया। यह मुँह किसी को भी दिखाने लायक नहीं है।

धीरे-धीरे आरती का स्वर शून्य में डूब गया। केवल आरती के घंटे बजते रहे—टन्...टन्...टन्...!

थोड़ी देर बाद सतीश उठा और साइकिल पर बैठकर चल पड़ा। उसे लग रहा था कि वह थककर चूर-चूर हो गया है और भीतर-ही-भीतर से इस तरह टूट गया है कि उसका सबकुछ एकदम जड़ और सुन्न हो गया है। कुछ भी सोचने-समझने की शक्ति उसमें नहीं रह गई। यहाँ तक कि उसे यह भी नहीं मालूम कि वह कहाँ जा रहा है? पर थोड़ी देर बार वह अपने घर के सामने ही था।

ठीक है, वह घर ही जाएगा। यह घर उसका है। जाना ही है तो शकुन जाए, जिसे अब इस घर में अच्छा नहीं लगता, वह क्यों मुँह छिपाए-छिपाए फिरता रहे?

उसे देखते ही शकुन ने भौंहें चढ़ाकर कहा, "कमाल कर दिया तुमने तो, अब आ रहे हो?" उसके स्वर में शिकायत थी।

"हम लोग तो पाँच बजे से आपकी प्रतीक्षा कर रहे हैं।" आलोक का स्वर था।

दोनों साले कपड़े बदलकर जँच-जँचाकर बैठे हैं। बड़ी तीखी-सी नजरों से उसने उन्हें देखा, मानो कह रहा हो—क्यों मुझे बेवकूफ बना रहे हो?

"कुछ जरूरी काम आ गया था।" अपराधियों की तरह सतीश के स्वर में क्षमा-याचना का पुट क्यों आ गया है? असली अपराधी तो वे हैं।

"जिस दिन घर में कुछ होगा, उस दिन जरूर तुम्हारे ऑफिस में भी काम आएगा। छोड़ आते कल के लिए। कह देते, मैं आज नहीं ठहर सकता।"

तिरिया चरित्र! कोई कह सकता है इस शकुन को देखकर कि पति के जाते ही यह औरत...। "चाय दो जरा।" किसी तरह शब्दों को ठेलकर उसने कहा। पहले उसने सोचा था, वह किसी से कुछ बोलेगा नहीं, चाय भी नहीं माँगेगा, पर फिर लगा, क्यों नहीं माँगेगा? जब तक शकुन इस घर में रहेगी, उसे पत्नी की तरह उसके हर आदेश का पालन करना पड़ेगा। देखें, कर तो दे मना चाय को...अभी दिखा देता है वह भी!

हाथ-मुँह धोने के लिए वह अन्दर गया तो उसने शकुन को कहते सुना— "बहुत थक जाते हैं ऑफिस के काम से।" शायद सतीश की रुखाई की सफाई दे रही है आलोक को।

हाँ, वह थक जाता है। वह बहुत कमजोर है, दुर्बल, बिलकुल दुर्बल, नामर्द! कह दे, सारी दुनिया में ढिंढोरा पीट दे। वह है, जैसा है।

उसका मन फिर सुलगने लगा। सर्दी हो चली थी; फिर भी वह तौलिया लेकर नहाने घुस गया। गुसलखाने के बाहर से उसे शकुन का स्वर सुनाई दिया—"यह क्या, तुम इस समय नहा रहे हो ठंडे पानी से? बीमार पड़ोगे क्या? सुनो तो..." उसने पूरा नल खोल दिया, तो पानी की आवाज में शकुन का स्वर डूब गया। बकने दो कम्बख्त को!

एक बार पानी की ठंडक ने उसे भीतर तक कँपा दिया; फिर भी उसे नहाना अच्छा लग रहा था। जलन जैसे ठंडी होती जा रही थी।

काफी देर तक पानी के नीचे रहने के बाद उसने नल बन्द कर दिया। अपना शरीर पोंछकर कुछ देर तक वह यों ही खड़ा रहा, फिर खड़ा-खड़ा अपने ही अंगों से बड़ी अश्लील-सी हरकतें करता रहा। पता नहीं, एक विचित्र-सा सन्तोष मिल रहा था उसे यह सब करने में! खोया आत्मविश्वास जैसे लौट रहा था...कौन कह सकता है साला कि वह...?

फिर एकाएक उसका अपना ही मन ग्लानि और वितृष्णा से भर उठा। यह सब क्या होता जा रहा है उसे? इन लोगों के साथ-साथ क्यों अपना दिमाग खराब करता जा रहा है? नहीं, जैसे भी होगा, वह अपने को संयत करेगा।

उसने सोचा, वह बड़े स्वाभाविक ढंग से चाय पिएगा और उससे भी अधिक स्वाभाविक स्वर में कहेगा—'देखिए, मुझे सबकुछ मालूम है। बन्द दरवाजे ऐसी बातों को छिपाकर नहीं रख सकते! आप लोग एक्टिंग करने में बहुत माहिर होंगे; पर मेरी आँखें भी कम तेज नहीं। शकुन चाहे तो आपके साथ ही जा सकती है। मुझमें इतनी उदारता है कि मैं अपनी पत्नी की राह में बाधा बनकर खड़ा न होऊँ, उसकी इच्छा पूरी करने में सहायक बनूँ।'

ये लोग उसके ही घर में नाटक कर रहे हैं; क्लाइमेक्स वह कर दे।

वह बाल बनाता जा रहा था और पलंग को देखता जा रहा था। कैसे सोएगा अब वह इस पलंग पर?

पर वह बाहर निकला तो उससे कुछ भी नहीं कहा गया। शकुन चाय बनाने लगी तो आलोक ने कहा, "हम लोग तो वैसे चाय पी चुके हैं, पर आपका साथ देने के लिए एक राउंड और सही!"

"हाँ-हाँ, जरूर! शाम का सारा प्रोग्राम तो इन्होंने गड़बड़ कर दिया, अब चाय पी-पीकर ही समय काटो।" शकुन के स्वर में हल्का-सा आक्रोश था। चाय पी चुके हैं, यह तो बता दिया, और क्या-क्या कर चुके हैं, यह क्यों नहीं बताते? बताने जैसी बात हो तब न! फिर उसे लगा, वही क्यों नहीं पूछ लेता कि कहिए, दिन-भर क्या किया? बड़ा स्वाभाविक-सा प्रश्न है, पर सारी स्थिति स्वाभाविक नहीं है, इसलिए इन्हें यही लगेगा कि मैं शक कर रहा हूँ। और मान लो, इस प्रश्न का एकाएक दोनों को कोई जवाब ही नहीं सूझे और खिसियाए से दोनों एक-दूसरे का मुँह ही देखते रह जाएँ, तब वह क्या करेगा?

तभी शकुन उठी और भीतर से स्वेटर लाकर देती हुई बोली—"लो, अब कम-से-कम यह तो पहन लो। रात को ठंडे पानी से नहाए हो, अपनी जिद के आगे तुम किसी की बात सुनते भी हो कभी?"

न चाहते हुए भी उसने स्वेटर पहन लिया। चोंचले दिखा रही है।

आठ तो बजनेवाले हैं, चलने-चलाने का तो यहाँ कोई सिलसिला ही नजर नहीं आ रहा है। दिन-भर में जरूर ही प्रोग्राम बदल गया होगा। बाँहों में भर-भरकर शकुन ने एक दिन और ठहरने के लिए तो तैयार कर ही लिया होगा। कल फिर उसे ऑफिस भेज दिया जाएगा और...अभी उसे मालूम पड़ जाएगा कि आलोक आज ठहर रहा है, और वह कुढ़ता रहेगा। दिखाने के लिए भी वह शायद खुश नहीं हो सकेगा। क्यों दिखावा करे वह? कौन साली उसे कहानी लिखनी है!

"अब तुम जरा बैठो...मैं खाना देख आऊँ।"

हाँ, मेरे साथ बैठने में क्या रखा है?

"शकुन जी तो काफी इंटेलिजेंट हैं..."

हाँ, बहकाओ बच्चू! मुझे खूब बहकाओ! यों क्यों नहीं कहते कि शकुन जी काफी...बेवकूफ समझ रखा है उसे?

"बता रही थीं कि शादी होकर आईं तब तो बस यों ही थीं, आपने ही वह रुचि पैदा की और सुविधाएँ भी दीं।"

"सुनिए!" शकुन उधर से बुला रही है। सतीश उठकर चला गया।

"देखो; अब आलोक जी को स्टेशन छोड़ने तुम ही चले जाना। मुझे घर ठीक करना है, और कॉपियाँ देखनी हैं। दो दिन से इस चक्कर में कुछ किया नहीं, कल सारे नम्बर देने हैं।"

सतीश ऐसे देखने लगा, जैसे कुछ समझने की चेष्टा कर रहा हो।

"आलोक जी आज जा रहे हैं क्या?"

"कमाल करते हो तुम भी! सवेरे ही बात हो गई थी।"

"नहीं, मैंने सोचा शायद तुमने आग्रह करके रोक लिया होगा।" कुछ आश्वस्त होते हुए उसने कहा।

"अरे बाबा, आ गए सो ही बड़ी बात है। अब उन्हें जरूरी काम है तो क्या करें?"

"तो स्टेशन तो तुम भी चलो कम-से-कम।"

"देखो, सारे बरतन बिखरे पड़े हैं...खाना खत्म होते ही पहले इन्हें जमाऊँगी। माँ जी तो खिलाकर चली जाएगी...बाकी सब तो मुझे ही करना पड़ेगा। छोटा घर है, जरा-सा बिखर जाता है तो दिक्कत लगने लगती है। मुझे यों भी बिखरा घर पसन्द नहीं। उसके बाद कॉपियाँ भी तो देखनी हैं।"

"पर..."

"देखो, मैंने इसलिए तुम्हें इधर बुलाकर कह दिया है; वरना वहाँ तुम जिद करने लगोगे तो मना करना बड़ा भद्दा लगेगा। कुछ कहना मत, हाँ!"

सतीश और शकुन साथ-साथ ही बाहर आए। सतीश को बात से भी ज्यादा अच्छा लग रहा था, इस तरह भीतर बुलाकर शकुन का उससे कुछ कहना। आलोक आए हैं तो क्या हुआ, उनका अपना भी तो कोई जीवन है। कोई ऐसी बात भी तो हो सकती है, जो भीतर बुलाकर ही कही जाए।

तो आलोक जा रहा है? शकुन फिर अपनी घर-गृहस्थी और स्कूल की बातों में डूबने लगी है।

खाने बैठे तो शकुन ने उसकी थाली में दो-तीन अतिरिक्त चीजें रखते हुए कहा—"तुम सवेरे ऑफिस गए थे। तब तक तो बनी नहीं थी, तुम अब खा लो।"

गाजर का हलवा था, मटर की कचौड़ी थी।

"कुछ तो आप भी लीजिए आलोक जी!" शकुन मनुहार कर रही थी।

"माफ करो बाबा! स्वस्थ जरूर कुछ ज्यादा हूँ; पर खाता ज्यादा नहीं हूँ। सवेरे का खाना ही अभी तो हजम नहीं हुआ।"

"ऐसा तो आपने सवेरे भी कुछ नहीं खाया। मैंने तो अपने हाथों से सब बनाया है।"

तो दिन-भर इसने खाना बनाया? कहीं ऐसा तो नहीं कि ये बेचारी बैठकर उधर खाना बना रही हो और ये महाशय यहाँ दीवान पर लेटकर सिगरेट फूँक रहे हों! आवाज आती कहाँ से? पर फिर दरवाजा बन्द क्यों था? हो सकता है, नींद आ गई हो, इसलिए दरवाजा बन्द कर दिया हो! कमरा सड़क पर ही तो पड़ता है। वे भी तो इतवार को जब दोपहर को सोते हैं तो बन्द करके ही सोते हैं। तो यह क्या उसका अपना ही बुना हुआ जाल है, जिसमें फँसकर वह दिन-भर से छटपटा रहा है, उसने गौर से शकुन को देखा। उसके अंग-प्रत्यंग को वह घूर-घूरकर देखने लगा...कहीं कोई छाप है...कोई लक्षण? कोई लाल-नीला दाग?

शकुन खिला ज्यादा रही थी, खा कम रही थी। पर वैसे सबकुछ बड़ा स्वाभाविक था।

"आप आज शाम को आ जाते तो आलोक जी को थोड़ा घुमा-फिरा ही देते। सारे दिन घर में रखकर बोर कर दिया। सोच रहे होंगे, कहाँ आ फँसे!"

"वाह, बोर तो मैं तनिक भी नहीं हुआ। बढ़िया खाना खाया, डटकर गप्पें मारीं। हाँ, सतीश जी के साथ ज्यादा बैठने का मौका नहीं मिला। और आपका बड़ा प्रिय आनासागर नहीं देखा। सो वह अबकी बार आऊँगा तब जरूर देखूँगा।"

फिर कुछ 'खट्' से बजा सतीश के दिमाग में। तो क्या फिर आने का प्रोग्राम बन चुका है? क्या है यह सब, उसे कुछ भी तो समझ में नहीं आ रहा था। उसे अपनी ही समझ पर बुरी तरह खीज आने लगी। शरीर में तो उसके कुछ गड़बड़ है ही, पर लगता है, दिमाग में और भी ज्यादा गड़बड़ है।

"अब आप ताँगा ले आइए।" लगा, जैसे शकुन जल्दी से आलोक को विदा करके अपने काम में लग जाना चाहती है। या कहीं ऐसा तो नहीं कि उसे भेजकर विदा की असली रस्म पूरी करनी है? उसके सामने तो औपचारिक-से नमस्कार के सिवाय कुछ हो नहीं सकेगा।

"ताँगा लेने मैं भी साथ चलता हूँ, जरा टहलना ही हो जाएगा।"

"टहलना क्या होगा, यहाँ बगल में तो ताँगा मिलता है। ये ही ले आएँगे।"

'हाँ, आलोक को कैसे जाने दे सकती है अभी? मैं तो आपका नौकर लगा हूँ जो ताँगा लेने जाऊँगा?'

चलते समय शकुन ने कहा, "समझ नहीं पा रही हूँ आलोक जी, आपको किन शब्दों में धन्यवाद दूँ। जब भी जयपुर आएँ तो यहाँ आने का कष्ट अवश्य

करिएगा, और इस बार अकेले नहीं, परिवार-सहित आइए। सबसे मिलकर और भी खुशी होगी।"

"इस नई पुस्तक पर अपनी प्रतिक्रिया जरूर भेजना। पाठकों की प्रशंसा ही हमारे लिए तो सबसे बड़ी प्रेरणा होती है; पर इसका यह मतलब नहीं कि तुम केवल प्रशंसा लिख भेजो।" और आलोक हँसता हुआ ताँगे पर बैठ गया। सारा ताँगा नीचे को झुक गया—पता नहीं कितना वजन है कम्बख्त में!

"स्टेशन से सीधे घर ही आ जाना, इधर-उधर मत चले जाना, माँ जी भी चली जाएगी, मुझे बहुत अकेला लगेगा।" और सतीश को लगा, जैसे आलोक के सामने यह कहकर उसने उसे उबार लिया। विदा देती अनमनी-सी शकुन उसे बड़ी भोली, बड़ी सरल और बड़ी प्यारी-सी लगी। फिर मन में ढेर-ढेर लाड़ उमड़ने लगा।

उसने एक बार फिर सवेरे से अब तक की सारी बातें याद कर डालीं। अगर अपने मन के सन्देह से मुक्त होकर देखे, तो कहीं भी कुछ नहीं है। एक भी तो बात ऐसी नहीं हुई जिसे वह आधार बनाकर यों कष्ट पाए। नहीं-नहीं, यह उसकी ही हीनभावना है जो उसे हर बात के दस-दस अर्थ लगाने को मजबूर कर देती है।

वह आज कितना बड़ा अनर्थ भी कर सकता था। उसे इस बात से बड़ी तसल्ली मिली कि ऐसा कुछ भी होने से पहले ही सद्बुद्धि आ गई।

हाँ, आलोक की वह खातिर कर रही थी, बड़े श्रद्धालु भाव से, तो इसमें हुआ ही क्या? वह हर काम को पूरी लगन से करती है, आलोक की खातिर की तो लगन से, अपना घर सजाया तो उतनी ही लगन से, और अब फिर सब ठीक-ठाक कर रही होगी तो वह भी उतनी ही लगन से।

वह बड़ी तरकीब से आलोक के लिखने के प्रोसेसवाली बात जरूर शकुन को बता देगा कि कैसे ये लेखक लोग बिना किसी लगाव के भी केवल कहानी वसूलने के लिए एक्टिंग करते हैं। कम-से-कम यह हल्का-सा संकेत हो जाएगा शकुन के लिए कि यदि आलोक ने कुछ किया भी हो, तो वह उसकी किसी भी बात या व्यवहार को गम्भीरता से न ले। उसका ओछापन भी नहीं दिखेगा और बात भी बन जाएगी। अपनी दूरदर्शिता पर वह स्वयं मुग्ध-सा हो गया। कौन कहता है कि वह बेवकूफ है या डल? आलोक ने भी स्वीकार किया कि शकुन इंटेलिजेंट है, वह उसके संकेत को अवश्य ही समझ लेगी। और एकाएक उसे लगा, जैसे सवेरे से

जिस असह्य बोझ के नीचे वह तिलमिला रहा था, जिस मर्मान्तक पीड़ा से छटपटा रहा था, वह सब एकाएक समाप्त हो गई है।

गाड़ी चली तो बड़े मशीनी ढंग से हाथ हिलाते हुए उसने भी शकुनवाली बात दोहरा दी—"सपरिवार आइए कभी!"

आलोक आया और चला गया, और कहीं कुछ नहीं हुआ। वह घर लौटेगा तो देखेगा कि शकुन उसी व्यस्तता और लगाव से अपना घर ठीक कर रही होगी।

यदि उसका काम पूरा नहीं होगा तो वह कहेगा—"जाओ, तुम आराम करो, बहुत थक गई होगी सवेरे से, लाओ मैं जमा देता हूँ सारे बर्तन-वर्तन।" वह उसकी कॉपियाँ भी दिखवा देगा। वह जरूर विरोध करेगी—"तुम भी तो ऑफिस से थककर आए हो, मैं कर लूँगी, तुम आराम करो।"

आज वह शकुन को बहुत प्यार करेगा। कितने दिन हो गए उसे बड़ी आत्मीयता से प्यार किए। उसकी अपनी ही दुर्बलता ने पता नहीं कैसे यह भ्रम उसके मन में पैदा कर दिया था कि उन दोनों के बीच में जैसे कोई है...पर कहीं कोई नहीं है; शकुन आज भी उसी की है, उतनी ही जितनी दो साल पहले थी।

मैं कितना धीरे-धीरे चल रहा हूँ। शकुन अकेली होगी। साइकिल न लाकर भूल ही की। उसने अपनी चाल बढ़ा दी।

घर पहुँचा तो देखा—खाने के बर्तन अभी भी टेबल पर ज्यों-के-त्यों पड़े थे, कॉपियों का बंडल भी दीवान के नीचे जैसे का तैसा बँधा पड़ा था। उधर जाकर देखा—शकुन पलंग पर लेटी हुई आलोक का नया उपन्यास पढ़ने में डूबी हुई है। आहट पाकर एकदम चौंक सी उठी—"कौन?"

"मैं हूँ।"

"ओह, तुम? मैं तो डर गई थी।" और किताब को तकिये के नीचे सरकाती हुई वह उठकर बैठ गई।

आते-जाते यायावर

कभी सोचा भी नहीं था कि महज मजाक में कहीं हुई बात ऐसा मोड़ ले लेगी। मोड़, और उस शब्द पर मुझे खुद ही हँसी आने लगी। मेरी जिन्दगी में अब कोई उतार-चढ़ाव आएगा, न मोड़। वह ऐसे ही रहेगी; सीधी, सहज और सपाट। हाँ, कभी-कभी उस सपाट जिन्दगी में एक दरार डालकर उसके पार बसी दुनिया को देखने के लिए जी ललच उठता है, पर जब-जब ऐसा किया, मन का बोझ बढ़ा ही है। फिर भी कल जो कुछ हुआ उसमें जीना अच्छा लग रहा है। खासकर इस आश्वासन के साथ, नहीं, आश्वासन नहीं, न जाने क्यों मुझे सही शब्द ही नहीं सूझ रहे और मैं गलत शब्दों का ही प्रयोग करती जा रही हूँ— आमंत्रण या कहूँ कि साग्रह मनुहार के साथ कि मैं आज भी मिलूँ।

खयाल आया, रमला सुनेगी तो हँसती हुई कहेगी—"लगा लिया तुझे भी क्यू में? भई, कमाल है!"

रात बारह बज गए थे, तो रमला ने पूछा नहीं था, एक तरह से आदेश-सा देते हुए ही कहा था—"नरेन, मिताली को छोड़ने का जिम्मा आपका। आप इसे छोड़ते हुए निकल जाइए।"

उसने कुछ ऐसे सहर्ष भाव से स्वीकृति दी मानो वह इसी बात की प्रतीक्षा कर रहा था। टैक्सी-स्टैंड पर कई टैक्सियाँ खड़ी थीं, पर वह उधर नहीं बढ़ा। इस आदमी से काफी दूरी रखनी है और इसकी हर बात को केवल ऊपर से निकाल देना है, इस बात के प्रति बेहद चौकस होने के बावजूद, आधी रात को उसके साथ पैदल चलने का खयाल मुझे कहीं अच्छा लगा। चारों ओर निपट सन्नाटा था और सड़क के दोनों

ओर दूर तक लैम्प-पोस्ट बाँहें फैला-फैलाकर रोशनी उँड़ेल रहे थे।

"यहाँ बारह बजे ही कैसा सन्नाटा हो जाता है! विदेशों में तो बारह के बाद से ही असली जिन्दगी शुरू होती है।" और मुझे लगा कि अब यह लगातार विदेश की बातों से बोर करेगा। इस देश की लड़कियों पर रौब डालने के लिए कितना अच्छा हथियार है यह!

पर ऐसा हुआ नहीं। वह फिर अपने बारे में बताने लगा। अपने शौक, अपनी महत्त्वाकांक्षाएँ और खासकर अपनी यायावरी वृत्ति!

"लगता है, मेरे भीतर एक जिप्सी बैठा है, जो मुझे घुमाता है। पिछले सात साल से मैं केवल घूम रहा हूँ, भटक रहा हूँ, नए-नए स्थान, नए-नए लोग! पता नहीं कहाँ जाकर अन्त होगा, कब अन्त होगा!"

वह जैसे बहकने लगा था। मुझे खयाल आया, इसने बहुत पी रखी है, केवल नीट! बल्कि जब रमला दरवाजे तक छोड़ने आई तो कहा भी था—"आज आप बहुत पी गए हैं। ठीक से छोड़ तो देंगे न मिता को?"

वह हँसा था, "आप तो जानती ही हैं कि कितना भी पी लूँ, पर मुझपर रंग नहीं चढ़ता।"

"काला कम्बल!" रमला ने कहा था और हँस पड़ी थी। बातों के नीचे छिपे अर्थ मैं समझ रही थी, फिर भी अनजान बनी खड़ी रही पर क्षण-भर के लिए तीव्र आकांक्षा का एक झोंका ऊपर से नीचे तक जैसे चीरता हुआ निकल गया—एक बार मैं भी रंग चढ़ाने की कोशिश करके देखूँ और कुछ नहीं, केवल एक चैलेंज की तरह! सचमुच अब बातें या तो चैलेंज के रूप में आती हैं या बदला लेने की क्रूर भावना के साथ। रमना, डूबना—ये सारे शब्द तो जैसे एक-एक करके निरर्थक होते चले गए।

"जानती हैं, यूनिवर्सिटी की इन सड़कों पर मैं कितना घूमा हूँ? जिन्दगी के कितने दिन इन पर गुजारे हैं?" तो उसी के स्वर में स्वर मिलाकर बोली, "और जाने किन-किन के साथ?"

वह हँस पड़ा—"लगता है, रमला ने मेरे बारे में बहुत कुछ उलटा-सीधा बता रखा है आपको।"

मैं हल्के से मुस्कराई। सचमुच रमला ने इतना कुछ बता रखा था उसके बारे में कि बिना किसी विशेष परिचय के भी वह मुझे अपरिचित नहीं लग रहा था। धीरे-से बोली, "कुछ गलत तो नहीं बताया न?"

वह फिर हँस पड़ा—"कभी-कभी सोचता हूँ, आदमी अपने भीतर कितना कुछ समेटे होता है, वह खुद नहीं जाता और एक बँधी-बँधाई लीक पर चलकर मर जाता है। बिना अपने को जाने, बिना अपने को समझे! ह्वाट ए पिटी!"

बिना उसकी ओर देखे ही मैंने जान लिया कि स्वर की तरह उसके चेहरे पर भी एक हिकारत-भरी दया फैल गई होगी।

पर मैं एकाएक ही बहुत कटु हो आई। मन हुआ, कहूँ, 'लीक तोड़ना', 'संस्कारों से मुक्त होना'—इन सारे मुहावरों का चारा डालने के लिए कैसी खूबसूरती से प्रयोग किया जाता है आजकल। पर कहा केवल एक निहायत ही पिटा-पिटाया वाक्य—"लीक तोड़कर ही आदमी क्या बहुत कुछ पा लेता है?"

मैं जानती थी, वह क्या उत्तर देगा। फिर भी उसके मुँह से सुनने का मोह हो आया।

"अच्छा, आप ऐसा नहीं मानतीं कि हम जितनी तरह की जिन्दगी जीते हैं, जितने सम्पर्क और सम्बन्ध बनाते हैं, उनसे हमारे व्यक्तित्व के उतने ही पहलू उभरकर आते हैं। नई-नई जगह देखना, नए-नए लोगों से मिलना, उनके निकट होना, उनको अपने निकट लाना—और खुद-ब-खुद भीतर एक नई दुनिया खुलती चलती है। तब एक मुग्ध विस्मय के साथ हम देखते हैं—अरे, यह सब भी तो हमारे भीतर था!"

मैं बड़े तटस्थ और कुछ ऐसे चौकन्ने भाव से उसकी बात सुनती रही, मानो यह सब पहली बार सुन रही होऊँ। हालाँकि रमला यह सब मुझे बता चुकी थी।

"और यदि यह सम्बन्ध ऑपोजिट-सेक्स के साथ हो, तब तो व्यक्तित्व के रगो-रेशे तक उभरकर आ जाते हैं।"

और उसने एक निस्संकोच, सीधी नजर मेरे चेहरे पर टिका दी, जिसपर अपनी बात का समर्थन करवाने का साग्रह अनुरोध अटका हुआ था।

हूँ, तो ये अब मुझ पर ही चालू हुए। पर लगा, आदमी दिलचस्प भी है, और औरों से भिन्न भी। सब लोग ऐसे मौकों पर बात करते हैं 'तुम' से। जैसे जो हो, बस तुम ही हो, बाकी दुनिया बेकार। उसने बात दुनिया से शुरू की है, अब शायद 'तुम' पर आएगा—धीरे-धीरे, सीढ़ी-दर-सीढ़ी। नवीनता का भी तो अपना एक आकर्षण होता है। सचमुच आदमी तेज है और किसी को भी फँसाने के सारे हथकंडों से लैस।

फिर भी बात करने का नाटकीय अन्दाज मन को भाया। रह-रहकर कन्धों का उचकाना, हथेलियों का हवा में फैलना-सिकुड़ना और पल-पल चेहरे की बदलती मुद्राएँ।

'अमेरिकी लटका!' एकाएक ही मन में उभरा। ये अदाएँ ही तो सम्पर्क-सम्बन्ध बनाने का सबसे सशक्त साधन होती होंगी।

भीतर-ही-भीतर कहीं हँसी उमड़ने लगी। रमला ने इस नाटकीय अन्दाज की हू-ब-हू नकल करते हुए ये ही सब बातें बताई थीं और फिर हँसते हुए कहा था, "बोलो मिला दें तुम्हें नरेन से? तुम भी उसके व्यक्तित्व का एक पहलू उजागर कर दो, या अपना करवा लो।"

भीतर-ही-भीतर मन कुछ कुलबुलाने लगा। मैंने बड़ी ही तौलती-सी नजर से एक बार उसे देखा।

सारी बात रमला को सुनाने के लिए एक मजाक बनकर रह जाती, यदि फाटक पर विदा लेते समय वह यह नहीं कहता, "कल शाम को आप क्या कर रही हैं? खाली हों तो मिलें?"

एक क्षण को हाँ-ना किए बिना मैं असमंजस में खड़ी रही। तभी सुना, वह हँसते हुए कह रहा था—"आप बहुत गालियाँ दे रही होंगी मुझे! आज आपको भी थोड़ी-सी पिला देने का पाप कहिए या पुण्य, मुझसे हो ही गया। हमेशा याद रखिएगा कि आपके कुछ दायरों में एक दायरा मैंने भी तोड़ा।"

अन्तिम बात ने एकाएक ही जैसे मुझे कहीं बहुत भीतर, गहरे में धकेल दिया। मैं सुन्न हो गई। खयाल ही नहीं रहा कि उसे कुछ जवाब देना है, पर वह खुद ही बोला, "कल फोन करके मैं खुद तय कर लूँगा।" और हाथ हिलाकर मुड़ गया, मैं जहाँ-की-तहाँ खड़ी रह गई।

मन की न जाने कौन-सी अदृश्य परतों के नीचे दबा एक वाक्य पूरे दृश्य के साथ उभर आया—अपने शरीर से अलग करते हुए उसने कहा था—"आज तुम्हें एक अँधेरे कुएँ से निकालकर खुली-फैली दुनिया में ले आया हूँ। अब जानोगी कि जीना क्या होता है!"

तब वह पुलकित होने के साथ-साथ भीतर तक कृतज्ञ भी हो आई थी।

और बहुत दिनों बाद उसी ने फिर कहा था—"खींचकर लाना मेरा काम था, अब इस खुली दुनिया में चलना और अपना रास्ता तलाश करना तुम्हारा काम है।" क्योंकि अपने साथ चलने के लिए उसने एक लिपी-पुती, बड़ी-सी बिन्दी लगानेवाली गुड़िया जैसी लड़की चुन ली थी। एक बार परिचय भी करवाया था, "ये हैं मिताली ठाकुर, हमारे साथ पढ़ती थीं। बहुत ही होशियार और गजब की बोल्ड।" 'बोल्ड' शब्द कहते समय हल्की-सी भर्त्सना का पुट आ मिला था उसके स्वर में। पत्नी के सामने शायद मित्र कहने का तो वह साहस तक न जुटा पाया था।

तब एक बार बड़ी जोर से इच्छा हुई थी कि वह मुझे अँधेरे कुएँ से खींचकर लाया था, तो मैं भी इसकी शराफत का यह खोल खींचकर उतार दूँ, जिसे यह बड़ी मासूमियत के साथ अपनी पत्नी के सामने ओढ़े बैठा है।

पर मैं कुछ नहीं कर पाई थी। बस, भीतर-ही-भीतर उफनते जहर को चुपचाप पीती रही थी और आँखों से उमड़ते आँसुओं को जबरन पीछे ठेलती रही थी।

तब मुझे मालूम हुआ था कि संस्कार तोड़ने के बहाने कितनी खूबसूरती से वह मुझे ही तोड़ गया है!

अब एक ये आए हैं दायरे तोड़ने। ठीक है, कल ये भी आएँ। अब मैं भी पहले की तरह मूर्ख नहीं रह गई हूँ। और भीतर-ही-भीतर एक बड़ी ही क्रूर-सी इच्छा कुलबुलाने लगी।

अब तक की सारी मिठास एक कड़वाहट में बदल गई।

लेटी तो नींद नहीं आ रही थी। व्यक्ति अब अलग-अलग याद नहीं रहते। शायद सभी कहते हैं—"मिता बहुत रिजर्व्ड है, मिता इनिशिएटिव नहीं लेती, मिता अपने को कहीं भी प्रोजेक्ट नहीं करती।"

तो भीतर-ही-भीतर सबको धोखा देने का, छलने का एक क्रूर सन्तोष मन में जगता है। तुम कभी जान नहीं सकते कि मिता भीतर से क्या है? मिता ने तो सब कुछ किया है, आज भी कर सकती है, पर बर्दाश्त होगा तुमसे? तब तुम्हीं सबसे पहले थू-थू करते हुए हिकारत-भरे प्रहार करोगे और अपने-अपने दड़बों में लौट जाओगे।

नहीं, मैंने तो बहुत पहले ही तय कर लिया था कि अब मैं कुछ नहीं करूँगी। अपने को वापस दायरे में समेट लूँगी। इस निर्णय के साथ ही मैंने वह शहर ही नहीं

छोड़ा था, अपना अतीत भी छोड़ दिया था। एक बार बाहर आकर भीतर की ओर लौटने की यातना, भीतर से बाहर की ओर आने की यातना से कितनी ज्यादा है, यह भी मैंने तभी जाना था। बाहर आने में कितनी उमंग, कितना उत्साह था और भीतर लौटने में कितनी निराशा, कितनी टूटन!

फिर भी एक अदृश्य संकल्प मेरे मन में धीरे-धीरे आकार लेने लगा।

ठीक समय पर वह आ गया। कमरा वैसा ही पड़ा है। एक बार भी मैंने उसे सजाने-सँवारने का प्रयत्न नहीं किया। मैं अपनी हर बात से उसे यह दिखा देना चाहती हूँ कि मैं उसे जरा भी महत्त्व नहीं दे रही हूँ। न उसके इस प्रकार चले आने को कुछ विशेष समझ रही हूँ। मैंने मन-ही-मन तय कर लिया है कि मैं निहायत ही देशी ढंग से व्यवहार करूँगी और अँग्रेजी का एक शब्द भी नहीं बोलूँगी। अपनी विदेशियत के रौब को यों धूल में लोटते हुए देख उसे कैसी तिलमिलाहट होगी, यही तो इनकी सबसे बड़ी तुरुप की चाल होती है। उस काल्पनिक तिलमिलाहट से मुझे भीतर-ही-भीतर एक सन्तोष मिलने लगा।

"और जब सारी स्थिति बर्दाश्त से बाहर हो गई, तो हम लोगों ने उस सम्बन्ध को नकारकर नए सिरे से अपने-अपने व्यक्तित्व को स्वीकार किया। बताइए जरा, आदमी सिवाय एक औरत के पति के और कुछ रह ही नहीं जाए! यह भी कोई जिन्दगी हुई भला!"

वह अपनी अमेरिकी पत्नी से अलग होने की बात बता रहा था। पर किसी बहुत ही आत्मीय या नाजुक रिश्ते के टूटने की हल्की-से-हल्की व्यथा भी उसके चेहरे पर नहीं थी। तोड़ना क्या इतना आसान भी हो सकता है? अतीत के सम्बन्ध से क्या सचमुच आदमी इस तरह मुक्त हो सकता है? पर जो जुड़ता ही नहीं, उसके लिए टूटने की अहमियत ही क्या होती होगी भला!

फिर भी अतीत की किसी भी छाया या व्यथा से इसका यों मुक्त होना मुझे अच्छा लग रहा है। 'खाली स्लेट पर ही तो रंग अच्छा चढ़ता है'—एकाएक ही मन में उभरा और जैसे मैं भीतर-ही-भीतर अपने एक-एक कदम के लिए सतर्क और चौकन्नी हो गई।

वह लगातार कुछ-न-कुछ बोले जा रहा था और मैं विस्मित-सी यह सोच रही थी—आदमी इस तरह उँडेल पाए, तो मन का कितना बोझ छट जाए! कितना

हल्का हो जाए! इसका मुझसे परिचय ही कितना है, फिर भी कैसे विश्वास में लेकर सब कुछ बताए जा रहा है, मानो मैं कोई बहुत ही घनिष्ठ होऊँ, इसकी अन्तरंग!

अनायास ही इस शब्द का यों मन में आ जाना मुझे अच्छा लगा, क्या इसके मन में इस समय मुझे लेकर कोई ऐसा ही भाव नहीं होगा? बस, यही अनुकूल अवसर है, मुझे चूकना नहीं चाहिए। स्वर को बहुत ही मुलायम बनाकर मैंने पूछा, "अच्छा, एक बात बताइए! लगातार यों घूम-घूमकर, भटक-भटककर आप थक नहीं जाते?"

उसने एक भेदती-सी नजर से मुझे देखा, जैसे इस प्रश्न के पीछे का मकसद जानना चाहता हो। मैं भीतर तक सिहर उठी, मानो चोरी करती हुई पकड़ी गई होऊँ। पर नहीं, उसका ध्यान शायद उधर था ही नहीं। वह बड़े ही सहज स्वर में बोला, "सचमुच कभी-कभी थक जाता हूँ। लगता है, जैसे अपने से ही हार रहा हूँ। यहाँ से वहाँ, वहाँ से कहीं और, कहीं और...निरुद्देश्य और निरर्थक। और तब मन करता है कि इस भटकन को समाप्त कर दूँ। किसी एक के साथ, एक जगह बैठकर जिन्दगी जिऊँ, सुरक्षित और बँधी हुई।"

और उसने बड़े हारे-थके भाव से सिर कुर्सी की पीठ पर टिका दिया, मानो सचमुच ही वह घूम-घूमकर, भटक-भटककर एकदम निढाल हो गया हो। छत की ओर एकटक देखते हुए, होंठों को गोल बनाकर वह धीरे-धीरे धुएँ के छल्ले उड़ाने लगा। रेशमी धुएँ के वृत्त बड़े हो-होकर उसके ही चारों ओर फैलते-लिपटते चले गए। धुएँ के उस झीने-से आवरण के पीछे उसका चेहरा मुझे बड़ा कातर और दयनीय-सा लगने लगा। कुछ इतना ज्यादा कि मुझे तरस-सा आने लगा। कहीं ये अनेक-अनेक सम्बन्ध बनने-बिगड़ने के किस्से मनगढ़न्त तो नहीं हैं? आजकल इन सबका बखान करना भी तो आधुनिक फैशनों में से एक है। किसी भी लड़की के लिए अनेक प्रेम-प्रसंगों में लिप्त आदमी आजकल ज्यादा आकर्षण का कारण होता है। एक जीता-जागता और ललकारता हुआ चैलेंज।

"पर छह महीने भी एक जगह बैठ लूँ तो दम घुटने लगता है। भीतर का जिप्सी कोड़े मार-मारकर मुझे ढकेलने लगता है और फिर यात्रा शुरू..."

"कभी आप आगे के बारे में सोचते हैं, जैसे दस साल बाद की बात! जब न इस तरह घूमना सम्भव होगा, और न कोई दो बात करने-पूछनेवाला रह जाएगा। शायद तब किसी के पास इतना समय भी नहीं होगा कि दो मिनट आपके लिए थम ही जाए।"

मैं उसे आतंकित कर देना चाहती हूँ। वह जान ले कि ऐसी जिन्दगी का एक पहलू यह भी है।

"कभी-कभी खयाल जरूर आता है, पर आगे के बारे में मैं ज्यादा सोच नहीं पाता।"

"क्यों, क्या बूढ़े हो गए? आगे से मुँह मोड़कर पीछे देखना तो बूढ़ों का काम है।" वह खिलखिलाकर हँसने लगा। मुझे हर बार ऐसा लगता है, मानो मेरी सारी सतर्कता के बावजूद वह मेरे भीतर उठने-बैठनेवाले हर भाव को पढ़ रहा है। मुझे अजीब-सी बेचैनी होने लगी।

"नहीं, मैं पीछे भी नहीं देखता। केवल सामने देखता हूँ और शायद यह यूथ की निशानी है।" वार खाली जाने की झल्लाहट जरूर मेरे मुँह पर आ गई होगी।

"मैं चाहूँ, तो भी यह भटकन समाप्त नहीं होगी। आखिर उसने शाप भी तो बड़े सच्चे मन से दिया था।"

मेरी आँखों में प्रश्नवाचक भाव तैर आया तो फिर एक और प्रेम-प्रसंग खुल पड़ा।

यूनिवर्सिटी की सड़कें, हॉस्टल के बन्धन, यह सारा माहौल उस प्रसंग के साथ भी जुड़े हुए थे। अमेरिकी पत्नी की अपेक्षा इस प्रसंग में प्रेम की ऊष्मा भी ज्यादा थी और टूटने की व्यथा भी। एकाएक मुझे लगा, यह मुझसे मिलने नहीं आया है, मेरे माध्यम से अपने अतीत के उस टुकड़े को दोहराने आया है। मेरा अहं बुरी तरह तिलमिला गया। मुझसे कोई भी न मिले, यह मुझे मंजूर है...पर यों मात्र माध्यम की तरह!

"उसका रोना, उसका शाप, आज भी सबकुछ याद है।" भावुकता की ये बातें करते समय उसकी सारी चुस्ती, सारी स्मार्टनेस जैसे गल गई और वह बड़ा दयनीय और बड़ा साधारण-सा लगने लगा।

"अब वह कहाँ है?" कुछ रुखाई से मैंने पूछा।

"उसने शादी कर ली। खूब प्रसन्न है। मुझे बुलाकर अपना सुख, अपना वैभव और अपनी प्रसन्नता दिखा भी दी।"

"और आपकी पत्नी?"

"सम्बन्ध टूटने के साल-भर बाद तक तो उससे सम्पर्क रहा था। उन दिनों

वह अपने किसी अफेयर में व्यस्त थी। हो सकता है, अब तक उसने शादी भी कर ली हो या किसी नए अफेयर में व्यस्त हो गई हो।"

मेरी तिलमिलाहट एक क्रूर आनन्द में बदल गई। लगा, जैसे मेरे भी सारे बदले इन औरतों ने चुका दिए।

तो सब ओर से हारे-पिटे से यहाँ आए हैं मेरे दायरे तोड़ने। और मेरा मन उसके भीतर का सबकुछ जान लेने को अकुलाने लगा। यह सिर्फ एक नाटक है या कि इसके पीछे एक हारे हुए मन की कहीं टिक बैठने की आकांक्षा। पर कहीं से भी तो हारा-पिटा नहीं लगता। क्या टूटे सम्बन्ध इसे कहीं से भी नहीं तोड़ते? क्या मन की टूटन से यों असम्पृक्त रहा जा सकता है?

"इस बार जाऊँगा, तो जरूर मिलूँगा उससे। अब मिलना शायद अच्छा ही लगेगा।"

"आप वापस कब जाएँगे?" स्वर में आई उत्सुकता को भरसक दबाते हुए मैंने कुछ ऐसी लापरवाही से पूछा, मानो इसके उत्तर से मेरा कोई सम्बन्ध ही न हो।

"परसों यहाँ से कलकत्ते जाऊँगा और वहाँ से फिर पन्द्रह को मास्को के लिए उड़ना है।"

एक क्षण को मैं तो जैसे हवा में लटक गई। लगा, थोड़ी देर पहले जो दयनीयता और कायरता उसके चेहरे पर आई थी, वह मेरे चेहरे पर पुत गई है और वह बैठा वैसे ही हँस रहा है, सहज मुक्त और निर्द्वन्द्व। लगा, मैं फिर छली गई हूँ, अपनी सारी सावधानी के बावजूद। एकाएक ही मन सुलगने लगा। तब ये यहाँ करने क्या आया है? किस्से सुना-सुनाकर मन हल्का करने के लिए मैं ही मिली थी इसे? घनिष्ठता क्या, बिना परिचय के भी जो किसी को अपना सबकुछ बता सकता है, उसके लिए तो माध्यम कोई भी हो सकता था।

वह फिर चहकने लगा था। नई-नई जगह, नए-नए लोग और नए-नए अनुभवों को पाने का कौतूहल-भरा उत्साह उसके चेहरे पर थिरक रहा था।

पर उसके बाद उसकी बातें, उसकी उपस्थिति, बात करने का उसका नाटकीय अन्दाज, सबकुछ मेरे लिए निरर्थक हो उठा। स्वादहीन और बेमतलब! बल्कि उसका होना-भर मुझे भारी लगने लगा। मन हुआ, उठकर बुरी तरह झिड़क दूँ। पर किस बात पर? आखिर उसने किया क्या है, यही समझ नहीं आ रहा था।

"तुम हर सम्बन्ध में भविष्य की सम्भावना खोजती हो, इसीलिए वर्तमान को भी नहीं भोग पातीं।" एक बार मृणाल दी के पति ने कहा था, तो लड़ने-लड़ने को मन हो आया था। जब भी मैं वहाँ जाती हूँ तो बड़े दुलार से मेरे हाथ अपनी दोनों हथेलियों में लेकर सहलाएँगे, बाँह दबाएँगे, जरा-सा इशारा करूँ तो मृणाल दी से छिपकर कॉफी पिलाने भी ले जाएँगे। कई बार ऐसा संकेत कर चुके हैं। कुछ और ढील दूँ, तो और भी आगे बढ़ सकते हैं, पर उसी सीमा तक, जहाँ किसी चीज का रिस्क न लेना पड़े। उनका सबकुछ सहज और सुरक्षित रहे, वे जानते हैं कि उन्हें सिर्फ पाना ही है, जो भी मिल जाए, खोना तो कुछ है नहीं। और मैं भी जानती हूँ कि मुझे पाना कुछ नहीं है। आधुनिकता के नाम पर कैसी-कैसी सूडरी ये लोग झाड़ते हैं!

"मैं पत्र लिखूँगा, तो जवाब देंगी न?"

"नहीं, हमें नहीं आता पत्र-वत्र लिखना।" खीज-भरे स्वर में मैंने कहा। एक ये ही तो रह गए हैं पत्र लिखने के लिए! इस आदमी के लिए व्यक्तियों और सम्बन्धों का महत्त्व ही क्या है, सिवाय इसके कि एक किस्सा सुनाने को मिल जाए उसमें से। अब विदेश में किसी औरत के साथ शराब पीते हुए या कौन जाने किसी की बगल में लेटे-लेटे सुनाएँगे, 'हिन्दुस्तान की लड़कियाँ यहाँ की तरह नहीं होतीं। न जाने कितने संस्कारों में बँधी, दायरों में घिरीं।' उस समय भी मेरा नाम इसकी जीभ पर भले ही हो, मैं इसके दिमाग में कहीं नहीं होऊँगी। बस, कुछ न कुछ निरन्तर बोलते जाने की हविस से ही वह बोलता चला जाएगा।

"अच्छा, पत्र लिखना नहीं आता, तो खाली कागज ही भेज दीजिए। मैं उसी से सब समझ लूँगा।"

जाते-जाते कैसे लटके बघार रहा है! फिल्मी डायलॉग! अब सचमुच मेरा धैर्य जवाब देने लगा था और मन हो रहा था, मैं सामने बैठे इस आदमी को फटकार दूँ।

तभी चपरासी ने आकर जैसे मेरा उद्धार कर दिया। मैंने बताया—"आठ बजे के बाद यहाँ पुरुष कमरे में नहीं रह सकते।"

"प्राध्यापिकाओं के लिए भी इतने बन्धन!" और वह हँसने लगा, तो मैं भीतर-ही-भीतर बुरी तरह कुढ़ गई।

"हाँ, और नहीं तो क्या, यह अमेरिका नहीं है।" मन-ही-मन कहा, 'अमेरिका का दुम कहीं का!'

मैं एक क्षण को भी यह नहीं बताना चाहती थी कि परसों ही उसके जाने की बात सुनकर मैं विचलित हो गई हूँ या कि उसे लेकर...

बड़े सहज कदमों से मैं उसके साथ नीचे फाटक तक गई।

"यहाँ कोई खाली टैक्सी नहीं मिलेगी।" मेरे इतना कह देने के बावजूद वह टैक्सी की प्रतीक्षा का बहाना लेकर खड़ा बातें करने लगा।

"मान लीजिए, कभी एक दिन आपके दरवाजे पर खट-खट हो! आप खोलें और देखें कि मैं खड़ा हूँ, तो कैसा लगेगा?"

खाक-धूल लगेगा! क्यों अब भी नाटक किए जा रहे हो? क्या मतलब है इन सब बातों का? कहने को मैं भी कह दूँ—"दरवाजा खुले और आप देखें कि कोई और चेहरा झाँककर बता रहा है कि मिताली तो शादी करके चली गई, तो आपको कैसा लगेगा?" फिर खयाल आया, इसे लगना ही क्या है? उसी के साथ बैठ जाएगा और मेरा किस्सा ऐसी आत्मीयता के साथ बताएगा, जैसे वह कोई इसकी अन्तरंग हो।

पर मैंने कुछ भी नहीं कहा—बस, गुमसुम खड़ी रही।

"लगता है, टैक्सी तो यहाँ मिलेगी नहीं, मुझे मेन रोड तक जाना होगा।" उसने कन्धे उचकाए। फिर बड़ी अदा से हाथ जोड़कर होंठों पर ढेर सारी मुसकान और चेहरे पर आत्मीयता पोतकर कहा, "इस आते-जाते यायावर का नमस्कार!"

मैं चाहकर भी मुस्करा न पाई। बस, यन्त्रवत् हाथ जोड़ दिए।

वह मुड़ गया। जैसे सहज और सधे कदमों से वह चल रहा था, उससे लगा, इन दो दिनों का सबकुछ झाड़-पोंछकर वह इस फाटक पर ही छोड़ गया है और बेहद हल्का होकर जा रहा है। हल्का और निर्द्वन्द्व। सच पूछो तो इन दो दिनों में आखिर हुआ ही क्या है! पर मैं हूँ कि इस न कुछ हुए को भी अब न जाने कितने दिनों तक गुनती-बुनती रहूँगी। फिर एकाएक ही रमला पर खीज आने लगी। पता नहीं किस-किससे मिला देती है। उनके घर कोई भी आए, मुझे जरूर बुलाएगी। बड़ी गार्जियन बनी फिरती है।

निरन्तर दूर होती हुई उसकी आकृति धुँधली हुई, थरथराई और फिर लुढ़क गई।

असामयिक मृत्यु

सबकुछ जहाँ का तहाँ थम गया।

गति महेश बाबू के हृदय की बन्द हुई थी, पर चाल जैसे सारे घर की ठप्प हो गई। अधूरा बना हुआ मकान और अधकचरी उम्र के तीन बच्चे।

सच पूछो तो यह भी कोई उम्र है मरने की भला! कुल जमा चवालीस साल। पर मौत कौन किसी से पूछकर आती है!

फिर हुआ भी तो सबकुछ कितने आकस्मिक ढंग से। ऑफिस की कुर्सी पर बैठे-बैठे ही महेशबाबू का हार्ट फेल हो गया। घर खबर पहुँची तो शारदा अवाक! बस, पड़ोसन ताई की चीत्कार घर बनाते मजदूरों के समवेत संगीत को चीरती हुई यहाँ से वहाँ तक फैल गई। देखते-ही-देखते सारा मोहल्ला आ जुटा। शव लाकर बीच आँगन में रखा गया। चारों ओर भीड़ और दार्शनिक मुद्रा में उछाले गए वाक्य...

'जिन्दगी का कोई भरोसा नहीं भैया! अच्छे-भले घर से गए थे। कौन जानता था कि लौटकर ही नहीं आएँगे...राम तेरी माया!'

'मकान और दीपू को लेकर कैसे-कैसे सपने देखे थे...अरे, आदमी सोचता क्या है और होता क्या है?'

'अधूरा मकान और तीन-तीन बच्चों की कच्ची गृहस्थी। तिनके तक का कोई सहारा नहीं। अब तो भगवान ही पार लगाए तो लगे! हे प्रभो, तेरा ही आसरा है...'

हर मौत पर दोहराए जानेवाले वही पिटे-पिटाए वाक्य, वही भाषा! सिर्फ मरनेवाला आदमी बदलता रहता है।

पर इस सबसे अनछुई-सी शारदा की सूनी-सूनी आँखें और भावहीन चेहरा! न

एक बूँद आँसू, न छाती-फाड़ क्रन्दन! और इन सबसे ऊपर और इन सबसे अलग दीपू को बाँहों में भरे पड़ोसन ताई का प्रलाप—"अब तेरा नाटक देखकर किसकी छाती गज-भर की होगी रेऽऽ...अखबार में तेरी फोटू देखकर कौन मोहल्ले-भर में दिखाता फिरेगा रेऽऽ...मुझे मीठे चीले खिलाने को कौन कहेगा रेऽऽ..."

शव उठा और कुछ समय पहले तक हँसती-बोलती काया देखते ही देखते जलकर राख का ढेर हो गई।

और रात तक जैसे सबकुछ शान्त हो गया। बस, शारदा जहाँ जैसी बैठी थी, वैसी ही बैठी रही। तीनों बच्चे रो-धोकर आँगन में ऐसे ही पसर गए।

जून की उमस-भरी रात। एक तरफ ईंट, रेत और चूने के ढूह बिखरे पड़े थे और दूसरी तरफ बच्चे। सामने घना अन्धकार।

दूसरे दिन शारदा के बड़े भाई आ गए। बहन के सिर पर हाथ रखकर और बच्चों को छाती से चिपका-चिपकाकर रोए—

"अरे महेशबाबू, यह किस जनम का बदला निकाल गए हमसे...अरे, तुम्हारी नेकी के गुण तो सारी दुनिया गाती थी...यह किसकी हाय लग गई रेऽऽ..."

पर दो घंटे में ही उन्होंने रोने-धोने का काम खत्म किया! आँखों से आँसू पोंछे और दुनियादारी आँज ली! जो घर ऐसे अधर में लटक गया हो, जहाँ आगे नाथ न नीछे पगहा, वहाँ फुर्सत में बैठकर शोक मनाने की गुंजाइश कहाँ भला! मातमपुर्सीवाले लोग चले गए तो शारदा और दीपू को लेकर वे भीतर आए।

"तेरहवीं करने की क्या जरूरत है? चौथे दिन हवन करके उठाला कर दो और आगे की सोचो कि कैसे क्या होगा?"

पर आगे सोचने के जितने भी रास्ते थे, थोड़ी दूर जाकर ही बन्द दिखाई देते थे।

बैंक-बैलेंस?

निल!

इन्श्योरेंस?

जो भी था, मकान बनवाने के लिए तीन-चौथाई उधार ले लिया!

प्रोविडेंट फंड?

उसमें से भी आधा कर्ज ले लिया, फिर भी वही एक रकम है! पर उससे तो यह मकान पूरा हो जाए तो गनीमत! इसे तो अब पूरा करना ही होगा, वरना अभी

तक जितना पैसा लगाया वह भी पानी! पर समस्या तो यह है कि चार प्राणियों की यह गृहस्थी चलेगी कैसे?

और सारे बन्द रास्तों से लौटकर उनकी नजर दीपू पर आकर टिक गई?

"बी.ए. का इम्तहान दिया है न! रिजल्ट भी आता ही होगा। अच्छे डिवीजन में तो पास हो ही जाओगे। हूँऽऽ...!"

वह हुंकार शारदा के मन में जाने कैसा आतंक जमाती-सी भीतर तक उतर गई। उसने एक बार घुटनों पर ठोड़ी टिकाए दीपू के चेहरे की ओर देखा। उसकी अँसुवाई आँखों के आगे दीपू की आकृति थरथराती हुई धुँधली होती चली गई।

चौथ के दिन हवन हुआ। दीपू के सिर पर पगड़ी पहनाई गई थी—"इसे केवल रस्म ही मत समझना दीपू बेटे! आज से बाबू की इज्जत, बाबू की प्रतिष्ठा और बाबू का भार तुम्हारे सिर पर। अब इस घर की सारी जिम्मेदारी तुम्हें ही निभानी है..." मामा की आँसुओं से रुँधी हुई वाणी आवेग के कारण भिंच गई।

दीपू ने मामा के पैर छुए तो मामा ने अपने पैरों से उठाकर उसी वेश में दीपू को महेशबाबू के जनरल मैनेजर के चरणों पर झुका दिया।

"अट्ठारह साल तक महेशबाबू ने अपनी कम्पनी की खिदमत की, अब दीपू को मौका दीजिए! उसका हक समझकर दीजिए, चाहे कृपा करके...पर करना अब आपको ही है।"

और रात को उन्होंने कुछ-कुछ किला फतह करने के अन्दाज में सूचना दी—

"लो, दीपू की नौकरी पक्की कर दी। चार सौ देंगे। मैंने भी गरम लोहे पर चोट की। दीपू बेटा, कल ही जाकर मैनेजर साहब से मिल लो और नियुक्ति-पत्र ले आओ। फिर कल, परसों जब से कहें, काम पर जाना शुरू कर दो।"

बात खत्म करने के साथ ही एक गहरा नि:श्वास उनके सीने से निकला... जिम्मेदारी निभा देने का—एक विकट समस्या का समाधान कर देने का—एक आश्वासन का।

गहरा नि:श्वास शारदा की छाती से भी निकला, पर एक गहरे अवसाद का। भर्राए गले से पूछा, "दीपू नौकरी करेगा—अभी से?" चार दिनों में यही पहला वाक्य उसके मुँह से निकला।

"अभी से? नहीं तो बाद में कौन पूछता है? यह मत भूलो कि ताजे घाव पर दिखाई गई सहानुभूति ही वजनदार होती है! फिर आजकल एम.ए. पास तक तो दो

सौ रुपल्ली की नौकरी के लिए जूतियाँ चटकाते फिरते हैं। यह तो महेश बाबू की मौत का लिहाज..."

पर शारदा घुटनों में सिर छिपाए बिसूरती ही रही।

"मैं नौकरी करूँगा मामा!" बड़े दृढ़ और निर्णयात्मक स्वर में दीपू ने कहा।

"शाबाश! यह हुई न बात! तुम इस गृहस्थी की गाड़ी को गुड़का ले जाओगे!" फिर एकाएक स्वर को बेहद स्नेहिल और कोमल बनाकर बोले, "और उपाय भी क्या है बेटा! जो कुछ मुझसे बन पड़ेगा, जरूर करूँगा पर..." और वे दीपू के सिर पर हाथ फेरने लगे।

इसके बाद अनेक हिदायतें, अनेक आदेश—पैसा हाथ में आते ही मकान बनवाना तुरन्त शुरू कर देना...राजू, मीनू की फीस माफ करवा लेना...सारे खर्चे में कटौती कर देना।

शारदा केवल सुनती रही। जिस घर में आज तक कोई भी काम उसकी इच्छा के खिलाफ नहीं हुआ...उसकी सलाह के बिना नहीं हुआ, वहाँ अब उसे केवल दूसरों के आदेश पर चलना है। पहली बार उसे स्थिति की भयानकता का अहसास हुआ। पहली बार लगा कि उसके पति मर गए हैं...उसके सुख-चैन और अधिकारों की सीमा समाप्त हो गई है।

रात शायद आधी से अधिक बीत गई है। चारों ओर निपट सन्नाटा, कहीं पत्ता तक नहीं हिल रहा। पर शारदा के मन में जैसे तूफान उठा हुआ है। एक-दूसरे पर उभरते हुए दृश्य—एक-दूसरे को काटते हुए वाक्य।

नाटक समाप्त हो गया। उत्पल दत्त प्रमुख अतिथि के रूप में भाषण दे रहे हैं। दीपक की अभिनय-कला...दीपक की प्रतिभा...दीपक के उज्ज्वल भविष्य की कामना! फिर प्रशंसा और बधाइयों का दौर—"आपका बेटा बहुत बड़ा कलाकार बनेगा।"

"बनेगा? अरे, ही इज ए बार्न आर्टिस्ट!"

दूसरे दिन सारे अखबारों में दीपक की फोटो...दीपक की सराहना! महेश बाबू घर-घर जाकर अखबार दिखाते फिर रहे हैं।

पिछले तीन सालों में यह क्रम कई बार दोहराया गया है और हर बार महेश बाबू का पुलकित गद्गद स्वर—

"जीनियस है तुम्हारा बेटा! देखना इतना नाम करेगा...इतना नाम करेगा कि..."

"लोग अपने बेटों को डॉक्टर, इंजीनियर बनाने के सपने देखते हैं...मेरा बेटा कलाकार बनेगा!"

तापस बाबू कह रहे हैं—"इस लड़के के बारे में ट्रेडीशनल ढंग से सोचने से काम नहीं चलेगा। इसे इस बार पूना भेजिए। अभिनय की ट्रेनिंग लेने के बाद फिल्मवाले लोग हाथों-हाथ उठा लेंगे...ये सब नामी एक्टर झख मारेंगे इसके सामने!"

पिछले तीन नाटकों में कुन्तल ही हीरोइन का रोल कर रही है। अकसर घर आती रहती है। महेश बाबू रसभीनी आवाज में कहते हैं—"देख लेना, घर में भी यही हीरोइन बनकर आएगी।" शारदा केवल मुस्कराती है।

दीपू की आँखों में कैसे-कैसे सपने तैरने लगे हैं! उसके सपनों की छाया हर किसी की आँखों में दिखाई देने लगी है। मीनू अपने दीपय्या को अमिताभ समझने लगी है। दीपू की सफलता और यश से छाती फुलाए-फुलाए राजू अपने दोस्तों में हीरो बना घूमता है।

एक नए नाटक की तैयारी हो रही है, दीपू को न खाने का होश है न पीने का। पागलों की तरह उसमें जुटा है। गर्मी में थके-माँदे महेशबाबू ऑफिस से आकर ठेकेदार से सिर फोड़ने बैठते हैं—सीमेंट, लोहा, लक्कड़—तो शारदा दीपू पर ही बरस पड़ती है—"सारा दिन नाटक-नाटक, यह नहीं कि बाबू का थोड़ा-सा हाथ ही बँटा दो।"

दीपू कुछ कहे, उसके पहले ही महेश बाबू रोक देते हैं—"अरे, उसे कहाँ इस पचड़े में डालती हो। यह सब क्या उसके बस का है?"

और इन सारे दृश्यों और आवाजों को चीरता हुआ दीपू का दृढ़ निर्णयात्मक स्वर—"मैं नौकरी करूँगा मामा!"

शारदा के तन-मन को झकझोरता, मरोड़ता हुआ आवेश का एक गोला-सा उमड़ता है, फिर आँसुओं की बाढ़, हिचकियों का सैलाब...

घर की ठप्प हो गई गाड़ी को किसी तरह गुड़काने का इन्तजाम करके दूसरे दिन बड़े भैया चले गए।

घर की गाड़ी घिसटती हुई जैसे-तैसे चल पड़ी।

दीपू की नौकरी का पहला दिन! मीनू ने दीपय्या के कपड़ों पर इस्तरी की,

राजू ने बाबू का ब्रीफकेस खाली किया, पर समझ में नहीं आया कि इसमें आखिर रखे क्या, तो बाबू के ही कुछ कागज-डायरी रख दिए। कम-से-कम लगे तो कि ऑफिस जा रहे हैं। चलने से पहले पड़ोसन ताई ने आकर दीपू की बलैयाँ लीं, उसे दही-पेड़ा खिलाया।

इस सारे आयोजन में बस शारदा ही जैसे आँख चुराती रही, सामने पड़ने से कतराती रही और जब दीपू चला गया तो इतनी देर से थमा हुआ मन का आवेग आँसुओं के रूप में फूट पड़ा।

"यह क्या बहू, तुम तो खुशी के मौके को भी आँसुओं में सानकर मिट्टी कर देती हो। बेटा नौकरी पर गया, यह रोने की बात है भला! खैर मनाओ कि भगवान ने बिगाड़ा तो सब समेट भी लिया। किसके नसीबों में होते हैं ऐसे बेटे?"

शाम को दीपू की प्रतीक्षा में सब बैठे हैं! "कैसा लगा दीपय्या?" राजू उछलकर पूछता है। मीनू बढ़कर ब्रीफकेस रख देती है।

"लगता क्या, खूब अच्छा लगा। सब लोग खूब प्यार से बोलते-बतलाते रहे। मैनेजर साहब ने अपने पास बैठाकर चाय पिलाई।" फिर चुटकी बजाते हुए बोला, "देखना अम्मा, यों काम सीखता हूँ। और हाँ...एक बड़े मजे की बात हुई है, मैं काम कर रहा था, पीछे से किसी से आवाज दी, 'मिस्टर अग्निहोत्री...मिस्टर अग्निहोत्री।' यहाँ दीपूराम को पता ही नहीं कि उन्हें ही बुलाया जा रहा है।" फिर आवाज को जरा-सा भारी बनाकर बोला, "सो अम्मा अब तुम्हारा दीपू मिस्टर अग्निहोत्री बन गया है, समझीं!"

सब चुप।

तो बाबू की हू-ब-हू नकल करते हुए बोला, "मीनू बिटिया, एक कप चाय तो पिलाओ गरमागरम।"

राजू-मीनू के चेहरों पर जरूर हल्की-सी मुस्कराहट आई, पर शारदा इस पर भी चुपचाप तरकारी काटती रही तो दीपू एकदम फट पड़ा—

"अम्मा, बाबू की नकल करने पर तुमने मुझे डाँटा क्यों नहीं? क्यों नहीं हमेशा की तरह उठकर मेरी पीठ पर धौल जमाया?"

"चाय के साथ क्या खाएगा, पराँठा बना दूँ?"

"नहीं! पहले बताओ, तुमने मुझे डाँटा क्यों नहीं?"

"अब क्या तू दीपू है जो डाँटू? अभी तूने ही तो कहा कि अब से मैं मिस्टर

अग्निहोत्री बन गया!" रुँधे हुए कंठ से शारदा ने कहा और आटा लेने के लिए उठकर भंडार घर में चली गई।

"नहीं अम्मा...नहीं! तुम बोलती नहीं, डाँटती नहीं...कुछ भी तो नहीं करतीं। तुम इस तरह रहोगी तो मुझसे भी कुछ नहीं किया जाएगा, बताए देता हूँ...हाँ।"

हँसी-मजाक करके सबको बहुत सहज बनाने के प्रयास में दीपू खुद कहीं बहुत असहज हो गया!

शारदा भीतर गई तो वह घुटने में सिर देकर बैठ गई।

किससे बोले वह पहले की तरह?

खाने के समय तरह-तरह की फरमाइशें करनेवाले और बने खाने में दुनिया-भर की मीन-मेख निकालनेवाले ये बच्चे, बिना चूँ-चपड़ किए, दाल से रोटी निगल लेते हैं! दस बार कहने पर भी हर काम को टाल जानेवाली यह मीनू...बिना कहे उसके काम में हाथ बँटाती रहती है...करने न करने के सब कार्य करती रहती है! दिन-भर में रुपया-दो रुपया झटककर ले जानेवाला राजू, आँगन में बैठा-बैठा सिर्फ उड़ती हुई पतंगों को देखता रहता है, पढ़ाई और नाटक के सिवाय जिसने दीन-दुनिया के बारे में न कुछ जाना, न समझा, वही दीपू बाबू के रजिस्टरों से हिसाब-किताब समझने की कोशिश करता रहता है...अब से ऑफिस का काम जो किया करेगा।

कितने अपरिचित हो उठे हैं उसके अपने बच्चे! उनसे क्या बोले, कैसे बोले?

यह घर उसका है? जिसका आँगन शाम को हँसी-मजाक और नकलों से गूँजता रहता था। नाटकों के आधे रिहर्सल यहीं होते हैं। रिहर्सल नहीं होता तो नकलें उतारी जातीं। राजकपूर के संवाद, दिलीप कुमार के संवाद...आँखें बन्द कर लो तो पहचान नहीं सकते कि दीपू बोल रहा है या दिलीप कुमार। कॉलेज के लेक्चरर्स की नकल होती...पड़ोस के बूढ़ों की नकल होती और फिर एक दिन बाबू की नकल उतरी! हू-ब-हू वही आवाज, वही लहजा। राजू, मीनू हँसते-हँसते लोटपोट! शारदा ने हँसी भीतर ही घोटते हुए पीठ पर धौल जमाया—"बस, अब बाप की ही नकल उतारा कर, बेशरम कहीं के!"

"पीठ ठोकी है न, कुछ अच्छी नकल करने के लिए? अरे अम्मा, जीनियस है तुम्हारा बेटा, जीनियस। अम्मा, अगर कोई बढ़िया मेकअप कर दे तो बाबू का

रोल ऐसे अदा करूँ कि तुम पहचान ही न सको कि दीपू कौन और बाबू कौन?"

दीपू पार्ट याद कर रहा है। नाटक की एक प्रति राजू को पकड़ा दी—"डॉक्टरवाला पार्ट तू बोलता चल!" पाँच मिनट बाद ही दीपू बिगड़ पड़ता है—"अरे यार राजू, दो डायलाग तक तू ठीक से नहीं बोल सकता...गधा कहीं का!"

राजू कापी हवा में उछाल देता है—"मुझे कौन तुम्हारी तरह एक्टर बनना है, मैं तो डॉक्टर बनूँगा।"

"हूँऽऽऽ, बनेगा डॉक्टर! डॉक्टर की एक्टिंग तक तो की नहीं जाती, असली डॉक्टर बनेगा! शक्ल देखो इसकी!"

राजू की शिकायत है बाबू से—जब देखो दीपय्या की तारीफ करते रहते हैं। उनकी बात करते रहते हैं—दीपू को यह बनाना है, दीपू ये करेगा...जैसे हम तो कुछ हैं ही नहीं।

रूठे हुए राजू को बाबू अपने पास खींच लेते हैं—"देख भैया, मैं दीपू को एक्टर बना दूँ और दीपू तुझे डॉक्टर बना देगा। अरे, किसी फिल्म में दाँव लग गया न...और अब लगा ही समझ...तुझे बाहर भेजेगा मेडिकल के लिए!"

राजू को एक गोदी में बैठाकर मीनू दूसरी गोद में जा लदती है। शारदा डपटती है—"यह उमर है तुम लोगों की गोद में लदने की? बड़े-बड़े धींगड़े हुए..."

"माँ-बाप के लिए भी बच्चों की कोई उमर होती है..."

और बच्चों पर बरसता हुआ महेश बाबू का लाड़ सारे आँगन में महकने लगता। दिन में लू से झुलसता हुआ और रात को उमस-भरी मायूसी में डूबा रहनेवाला यह आँगन, उसके अपने घर का आँगन है?

कोई दो सप्ताह बाद दीपू का रिजल्ट आया। फर्स्ट डिवीजन! मायूसी में लिपटी खुशी का एक हल्का-सा अहसास सबके मन में जगा और बिला गया।

बड़े मामा का पत्र आया। बधाई और आशीर्वाद के बाद लिखा था—इस खबर से जो सबसे ज्यादा खुश होता, गर्व करता, वह तो आज हमारे बीच है नहीं, फिर भी तुम अपना रिजल्ट ऑफिस में बता देना। मैनेजर साहब यह न समझें कि उन्होंने केवल कृपा ही की है...एक योग्य व्यक्ति को ही काम दिया है।

...पी.एफ. के पैसे के लिए पीछे लगे रहना। मिलते ही मकान का काम शुरू

करवा देना। सबसे ज्यादा चिन्ता मुझे मकान की ही है। वह बन जाएगा तो तुम लोगों का आधा संकट टल जाएगा। मैं जल्दी ही आने की कोशिश करूँगा।

कल भास्कर, कपिल और देव आए थे, पर शायद संकोचवश असली बात नहीं कर पाए। आज तापस बाबू खुद आए हैं। तुरुप का पत्ता हाथ में लेकर—कुन्तल। स्थिति की नजाकत को समझते हैं इसलिए स्वर में संकोच जरूर है, पर आग्रह जैसा कुछ नहीं। मिठास से लिपटा आदेश ही है—"अब रिहर्सल में आना शुरू करो। दिल्ली में होनेवाले ऑल इंडिया कॉम्पटीशन के लिए एंट्री भेज चुके हैं। समय बहुत कम रह गया है।"

शारदा के चेहरे पर घिर आई भय की हल्की-सी छाया को उनकी तेज आँखें भाँप लेती हैं।

"आप चिन्ता न करें भाभी! पहले की तरह रात-दिनवाले रिहर्सल अब नहीं होंगे। दीपू ऑफिस के बाद ही आया करेगा।"

फिर एक क्षण रुककर बोले, "इसे नाटक से कटने मत दीजिए वरना...आप तो जानती हैं, नाटक ही इसका प्राण है। ऑफिस का काम जितना जरूरी है, नाटक का काम भी उतना ही जरूरी है।"

तापस और कुन्तल दीपू को अपने साथ ही ले गए।

शारदा जानती है कि नाटक दीपू के लिए काम नहीं है—नशा है। जब चढ़ता है तो भूत की तरह सवार हो जाता है, फिर उसे दीन-दुनिया किसी का होश नहीं रहता। शारदा जब कभी इसे पागलपन कहती थी तो महेश बाबू कहा करते थे—

"यह लगन है शारदा, लगन! कहाँ होती है इस उमर में बच्चों में ऐसी लगन। फिर बिना लगन के कोई बड़ा काम होता है भला..."

लेकिन अब यदि दीन-दुनिया को भूल गया तो? और यदि दीन-दुनिया के चक्कर में नाटक से कट गया तो?

और इन दो 'तो' की जकड़ में शारदा का मन ऐंठने लगता है।

दूसरे दिन शारदा उठी तो देखा, दीपू आँगन में टहल-टहलकर कुछ पढ़ रहा है।

"इतनी सवेरे-सवेरे उठकर क्या पढ़ रहा है?"

"अपना पार्ट याद कर रहा हूँ। सचमुच तापस दा ने बहुत बढ़िया नाटक लिखा है। यह रोल करने के बाद देखना अम्मा, हल्ले हो जाएँगे दीपक अग्निहोत्री के..."

और शाम को ऑफिस से आते ही ब्रीफकेस, जूता-मोजा, अलग-अलग दिशाओं में उछले—"आ जाओ राजू, मीनू रिहर्सल शुरू। अम्मा, तुम बैठकर देखना!"

राजू, मीनू दूसरे पात्रों के संवाद पढ़ रहे हैं और दीपू अपने! इतने दिनों से शारदा के चेहरे की रेखाओं का तनाव अपने-आप पिघलने लगा और घर पर फैले अवसाद की एक परत जैसे किसी ने हटा दी!

पहली तारीख!

दीपू ने शारदा के हाथ में तनख्वाह रखते हुए कहा, "ये मेरे पन्द्रह दिन की तनख्वाह के दो सौ रुपये और ये बाबू की पाँच दिन की तनख्वाह के ढाई सौ रुपये! वाह रे दीपू मास्टर, क्या कीमत है तुम्हारी!"

फिर एकदम गम्भीर होकर बोला, "अम्मा, अब से इन्हीं रुपयों से घर चलाना है। सब कटौती कर दो। पी.एफ. का चेक भी कल मिल जाएगा। बस, दो दिन बाद से मकान शुरू। राजू को भेजकर मिश्रा काका को बुलवा लो...आकर अपनी ठेकेदारी सँभाले!"

रुका हुआ मकान फिर बनने लगा। मजदूरों की आवाजाही...ठेकेदार मिश्राजी की गुहार-पुकार।

शाम को दीपू आया तो मिश्राजी ने कहा, "भैया, चलकर मजदूरों की मजदूरी बाँट दो और आज का काम भी जरा नजर से गुजार दो।"

"कौन, मैं?"

"और नहीं तो क्या? हमारा तो महेश बाबू से भी कौल था। पैसा-कौड़ी के हाथ नहीं लगाएँगे। मजदूरी तुम बाँटो...सामान तुम लाकर दो। काम देखो, और कसर हो तो हमें बताओ।"

"पर काका, मैं कुछ जानता नहीं, समझता नहीं...यह सब मुझसे कैसे होगा?"

"होगा कैसे नहीं? महेश बाबू करते थे कि नहीं?"

"पर मैं तो बाबू नहीं हूँ, काका..."

"हमारे लिए तो भैया, तुम्हीं महेश बाबू हो और हो क्यों नहीं? जिस दिन महेश बाबू की पगड़ी सिर पर धर ली, उसी दिन महेश बाबू बन गए?"

और उन्होंने सामान की एक लिस्ट पकड़ाते हुए कहा, "तुम खाँची लो, हम साथ चलेंगे, सब सामान दिलवा देंगे। चार दिन में तुम खुद लायक बन जाओगे!"

और आठ बजे के करीब दीपू जब लोहा-लक्कड़, कील-काँटों की दुकानों के चक्कर लगाकर लौटा तो एकदम पस्त हो चुका था।

"काका, रोज-रोज अब क्या मुझे यही सब करना पड़ेगा?"

"अरे भैया, अपने मरे बिना भी कहीं स्वर्ग दिखा है।"

और मिश्रा काका ने कोई दस दिन में ही दीपू को स्वर्ग दिखा दिया।

रुका हुआ मकान फिर बनना शुरू हो गया, पर जो नाटक शुरू हुआ था, वह जहाँ का तहाँ रुक गया।

मामा आए तो गद्‌गद। मकान का मुआयना करने के बाद बड़े सन्तुष्ट भाव से दीपू की पीठ थपथपाते रहे।

"शारदा, तेरा बेटा तुझे पार लगा देगा। कितनी होशियारी से सारा काम सँभाल लिया। लगता ही नहीं कि महेश बाबू नहीं..." फिर जाने क्या सोचकर वाक्य अधूरा ही छोड़ दिया।

राजू-मीनू के स्कूल खुल गए तो उनकी जिन्दगी लौट आई। नई कक्षाओं में जाने का उल्लास...नई किताबें खरीदने का उत्साह...हमउम्र साथियों का साथ।

पर दीपू! शारदा बोलती कुछ नहीं, सिर्फ देखती है—महेश बाबू के कमरे में बैठकर सवेरे-सवेरे ऑफिस की फाइलों में डूबे हुए दीपू को...ऑफिस जाते हुए दीपू को...मिश्रा काका के साथ मगज मारते हुए दीपू को...ट्रक से कभी सीमेंट की बोरियाँ उतरवाते हुए तो कभी ईंटें गिनकर रखवाते हुए दीपू को! रात में देर तक हिसाब लिखते हुए दीपू को।

और उसके मन में जाने क्या कुछ कचोटता रहता है। रह-रहकर एक घटना मन में उभर आती है।

वह रसोई में कुछ काम कर रही थी कि बाहर से दीपू के खाँसने की आवाज आई। खाँसी क्या, जैसे खाँसी का दौरा ही पड़ा हो। शारदा झपटकर बाहर आई। घुटनों में पेट दबाए, हथेलियों में माथा थामे, दीपू खाँसता रहा—बुरी तरह। चेहरा लाल, आँखों में आँसू...खाँसी क्या, लगता था, अंतड़ियाँ ही बाहर निकल आएँगी।

सकते में आई शारदा पीठ मलने लगी—"कब हुई तुझे ऐसी खाँसी...पहले तो कभी नहीं सुनी!"

घबराहट के मारे उसकी आँखें में आँसू आ गए! खाँसते-खाँसते कहीं साँस ही न उखड़ जाए दीपू की।

दो मिनट तक शान्त रहकर दीपू ने अपने को साधा, फिर झटके से खड़े होकर हँसता हुआ बोला, "रिहर्सल...रिहर्सल..."

"क्याऽऽ!" फटी-फटी आँखों से उसकी ओर देखती हुई शारदा चीखी।

"एक बूढ़े, भयंकर दमे के मरीज का रोल करना है, समझीं।"

फिर सामने हँसता हुआ बोला, "मानती हो अब तो कि तुम्हारा बेटा जीनियस है।"

"जीनियस की दुम! प्राण ही निकल गए मेरे तो।"

"इसका मतलब मेरी एक्टिंग कमाल की।" लाड़ में आकर दीपू ने अपनी दोनों बाँहें माँ के गले में डाल दीं और हँसने लगा।

दीपू की हँसी से एक क्षण पहले का तनाव झटके से गायब हो गया और सब कुछ सहज हो गया।

पर अब न तो कोई झटका लगता है, न ही कुछ सहज होता है।

ईंट पर ईंट धरी जाने लगीं और दूसरी तल्ले की दीवारें ऊपर उठने लगीं लेकिन नीचेवाला तल्ला जैसे और नीचे धसकने लगा।

पन्द्रह सौ में चलनेवाली गृहस्थी को कुल चार सौ में चलाना कोई आसान काम नहीं था। बरसों की आदतें अंकुश लगाने पर भी दगा दे जातीं।

जब तक कड़की का कोड़ा नहीं पड़ा था, सबका मन एक-दूसरे के लिए उमड़ता रहता था, एक-दूसरे को सँभालता रहता था लेकिन अब?

"अम्मा, तुमने दौ सौ रुपये पी.एफ. के रुपयों में से खर्च कर दिए?"

"क्या करती? राजू, मीनू की किताबें...मीनू की दो जोड़ी यूनिफार्म..."

"यह सब बताने की जरूरत नहीं है," बीच में ही बात काटकर दीपू तेजी से कहता—"बस, इतना जान लो कि इस पैसे को छुओगी भी नहीं। जानती हो, मिश्रा काका के बताए हिसाब से तो बाबू के इन रुपयों से भी मकान पूरा नहीं होगा—और तुम हो कि...कहाँ से आएगा पैसा?"

"मुझे क्या कहते हो, सब अपने पेट पर पट्टियाँ बाँध लो!" शारदा का दो टूक जवाब।

और खर्च कम करो। दूध बन्द, खाने में कटौती। साठ की जगह पच्चीस पावर के बल्ब...पर इस दमतोड़ महँगाई में खर्चा है कि चलता ही नहीं और न-न करके भी सौ-पचास रुपये मकान के रुपयों में से निकल ही जाते।

दीपू खीजता है...चिल्लाता है, फिर हताश हो जाता है, पर जब शारदा हताश होती है तो हौसला बँधाता है—"बस, कुछ महीनों की बात है अम्मा। मकान खत्म होते ही नीचे का मकान किराये पर उठा देंगे। छह सौ न मिले तो साढ़े पाँच सौ तो कहीं नहीं गए। ऊपर का तीन कमरोंवाला सेट तीन सौ में और हम दोवाले में रहेंगे। बस, फिर पहले जैसे ठाट!"

और यह हवाई आश्वासन ही आठ-दस दिनों के लिए सबके मन का पैनापन काट देता है। राजू-मीनू अपनी जरूरत की चीजों की सूची कुछ महीनों के लिए स्थगित कर देते...शारदा फिर कतर-ब्यौंत में लग जाती।

चार महीनों में दीवारें उठ गईं...छत भी पड़ गई, पर रुपया खत्म।

बनता मकान फिर ठप्प हो गया। दीपू परेशान। उसे कर्ज भी कौन देगा? बस, मामा का ही भरोसा है। उनके आश्वासन-भरे पत्र आते—"पूरी कोशिश कर रहा हूँ, इन्तजाम होते ही पैसे भेजूँगा।"

पर रुपये नहीं आते।

मकान बन रहा था तो सबके पास जैसे अपनी उम्मीदें टिकाने का एक सहारा था। वह बन्द हुआ तो गहरी निराशा ने सबको पूरी तरह काट दिया...अपने भीतर से भी...आपस में एक-दूसरे से भी।

राजू, दीपू की अनुपस्थिति में खुलेआम चिल्लाता—"मकान...मकान। गाड़ दो हमें इस मकान में। सारा रुपया इन दीवारों में फूँक दिया..."

शारदा झिड़कती तो उसे भी टके-सा जवाब पकड़ा देता। दीपू ऑफिस से

आकर राजू-मीनू को नहीं देखता तो पूछता है—

"कहाँ जाते हैं ये आजकल रोज-रोज?"

"पड़ोस में!"

"जब देखो वहाँ घुसे रहते हैं! पढ़ना-लिखना नहीं रहता इन्हें?"

शारदा चुप रह जाती, पर राजू चुप नहीं रहता—"पढ़ना-लिखना। इन दीयों जैसे चुंधे बल्बों में पढ़ सकता है भला कोई? किताबें हैं हमारे पास जो पढ़ लें?"

दीपू तमतमाकर रह जाता है।

राजू थाली सरकाकर उठ जाता है—"रोज-रोज वही आलू की रसेदार सब्जी और सूखी रोटी, नहीं खाना हमें।" मीनू आजकल उसकी चेली हो रही है, वह भी उठ जाती है।

"खैर मनाओ कि यह भी खाने को मिल रहा है, वरना भीख माँगते नजर आते।"

"माँग लेंगे भीख! तुम लोग ताजमहल चिनाओ बैठकर।"

शारदा गुस्से से थरथराते हाथ को थाम लेती है किसी तरह, पर आँखों से जैसे अंगारे बरसने लगते हैं।

रात नौ बजे राजू और मीनू घर में घुसे।

"कहाँ गए थे?" प्रश्न की बन्दूक दगी।

"सिनेमा!" बिना झिझक के राजू ने एक-एक अक्षर पर जोर देकर कहा और साथ ही जोड़ दिया—"पैसे अम्मा से नहीं लिये थे, शिबू ने दिखाया है अपनी तरफ से...वरना एक लेक्चर और सुनो।"

तड़ाक! दीपू का एक भरपूर हाथ राजू के गाल पर।

"देख रहा हूँ, बदतमीज और ढीठ हुआ जा रहा है दिन-पर-दिन—लाट साहब समझने लगा है अपने-आपको..."

शारदा राजू को घसीटकर अन्दर ले जाती है।

पर लौटकर दीपू के पलंग के सामने खड़े होकर पूछती है—"दीपू, राजू पर हाथ क्यों उठाया?"

शारदा का यह रूप, यह आवाज, यह प्रश्न सब कुछ एकदम अप्रत्याशित!

"सिनेमा देखने चला गया तो कोई गुनाह कर दिया? इस उम्र में किसे शौक

नहीं होता देखने का? पहनना, हँसना-खेलना सभी कुछ तो छोड़ दिया है मेरे बच्चों ने।" और बिना जवाब की अपेक्षा किए शारदा जैसे आई थी चली गई।

"मेरे बच्चे!" दीपू की खोपड़ी पर यही शब्द घनघनाता रहा।

लेकिन दो दिन बाद ही जब राजू ने शारदा से कहा, "अगले हफ्ते इम्तिहान के फॉर्म भरने हैं, मिस्टर बोर से कह देना इम्तिहान दिलवाना है तो रुपयों का इन्तजाम करके रखें..." तो शारदा ने भी थप्पड़ जड़ दिया उसके गाल पर।

"बेशरम, बदतमीज कहीं के! तुम लोगों के पीछे उसने अपने को झोंक दिया...बिलकुल मार दिया और तुम लोग ही कहोगे बोर!"

पर आपसी दुर्भावना मिटाने के ये प्रयास कड़की के कोड़े के नीचे सहमकर रह जाते हैं।

'जल्दी ही रुपयों का प्रबन्ध होने की उम्मीद है' के आश्वासनवाले पत्र अब किसी का हौसला नहीं बँधाते और मन की निराशा खीज बनकर एक-दूसरे पर निकलती रहती है। हारकर एक दिन शारदा कहती है—"दीपू, मेरे लिए किसी काम का जुगाड़ कर दे। दसवीं पास तो मैं भी हूँ...कुछ न कुछ तो कर ही लूँगी!"

पर काम का जुगाड़ शारदा के लिए नहीं, दीपू ने अपने ही लिए किया। शाम को किसी के यहाँ चिट्ठियाँ टाइप करनी, हिसाब लिखना। दो घंटे, डेढ़ सौ रुपया!

शारदा ने सुना तो राहत की साँस ली—"करो बेटा, करो! कुछ तो हाथ खुलेगा!"

आज दीपू को छमाही बोनस मिला। एक महीने की अतिरिक्त तनख्वाह। लग रहा है जैसे घर के सारे तनाव ढीले हो गए।

लौटते हुए रास्ते में उसने गाजर का हलवा बँधवाया। आधी सर्दी बीत गई, एक बार भी हलवा नहीं खाया।

इन रुपयों से वह सबकी छोटी-मोटी इच्छाएँ पूरी करेगा। सिनेमा दिखाएगा। पिछले छह महीने से कल की चिन्ता में वह आज को मारता ही आया है। राजू ठीक ही कहता है। पर उसे रास्ते पर जरूर लाना है...थोड़ा भटक रहा है।

मीनू को सलवार-कुर्ता बनवा देगा और अम्मा के लिए शॉल। अगले महीने तो वैसे भी डेढ़ सौ रुपया ज्यादा ही मिलेगा।

चार सौ रुपये में उसने सबके मन में पड़ी चार सौ सलवटों को सीधा कर दिया।

रात में शारदा दूध का गिलास लेकर सामने आ खड़ी होती है।

"यह क्या है?"

"दूध!"

"दूध किसलिए?"

"क्यों, सवेरे से रात तक मशीन की तरह जुटा रहता है...एक घूँट दूध गले के नीचे नहीं उतरना चाहिए?"

"तुम भी कमाल करती हो अम्मा! घर में राजू और मीनू पढ़नेवाले बच्चे हैं... उनके इम्तिहान भी पास हैं...दे सको तो उन्हें दूध दो।"

शारदा जैसी की तैसी खड़ी रह जाती है। दीपू की आवाज, दीपू के चेहरे में से कुछ ढूँढ़ती-सी।

दो महीने बाद एक दिन अवतार की तरह मामा प्रकट हुए। पक्का और बढ़िया इन्तजाम करके।

"अग्रवाल ट्रेडिंग कम्पनी है—खासी बड़ी। वे अपना एक ऑफिस यहाँ भी खोलना चाहते हैं। उन्हें चार-पाँच कमरों का एक मकान चाहिए मेन मार्केट के पास। बस, यह मकान मैंने उनके गले उतार दिया। अग्रवाल साहब से पुराना रसूख है। सारी स्थिति समझाकर कह दिया कि हमें बीस हजार रुपया एडवांस दे दें और तीन महीने बाद मकान ले लें! तीन महीने से ज्यादा का काम है भी नहीं।"

"वे मान गए?" दीपू को जैसे विश्वास ही नहीं हो रहा था।

"मानेंगे क्यों नहीं? गौरीशंकर की बात और न मानी जाए।" आत्मविश्वास और दर्प उनकी आवाज में छलका पड़ रहा था।

मकान फिर बनने लगा।

"अम्मा, हमारे रहने का हिस्सा तो जैसा-तैसा बन ही गया—इन रुपयों से किराये पर उठानेवाला सेट पूरा करवा देता हूँ ऊपर का। पलस्तर, दरवाजे और टीम-टाम में डेढ़ महीने से ज्यादा नहीं लगेगा। पूरा करते ही इसे भी किराये पर उठा देते हैं...किराया आना शुरू हो जाएगा।"

"अब मिश्रा काका को बुलाकर भी क्या होगा? दिन-भर काम की निगरानी तुम रख लेना...बाकी मैं अकेला ही कर लूँगा, अब तो सब समझ गया। क्यों उन पर बेकार ही रुपये खर्च किए जाएँ!"

"किराएवाले सेट में टीम-टाम थोड़ी ज्यादा करवा देते हैं, किराया अच्छा मिलेगा।"

शारदा सुनती रहती है और मुग्ध भाव से देखती रहती है दुनियादारी में पटु हो आए अपने इस बेटे को।

और मकान पूरा हो गया।

मामा मिस्टर गुप्ता के साथ-साथ ही आए हैं। हफ्ते-भर में नीचे की रँगाई-पुताई पूरी हो जाएगी तो वे अपना सामान जमाना शुरू कर देंगे।

ऊपर का तीन कमरों का सेट भी उन्होंने ही किराये पर ले लिया अपने मैनेजर के लिए।

ऊपर छत पर पूरा परिवार बैठा है।

मामा बेहद प्रसन्न। दीपू को उन्होंने एक बाँह में समेटकर अपने पास ही बिठा रखा है। राजू-मीनू शारदा के अगल-बगल बैठे हैं। सन्तोष और तृप्ति के भाव में लिपटा मामा का प्रवचन चालू है—

"दीपू बेटे, तूने महेश बाबू का सपना पूरा कर दिया। रोम-रोम आशीर्वाद दे रहा होगा उनका। बड़ी हौंस थी मकान की उनको। अगले सप्ताह 5 जून को ही तो बरसी है उनकी। नए मकान में ही करना...आत्मा जुड़ा जाएगी उनकी।"

"शारदा, एक साल और इसी तरह खींच-तान करके चला लो! अगले साल कर्ज चुक जाएगा तो राजू की मेडिकल की पढ़ाई का खर्चा करने में आसानी हो जाएगी।"

"अब दूसरा सपना तू पूरा करे दे राजू! बस, डॉक्टर बन जा! चार साल बाद फिर सब ऐश करना..."

"कहाँ, फिर मीनू आकर खड़ी हो जाएगी। इसे भी तो पार लगाना है!" दीपू ने बुजुर्गों की तरह कहा तो मामा हो-हो करके हँस पड़े।

"देखा शारदा, कैसा दुनियादार बन गया है तेरा बेटा! सारी जिम्मेदारी समझता है अपनी!" फिर दीपू को लाड़ से सहलाते हुए बोले, "दुनियादारी का जंजाल ही

ऐसा है बेटा! बस, आदमी सोचता ही रहता है कि यह हो जाए तो छुट्टी...यह हो जाए तो छुट्टी। पर इस प्रपंच में पड़े आदमी के लिए कहाँ पड़ी है छुट्टी!"

फिर एक भाषण आजकल के लड़कों पर—

"मैं तो कहता हूँ घर-घर में दीपू का उदाहरण देना चाहिए जाकर। ये आजकल के वाहियात, नाकारा लौंडे-लपाड़े कुछ सीखें तो! नालायक सारे दिन बाल काढ़ेंगे, कूल्हे मटकाएँगे! माँ-बाप जाएँ जहन्नुम में, इनकी बला से!"

सब प्रसन्न!...सब गद्गद। एक बड़ी उपलब्धि का सन्तोष...कुछ और कर डालने के हौसले!

राजू और मीनू सामान ढो-ढोकर ऊपर ला रहे हैं। शारदा ने आज दीपू की छोटी-सी कोठरी खोली है। साल-भर से ताला पड़ा था इसमें। सामान के नाम पर कबाड़ा ही भरा था, फिर भी, खाली तो करनी है।

नाटक के उतरे हुए सेट्स...लकड़ी के दरवाजे, पेंट किए हुए पेड़...कैनवास के टुकड़े...बेतरतीबी से इधर-उधर बिखरे पड़े हैं। धूल से अटे, जालों से घिरे। शारदा ने खींच-खींचकर बाहर निकाला।

अलमारी खोली। एक कतार में नाटकों में जीते हुए कप और मैडिल्स रखे थे। एक क्षण को शारदा उस कतार को ही देखती रह गई। काम करने के लिए तत्पर हाथ...एकाएक जैसे ढीले पड़ गए।

उस कतार को बिना छुए ही उसने नीचे के खाने से पाँच-छह फाइलें निकालीं। किसी में नाटक के टाइप किए हुए संवाद लगे थे तो किसी में अखबारों की ढेर सारी कटिंग्ज!

दीपक अग्निहोत्री! अभिनय के क्षेत्र में उभरती हुई एक नई प्रतिभा। 'अनुश्री' संस्था का सबसे सफल और समर्थ कलाकार—दीपक अग्निहोत्री।

कहीं तस्वीरें—इनाम लेते हुए...किसी से हाथ मिलाते हुए...उत्पल दत्त से पीठ ठुकवाते हुए...

पूना का एडमिशन फार्म! भरकर भेजने की तो नौबत ही नहीं आई। साथ ही तापस बाबू की बात—"आप इसे नाटक से मत काटिए वरना...आप तो जानती हैं, नाटक इसका प्राण है।"

तीन-चार नीले लिफाफों में बन्द आठ-दस छोटी-छोटी चिटें—"आज ग्रीनरूम में हाथ पकड़कर जो कुछ कहा था, वह नाटक का संवाद तो नहीं था न? उसे सच ही समझूँ?—के."

"रिहर्सल के दौरान भी जब तुम देखते हो तो भीतर का सबकुछ थरथरा जाता है। घर लौट आती हूँ, फिर भी तुम्हारी नजर उसी तरह पीछा करती रहती है। अपनी नजर को समझाओ—प्लीज!—के"

"आज तुमने यह क्या कर डाला? नहीं, दीपू, अभी यह सब नहीं! तुम पूना चले जाओगे तो पीछे इस लायक तो छोड़ो कि प्रतीक्षा कर सकूँ।—के."

आँसुओं के सैलाब में शारदा और कुछ नहीं पढ़ पाई! बस, सुन्न-सी जहाँ की तहाँ बैठी रह गई। उसके आसपास का सबकुछ जड़ होता चला गया और भीतर एक दूसरी ही दुनिया खुलती चली गई—अनेक दृश्य, अनेक बातें, अनेक सपने...

'तुम्हारा बेटा जीनियस है शारदा, जीनियस! देखना इतना नाम करेगा...'

"अम्मा...अम्मा!" राजू का स्वर कहीं दूर से आता लगा।

"अम्मा, पंडितजी पूछ रहे हैं, बरसी पर कल कितने ब्राह्मणों को बुलाना है?"

बरसी? और एक क्षण शारदा जैसे समझ ही नहीं पाई कि किसकी बरसी की बात कर रहा है राजू!

शायद

जहाज की बत्तियाँ जलीं तो लगा, जैसे पानी में बिछी अँधेरे की चादर में अनेक दरारें पड़ गई हों। चारों ओर बल्बों की झूलती बन्दनवार देखकर ही राखाल को खयाल आया कि इस बार वह दीवाली घर पर ही मनाएगा। कितना अच्छा होता, किसी तरह वह पूजा पर ही पहुँच पाता।

सारे यात्री ऊबे हुए हैं। पर ऊपर से सबने अपने को ऐसा व्यस्त बना रखा है कि किनारा आने पर लगेगा, जैसे अप्रत्याशित रूप से ही किनारा आ गया हो। प्रतीक्षा का बोझिल समय काटने के ये कितने पुराने नुस्खे हैं, पर फिर भी हर यात्री इन्हें ही अपनाता है। सिर्फ रेलिंग के साथ लगकर खड़ी वह औरत न ताश खेल रही है, न पढ़ रही है। पिछले एक घंटे से उसने तीन बार अलग-अलग लोगों से समय पूछा है, कुछ इस भाव से मानो महज घड़ी मिलाना चाह रही हो। हालाँकि हाथ में विदेश से खरीदी हुई कोई नई घड़ी है, जिसके गलत समय देने की सम्भावना कम है। हो सकता है, किनारे पर भी कोई इतनी ही व्यग्रता से प्रतीक्षा कर रहा हो।

"अच्छा किया, उसने किसी को खबर नहीं दी..." आठ के करीब जहाज, किनारे पर लगेगा। राखाल छह बजे से ही अपनी वर्दी उतारकर ऊपर आ गया था। काम के दौरान भी ऊपर आते हैं, पर उन दैत्याकार मशीनों से मुक्ति, पूरे दो महीने के लिए मुक्ति पाने की भावना से ऊपर आने का अपना ही एक आनन्द है। उसे खुद लग रहा है, जैसे वह जहाज का एक अदना-सा कर्मचारी नहीं, वरन् एक सम्भ्रान्त यात्री है, जो तीन साल विदेश रहकर घर लौट रहा है।

एकाएक घर की तसवीर उसकी आँखों के सामने उभर आई—गराज पर बना हुआ नीची छतवाला लम्बा-सा कमरा। वह घर पहुँचेगा, तब तक बच्चे जरूर सो चुके होंगे। माला किसी-न-किसी काम में लगी होगी। वह अपना हर पत्र इसी पंक्ति से शुरू करती है—"उत्तर जल्दी नहीं दे सकी क्योंकि समय ही नहीं मिला" और अन्त में लिखती है—"अब बस करती हूँ, बहुत काम पड़ा है।" बीच में घर की कठिनाइयों की, बढ़ती महँगाई और बच्चों के बढ़ते आवारापन की बातें होती हैं, जिससे राखाल अब बहुत ऊबने लगा है। हर पत्र में मशीनी ढंग से लिखा हुआ 'प्राणनाथ' सम्बोधन पूरी तरह निष्प्राण हो चुका है।

पहली बार जब वह जहाज पर आया था तो माला के पत्रों को कई-कई बार पढ़ता था। उस सबके बीच में दस साल का लम्बा समय गुजर चुका है। फिर भी सोए हुए बच्चे और जागती हुई माला की कल्पना ने उसके मन में हल्की-सी गुदगुदी पैदा कर दी। उसे अपने साथियों की याद आई। जब वह नीचे कपड़े बदल रहा था, सब-के-सब बिना किसी शरम-हया के फब्तियाँ कस रहे थे—"मशीनों के बीच रह-रहकर साला मशीन बन गया है। अब ऊपर जाकर फेफड़ों में साफ हवा भरेगा, जिससे कुछ ताकत आए, कुछ जान आए...नहीं तो टाँय-टाँय फिस्स नहीं हो जाएगी।"

उसके दो साथी कुँवारे हैं और एक की बीवी किसी और के साथ रहने लगी है। जब वह अपनी तनख्वाह का बड़ा भाग घर भेजता था, तो सब उसे चिढ़ाते थे, पर माला का पत्र आने पर सब पढ़ते थे। जॉन को अपनी बीवी नए सिरे से याद आ जाती थी और वह फूट-फूटकर रोने लगता था। ऐसे मौकों पर राखाल ही उसे तसल्ली देता था...पर जितनी तसल्ली वह देता था, उससे ज्यादा तसल्ली उसके मन में रहती थी कि माला उसे कभी छोड़कर नहीं जा सकती। निहायत उबा देनेवाले पत्र भी उसे कहीं हल्के-से आश्वस्त तो करते ही थे।

उसे याद आया कि पिछली बार छुट्टी से आने के आठ महीने बाद बुलबुल पैदा हुई थी और दस महीने जीकर वह मर गई। माला ने उसे खूब कोस-कोसकर सूचना दी थी। अभी तो छोटू भी सवा साल का है। दो छोटे बच्चों को घर के सारे कामकाज के साथ वह नहीं सँभाल सकती, फिर बढ़ती महँगाई। कहाँ से खिलाए, कहाँ से पहनाए? और जब वह मर गई, तब फिर कई पत्र उसी की खबर से भरे हुए थे—"हाय, इससे तो मैं मर जाती तो अच्छा था! सबसे सुन्दर थी। ऐसा तो एक भी बच्चा नहीं हुआ। भगवान को लेना ही था, तो दिया ही क्यों था?"

राखाल को न उसके होने की खुशी थी, न मरने का कोई गम। एक हल्की-सी भावना यही थी कि चलो, अच्छा हुआ कि सबकुछ उसके पीछे ही हो गया। साथ में मन में कहीं उभरा, अच्छा हुआ कि इस बात को भी अब तो डेढ़ साल हो गया, वरना सारी छुट्टियाँ मातमपुर्सी में ही बीत जातीं।

दूर किनारे की बत्तियाँ दिखाई देने लगीं तो ताश में डूबा वह पूरा-का-पूरा दल रेलिंग के सहारे आ खड़ा हुआ। सबके चेहरों पर उल्लास थिरकने लगा। बच्चे दूर खड़ी छोटी-छोटी आकृतियों को ही रूमाल हिलाने लगे। भीड़ से कटकर खड़ी वह अकेली महिला बाइनाकूलर लगाकर किसी को ढूँढ़ रही है। एकाएक राखाल की नंगी आँखों के सामने माला की आकृति तैर गई।

वह अपने साथियों और अफसरों से विदा लेकर बाहर आया और टैक्सी में बैठा। हर समय जहाज के तहखानों में बन्द रहने के बाद दूर-दूर तक फैला हुआ कलकत्ता, रात-दिन चारों ओर लरजती और थिरकती लहरों के बाद लम्बी-लम्बी मौन और स्थिर सड़कें और उन पर उन्मुक्त भाव से प्रकाश उँड़ेलती बत्तियों को देखकर नए सिरे से अपने होने का बोध होने लगा।

टैक्सी लेन्सडाउन मेन रोड से बाईं लेन में मुड़ी और चार मकान छोड़कर खड़ी हो गई। वह उतरकर गराज पर बने अपने मकान को देखने लगा। खिड़की से बहुत ही मन्दी रोशनी बाहर आ रही है, शायद भीतर जीरो पावर का बल्ब जल रहा है।

टैक्सी के ठहरने से, फाटक खुलकर बन्द होने से, भीतर किसी तरह की हलचल नहीं हुई। हाँ, सामने कपूर साहब के घर की खिड़की से एक कटा हुआ धड़ झाँका, दो क्षण रुका और फिर गायब हो गया। माला के घर शायद कभी कोई टैक्सी आकर ठहरी ही नहीं।

"रानी!" राखाल ने आवाज दी तो "कौऽऽन?" के साथ ही माला बाहर निकल आई और राखाल को देखते ही उसके चेहरे पर आश्चर्य-भरा उल्लास फैल गया।

"यह क्या, तुम? कोई खबर नहीं, सूचना नहीं," और एक तरह से झपटकर उसने राखाल के हाथ से होल्डाल ले लिया। टैक्सीवाले को पैसे देकर एक बड़ा और एक छोटा बक्सा सँभालते राखाल सँकरी-सी सीढ़ियाँ चढ़ने लगा। उसके पीछे माला होल्डाल को ठेलती हुई। बीच में पहुँचते ही राखाल ने बक्सा सीढ़ी पर टिकाया और घूमकर अँधेरे में ही माला का हाथ पकड़कर जोर से दबाया—"चलो, चलो, यह गिर जाएगा।" हाथ छुड़ाते हुए माला ने कहा। उसके हाथ में कोई प्रतिक्रिया, कोई

हरकत नहीं हुई। राखाल को माला का हाथ बड़ा सर्द और निर्जीव-सा लगा और वही ठंडक जैसे उसकी अपनी रगों में समाने लगी।

कमरे में घुसते ही माला ने मरकरी लाइट जलाई। चौदह फुट लम्बा कमरा और जमीन पर सोते तीन बच्चे उजागर हो गए। नाक-नक्श के साथ माला के चेहरे पर झुर्रियाँ...गालों पर पड़े काले-काले चकत्ते और रूखे-सूखे बालों में से झाँकते कई सफेद बाल...।

"तुमने खबर क्यों नहीं दी...? खबर देते तो हम सब लोग लेने आते। बच्चे कितने खुश होते..." वह जैसे एकाएक राखाल का स्वागत करने में अपने को असमर्थ पा रही थी।

"अच्छा, तुम जरा सुस्ताकर हाथ-मुँह धोओ, मैं जल्दी से खाने को कुछ बना देती हूँ।"

"खाना मैं खाकर आया हूँ, कुछ भी बनाने की जरूरत नहीं है।"

पर माला फिर भी 'अभी आई' कहकर नीचे उतर ही गई।

बच्चे बिना चद्दर के गन्दे और पैबन्द लगे बिस्तरों पर लेटे हैं। रीना करवट लेकर सो रही है, इसलिए उसका चेहरा दिखाई नहीं दे रहा है। बच्चू और छोटू चित सो रहे हैं। छोटू नंगा है और उसका मुँह भी काफी गन्दा है। खिड़की पर फटी साड़ी का पर्दा एक ओर को सरककर झूल रहा है।

एकाएक मरकरी लाइट का दूधिया आलोक उसकी आँखों में चुभने लगा। उसने बत्ती बुझा दी। कमरे का नंगापन क्षण-भर को अँधेरे में डूब गया। राखाल बच्चों को बचाता हुआ आया और खिड़की पर बैठ गया। इस घर में यही उसकी स्थायी सीट है।

"यह क्या, बत्ती क्यों बुझा दी?" अँधेरे में राखाल को माला की केवल आकृति-भर दिखाई दी, पर वह आकृति उसे पूरे नाक-नक्शवाली माला से ज्यादा परिचित महसूस हुई...

"रहने दो, बच्चों को परेशानी होगी।"

"लो, थोड़ा-सा दूध है, तुम पी लो।" और अँधेरे में ही बढ़कर उसने प्याला राखाल के हाथ में थमा दिया। फिर बड़े जतन से वह उसका बिस्तर लगाने लगी। घर की शायद सबसे साफ चादर बिछाई। उसके हर काम से उसके मन का उल्लास छलका पड़ रहा था। वह लगातार कुछ-न-कुछ बोले चली जा रही थी।

"मुझे तो दो साल काटना ही इतना भारी पड़ता था, इस बार तुमने पूरे तीन साल लगा दिए। पूजा पर कितनी-कितनी राह देखी। बेचारे बच्चों को एक-एक नया कपड़ा तक न दिलवा सकी। दादा की बिजली की दुकान खूब अच्छी चलने लगी है, सो यह लाइट तो जरूर लगवा दी, पर इतना नहीं हुआ कि बहन के बच्चों को एक-एक कपड़ा ही दिलवा देते। टुकुर-टुकुर मेरे बच्चे दूसरों के घरों में ताकते रहे।" माला का गला रुँध गया।

यह सब तो राखाल को छुट्टी-भर सुनना ही है, पर आज वह नहीं सुनना चाहता। बिस्तर पर लेटकर उसने माला को अपने पास लिटा लिया। उसका ध्यान माला की बातों से ज्यादा माला की देह पर लगा हुआ है।

"क्या करता, पूजा पर जहाज इस तरफ था ही नहीं। प्राइवेट शिपिंग कम्पनी है, छुट्टी के कायदे-कानून पर झगड़ा भी नहीं किया जा सकता।" फिर उसे तसल्ली देता-सा बोला, "कोई बात नहीं, बच्चों को कल खुश कर दूँगा।"

और फिर उसने माला को अपनी बाँहों में दबोचना चाहा तो वह छिटककर दूर हो गई—"माफ करो बाबा, तुम्हारा क्या है? तुम तो अपने कर-कराके चल देते हो। पीछे जो गुजरती है मैं जानती हूँ।" फिर भरे गले से बुलबुल का प्रसंग शुरू हो गया।

"उस बेचारी ने तो जाना ही नहीं, बाबा किसे कहते हैं। बीमारी की हालत में टुकुर-टुकुर ऐसे ताकती थी, मानो कह रही हो—'माँ बचा लो!' कपूर साहब ने अपने डॉक्टर जमाई से खूब इलाज करवाया। शंकर ने दवाइयों के लिए रुपये उधार दिए। खूब दौड़-धूप भी की, पर वह तो अपना कर्ज वसूल करके चली ही गई..." और माला फूट-फूटकर रोने लगी।

राखाल का सारा शरीर शिथिल हो गया। उसे माला पर क्रोध-सा आने लगा। जो चली गई, उसका खयाल है और जो आया है, उसकी कोई चिन्ता नहीं! जाने क्यों उसे लगने लगा, जैसे वह किसी और के बारे में सुन रहा है। मानो उस मृत बच्ची से, माला के दुःख से, उसका अपना कोई सम्बन्ध ही नहीं है।

रो-धोकर माला तो सो गई, पर राखाल को किसी तरह नींद नहीं आई। उसे भी तो नहीं लग रहा कि वह घर में है। अभी भी यही लग रहा है, मानो वह जहाज में बैठा है और उसके और माला के बीच बहुत-बहुत दूरी है।

सवेरे नींद खुली, तो धूप कमरे में भर गई थी। बच्चों के बिस्तर सिमट गए थे। नीचे से माला और बच्चों की मिली-जुली आवाजें आ रही थीं। भरी धूप में उसे यह

कमरा कुछ नया-नया लगा। उसने जोर की अँगड़ाई ली और एक सिगरेट सुलगा ली।

दीवार पर हमेशा की तरह माँ दुर्गा की तसवीर है। उसपर लगी रोली और चन्दन के छींटे कुछ ताजा लग रहे हैं। शायद इसी पूजा पर लगाए होंगे। उस तसवीर के पास ही दीवार पर एक छोटा-सा चौकोर निशान बना है। राखाल को याद आया, यहाँ हमेशा उसकी तसवीर लगी रहती थी, अब वह तसवीर नहीं है। वह इधर-उधर देखने लगा। कमरे में ठीक-ठाक चीज के नाम पर एक छोटी-सी अलमारी मात्र है—शीशे के दरवाजेवाली। इसमें उसकी बाहर से लाई हुई चीजें रखी हैं, उन्हीं के बीच उसे अपनी तसवीर दिखाई दी। उसका फ्रेम टूट चुका था।

तभी रीना ने कमरे में झाँका और उसे जागा हुआ देखकर शरमाते हुए नमस्ते की।

"रीना, यहाँ आओ बेटा!" और उसने दोनों हाथ फैला दिए। रीना उसकी सबसे लाडली बिटिया है। पर रीना पहले की तरह दौड़कर उसकी बाँहों में नहीं समा गई। बस, मुस्कराती हुई उसके पास आ खड़ी हुई।

तीन साल में रीना सचमुच बहुत बड़ी हो गई है—तेरह साल की। उसकी नजर रीना की हल्की-सी उभरी छाती पर पड़ी। बेटी की जवानी की कल्पना ही उसके लिए नया अनुभव थी।

रीना नीचे दौड़ गई और दो मिनट बाद ही बच्चू आकर उसकी गोद में लद गया। पीछे-पीछे माला ट्रे में बड़े करीने से सजाकर चाय लाई और रीना चार साल के छोटे को लादकर। राखाल को लगा, जैसे सब लोग उसके जागने की प्रतीक्षा कर रहे थे।

रात को मैले कपड़ों में लिपटे और बिखरे बालोंवाले बच्चे इस समय धुले-साफ कपड़ों में थे। छोटू की आँखों में मोटा-मोटा काजल था और टाँगों में निकर। माला की माँग में सिन्दूर की लाली पीछे तक चली गई थी। एक औपचारिक मेहमान की तरह उसकी खातिर हो रही थी। फिर भी यह सब उसे अच्छा लगा। आने के बाद पहली बार लगा कि वह अपने घर आया है। चाय के साथ-साथ अपने बीवी-बच्चों के साथ होने की गर्मी भी उसने महसूस की।

बाँहें फैलाकर उसने छोटे को गोद में लेना चाहा। पिछली बार वह साल-भर के छोटू को सारे समय पेट पर बिठाकर खिलाया करता था, पर अब छोटू उसे पहचान नहीं पाता। राखाल ने उसे जबरदस्ती खींचा तो वह रो पड़ा और छिटककर माला के पास चला गया।

"छोटू, बाबा बाबा! जाओ बेटा, प्यार करेंगे!"

रीना भी समझाती है, "छोटू, बाबा, जाओ, चीज देंगे।"

"एक-दो दिन में पहचान लेगा, तो फिर एक मिनट भी नहीं छोड़ेगा।"

राखाल को लगा, जैसे माला तसल्ली दे रही है।

बच्चू बराबर रट लगाए हुए है—"बाबा, क्या लाए हमारे लिए?" वैसे सभी की आँखों में यही उत्सुकता छलक रही है।

राखाल ने बक्सा खोलकर चीजें निकालनी शुरू कीं। तीनों बच्चे बक्से के इर्द-गिर्द सिमट आए। कपड़े, खिलौने, पेन, रिबन, जरसी, मोजे...बच्चे हर चीज पर झपटते तो माला उन्हें डाँट देती। फिर भी भीतर-ही-भीतर गद्‌गद होने के कारण उसकी झुर्रियों में कोमलता और स्निग्धता भर आई है। रीना को जो कुछ दिया, उसने चुपचाप ले लिया। पहले रीना और बच्चों में कितना झगड़ा होता था। रीना का यों बड़े हो जाना उसे कहीं कष्ट देने लगा।

"यह तुम्हारे लिए हैं।" और बक्स की सबसे कीमती चीज निकालकर उसने माला की ओर बढ़ा दी।

डिबिया खोलकर एकटक घड़ी की ओर देखते हुए माला बोली, "मैं अब क्या घड़ी लगाऊँगी! चलो, रीना के काम आएगी।"

बच्चे अपनी-अपनी चीजें बटोकर दौड़ गए। आसपास के घरों में शायद उसके आने का समाचार पहुँच चुका था। सामनेवाले कपूर साहब की लड़की बरामदे में से ही झाँक रही है।

"नमस्कार दादा!" हँसता हुआ शंकर उसके सामने आ खड़ा हुआ। राखाल को लगा, उसके होंठ और दाँत पहले से भी ज्यादा कत्थई हो गए हैं। जाने क्यों, राखाल इस आदमी को कभी पसन्द नहीं कर पाया।

बड़े ठंडे लहजे में उसने जवाब दिया—"कहो, अच्छे तो हो?"

"हाँ दादा, सब आपकी मेहरबानी है।"

"चाय पियो, शंकर!" मनुहार करती-सी माला बोली।

"आज तो मिठाई खिलाओ बोउदी, दादा आए हैं!" शंकर के होठों का कत्थई रंग और फैल गया।

"दादा, इस बार तो आपने तीन साल लगा दिए। बोउदी ने भारी कष्ट सहा। बुलबुल को तो आपने देखा भी नहीं, पर बोउदी को तो वह बूढ़ा कर गई।"

चुभती-सी नजरों से राखाल ने देखा। मन में कहीं उभरा—"तो तुझे भी अब माला के जवानी-बुढ़ापे की चिन्ता हो गई है।"

"शंकर नहीं होता तो मैं कुछ न कर पाती। तुम्हारा अहसान मैं कभी नहीं भूलूँगी, वरना आज के जमाने में..."

"बस, मुझे तुम्हारी यही बात अच्छी नहीं लगती। मुसीबत में अपने लोग ही तो काम आते हैं।"

शंकर ने टेरेलिन की कमीज पहन रखी थी। एकाएक राखाल की नजर खूँटी पर टंगी अपनी विदेशी कमीज पर गई। उसने उठकर कमीज पहन ली। मन-ही-मन एक हल्का-सा सन्तोष भी जागा। तभी सिगरेट का खयाल आया। उठकर बोला, "लो शंकर, सिगरेट पिओ। देखो, इस सिगरेट का जायका कैसा है?"

चाय के बरतन समेटती हुई माला बोली, "इस बार शंकर के रुपये जरूर चुका देना। हर महीने बहुत काट-छाँट करके भी दस रुपये से ज्यादा नहीं दे पाती। यह तो बेचारा शंकर है, जो..."

और राखाल को लगा, जैसे माला ने एकाएक घसीटकर उसे शंकर से नीचे ले जाकर पटक दिया हो। यह बात अभी ही कहनी थी? तुम दुनिया-भर का कर्जा करो और मैं चुकाता फिरूँ! बेइज्जती अलग।

"अच्छा दादा बाबू, अभी तो चला," और होंठ फैलाकर चारों ओर कत्थई रंग बिखेरता हुआ शंकर भी नीचे उतर गया।

राखाल तौलिया लेकर बाथरूम में घुस गया।

बाथरूम में जरूरत से ज्यादा देर लगाकर वह ऊपर पहुँचा, तो कमरा खाली था। हाँ, कोने में एक स्टूल पर टेबल-फैन रखा था। जरूर यह शंकर ने लाकर रखा होगा, शायद माला ने ही माँग लिया हो।

उसने एक सिगरेट सुलगाई और नीचे जाने की बजाय खिड़की पर आकर बैठ गया। सामने कपूर साहब के बरामदे में रीना उनकी पम्मी के साथ खड़ी किसी बात पर खिलखिलाकर हँस रही थी। उसके हाथ में राखाल की लाई हुई चीजें हैं।

कपूर साहब के मकान से ही सटा हुआ शंकर का गराज है। लगता है, गराज, पहले से बहुत बढ़ गया है। कई गाड़ियाँ खड़ी हैं मरम्मत के लिए, तभी एक गाड़ी के पीछे से शंकर निकलकर आया। उसके कन्धे पर छोटू बैठा है। उसे कन्धे पर बिठाए-बिठाए शंकर कुछ काम कर रहा है। एकाएक उसे खयाल आया, तीन साल पहले जब वह आया था तब इसी तरह बच्चू उसपर चढ़ा रहता था।

खिड़की पर बैठे-बैठे राखाल को लगने लगा, जैसे सारा घर हिचकोले खा रहा है। नहीं, शायद लगातार जहाज पर रहने के कारण ही ऐसी अनुभूति हो रही है। एक-दो दिन में ठीक हो जाएगा।

पसीने से लथपथ माला आई—"मछली का झोल और भात बना रही हूँ। बोलो, और क्या बनाऊँ?"

"कुछ भी बना लो, जो तुम्हारी इच्छा!"

"अपनी इच्छा से तो रोज ही बनाती हूँ, जब तक तुम हो तुम्हारी इच्छा का बना दूँ। जहाज का खाना खा-खाकर शरीर तो आधा रह गया।"

"तुम्हारे हाथ का कुछ भी खाऊँगा तो सेहत ठीक हो जाएगी।" राखाल हल्के-से मुस्कराया।

"छोड़ो भी, अब कुछ भी खिला सकूँ, ऐसी स्थिति ही नहीं।" और एक नि:श्वास छोड़कर माला उसी व्यस्त भाव से उतर गई।

राखाल को लगा, जैसे उसी के पास करने को कुछ नहीं है। बच्चे अपने में मस्त हैं, माला अपने में।

सिगरेट समाप्त करके वह नीचे उतरकर गराज में बनी हुई रसोई में चला गया।

"तुम यहाँ गर्मी में क्यों आए? चलो, ऊपर चलकर बैठो।" आसन बिछाकर वहीं बैठते हुए राखाल को याद आया—पहले जब वह जहाज पर से आया करता था तो माला हर समय उसे अपने पास ही बिठाए रखना चाहती थी।

खाने पर फिर सारा परिवार जुट गया। इस समय बच्चों के लिए राखाल से ज्यादा महत्त्व राखाल के बहाने मिलनेवाले इस खाने का है।

खाना-पीना समाप्त हुआ तो माला ने बच्चों से कहा, "जाओ, दादा के यहाँ जाकर खबर कर दो कि बाबा आए हैं। और देखो, धूप में लौटकर मत आना। वहीं खेलते रहना, शाम को हम लोग आएँगे तो लेते आएँगे।"

बच्चों ने राखाल के लाए हुए कपड़े चढ़ाए और इतराते हुए दौड़ गए। माला नीचे बरतन साफ करने लगी।

राखाल ने कमरे की खिड़की बन्द कर दी और जमीन पर चटाई डालकर चित लेट गया। माला ने शायद जान-बूझकर ही बच्चों को आने के लिए मना कर दिया है।

जहाज से उतरकर टैक्सी में बैठे-बैठे माला से मिलने की जैसी अकुलाहट हो रही थी, वैसी ही अकुलाहट उसे फिर होने लगी।

शायद फिर नीचे कोई आ गया है। माला के बात करने की आवाज आ रही है। कोई महिला-स्वर ही है। पता नहीं, किस-किसको पाल रखा है। थोड़ी देर वह बेचैनी से राह देखता रहा, फिर जोर से आवाज दी, "माऽ लाऽ!"

अपने स्वर का रौबीलापन उसे स्वयं बड़ा अच्छा लगा।

"आई!" और एक मिनट बाद साड़ी से ही हाथ पोंछती हुई, पसीने से भीगी माला आ खड़ी हुई—"पिशीमाँ तुम्हें प्रणाम करने आई हैं।"

"कौन पिशीमाँ?" लेटे-लेटे ही उसने खीजे-से स्वर में पूछा। पर तभी एक वृद्ध-सी विधवा दरवाजे पर हाथ जोड़कर खड़ी हो गई।

"प्रणाम जमाई बाबू!"

"तुम नहीं जानते, पर पिशीमाँ नहीं होतीं तो बुलबुल की बीमारी में मेरे बच्चे भूखे मर गए होते, पूरे छह महीने तक पिशीमाँ ने खाना बनाया, घर सँभाला। आज भी मेरा आधा काम तो वे ही करती हैं, बिलकुल माँ की तरह मेरा खयाल रखती हैं।"

गद्गद होती-सी पिशीमाँ बोलीं, "अच्छा, अभी चलूँगी, कोई काम हो तो बता दो, कुछ सौदा लाना हो तो..."

"सवेरे ही गौरी से मँगवा लिया था, कुछ होगा तो बता दूँगी।"

पिशीमाँ धीरे-धीरे सीढ़ियाँ उतर गईं। लगा, बुढ़िया समझदार है।

"यह क्या तुम्हें गर्मी नहीं लग रही है? खिड़की बन्द कर दी और पंखा भी नहीं चला रखा है।" और माला ने उठकर भड़ाक से खिड़की खोल दी।

"बन्द कर दो खिड़की, बहुत चौंधा लगता है।" नहीं, माला के मन में शायद कहीं कोई इच्छा नहीं बची रह गई है।

माला ने खिड़की बन्द कर दी। पंखा चला दिया—"शंकर तुम्हारे लिए ही रख गया है। हर बात का इतना खयाल रखता है कि क्या बताऊँ?" और माला पास आकर बैठ गई।

"शाम को दादा के यहाँ से लौटकर आएँ तो कपूर साहब से मिल आना। आज के जमाने में ऐसे भले लोग मिलते नहीं। इतना पैसा है, पर घमंड तो छू तक नहीं गया। तुम कहो तो तुम्हारी लाई हुई चीजों में से एक-एक चीज पम्मी और शंकर के बच्चों को दे दूँ। उनके अहसान तो क्या उतार सकेंगे, फिर भी।"

माला के पास क्या और कोई बात नहीं है करने के लिए।

"तुम कितने रुपये लाए हो साथ में? शंकर के तीन सौ रुपये और चुकाने हैं।

बुलबुल की दस महीने की बीमारी ने तो मुझे तन-मन और धन से एकदम ही कंगाल कर दिया, फिर भी बच जाती, तो सबर करती..." माला का स्वर फिर भर्रा आया।

कौन थी यह बुलबुल? सुना था, बच्चे सेतु होते हैं, पर यह तो बने हुए सेतु को तोड़ गई! माला कितनी दूर जा पड़ी है उससे! शंकर, कपूर साहब, पिशीमाँ... सबके बीच राखाल का अपना अस्तित्व जैसे घुलने लगा।

"तुम भी सोचोगे कि मैं जब-तब बस पैसे का ही रोना रोती हूँ। पर तुम्हीं बताओं, क्या करूँ, महँगाई का तो कोई ठिकाना ही नहीं। तीन बच्चों का और अपना पेट कैसे भरती हूँ, मैं ही जानती हूँ।"

माला क्या जानती नहीं कि राखाल कुछ नहीं कर सकता है? अधिक-से-अधिक रुपया वह घर ही भेज देता है। फिर भी वह यह सब क्यों सुना रही है? शायद उसे गवाह बनाकर अपनी तकलीफों को दोहरा रही है—सिर्फ अपने को हल्का करने के लिए। अच्छा होता यदि वह राखाल न होकर ब्लाटिंग पेपर होता तो माला के सारे दु:खों को सोख लेता।

शाम को दादा के घर पहुँचे तो दादा और बोउदी बड़े तपाक से मिले—"आओ जमाई बाबू, आओ! इस बार तो आपने तीन साल लगा दिए! बहुत दुबले हो गए हैं। जहाज का खाना भी कोई खाना है भला! नमकीन हवा हड्डियों तक को गला देती होगी।"

राखाल का मन हुआ, कह दे—"नमकीन हवा क्या हड्डियाँ गलाएँगी, हड्डियाँ तो तुम्हारे घर में गली थीं, जब बेकारी के छह महीने तुम्हारे यहाँ बिताए थे।" राखाल के मन में वे दिन खुदे हुए हैं...।

तभी दादा के तीनों बच्चे दौड़ते हुए आए। बोउदी ने हँसते हुए कहा, "जबसे रीना-बच्चू ने खबर दी है कि बाबा आए हैं, तभी से ऐसे उछल रहे हैं जैसे इन्हीं के बाबा आए हों। माला के घर को तो ये कभी दूसरा समझते ही नहीं।"

"बुआ का घर क्या दूसरा होता है?" दादा ने दाँत दिखाते हुए कहा।

"बड़ी उतावली हो रही है न देखने के लिए कि क्या लाए? अरे सबर करो, अभी आए देर नहीं हुई कि अपना टैक्स वसूलने आ खड़े हुए!" और अपने मजाक पर खुद ही खी-खी करके हँसने लगी।

राखाल ने जेब से निकालकर एक-एक कंघा और रिबन दोनों लड़कियों को पकड़ा दिया और एक सस्ता-सा पेन लड़के को।

लगा, बोउदी को काफी निराशा हुई, जिसका प्रमाण चाय के समय मिल गया—एक प्लेट में दो सन्देश और एक कप चाय बस!

बाहर खेलते रीना-बच्चू को शायद वह भी नहीं मिला। भीतर आकर वे खाली प्लेट के बचे हुए चूरे से शायद यह अन्दाज लगाने की कोशिश कर रहे थे कि बाबा ने क्या खाया।

"कमीने कहीं के!" वह बाहर निकलकर बच्चों को जरूर मिठाई खिलाएगा।

कमरे के सामनेवाले आँगन में बच्चे दौड़-दौड़कर खेल रहे थे। राखाल ने देखा, बच्चू दाहिनी टाँग से थोड़ा लँगड़ाता है। सवेरे से उसने बच्चू को एक बार भी इस तरह चलते हुए नहीं देखा, या शायद गौर नहीं किया।

"अरे बच्चू, ठीक से क्यों नहीं चलते?" राखाल ने वहीं से झिड़का। बच्चू ठिठककर खड़ा हो गया।

"लो, और सुनो, चलेगा कैसे बेचारा! हड्डी तोड़कर चार महीने खाट पर रहा! अब तो जरा-सी कसर रह गई है, धीरे-धीरे ठीक हो जाएगी," बोऊदी ने कहा। फिर वह एक गहरी साँस लेकर बोली, "इस बार क्या-क्या कष्ट सहा है बेचारी माला ने! मेरा तो कलेजा मुँह को आता था। बुलबुल तो जाती ही रही..." और झूठ-मूठ को उन्होंने आँचल से आँखें पोंछ लीं।

बच्चू की हड्डी टूट गई। पर कब? माला ने तो उसे कभी खबर नहीं दी। एक बार फिर उसने पत्रों की बातें याद करने की कोशिश की। नहीं, इतनी बड़ी बात वह नहीं भूल सकता था। एक अजीब-सी बेचैनी उसे होने लगी।

बाहर निकलते ही उसने माला को आड़े हाथों लिया—"तुमने मुझे बच्चू के पैर की हड्डी टूटने की खबर तक नहीं दी! कब टूटी हड्डी? कैसे टूटी?"

"क्या करती खबर करके, तुम कर ही क्या लेते सिवाय परेशान होने के?"

"फिर भी तुमको लिखना तो चाहिए था। पीछे जो कुछ होता है, मुझे मालूम तो रहे। मेरे बच्चे का पैर टूट गया और इसकी खबर मुझे दूसरे लोग दें...आखिर मैं...।" आगे राखाल से कुछ कहा नहीं गया।

"पीछे जो कुछ होता है, वह भोगना तो मुझे ही पड़ता है। दूर रहकर तुम चिन्ता करने के सिवाय कर ही क्या सकते हो? बेकार ही परेशान होते।" माला का स्वर कातर हो आया।

राखाल समझ नहीं पाया कि माला उसपर आरोप लगा रही है, या अपना अपराध स्वीकार कर रही है।

सचमुच उसके पीछे क्या-क्या नहीं हो गया। बुलबुल हुई और मर गई। रीना की सारी चंचलता और बचपना ऐसा गया कि उसने बेझिझक होकर उससे बात तक नहीं की। बच्चे के पैर की हड्डी टूटी और जुड़ गई। छोटू इतना बड़ा हो गया कि उसे पहचानता नहीं और माला?

लौटकर वह घर नहीं आया। सबको लेकर देशप्रिय पार्क में बैठ गया। बच्चों के माँगने के पहले ही सबको एक-एक आने की मूड़ी दिलवाकर उसने उन्हें अपने पास बिठाया और उनकी पढ़ाई-लिखाई के बारे में पूछने लगा।

"यह बच्चू तो सारे दिन आवारागर्दी करता है। चार महीने बिस्तर पर रहा सो पढ़ाई-लिखाई तो यों चौपट है, उसपर भी मजाल है जो किताब लेकर बैठ जाए। शंकर के लड़के को पढ़ाने के लिए मास्टर आता है, कई बार उसने कहा भी कि बच्चू, तू भी बैठ जाया कर, पर बच्चू को खेलने-कूदने से फुरसत हो तब न?"

आक्रोश और खीज माला के स्वर का स्थायी भाव हो गया है। राखाल ने बच्चू को बाँहों में भरकर अपने पास खींचते हुए कहा, "देखना, अब बच्चू कैसे पढ़ता है, कोई शंकर-वंकर का मास्टर नहीं, मैं पढ़ाऊँगा इसे। क्यों बेटा, अच्छे नम्बरों से पास होना है न तुम्हें?"

बच्चू ने गरदन हिलाकर 'हाँ' कर दी। फिर राखाल रीना से बतियाने लगा, वह पहले की तरह ही झेंप-झेंपकर जवाब देती रही।

पर छोटू उसके पास अभी भी नहीं आया। उसे देखकर मुस्कराता जरूर था, पर जब राखाल हाथ बढ़ाता, तो वह माला की गोद में दुबक जाता।

"एक-दो दिन में पहचान जाएगा। पहले तो जब तुम गए थे, तब बहुत दिनों तक तुम्हारी फोटो को देखकर 'बाबा-बाबा' किया करता था। अब इतने दिन हो गए कि भूल गया।"

दो घंटे पार्क में बिताकर जब रात में वे लोग लौटे तो राखाल का मन बहुत हल्का हो आया था। केमिस्ट के यहाँ से खरीदा गोल सिक्का रात के बारे में भी उसे आश्वस्त कर रहा था।

गली में कल की तरह आज भी अँधेरा था। फिर भी वह गली, नीची छतवाला कमरा एकाएक उसे अधिक आत्मीय और अपने लगने लगे। अभी भी जैसे उसके फेफड़ों में पार्क की हवा भरी थी।

माला को लस्त-पस्त करके छोड़ा, तब पहली बार 'घर' आने का बोध उसकी रग-रग में तैर गया।

थोड़ी देर में माला की नाक बजने लगी। उसे बड़ी देर से सिगरेट की तलब महसूस हो रही थी। उसने सिगरेट निकाली और खिड़की पर बैठ गया।

इस बार जब राखाल सोया तो मकान हिचकोले नहीं खा रहा था।

दूसरे दिन उठकर ही राखाल ने रीना-बच्चू को बैठाकर पढ़ाया और जब वे स्कूल चले गए, तो कमरे की सफाई शुरू कर दी। माला उसे मना करती रही, फिर खुद भी आकर जुट गई।

उसके पास कुछ रुपये और होते तो घर में थोड़ा सामान डलवा जाता। दो-तीन गोल मूढ़े, एकाध कुर्सी—खैर छोड़ो, खुद भूख काट-काटकर जो थोड़ा-बहुत पैसा उसने बचाया है, उससे यहाँ बाल-बच्चों को खिलाएगा, थोड़ा-बहुत घुमाएगा, सबको एक सिनेमा दिखाएगा। बच्चे ही नहीं, आसपास के लोग भी जान लें कि वह आया है।

चौका-बरतन करके माला ऊपर चढ़ी तो उससे रहा नहीं गया, "तुम सारे काम से छुट्टी पाकर नहा तो लिया करो।" पसीने से लथपथ माला को देखकर उसका आधा उत्साह ही मर जाता।

"कितनी बार नहाऊँ, अब मुझे कुछ नहीं अखरता, आदत हो गई है।" और पसीना सुखाने के लिए वह पंखे के सामने जा बैठी।

"सुनो।"

राखाल ने माला की ओर देखा।

"पिशीमाँ का एक भांजा है, इंटर पास है, कहीं फैक्टरी में काम करता है, रात में बी.ए. की पढ़ाई करता है...।"

राखाल बात को पकड़ नहीं पाया।

"पिशीमाँ रीना के सम्बन्ध के लिए कह रही है कभी से। घर में ज्यादा लोग नहीं है, और लेने-देने का भी खटराग नहीं होगा।"

राखाल जैसे आसमान से गिर पड़ा।

"तुम्हारा दिमाग तो ठीक है? अभी रीना है ही कितनी बड़ी? पढ़ेगी-लिखेगी नहीं क्या?"

"इसमें दिमाग खराब होने की क्या बात है भला! आखिर शादी तो करनी ही है। सम्बन्ध जितनी जल्दी हो जाए, अच्छा है। तुम दूर रहते हो, लड़का ढूँढ़ेगा ही कौन? यह तो भाग से घर बैठे ही लड़का मिल रहा है। तुम बुलाकर मिल लो, देख-सुन लो, तसल्ली कर लो..."

माला थी कि बोले चली जा रही थी और राखाल की यह समझ में नहीं आ रहा था कि वह उसे कैसे चुप करे।

"दादा से कहा कि एक बार लड़के को बुलाकर देख लो, कुछ बात कर लो, तो कतरा गए—शादी-ब्याह का मामला है, जमाई बाबू के आने से ही ठीक रहेगा। अरे, मैं खूब समझती हूँ। बुलाएँगे तो कुछ खिलाना-पिलाना पड़ेगा। कौन खर्चा करे?"

"माला, पर रीना क्या बहुत छोटी नहीं है?" राखाल के स्वर में अजीब-सी बेबसी आ गई।

"क्या छोटी है? तेरह पूरे होनेवाले हैं। और कौन आज ही ब्याह होने जा रहा है? कुछ न करके भी दो-तीन हजार तो चाहिए ही। मुझे तो रात-दिन यही चिन्ता लगी रहती है।"

राखाल की आँखों के सामने जाने कैसी धुन्ध छाने लगी और थोड़ी देर पहले का जमाया हुआ कमरा फीका लगने लगा।

"दादा बाबू, आपने बुलाया?" अपने कत्थई होंठ फैलाए हुए शंकर सामने आ खड़ा हुआ।

"बैठो, बैठो!" हजामत बनाते हुए राखाल ने कहा।

"लो, आपने तो कमरे की शक्ल ही बदल दी। अब लग रहा है कि घर का मालिक आ गया।" शंकर हँसने लगा। पर राखाल को अब शंकर की हँसी उतनी बुरी नहीं लगी।

एक अधमैले तौलिए से रगड़कर मुँह पोंछते हुए राखाल ने कहा, "माला तुम्हारा कुछ हिसाब बता रही थी। मुझे पहले तो मालूम नहीं था, वरना पूरे का ही प्रबन्ध करके लाता।" स्वर में घर के मालिकवाला रौब पूरी तरह था।

"अरे दादा बाबू, आप चिन्ता न करिए, रुपये कौन भागे जा रहे हैं।"

"नहीं भाई, कर्ज जितना जल्दी चुक जाए, अच्छा।" और राखाल ने अपना छोटा-सा सन्दूक खोलकर उसमें से सौ रुपये का नोट निकालकर दे दिया।

शंकर ने नोट जेब में रखा और चल दिया। राखाल ने बचे हुए गिने। अस्सी। पहली तारीख को तनख्वाह मिलेगी, उसमें से माला को घरखर्च के लिए रुपए देने

के बाद पचास रुपये बचेंगे। कुल हुए एक सौ तीस। इन्हीं रुपयों से उसे दो महीने तक अपने बीवी-बच्चों को घुमाना-फिराना और फिर लौटकर जाना है।

अनायास ही रंजू की बात याद आई कि जहाजवालों को तो शादी करनी ही नहीं चाहिए। यहाँ रात-दिन मशीनों से सिर फोड़ो, पैसा मिले, तो घरवालों की हाजिरी में भेज दो। भैया, हम अच्छे हैं, जिस घाट उतरे, तफरी कर ली...। न किसी का देना, न लेना। तब उसकी आँखों के आगे माला और बच्चे तैर जाते थे।

वह तौलिया लेकर नहाने चला गया।

आज पिशीमाँ का भांजा आनेवाला है अपने चाचा के साथ। राखाल के मना करने पर भी माला ने बुला ही लिया। साथ में दादा से भी कह दिया कि वह भी आ जाएँ।

दादा चार बजे ही आ धमके। कलफ लगा कुरता और चुन्नटदार धोती। एक जगह बैठे-बैठे ही कुछ ऐसे सक्रिय लग रहे हैं जैसे घर के मालिक, कर्ता-धर्ता वही हों, राखाल तो मात्र आगन्तुक है। राखाल को दादा की उपस्थिति-भर ही बहुत कष्ट देती है, पर माला की जिद—"बात जम गई और पीछे कुछ भी करना हुआ तो रो-झींककर दादा से ही तो करवाना होगा। पैसे का मामला न हो तो भाग-दौड़ थोड़ी-बहुत कर ही देंगे।"

कपूर साहब के यहाँ से बरतन, दरी, चादर और थोड़ा-बहुत टीम-टाम का सामान लाकर माला ने भरसक कमरे को ठीक कर दिया। माला के मन में उत्साह है। राखाल ने काम में मदद जरूर की, पर बड़े बे-मन से।

पता नहीं रीना को पता भी है या नहीं? जरूर होगा। इन बातों की गन्ध पाने के लिए लड़कियों के पास छठी इन्द्रिय होती है। कैसा लग रहा होगा उसे? रीना ने राखाल और अपने बीच संकोच की एक दीवार खड़ी कर ली है, वरना वह खुद ही पूछ लेता।

लड़का आया—गहरा साँवला रंग और चेचक के दाग। राखाल का रहा-सहा उत्साह भी जाता रहा। राखाल ने वैसे तय कर लिया था कि इन लोगों के आने के बाद वह दादा को इतना मुखर नहीं रहने देगा। घर के मालिक की हैसियत से वही सारी बातचीत करेगा। पर लड़के की सूरत देखकर यह निर्णय अपने-आप पिघल गया।

दादा बात भी कर रहे हैं और धोती का छोर उठाकर ऊपर-नीचे आ-जा भी रहे हैं।

"करने दो जो मर्जी आए। अन्तिम निर्णय तो मैं ही दूँगा। दादा और माला, किसी की नहीं चलने दूँगा।"

"हम तो कभी से मिलना चाह रहे थे, पर आपके लौटने का इन्तजार था।" चाचा ने कहा तो राखाल को थोड़ा सन्तोष हुआ। पहली बार होंठों पर मुस्कराहट आई। चलो, कम-से-कम यह तो मालूम हुआ कि घर का मालिक मैं हूँ।

फिर इधर-उधर की बातचीत चलने लगी। चाचा ने पूछा, "अच्छा राखाल बाबू, आप तो बहुत देश-विदेश घूमते हैं, अपने देश जैसी संस्कृति कहीं देखने को मिलती है?" राखाल को लगा, चाचाजी उसके विदेश घूमने से काफी प्रभावित हैं।

वह कुछ कहता, उसके पहले ही दादा बोले, "अरे नहीं गांगुली बाबू, जमाई बाबू का काम तो जहाज का है। देश-विदेश कहाँ घूम पाते हैं बेचारे। जहाज पर ही तो रहना पड़ता है। फिर भी कुछ मालूम हो तो बोलो जमाई बाबू, अपने देश जैसी संस्कृति कहीं देखी?"

राखाल भीतर-ही-भीतर भुन गया—जहाज पर नौकरी नहीं करते, कहो, जहाज में पाखाना साफ करते हैं। कमीना कहीं का। इस माला को मना कर दो, फिर भी मरेगी इस दादा के पीछे। आज वह माला की अच्छी तरह खबर लेगा।

बात संस्कृति से नौकरी पर आ गई और लगे हाथ ही बेकारी की समस्या और सरकार की धुनाई भी हो गई।

ऐसे संकट के दिनों में भी अपने भतीजे को फैक्टरी में नौकरी दिलवा देने की सफलता पर अपार गर्व महसूस करते हुए गांगुली बाबू रसगुल्ले पर रसगुल्ले खाते रहे। 'लड़कीवाले भले ही हों, पर खाने में बराबरी के ही उतरेंगे' के भाव से दादा मुकाबला करते रहे।

"खाए जा कम्बख्त, मुफ्त का माल है। अपने घर तो सन्देश देकर छुट्टी कर दी।"

उन लोगों के जाते ही खुलकर राखाल ने घोषणा कर दी—"यह लड़का बिलकुल नहीं चलेगा। पिशीमाँ से कह देना, बात खत्म कर दे।" अपने स्वर की दृढ़ता पर राखाल स्वयं विस्मित था।

"जमाई बाबू, ऐसा लड़का आपको मिलेगा नहीं। लड़कों का भी कोई रंग-रूप देखा जाता है। रंग का है भी क्या—गोरा या काला। बाकी नौकरी करता है, बी.ए. की पढ़ाई कर रहा है। परिवार का खटराग नहीं, रीना अकेली राज करेगी। सबसे बड़ी बात लेने-देने का झमेला नहीं, दहेज दिया जाएगा आपसे?"

"मैंने कहा न कि यह सम्बन्ध नहीं होगा। मुझसे क्या होगा, क्या नहीं, यह मैं समझ लूँगा। कोई चेहरा है लड़के का?"

राखाल के इस रूप से माला स्तब्ध। दादा भुनभुनाकर चले गए, "आप तो बाहर रहते हैं, यहाँ बीवी-बच्चे हमारे नाम को झींकते रहते हैं। आज के जमाने में अपना घर चलाना ही मुश्किल, किस-किसका करते फिरो!"

"और बुलाओ दादा को! मेरा अपमान कर गए खूब अच्छी तरह, अब तो कलेजा ठंडा हो गया? जैसा भाई, वैसी बहन!"

माला रो पड़ी।

माला को यों ही रोता छोड़कर राखाल बाहर निकल गया। सामने ही कोनेवाले स्टाल से पान लगवाकर खाया और डंडी से चूना चूसता हुआ पार्क में टहलने लगा।

परम सन्तुष्ट-सा वह घर पहुँचा...

कपूर साहब का सामान जा चुका था और कमरा बड़ा उखड़ा-उखड़ा लग रहा था। माला नीचे रसोई में थी और बच्चे बाहर।

लड़के को ना-पास करके ही उसे लग रहा था, जैसे घर में उसने अपने को पूरी तरह पास कर लिया है। गांगुली मोशाय और दादा के साथ-ही-साथ उसके अपने मन की खिन्नता और जड़ता भी चलती गई। एक नया आत्मविश्वास जागा।

'यह मेरा घर है, इसमें मेरी इच्छा के खिलाफ कुछ नहीं हो सकता।'

राखाल ने सबका कार्यक्रम ठीक कर लिया।

सवेरे रीना उसके सिर में तेल डालकर आधा घंटे तक चम्पी करती। बच्चू अँग्रेजी की स्पेलिंग याद करता और सवाल करता।

अब सब्जी गौरी या पिशीमाँ नहीं लाती, राखाल खुद बाजार करने जाता। हफ्ते में एक दिन मछली भी लाता।

छोटू का लिवर बढ़ा हुआ था तो खुद उसे अस्पताल ले गया। उसे नहीं पसन्द कि हर बात में दूसरों का अहसान लिया जाए।

शाम को बच्चू खड़े होकर उसके पैर दबाता और साथ ही पहाड़े भी याद करता। खाने के बाद बच्चों को वह पढ़ाने बैठ जाता।

मशीनों के बीच रहते समय उसे कभी याद नहीं रहता कि वह बी.एस.सी. है। उसकी अपनी जिन्दगी तो बरबाद हो गई, पर वह चाहता है कि कम-से-कम बच्चों की जिन्दगी तो बना दे।

उसे आज भी याद है कि जब वह कलकत्ते में ही नौकरी करता था और रीना हुई थी, तो माला की एक आकांक्षा थी कि वह अपनी बिटिया को डॉक्टर बनाएगी... और अब?

रविवार की शाम को माला और बच्चों को लेकर घूमने जाता। उस समय शंकर या कपूर साहब दिख जाते तो वह दो मिनट ठहरकर जरूर उनसे कुछ बात करता, फिर बड़ी लापरवाही से कहता—"जरा बच्चों को घुमा लाऊँ। अक्तूबर समाप्त हो रहा है, पर अब भी गर्मी खत्म नहीं हुई! शाम को घर में घुटन हो जाती है।"

पहली तारीख को ऑफिस जाकर तनख्वाह ले आया। माला को हर महीने की तरह रुपए दिये और पचास रुपये अपने पास रख लिए।

"लाओ, इस बार तो ये रुपये मुझे दे दो, तुम क्या करोगे? न हो तो शंकर को दे दो।"

माला हमेशा उसे खर्चा करने के लिए टोकती रहती, पर वह हमेशा झिड़क देता। इस बार भी उसने इनकार कर दिया—"नहीं, कुछ रुपया मेरे पास चाहिए। बच्चों को घुमाना-फिराना, खिलाना-पिलाना तो है, वे बेचारे क्या जानेंगे कि उनका बाबा आया है।"

पैसे के मामले में वह माला पर कतई निर्भर नहीं रहना चाहता, बल्कि चाहता है माला उसपर निर्भर करे।

धीरे-धीरे राखाल की छुट्टियाँ और पास के रुपये समाप्त होने आए। राखाल ने छोटू का नाम भी रजिस्टर करवा दिया ताकि जनवरी से वह भी स्कूल जाने लगे।

सरकारी स्कूल में फीस ज्यादा नहीं लगती, पर कॉपी-किताब, पेंसिल आदि के खर्चे की ही माला को चिन्ता है। राखाल ने समझा दिया—"इस बार बीस रुपये की तरक्की मिलेगी, वह सब तुम्हारे पास भेज दिया करूँगा, तुम बच्चों को ठीक से पढ़ने दो।"

"और देख रीना, माँ स्कूल छुड़वाए तो छोड़ना मत। मुझे लिख देना। तू मुझे बराबर चिट्ठी लिखा कर, सारे हाल-चाल, समझी!"

"बच्चू बेटा, मेरे पीछे मन लगाकर पढ़ना। अच्छे नम्बरों से पास होओगे तो इनाम भेजूँगा। बच्चू तो मेरा राजा बेटा है।"

"छोटू बाबा, इस बार लौटकर आऊँ तो भूलना मत। हम आए, तो छोटू बाबू हमको पहचानते नहीं, हमारे पास आते नहीं, और अब हम नहाने जाएँ तो बाहर

खड़े होकर रोते हैं। अब तो नहीं भूलोगे न बेटे? हमारी तसवीर के सामने खड़े होकर बातें किया करना।"

और राखाल भर्राए गले से हँस दिया।

उसके बाद खाना बनाती माला की ओर नजर गई तो समझ में नहीं आया कि क्या कहे! केवल इतना ही कह पाया—"देखो, तुम हर बात की सूचना जरूर देना। यह ठीक है कि मैं दूर रहकर कुछ नहीं कर सकता, पर कम-से-कम जान तो सकता हूँ।"

उसके बाद बड़ा बोझिल-सा मौन वहाँ पर छा गया।

तीन दिन बाद वह चला जाएगा और माला अभी से उदास रहने लगी है। उसका अपना मन जैसे कहीं से डूबने लगा है।

रात में माला उससे सटकर सो रही है—"इतना खर्चा यहाँ न करते और शंकर के बचे हुए दो सौ रुपये चुका देते तो अच्छा होता। पहले तो यही कहकर टालती रही कि तुम आओगे तो दे दूँगी...अब कौन-सा बहाना बनाऊँगी।"

राखाल इस समय यह बात नहीं करना चाहता। फिर भी माला को तसल्ली देने के लिए कह दिया—"मैं जाते ही रुपये भेज दूँगा।"

कल उसे अपनी ज्वाइनिंग रिपोर्ट देनी है और परसों सवेरे दस बजे जहाज खुलेगा। आज कुछ और भी तो किया जा सकता है।

दूसरे दिन ऑफिस से लौटकर वह शंकर से मिल लिया। दादा के यहाँ अब वह नहीं जाएगा। कपूर साहब से वह शाम को मिल आएगा।

आज आखिरी शाम है। खाना साथ लेकर सारा परिवार लेक्स पर जा बैठा। खाने में वही मछली का झोल और भात। सब चुप-चुप बैठे हैं। बच्चू मछली पर वैसे ही टूटा पड़ रहा है। सिर्फ छोटू इस समय माला की गोद में नहीं, राखाल की अपनी गोद में है।

शाम का अँधेरा उसके मन पर उतरता आ रहा है। माला की आँखें इस बात की गवाह हैं कि दिन में वह कई बार रो चुकी है।

दूसरे दिन राखाल सबको लेकर आठ बजे ही जहाज पर पहुँच गया। उसने अपनी हाजिरी लगवा दी। तीन साथियों में से केवल रंजू इस बार साथ है, दो किसी और जहाज में चले गए।

वर्दी पहनकर वह फिर बच्चों और माला के पास आ खड़ा हुआ। रीना चुपचाप रो रही है। माला रोने के साथ-साथ उसे याद दिला देती है—"शंकर के रुपये जैसे भी हो, भेज देना।"

और राखाल की आँखों के सामने बहुत दिनों बाद जैसे शंकर के होंठों और दाँतों का रंग एकाएक कौंध गया।

छोटू उसकी गोद में ही लदा हुआ है। वह बार-बार उसे प्यार कर लेता है।

जहाज खुलने का समय करीब आ रहा है। राखाल ने छोटू को माला की गोद में दिया, तो वह मचल पड़ा। दोनों हाथ बढ़ा-बढ़ाकर और पैर पछाड़कर वह रो रहा है—"बाबा के पास जाऊँगा।"

माला ने गले में आँचल डालकर राखाल के पैर छुए, तो राखाल भी जैसे अपने को नहीं सँभाल सका। छोटू के गाल पर प्यार करके और रीना, बच्चू के सिर पर हाथ फेरकर राखाल मुड़ गया।

हिचकियों के बीच माला के शब्द सुनाई दे रहे थे—"अपना खयाल रखना... चिट्ठी जल्दी-जल्दी भेजना...शंकर के रुपये जाते ही भेजना...इस बार तीन साल मत लगाना..."

जहाज छूट गया। दहाड़ मारती लहरों की आवाज और आसपास के शोर-शराबे के बीच भी उसे पछाड़ खाते हुए छोटू के रोने की आवाज सुनाई दे रही है। किनारा धीरे-धीरे दूर होता जा रहा है। किनारे की आकृतियाँ धुँधली होती जा रही हैं। पर उसकी आँखों के सामने चारों प्राणी ज्यों-के-त्यों खड़े हैं।

अब किनारा बिलकुल नहीं दिखाई दे रहा है। दिखाई दे रहा है लैन्सडाउन का घर।

माला ने गद्दे उठाकर दोनों बक्से निकाल दिए होंगे। बक्से दब जाने से उसे बड़ी असुविधा होती थी, पर वह जैसे-तैसे चला ही रही थी, शायद इसी दिन की प्रतीक्षा में। टेबल-फैन और स्टूल वापस शंकर के गराज में चला गया होगा।

शंकर सारा अपनापन दिखाकर माला को तसल्ली दे रहा होगा—"रोती क्यों हो बोउदी! मैं तो हूँ।"

कपूर साहब के बरामदे में से उनकी लड़की पम्मी चिल्लाकर कह रही होगी—"माशीमाँ, डॉक्टर बाबू के पास जाना हो तो तैयार रहिए, पापा दस बजे निकलेंगे।"

पिशीमाँ घर का छोटा-मोटा सामान लाते-लाते रीना के लिए फिर कोई लड़का खोज लाएगी। कौन जाने फिर वही लड़का आ जाए! सभी तो उसके पक्ष में थे।

एकाएक उसे लगने लगा, शायद वह एक बहुत ही नकली-से माहौल में रहकर लौटा है।

शायद माला कई बातों में केवल उसके डर के मारे ही चुप रही है। बच्चू मन मारकर पढ़ने बैठता था। अब वह पहले की तरह निश्चिन्त होकर, बस्ता कोने में पटक, शंकर के गराज या फुटपाथों पर खेलता फिरेगा। रीना घर के काम से छुट्टी पाते ही कपूर साहब के बरामदे में खड़ी होकर बतियाया करेगी। छोटू शंकर के कन्धे पर टँगकर उसके सिर पर तबला बजाया करेगा।

बच्चे खेल-खेल में तसवीर का शीशा न फोड़ दें, इस डर से माला उसकी तसवीर को फिर अलमारी में बन्द कर देगी। और छोटू के मन में उसकी याद बहुत धुँधली हो जाएगी।

"अब नीचे भी चलोगे या यहीं टँगे रहोगे?" पूरे हाथ का धौल जमाकर रंजू हँस रहा था।

राखाल नीचे उतर आया। मशीनों के बीच पहुँच उसे एक अजीब-सी राहत मिली। वही परिचित गन्ध, वे ही चिर-परिचित मशीनें। लगा, जैसे अपनी असली जगह आ गया।

"यार, तुम जैसे लोगों को बहुत घुलना-मिलना नहीं चाहिए बीवी-बच्चों में। इतनी शिक्षा देता है यह गुरु, तुम लोग फिर भी सीखते नहीं हो। बेटा, अपनी जिन्दगी तो इन मशीनों के साथ बँधी है, समझे! इनको तेल पिलाओ और चलाओ।"

और फिर उसके हाथ में तेल की कुप्पी थमाते हुए बोला, "इधर के हिस्से की ऑइलिंग तो कर दे जरा लपक के।"

राखाल ने कुप्पी ली और मशीन के सामने खड़े होकर कुप्पी की नोक छेदों में लगाकर पूरे मनोयोग से तेल डालने लगा।

नमक

पौ फटने से काफी पहले ही भीमा कहार ने कावड़ सँभाली थी और अब तो साँझ ढलनेवाली है लेकिन उसने एक पल का भी विराम नहीं लिया। विराम क्या, न तो अभी तक पेट में अन्न का एक दाना डाला, न ही बीड़ी-चिलम का एक सुट्टा ही मारा। बस, दे-दनादन पानी खींच रहा है। जैसे ही दोनों डोल भरते कि कावड़ कन्धे पर रखकर हवेली के अहाते की ओर दौड़ जाता है। रस्सी की रगड़ से हथेलियों पर पड़े गट्टे लाल सुर्ख हो गए हैं और पिंडलियों की नीली नसें ऐसे उभर आई हैं जैसे कई छोटे-बड़े केंचुए उनसे चिपट गए हों!

पानी भरने की यह अफरातफरी उसने कोई ज्येष्ठ की आग बरसाती लू में प्यास से छटपटाती किसी अकूत भीड़ को पानी पिलाने के लिए नहीं मचा रखी है बल्कि उसे तो रात से पहले-पहले तक हवेली के सामनेवाला सारा अहाता तर-ब-तर कर देना है। इतना तर-ब-तर कि छोटे कुंवर की गाड़ी जब अहाते में घुसे और वे गाड़ी से उतरें तो धूल का एक जर्रा भी उड़कर उनकी देह पर न लगे।

छोटे कुँवर सात समुन्दर पार से कोई बहुत ऊँची पढ़ाई करके आ रहे हैं। भीमा नहीं जानता कि सात समुन्दर पार कहाँ है और ऊँची पढ़ाई क्या होती है। वह तो बस इतना जानता है कि छोटे कुंवर कोई आदमी के बस से बाहर का काम करके आ रहे हैं, तभी तो ठाकुर साहब के पाँव जमीन पर नहीं पड़ रहे। मन का उछाह है कि समेटे नहीं सिमट रहा, सारे गाँव में फैला-पसरा पड़ा है और गाँव के सारे लोग उसी में डूब-उतरा रहे हैं।

छोटे कुंवर तो आज पहुँचेंगे लेकिन पिछले पाँच दिनों से जश्न की जैसी तैयारियाँ हो रही हैं सारे गाँव में और जैसा जश्न होगा, वैसा तो इस गाँव के

लोगों ने न कभी देखा, न सुना। हाँ, चार महीने पहले आजादी मिलने पर पूरे देश ने जरूर ऐसा जश्न मनाया था पर उस जश्न की तो यहाँ भनक तक नहीं मिली थी। तीन सौ पैंसठ दिनों जैसा ही था वह भी...बिलकुल सामान्य, साधारण, रोज के ढर्रे में बँधा हुआ। और ठीक भी है, आजादी का जश्न तो वे मनाएँ जिन्होंने गुलामी के दुःख उठाए हों। ठाकुर हरनाम सिंह के राज में कैसी तो गुलामी और कैसे उसके दुःख? हाड़ तोड़ मेहनत के बदले में सबको पेट भरने को अन्न, तन ढकने को कपड़ा और सिर छिपाने को छाजन तो मिलता ही है। पाँच हाथ की इस काया को और चाहिए ही क्या! ठाकुर साहब गाँववालों के माई-बाप, अन्नदाता और ठाकुर साहब की हवेली गाँववालों की दुनिया। इस हवेली के परे भी कोई दुनिया है, यह तो उन लोगों ने कभी जाना ही नहीं। इसीलिए उनका हँसना-रोना अपने सुख-दुःख से ज्यादा हवेली के सुख-दुःख से जुड़ा हुआ है। हवेली में दुःख तो हर झोंपड़ी का आँगन आँसुओं से गीला, हवेली में खुशी तो हर झोंपड़ी में उसकी थिरकन।

अरे, पर मुझे तो भीमा कहार की कहानी कहनी है। ये ठाकुर-ठीकरों और उनकी हवेलियों की कहानी लिखने पर यदि अपने क्रान्तिकारी बन्धुओं के सामने पेशी हो गई तो क्या जवाब दूँगी उनको और क्या ही जवाब दूँगी अपने मन को, जो आजकल रात-दिन 'हैव-नॉट्स' की माला जपते-जपते अघाता नहीं।

हाँ, तो ये भीमा कहार जो सवेरे से पागलों की तरह पानी भरे जा रहा है, इसकी पाँच पुश्तें हवेली में पानी भरने का ही काम करती आ रही हैं।

जब वह छोटा था तो उसके दादा बड़े विस्तार और हाव-भाव के साथ उसे वह कहानी सुनाया करते थे जो कभी उनके पड़दादा ने उन्हें सुनाई थी और जिसका लब्बो-लुबाब यह था कि जब वे छोटे थे तो उनके गाँव में भारी अकाल पड़ा। चार साल तक गाँववालों ने बादलों की सूरत ही नहीं देखी... अन्न की कौन कहे, घास के एक तिनके तक को तरस गए लोग। आदमियों और जानवरों का कलपना देखकर बड़े-बड़े दुःख झेल जानेवाली धरती माता का कलेजा भी टुकड़े-टुकड़े हो गया। गाँव में रोज ही पाँच-सात मौतें हो जातीं। मरे लोगों के शरीर पर थोड़ा-बहुत मांस भी होता तो जिन्दा लोग उसे ही नोच-

खसोटकर खा लेते, पर जिन्दा हड्डी की ठठरियाँ मरी हड्डी की ठठरियों को कैसे चूसते-चबोड़ते? बस, लाशें सड़ती रहतीं—कहीं मरे आदमियों की, तो कहीं मरे जानवरों की।

तभी एक दिन एक अजूबा घटा। गाँव के किनारे ठाकुर जगभान सिंह का लाव-लश्कर आकर ठहरा। ऊँटों की, बैलगाड़ियों की कतार की कतार। ऊँटों पर धान की बोरियाँ लदीं। गाँव के लोग रगड़ते-घिसटते गए और ठाकुर साहब के चरणों में लोट गए, पर ठाकुर साहब कोई दान-पुन्न करने तो निकले नहीं थे—व्यौपार करने निकले थे। फिर कोई एक-दो हो तो दे दें, पूरे गाँव को क्या दें और कैसे दें? फिर भी ठाकुर साहब का मन पसीजा तो उन्होंने चार छोकरे पकड़कर गाड़ी में डाले और घरवालों को एक-एक बोरी अनाज दे दिया। अनाज पाकर घरवालों ने तो अपने छोरों की तरफ देखा तक नहीं। पेट की पापी आग नाते-रिश्ते, माया-ममता सबको ऐसे ही निगल लेती है।

"किस्मत के धनी उन चार बच्चों में से एक मैं था। सो समझ ले कि ठाकुर साहब की दया ने मौत के मुँह से बचा लिया। ठाकुर साहब की दया से ही आज मैं हूँ, तेरा बाप है, तू है और आगे तेरे बेटे-पोते होंगे। सो एक बात गाँठ बाँध लेना बेटा कि हमारी रगों में लहू नहीं, हवेली का नमक बहता है। हवेली के लिए कभी जान भी देनी पड़े तो हिचकना मत। जान देकर भी हवेली के ऋण से उऋण नहीं हो सकते हम।" आजकल यही कहानी भीमा का बाप भीमा के छह साल के बेटे को सुनाया करता है। बस, कहानी में दो पीढ़ियाँ और जुड़ जाती हैं और हवेली का नमक कुछ और ज्यादा गाढ़ा हो जाता है।

अब जिसकी रगों में हवेली का गाढ़ा-गाढ़ा नमक बहता हो, उसके लिए बिना खाए-पिए मशीन की तरह पन्द्रह-अठारह घंटे पानी खींचना और दौड़-दौड़कर हवेली का अहाता गीला करना कौन बड़ी बात है? फिर ठाकुर साहब की खुशी के आगे यह कष्ट तो कुछ भी नहीं। हरनाम सिंह की तीन पीढ़ियों ने आठ गाँव की इस जागीर को बढ़ाते-बढ़ाते सत्तर गाँव के राजपाट में बदल दिया और तीन पीढ़ियों की यह हवेली बढ़ते-बढ़ते पूरा किला बन गई। ठाकुर साहब को आज तक शायद ही किसी ने सीधी नजरों से देखा हो।

जब कभी वे घोड़े पर बैठकर निकलते तो आधे लोग जहाँ के तहाँ झुककर दोहरे हो जाते हैं, तो आधे साष्टांग दंडवत् में जमीन पर लोट जाते हैं—बिना

हिले-डुले, साँस रोककर। आदमी तो क्या, पेड़-पौधे तक हिलना-डुलना छोड़ देते हैं—ऐसा रौब है ठाकुर साहब का। चेहरा कोई देख भी ले तो झेल सकेगा उसके ओज-तेज को? सूरज देखा है कभी किसी ने नंगी आँखों से? शेर जैसी दहाड़ती आवाज जरूर सुनी है कभी-कभी उनकी—भीड़ इकट्ठी करके कोई फरमान सुनाते या किसी भारी गुनाह के लिए जुर्म का फैसला सुनाते। आवाज सुनते ही लोगों के पैर पत्ते की तरह थरथराने लगते और बच्चों का अकसर गोदी में ही मूत निकल जाता।

रौब-दाब और अकूत लक्ष्मी का भंडार है यह हवेली, पर विद्या आज तक किसी के बस में नहीं आई। ठाकुर साहब खुद बही-खाता बाँच लेते हैं पर इससे आगे कुछ नहीं। बहुत जोर लगाया तो बड़े कुँवर ने चिट्ठी-पत्री लिखना-बाँचना सीख लिया पर इससे आगे उनका भी जोर नहीं चला। आज वही किला फतह करके आ रहे हैं छोटे कुँवर। ठाकुर साहब ने इस मुबारक मौके पर अपनी थैली का मुँह खोल दिया है। सारा गाँव न्योता जाएगा और हवेली में काम करनेवालों की पूरी फौज को मुँहमाँगी बख्शीश दी जाएगी। माँग ले, जिसे जो माँगना हो। कोताही नहीं करेंगे ठाकुर साहब किसी को देने में।

अरे, मैं फिर ठाकुर साहब की ओर चालू हो गई। क्या करूँ, आजकल यह जो जड़ों की ओर लौटने की हवा चली हुई है, यही शायद मुझे बार-बार हवेली की ओर ले जाती है। अब यह तो जरूरी नहीं कि सबकी जड़ें झुग्गी-झोंपड़ियों में ही हों। हवेलियों-महलों में भी तो हो सकती हैं। जड़ों पर तो किसी का बस नहीं, मेरा भी नहीं। वैसे, इन हवेलियों और वहाँ की जिन्दगी से पूरी तरह नाता टूटे दो पीढ़ियाँ बीत चुकी हैं। यहाँ तक कि मैं तो वहाँ की भाषा भी भूल चुकी हूँ, तभी तो यह कहानी ही नहीं, पात्रों के संवाद तक मुझे हिन्दी में लिखने पड़ रहे हैं। आज तो मेरा सारा लगाव, सम्बन्ध और सरोकार महानगरों की झुग्गी-झोंपड़ियों और उनमें रहनेवाले लोगों से ही है। इसीलिए सच मानिए, कहानी मुझे भीमा कहार की ही लिखनी है। केवल लिखनी ही नहीं है, बल्कि अपनी कलम से उसकी रगों में जमे हुए नमक को खून में भी बदलना है—गरम-गरम खून में, जिसमें क्रान्ति की लपट उठ सके और उसे एहसास हो कि वह भी इनसान है—एक जीता-जागता इनसान और उसकी जिन्दगी पर उसका अपना अधिकार है, किसी ठाकुर-ठीकरे और हवेली का नहीं।

हाँ, तो अहाता तर करके भीमा कुएँ की जगत पर ही बैठ गया। उसका मन न कुछ खाने को कर रहा था, न घर जाने को। किसी भी समय कुँवर साहब की गाड़ी आ सकती है। सात समुन्दर पार से लौटकर कैसे हो गए होंगे कुँवर साहब? जहाँ और सब लोगों की दिलचस्पी बख्शीश की जोड़-तोड़ करने में लगी हुई है, भीमा का मन कुँवर साहब में अटका हुआ है। बड़े भाग थे उसके जो इत्ते बच्चों में मुनीम जी ने उसे चुना था कुँवर साहब की चाकरी के लिए। दद्दा-माँ ने सुना तो निहाल हो गए, माँ ने पत्थर से रगड़-रगड़कर उसके शरीर का दलिद्दर उतारा था और आँखों में काजल और सिर में तेल डालकर चाकरी के लिए तैयार कर दिया था। दद्दा सारे दिन हवेली में पानी भरते, पर पानी की बड़ी-बड़ी हौदियाँ और गाय-बैलों की नाँदें सब हवेली के बाहर थीं। माँ सारे दिन जूठे बरतन माँजती, गोबर थापती पर सब हवेली के बाहर। हवेली के भीतर तो आज तक किसी ने पैर तक नहीं रखा था। अब भीमा छोटे कुँवर की चाकरी में रहेगा, हवेली के भीतर, ऐसा भाग भीमा का।

भीमा को आज भी याद है, हिदायतों की कैसी तो झड़ी लगा दी थी दद्दा ने—"नजर हमेशा जमीन में गाड़कर रखना और कमर थोड़ी झुकाकर। काम कहें, उसके पहले ही दौड़ जाना करने के लिए। कान हमेशा खुले रखना और जबान हमेशा बन्द। कभी किसी चीज को हाथ मत लगाना।"

कैसी तो दहशत समा गई थी भीमा के मन में कि जब मुनीम जी के साथ जनानखाने के दरवाजे पर पहुँचा तो पाँव वहीं जम गए थे। मुनीम जी ने घसीटकर भीतर किया और कहा, "छोटे कुँवर जी, ये छोरा आपकी चाकरी में रहेगा आज से। आपके जित्ता ही आपका चाकर... " तो एक बार कुँवर जी को देखने की इच्छा जरूर हुई, पर हिम्मत नहीं पड़ी।

"क्यों रे छोरे, क्या नाम है तेरा?" के जवाब में ताला-ठुकी जीभ से शब्द नहीं निकल सके थे। बस, आँखों से आँसू टपक पड़े थे और डर से वह थरथराने लगा था।

कुँवर जी की धाय माँ ने उसे काम समझाया था। यों काम कुछ खास था भी नहीं। ऐन सवेरे ऊपर के कमरे से मास्टर जी जब नीचे के कमरे में आते तो दौड़कर उनका बस्ता ले आता और जितनी देर तक कुँवर जी पढ़ते, उनके पास बैठकर पंखा झलता। कुँवर जी के कहीं भी पसीना न आ जाए इसलिए वह इतनी जोर-जोर

से पंखा झलता कि उसका अपना शरीर पसीने से नहा जाता। पंखा झलते-झलते अनजाने ही कभी सरककर कुँवर जी की गद्‌दी से सट जाता तो दरवाजे पर बैठी धाय माँ घुड़कती—"अरे-अरे, इस कहार के छोरे को तो देखो, कुँवर जी की छाती पर ही चढ़ा चला आ रहा है!" और घसीटकर पीछे कर देती। वह बुरी तरह सहम जाता और जो ध्यान अभी तक पूरी तरह हाथ और पंखे पर ही टिका था, इस पर भी टिक जाता कि उसकी और कुँवर जी की दूरी बराबर बनी रहे।

पढ़ाई खत्म होते ही मास्टर जी ऊपर चले जाते तो भीमा जल्दी-जल्दी बस्ता समेट देता। धाय माँ कुँवर जी के हाथ में कलेवे की तश्तरी थमाती और वह जमीन में नजरें गड़ाए अगले आदेश की प्रतीक्षा में खड़ा रहता, पर आदेश उसे नहीं, धाय माँ को मिलता—"धाय माँ, इस छोरे को भी कलेवा दो ना", तो कृतज्ञता में लिपटा एक गद्‌गदाता भाव उसे ऊपर से नीचे तक नहला देता। बहुत मन होता कि ऐसी कृपा करनेवाले कुँवर जी को एक बार आँख उठाकर देख ले पर हिम्मत नहीं होती। धाय माँ ऊपर से ही आवाज लगाती—"किसनी, कमीनों की रोटी में से दो रोटी ला दे ऊपर।"

जब भी वह अकेला होता तो हिम्मत करके नजरें उठाकर चारों ओर देखता। ऐसी जादुई नगरी...ये सब क्या है, ऐसा भी होता है? शाम को कुँवर जी बाहर बगीचे में खेलने निकलते तो दौड़-दौड़कर उनकी गेंद ला देता। पेड़ के नीचे बने चबूतरे पर पढ़ने बैठते तो फिर पंखा झलने लगता। इस समय वह कुँवर जी का चेहरा देखने के लिए धीरे से सिर उठाने की कोशिश करता तो धाय माँ के अदृश्य हाथ उसकी खोपड़ी नीचे झुका देते।

लेकिन धीरे-धीरे यह सिलसिला खत्म हो गया और कुँवर जी बाकायदा उससे बातचीत करने लगे। अपनी कविता याद करते तो कहते—"ऐ छोरे, तू भी बोल।" पाठ याद करते तो अपनी किताब में से तसवीरें दिखाते। वह भौंचक भाव से कभी तसवीरें देखता, कभी कुँवर जी को। अब पढ़ाई के समय भी उसके हाथ मशीन की तरह चलते, पर ध्यान पंखे से हटकर मास्टर जी और कुँवर जी की बातों की ओर जाने लगा। इन लोगों की भाषा से भी उसकी थोड़ी-थोड़ी पहचान बनने लगी। मास्टर जी जब कविता याद करवाते तो मन-ही-मन वह भी बोलने की कोशिश करता। एक-दो शब्द बोल भी लेता, बिना अर्थ समझे।

रात को वह घर लौटता तो जमीन से दो इंच ऊपर होता। दद्दा और माँ को हवेली की बातें बताता तो उसका चेहरा गर्व से दिपदिपाता रहता और माँ-बाप का चेहरा पुलक-भरे सन्तोष से। लेकिन एक दिन दद्दा को चमत्कृत करने के लिए उसने बताया कि उसने भी कुँवर जी का पाठ सीख लिया है और एक कविता की टूटी-बिखरी पंक्ति सुनाने लगा तो दद्दा के हाथ का भरपूर झापड़ पड़ा उसके गाल पर—"मत मारी गई है रे तेरी। मालिक की बराबरी..."

"कुँवर जी ही तो याद कराते हैं रोज...बोलने को कहते हैं।" कनपटी की झनझनाहट को झेलते हुए उसने सफाई पेश की तो फिर एक झापड़—"अरे वो कराते हैं तो बड़प्पन है उनका, पर तू भी क्या अपनी औकात भूल जाएगा? भाग समझ अपना कि दया करके उन्होंने तुझे अपनी चाकरी में रखा और तू है कि ठाकरी करने चला..."

ठाकरी करने तो नहीं चला पर एक अजीब-सी इच्छा जरूर उसके मन में पंख फड़फड़ाने लगी कि कुँवर जी उसे नाम लेकर बुलाएँ...भीमा.. कि कभी कुँवर जी उसका हाथ पकड़ लें या कि वही कुँवर जी के कन्धे पर हाथ रख दे। जब भी कुँवर जी 'ऐ छोरे' कहकर बुलाते, अपने नाम की याद दिलाने के लिए उसके होंठ भी... भी...करके फड़फड़ाते, पर आवाज गले में ही कुन्द होकर रह जाती।

सर्दी आई और पंखा झलने का काम छूट गया तो भीमा ने अपना सारा ध्यान मास्टर जी और कुँवर जी की बातों पर लगा दिया। लय में बोली गई कविता की एक-दो पंक्तियों को याद करने के अलावा समझ में तो शायद ही कुछ आता पर इतना वह जरूर जान गया कि कुँवर जी कहीं जानेवाले हैं। एक दिन हिम्मत करके उसने कुँवर जी से पूछ भी लिया तो इतराते हुए कुँवरजी ने बताया कि वह जल्दी ही शहर जाएँगे। वहीं रहकर पढ़ेंगे। और फिर वह उसे शहर के बारे में तरह-तरह की बातें बताते। 'शहर' नाम से या उनकी बातों से शहर की कोई तसवीर भीमा के मन में नहीं उभरती पर यह बोध जरूर हुआ कि इस गाँव के बाहर भी कोई दुनिया है। पर वह कैसी है, कहाँ है, इसका कोई ओर-छोर वह कभी नहीं पा सका। हाँ, आजकल उसके सपनों में हवेली घूमा करती थी, हवेली की रंग-बिरंगी, अजब-अनोखी जादुई चीजें लेकिन आजकल वह देखता कि कुँवर जी 'भीमा...भीमा' कहकर उसे बुला रहे हैं...कि शाम को बगीचे में भायले की तरह उसके कन्धे पर हाथ रखकर उससे बातें कर रहे हैं। कुँवर जी के साथ वह जाने कहाँ-कहाँ घूम रहा है। सवेरे वह उठता

तो मन में न जाने कैसी पुलक और रगों में सनसनाहट महसूस होती, जैसे अभी तक की ठस रगों में एकाएक तेजी से कुछ बहने लगा हो! हालाँकि हकीकत में वह 'छोरा' ही रहा और उसका दायरा जनानखाने में बने कुँवर जी के कमरे और बगीचे से कभी नहीं बढ़ा।

सपने और सच के बीच डोलते-डोलते कब एक साल बीत गया, पता ही नहीं चला और एक दिन कुँवर जी ने बताया कि वह मास्टर जी के साथ शहर जा रहे हैं, अब वहीं रहकर पढ़ाई करेंगे यानी कि जो भी, जैसी भी हकीकत थी वह भी छिन जाएगी। जब तक कुँवर जी नहीं गए, वह रोज-रोज कितना रोया, गिड़गिड़ाया, पाँव पड़ा कि कुँवर जी उसे भी साथ ले चलें। वह रात-दिन उनकी चाकरी करेगा। कुँवर जी ने कहा, "ठीक है पहले मैं तो वहाँ चला जाऊँ, फिर तुझे बुला लूँगा।"

और जाने से पहले उन्होंने उसे अपनी किताब, स्लेट-पेन्सिल, तसवीर देते हुए कहा, "देख छोरे, किताब में से देख-देखकर स्लेट पर लिखना और जो भी सीखा सब याद करना, समझे?" और वे चले गए। लेकिन वह दिन-भर हवेली के बाहर ही चक्कर लगाता रहता। पता नहीं, कब कोई सन्देश आ जाए, कोई आदेश आ जाए! घर में आता तो कुँवर जी की दी हुई स्लेट पर कुछ आड़ा-तिरछा लिखने की कोशिश करता। उनकी दी हुई चीजों पर हाथ फेरता। उन चीजों पर हाथ फेर-फेरकर उसे लगता, जैसे वह भी कुँवर जी के साथ है! रात में सोता तो उस अनदेखे शहर के सपने देखता।

तीन महीने बीत गए पर न कोई सन्देश आया, न आदेश। हाँ, माँ रात-दिन हड़काती—"धींगड़ा हुआ, काम का न काज का!" और बाप जब-तब झपड़िया देते—"कावड़ सँभाल रे करमजले! तेरी रोटियों का क्या हिसाब दूँगा हवेली में?"

और आखिर में एक दिन गुस्से में आकर उसने स्लेट, पेन्सिल, किताब, तस्वीरें सबकी पोटली बाँधी और कुएँ में फेंक दी। घंटों वह वहाँ बैठा-बैठा रोया और आँसुओं के साथ इतने दिन के देखे सब सपने भी बहा दिए। दूसरे दिन उसने कन्धे पर वही छोटी कावड़ रख ली जो उसके बाप ने अपने बचपन में रखी थी। उसके बाद से उसकी जिन्दगी कुएँ से लेकर हौदियों तक सिमटकर रह गई। रगों में बहनेवाली वह सनसनाहट फिर से जमकर ठस हो गई।

क्यों उसे आज एक-एक बात याद आ रही है? कुएँ का सारा पानी खाली करने के बाद भी कुँवर जी की दी हुई चीजें तो नहीं निकलीं पर उनके साथ गुजारे

दिनों की एक-एक याद जरूर निकल आई।

तभी हवा में बन्दूक छूटी। नगाड़े बजने लगे। हवेली के दरवाजे पर भारी हलचल मच गई—"कुँवर जी आ गए, कुँवर जी आ गए!" कुँवर जी के स्वागत में दरवाजे की भीड़ दंडवत् की मुद्रा में लेट गई। भीतर से खील-बताशे और सिक्कों की बौछार होने लगी। भीमा उठा, पर ऐसे में क्या वह पास जा, कुँवर जी का चेहरा देखने की हिम्मत कर सकता है भला? थोड़ी दूर एक पेड़ के पीछे खड़े रहकर भी वह सिर उठाने की हिम्मत नहीं जुटा पा रहा है। कुँवर जी के जाने के बाद यह सिर जो झुका तो फिर कभी उठ नहीं सका। लेकिन आज उसे कुँवर जी का चेहरा देखना है। झटके से उसने सिर उठाया। अरे, ऐसा दिप्-दिप् चेहरा! ये कुँवर जी ही हैं! बाहर जाकर आदमी ऐसा हो जाता है? मंत्रमुग्ध-सा वह उन्हें देखता ही रहा। कुँवर जी तो भीतर भी चले गए पर वह चेहरा उसके मन में अँक गया।

रात में वह सोया तो उसके शरीर का पोर-पोर पिरा रहा था और मन का रेशा-रेशा एक अनचीन्ही व्यथा से तिलमिला रहा था। जाने किस आवेग में आकर उसने पास लेटे अपने छह साल के सोये हुए बेटे को बाँहों में भर लिया। उसका माथा सहलाने लगा। उसके शरीर पर हाथ फेरने लगा। जैसे ही उसकी हथेलियों पर हाथ फेरा, वह चौंक उठा। यह क्या, इसकी हथेलियों के पोर अभी से गुठलियों जैसे सख्त! वह झटके से उठ बैठा। ओह, ये तो उसकी अपनी हथेलियों के पोर हैं। बच्चे की हथेलियाँ तो वैसी ही नरम-मुलायम हैं। पर कब तक? घानी के बैल जैसी जिन्दगी, कावड़ कन्धे पर रखकर कुएँ से हौदियों तक की दौड़ लगाते-लगाते ही तो जिन्दगी बितानी है उसे भी...उसके बच्चे को भी। एक सर्द-सी आह उसके सीने से निकली और वह फिर लेट गया। धीरे-धीरे एक संकल्प आकार लेने लगा उसके मन में। उसे नहीं चाहिए हँसली-कड़े, घाघरा-लुगड़ा, धोती-मिरजई। कुछ नहीं, कुछ भी नहीं चाहिए उसे। बस, यही माँगेगा कि कुँवर जी उसे तो नहीं ले गए पर अब उसके बेटे को शहर ले जाकर पढ़ा-लिखा दें, आदमी बना दें। पाँच पीढ़ियों की लीक तोड़कर अपने बेटे से कुछ अलग करवाने की कल्पना से ही वह थरथरा उठा। एकाएक ही उसे लगा, जैसे नमक जमी उसकी ठंडी-ठस रगों में कुछ बहने लगा है—गरम-गरम, जिसकी ऊष्मा ने धीरे-धीरे उसके थके शरीर को सुला दिया—एक गहरी नींद!

मर्दानखाने के बाहरवाले छोटे अहाते में माँगनेवालों की लाइन लगी है। ऊँचे चबूतरे पर शामियाने के नीचे एक ओर मुनीम जी बैठे हैं, अपने बही-खाते लेकर। बीच में ऊँची चौकी पर ठाकुर साहब और कुँवर जी बैठे हैं। अहाते से चबूतरे पर पहुँचने के लिए छह सीढ़ियाँ बनी है, हर सीढ़ी पर एक-एक आदमी खड़ा है। नाम की गुहार होते ही छठी सीढ़ीवाला हाथ जोड़े, कमर दोहरी किए चबूतरे पर चढ़ता है और नीचे की सीढ़ियोंवाले एक-एक सीढ़ी ऊपर। फरमाइश पूछे जाने पर सहमी आवाज और दबी जबान से वह अपनी माँग रख देता है और ठाकुर साहब के 'मंजूर' कहते ही 'घणी खम्माँऽऽ', 'घणी खम्माँऽऽ' कहता हुआ जमीन पर लोट जाता है। मुनीम जी उसका नाम और माँगी हुई चीज अपने खाते में टीप लेते हैं, फिर अगला नाम।

लाइन में धीरे-धीरे सरकते हुए भीमा अपना संकल्प दोहराए जा रहा है। कहीं जबान न लड़खड़ा जाए, शब्द न गड़बड़ा जाएँ। नहीं, कुछ नहीं होने देगा वह आज। बरसों बाद तो आज वह अपनी ठंडी-ठस रगों में कुछ बहता हुआ महसूस कर रहा है। सीढ़ियों तक आते-आते हाथ भले ही उसके जुड़ गए पर लग उसे यही रहा है, जैसे उसकी मुट्ठियाँ भिंची हुई हैं, छठी सीढ़ी तक पहुँचते ही कमर भी उसकी झुककर दोहरी हो गई पर महसूस वह यही कर रहा है जैसे उसका सारा शरीर तना हुआ है।

"माँगो क्या चाहिए तुम्हें?" ये भाषा, ये आवाज तो कुँवर जी की है। ऊपर से नीचे तक सिहर उठा वह।

"ये वो ही भीमा है कुँवर साहब, जिसने बचपन में एक साल तक यहाँ आपकी चाकरी की थी। याद है आपको?"

"अच्छाऽऽ, वो छोरा!" सुनने के लिए भीमा का रोम-रोम सजग हो उठा। साँस रोककर बुत बना-सा वह प्रतीक्षा करने लगा। शायद याद कर रहे हैं। अगर याद आ गया तो? एक पुलक-भरी सिहरन उसे ऊपर से नीचे तक सहला गई; पर उधर से कोई आवाज नहीं आई। निपट सन्नाटा! एकाएक सन्नाटे-भरे उस माहौल की दहशत उसके मन में समाने लगी। इतनी देर से शरीर में वह जिस कड़क को महसूस करता रहा था, वह ढीली पड़ गई। सोचे हुए सारे शब्द गड़बड़ा गए और उसे लगा, जैसे उसकी हथेलियों की गाँठें उसकी जीभ पर लिपट गई हैं।

"गूँगे ठूँठ-सा क्या खड़ा है, माँग न..." ठाकुर साहब की फटकार-भरी दहाड़ ने सारे माहौल को थरथरा दिया। उसके पैर तो इतनी बुरी तरह लड़खड़ाए कि वह

अपने को सँभाल ही नहीं पाया और बिना कुछ माँगे-पाए ही 'घणी खम्माँऽऽ', 'घणी खम्माँऽऽ' कहते हुए जमीन पर लोटकर पत्ते की तरह काँपने लगा।

लो, मेरे सारे सोच-संकल्प और प्रयत्न की ऐसी की तैसी करके भीमा तो फिर ठाकुर साहब के चरणों में जा लेटा। नहीं-नहीं, लगता है, मुझसे ही कहीं चूक हो गई। शायद अन्त गलत हो गया। ठीक है, मैं अन्त ही बदल देती हूँ।

"यो वो ही भीमा है कुँवर साहब, जिसने बचपन में एक साल तक आपकी चाकरी की थी।"

मुनीम जी की यह बात सुनते ही उनके प्रति कृतज्ञता से भर उठा भीमा। 'अच्छाऽऽ, वो छोरा!' सुनने के लिए उसका रोम-रोम सजग हो उठा। साँस रोककर बुत बना-सा वह प्रतीक्षा करने लगा। इत्ते बरसों बाद कहाँ याद होगा वो छोरा... उसकी चाकरी, पर तभी...

"वो भीमा, जो मेरा बस्ता लाया करता था?" कुछ याद करते-से कुँवर जी बोले।

भीमा...कुँवर जी उसे नाम से बुला रहे हैं, भीमा कह रहे हैं। पुलक उठा भीमा।

"क्यों रे, तू तो मेरे साथ गेंद भी खेला करता था न?" कुँवर जी को जैसे सबकुछ याद आने लगा—"मुनीमजी, देखो, यह जो कुछ भी माँगे उसके अलावा इसे मेरी तरफ से भी कुछ जरूर देना, उन दिनों तो दोस्त था यह मेरा।"

"दोस्त...भायला!" यह कुँवर जी कह रहे हैं उसके लिए...ऐसा हेत! जाने कैसा तो आह्लाद-भरा आवेग उमड़ा भीमा के मन में कि वह अपने को सँभाल ही नहीं पाया और अपना सोचा-चाहा माँगने के बजाए गदगदाते हुए कुँवर जी के चरणों में लोटकर 'घणी खम्माँऽऽ', 'घणी खम्माँऽऽ' की गुहार लगाने लगा।

ओफ! कुछ नहीं हो सकता...पाँच पीढ़ियों से जिसकी रगों में हवेली का नमक बह रहा है, उसके लिए कोई कुछ नहीं कर सकता...!

आकाश के आईने में

कभी मित्र लोग जब 'तीसरे सदस्य' का मजाक करते, तो जाने क्यों उसका मन एक अव्यक्त-से बोझ से दबने लगता...इस बात को वह महज मजाक में नहीं ले पाता। पर इस समय उसके मन में सामने बैठी लेखा पर जाने कैसा प्यार उमड़ने लगा...कितनी कमजोर हो गई है बेचारी! कितना परिश्रम किया है...।

"शिप्रा के स्कूल की बात सुनकर मुझे कितनी खुशी हो रही है, मैं बता नहीं सकती। क्यों न हम लोग आज ही उसके यहाँ चलें?" प्लेट में नाश्ता लगाकर दिनेश की ओर बढ़ाते हुए लेखा ने कहा।

"चलो।"

"हिम्मतवाली लड़की निकली, आखिर स्कूल खोल ही लिया। मुझे तो आज भी वह दिन याद आता है, जब हेमेन्द्र से अलग होकर वह बीनू की गोद में सिर रखकर फूट-फूटकर रोई थी। जाने क्यों, उस दिन लगा था कि बस, अब यह जिन्दगी-भर यों ही रोती-बिलखती रहेगी। पर कितनी जल्दी सँभाल लिया उसने अपने-आपको...।"

"मैं अन्दर आ जाऊँ लेखा जी?" परदा हटाकर चमकते दाँतों की एक झलक मारते हुए सुषमा ने पूछा।

"अरे, आओ...आओ!" लेखा ने बिन कुर्सी से उठे ही स्वागत किया।

खिड़की के सामने के कमरे की ओर झाँकते हुए दिनेश ने पूछा, "क्या बात है, आज महिम अभी तक नहीं लौटा क्या?"

महिम सामने के कमरे में ही रहता है। इधर जब-जब सुषमा उससे मिलने आई है, तो उससे मिलकर ही चली गई है, दिनेश के पास नहीं आई। उसी का उलाहना दिनेश ने दिया, तो सुषमा झेंप गई।

"वाह, आप तो ऐसे कह रहे हैं जैसे उनके रहने पर मैं आपके पास आती ही नहीं।"

लेखा ने जरा छेड़ने के लहजे में कहा, "आती तो नहीं है आजकल, पर खैर, तुझे दोष नहीं देंगे...यह उमर ही ऐसी होती है।" फिर नए प्याले में चाय डालते हुए पूछा, "और सुना, घर की क्या खबर है?"

"घर की?" और सुषमा दो मिनट को चुप हो गई। फिर मेज पर ही नजरें टिकाए बोली, "हमने अपनी शादी की तारीख तय कर ली है और मैंने कल घर में सबको बता दिया है।"

"ओ होऽऽ, यह बात है! तब तो मुबारक हो सुषमा! लो, इस खुशी में मैं मिठाई की जगह एक चम्मच चीनी ही खा लेता हूँ।" और हँसते हुए दिनेश ने सचमुच ही एक चम्मच चीनी फाँक ली।

"घरवाले मान गए अब तो?" लेखा ने सुषमा के चेहरे पर छाई हलकी-सी उदासी को लक्ष्य करके पूछा।

"कल से ही घर में कोहराम मचा हुआ है। पिता जी गुस्से से बावले हुए घूम रहे हैं और अम्मा ने रो-रोकर सारा घर सिर पर उठा लिया है।"

"अरे, वह सब ठीक हो जाएगा...शुरू में सब ऐसे ही करते हैं।" खाली प्याला दिनेश ने लेखा के सामने सरका दिया।

"हाँ, ठीक तो हो ही जाएगा, पर इस समय घरवाले भी साथ देते तो..." बरबस ही आँखों में आए आँसुओं को पीते हुए सुषमा ने कहा, "पिछले तीन साल से मैं केवल घरवालों के लिए ही मर-खप रही हूँ। नौकरी के साथ दो-दो ट्यूशन करके मैंने घर का सारा खर्च चलाया। अब पिंकी ने बी.ए. पास कर लिया, तो अपनी बात सोचना शुरू किया। पर इन लोगों से इतना भी नहीं होता कि मेरी हँसी-खुशी में साथ दें।" सुषमा रुकी। दिनेश उसे तसल्ली देने के लिए कुछ कहने जा ही रहा था कि उसने फिर शुरू कर दिया—"इन लोगों के खयाल से मैं बहुत सुन्दर हूँ। पढ़ी-लिखी तो हूँ ही, सो ये सोचते हैं कि इस आधार पर तो ये मुझे बड़ी आसानी से किसी सम्पन्न परिवार में ब्याह सकते हैं—ऐसे परिवार में जहाँ जाकर मैं छोटी बहन का बोझ अपने ऊपर ले सकूँ। पर मेरी समझ में नहीं आता कि वे..." और आवेश में आकर उसने अपना होंठ काट लिया।

"हम लोग करेंगे तुम्हारी शादी, तुम चिन्ता क्यों करती हो? दुनिया-भर की हिम्मत तुममें है और इस बात पर यों घबरा रही हो, धत्त तेरे की!" दिनेश ने सारी बात को कुछ ऐसे हल्के ढंग से उड़ा दिया, मानो कोई बात नहीं, "लेखा, आज तो मिठाई मँगवाओ तुम इसी खुशी में।"

"कौन-सी तारीख तय की?" लेखा ने नौकर को रुपये देते हुए पूछा।

"तेईस अप्रैल! बस, अब तो दस दिन ही बाकी रह गए हैं।" कुछ लजाते हुए सुषमा बोली।

"महिम ने हमें नहीं बताया। यों रोज ही घंटों बैठकर गप्पें मारेगा और इतनी जरूरी बात पी गया।" दिनेश ने एक बार फिर बाहर की ओर झाँका। सामने महिम के कमरे में अभी भी ताला लटक रहा था—"अभी तक लौटे ही नहीं हैं हजरत!"

मिठाई की प्लेट सुषमा की तरफ बढ़ाते हुए दिनेश ने कहा, "कल शिप्रा के स्कूल का उद्घाटन है, वहीं बैठकर तुम्हारी शादी की व्यवस्था भी कर देंगे। लो, इसी बात पर मिठाई खाओ।" सुषमा गुलाबजामुन तोड़ने लगी तो रोकते हुए बोला, "नहीं-नहीं, तोड़कर नहीं, पूरा का पूरा उठाकर खा जाओ।"

सुषमा ने गुलाबजामुन मुँह में भर लिया, तो उसके दोनों गाल फूल गए। रूमाल सामने लगाकर उसने जैसे-तैसे उसे निगल लिया।

"हाँ, ऐसे!" हँसते हुए दिनेश ने कहा, "अब जरा हँस भी दो। शादी की बात भी कोई ऐसे रोकर सुनाता होगा। हँसो, हँसो..."

सुषमा हँस दी।

"कोर्ट में अर्जी तो दे ही दी होगी?"

"हाँ, कल ही दे दी।"

"बस, तब क्या! गवाहों की कोई कमी नहीं है और सब मित्र लोग मिलकर एक पार्टी कर देंगे, हो गई सुषमा की शादी। बोलो, अब किस बात की चिन्ता है?"

"सुहागरात का कमरा मैं सजा दूँगी!" हँसते हुए लेखा ने कहा तो सुषमा के गालों में एकाएक ही गुलाब खिल आए।

शिप्रा के स्कूल के उद्घाटन पर जब लेखा पहुँची, तो उसपर जैसे स्नेह-भरे उलाहनों की बौछार-सी हो गई।

"ओ हो! धनभाग हमारे लेखा, जो तुम आई हो! वरना आजकल तो तुम्हारे दर्शन भी दुर्लभ हो गए हैं।" कुर्सियाँ जमाते हुए बीनू बोली।

लेखा हल्के से मुस्कराई, तो गालों की हड्डियाँ कुछ और उभर आईं और आँखों के पास की झुर्रियाँ कुछ अधिक स्पष्ट, अधिक गहरी हो उठीं।

"कौन? लेखा जी आई हैं क्या?" स्टूल पर खड़ा तसवीर टाँगता वर्मा घूमा और दोनों हाथ जोड़कर प्रणाम की मुद्रा में खड़ा हो गया—"चलिए, इसी बहाने आपसे मुलाकात तो हुई! क्या बताएँ, आपने तो हम सब 'मित्तर' लोगों को इस बेरहमी से काट दिया है कि बस!" और उसने हँसते हुए एक हथेली पर दूसरी हथेली का आरा चला दिया।

तभी दिनेश माथे का पसीना पोंछता हुआ घुसा—"क्या गर्मी है कम्बखत! हवा का कहीं नाम तक नहीं!" और धम्म से ठीक पंखे के नीचेवाली कुर्सी पर बैठ गया।

"क्यों रे दिनेश, लेखा जी को खाना-वाना भी देते हो या नहीं? क्या हड्डियाँ-हड्डियाँ निकल रही हैं!" स्टूल से नीचे उतरकर वर्मा दिनेश के पीछे जा खड़ा हुआ और अपनी लगाई हुई तसवीर देखने लगा।

"क्यों! कैसी लग रही है यह तसवीर?"

"एक्सीलेंट!" दिनेश ने सिगरेट का धुँआ छोड़ते हुए कहा और फिर काम में लगे हुए लोगों पर एक सरसरी-सी नजर डालते हुए पूछा, "शिप्रा जी कहाँ हैं?"

दिनेश की बगलवाली कुर्सी पर बैठते हुए वर्मा ने कहा, "वे कुछ सामान खरीदने गई हैं, आती ही होंगी।" और सिगरेट निकालकर सुलगाने लगा।

"तुम्हारी कम्पनी का क्या तय हुआ?" दिनेश ने पूछा, तो दो क्षण वर्मा चुप ही रहा, फिर धीरे से बोला, "तय हो गया है कि जून में बन्द हो जाएगी!"

"तब?"

"क्या बताएँ यार, बड़ी मुसीबत है। इस उमर में नई नौकरी ढूँढ़ना, नए सिरे से जमना...सोचता हूँ तो मेरी कुछ समझ में ही नहीं आता!"

"कोशिश तो कर ही रहे होगे...कहाँ-कहाँ बात चल रही है?"

"चल तो रही है दो-तीन जगह...कई जगह अर्जियाँ भी दे रखी हैं, पर मन लायक बात अभी कहीं नहीं है।" वर्मा के स्वर में चिन्ता-सी उतर आई—"दो-दो

बच्चों की जिम्मेदारी, फिर रहन-सहन के स्टैंडर्ड भी जो बन गए, घटाए नहीं जा सकते। सबसे बड़ी मुसीबत तो यह है कि दो महीने भी बिना काम के बैठना पड़ गया तो खाएँगे क्या...? हालत तो तुम जानते ही हो।"

जाने क्यों दिनेश को लगा कि इस समय यह प्रसंग छेड़कर उसने अच्छा नहीं किया। वह चुप हो गया। वर्मा सिगरेट पीता रहा।

मंच के सामने अल्पना बनाते हुए प्रीति बोली, "लेखा, तुम तो सचमुच बहुत ही कमजोर हो गई हो। अरे, हम लोगों से मिलना-जुलना छोड़ दिया तो छोड़ दिया, पर अपनी सेहत का तो खयाल रखा करो।"

"क्या करूँ, कुछ तो यहाँ ही आबहवा की ऐसी है। न खुली न साफ हवा मिलती है, न अच्छा खाने-पीने को। फिर इधर कुछ..."

लेखा की बात को बीच में ही काटकर मेहरा बोला, "अरे साहब, कॉलेज और घर के काम के साथ-साथ दो साल में थीसिस लिख डालना कोई सरल काम है क्या? हम तो आपकी लगन और परिश्रम की दाद देते हैं लेखा जी!"

सभी ने इस बात को महसूस किया कि मेहरा के लहजे में लेखा की प्रशंसा कम और प्रीति के निकम्मेपन पर आरोप ज्यादा थे।

प्रीति खून का घूँट पीकर रह गई। वह जानती है कि जबसे उसने स्कूल छोड़ा है, मेहरा उसे जब-तब यों ही ताने सुनाया करता है। उससे घर का और स्कूल का काम साथ-साथ नहीं होता तो वह क्या करे! नौकरों का तो यह हिसाब है कि चार दिन रहते हैं, तो आठ दिन गायब। फिर वह लेखा की तरह अकेली भी नहीं कि चाहे जैसे रह लिए, चाहे जैसा खा लिया। सास-ससुर के साथ रहती है। घर के काम में जरा-सी कसर हुई नहीं कि महाभारत मच जाता है। हारकर उसने नौकरी छोड़ दी तो अब मेहरा नाराज! उसकी आय भी घर का एक सहारा थी, पर वह क्या करे...यह दोहरी मेहनत उससे नहीं होती। वह काम करती थी, तब भी खुश नहीं थी, छोड़कर और दुःखी हो गई। मेहरा के मन में यह भाव है कि वह उसके माता-पिता के साथ रहने से प्रसन्न नहीं है। बात कुछ हद तक ठीक भी है और इसीलिए मेहरा उससे खिंचता चला जा रहा है। दिनों-दिन बढ़ते इस तनाव को वह स्वयं महसूस कर रही है पर नहीं जानती, कैसे इस तनाव को दूर करे।

दोनों हाथों में ढेर सारे रजनीगन्धा के फूल और दो आदमियों के सिर पर कोकाकोला की पेटियाँ लदवाए शिप्रा घुसी।

"शिप्रा जी, लीजिए, सब तैयार है। देखिए, देखकर पास कर दीजिए और मेहनताने के रूप में कोकाकोला की एक-एक बोतल इधर बढ़वा दीजिए। क्या गर्मी पड़ रही है कम्बख्त! गला एकदम सूख गया है।" वर्मा ने फरमाइश की। शिप्रा हँसी। उसने पेटियों में से बोतलें निकालकर एक-एक के हाथ में थमाना शुरू किया और बोली, "मैं तो आप लोगों के भरोसे एकदम ही निश्चिन्त हूँ, वर्मा भाई!" और फिर सरसरी-सी नजर सारे हॉल पर डाली...सारा हॉल जगमगा रहा था। शिप्रा का अपना मुख भी जैसे चमकने लगा। तभी उसकी नजर कोने पर बैठी लेखा पर पड़ी। "अरे, तू आ गई लेखा? तुझसे तो मुझे इतनी लड़ाई करनी है कि बस!" और आगे बढ़कर हाथ के सारे फूल उसकी गोदी में पटककर बोली, "ले चल, फूल लगा सब।"

लेखा फूल लेकर उठी तो शिप्रा उसी कुर्सी पर बैठ गई।

दिनेश ने हँसते-हँसते कहा, "शिप्रा जी, कल मुझे तो आप फोन पर इस कदर डाँट रही थीं...अब लड़िए न लेखा से?"

शिप्रा कुछ कहती, उसके पहले ही लेखा बोल पड़ी, "एक महीने बाद तेरे स्कूल की ड्यूटी बजाया करूँगी शिप्रा! बस, एक महीने और रुक जा।"

"एक महीने बाद तेरी यह घुलती काया रह भी जाएगी, मुझे इसी में सन्देह है...क्या सूरत बना रखी है!" एकटक लेखा की ओर देखते हुए शिप्रा बोली।

दिनेश ने देखा, लेखा के गालों और गले की हड्डियाँ बेहद उभर आई हैं। नहीं, अब ऐसे नहीं चलेगा।

बातचीत के सारे प्रसंग को अपने पर से हटाने के उद्देश्य से लेखा ने सबको सम्बोधित करते हुए कहा, "आप लोगों को पता है, सुषमा और महिम इसी तेईस तारीख को शादी कर रहे हैं?"

"सच! तारीख तय कर ली? गुड।" वर्मा ने कोकाकोला की बोतल से घूँट सिप करके बोतल को एक ओर सरकाते हुए कहा।

"बात तो उससे कल ही हुई थी...आज के प्रोग्राम में उसका गाना जो है। पर कल तो उसने कुछ नहीं बताया। अभी तक वह आई भी नहीं।" और शिप्रा ने घड़ी देखी—"खैर, अभी तो समय है। घरवाले उसकी शादी नहीं कर रहे...सो यह पुण्य कार्य भी हम लोगों को ही करना है। मैंने उसे कह दिया है कि तू निश्चिन्त रह, हम लोग तेरी शादी कर देंगे। पार्टी के लिए चन्दा भी कर लेंगे। बस, और करना ही क्या है!"

"कांग्रेचुलेशन्स शिप्रा जी!" चिल्लाते हुए माथुर और मीना ने प्रवेश किया।

"आओ माथुर! यार, तुम बड़े उस्ताद हो। काम के समय तुम्हारा कहीं पता ही नहीं चलता। बस, मेहमान की तरह चले आ रहे हैं!" देखते ही वर्मा चिल्लाया।

"शागिर्दों को भेज तो दिया था पहले ही काम करने के लिए। देखो, सब काम हो गया!" और पंखे के नीचेवाली कुर्सी पर बैठकर रूमाल से पसीना पोंछने लगा, तो वर्मा ने पीठ पर धौल जमाते हुए कहा, "इन्हें पसीना आ रहा है! काम-धाम कुछ किया नहीं और पसीना सुखा रहे हैं!"

"शिप्रा जी, कोई आदमी भेजिए हारमोनियम उतारने के लिए।" बाहर से ही चिल्लाती हुई सुषमा घुसी। उसने हल्के गुलाबी रंग की साड़ी और उसी रंग का ब्लाउज पहन रखा था।

"बड़ी पिंकी बनकर आई है!...सुना, तू बड़ी जल्दी मिठाई खिला रही है?... अकेली कैसे है? महिम को कहाँ छोड़ आई?"

बिना एक भी प्रश्न का उत्तर दिए सुषमा नौकर को लेकर बाहर चली गई।

"आज तो इसका चेहरा ही बदला हुआ है। कल आई थी तो बात-बात पर जैसे आँखें भर-भर आ रही थीं। लगता है..."

गाने की एक कड़ी गुनगुनाती सुषमा घुसी, तो दिनेश के अधूरे वाक्य पर विराम लग गया।

"शिप्रा जी, यदि आप अनुमति दें, तो एक घंटे को जरा घूम आएँ। प्रोग्राम शुरू होने के ठीक आध घंटे पहले पहुँच जाएँगे। यहाँ बैठे-बैठे तो दम घुटा जा रहा है।" दिनेश ने पूछा।

"बाहर की हालत तो और भी बदतर है। यहाँ कम-से-कम पंखे तो हैं। टैक्सी के लिए इन्तजार करने में मेरी तो जान ही निकल गई...! आज तो बला की गर्मी है...हवा एकदम बन्द!" सुषमा के ललाट पर पसीने की बूँदें एक-दूसरे से मिलकर धारा के रूप में बहने लगी थीं।

"पंखे...पंखे...चौबीस घंटे पंखों के नीचे रहते-रहते मेरा तो सिर भन्ना जाता है कम्बख्त!" दिनेश शायद सबसे अधिक कष्ट पा रहा था।

"अरे, कलकत्ता की यही तो विशेषता है!" और सुषमा एकाएक ऊँचे स्वर में गा उठी—

शोनो बन्धु शोनो प्राणहीन ऐ शहरेर इतिकथा
इँटेर पांजोड़े लोहार खाँचाय दारुण मर्म व्यथा
एखाने आकाश नाइँ, एखाने बाताश नाइँ
एखाने अन्धगलीर नरके मुक्तिर व्याकुलता...

और सभी उसके स्वर में स्वर मिलाकर गाने लगे—"एखाने आकाश नाइँ, एखाने बाताश नाइँ..." सारा हाल संगीत से गूँज उठा और सारी घुटन और बेचैनी स्वर-लहरियों पर थिरक-थिरककर इधर-उधर बिखरने लगी।

उद्घाटन-समारोह समाप्त होने पर लेखा लौटी, तो वह बेदह थक गई थी। बिना कपड़े बदले वह ज्यों-की-त्यों पलंग पर जा पड़ी। दिनेश उसके सिरहाने बैठकर दो क्षण तक उसके क्लान्त चेहरे को देखता रहा। पसीने से सारा पाउडर पुँछ चुका था और एक अजीब-सी चिपचिपाहट चेहरे पर छाई हुई थी। बड़े स्नेह से लेखा के सिर को सहलाते हुए दिनेश ने कहा, "लेखा, आज तो मुझे एकाएक ही लग रहा है कि तुम बहुत कमजोर हो गई हो। देखो तो हड्डी-हड्डी निकल रही है! पिछले छह-सात महीने के परिश्रम ने तुम्हें तोड़ दिया है। सोचता हूँ, तुम कुछ दिनों को बाहर चली जाओ।"

लेखा धीरे से मुस्कराई! दिनेश के याद आया, मुस्कराती लेखा कभी कितनी आकर्षक लगती थी और अब...

"पहली मई से तुम्हारा कॉलेज बन्द हो रहा है...बस, उसी दिन चली जाओ। मैं भी छुट्टी के लिए अप्लाई कर देता हूँ। जैसे ही छुट्टी मंजूर होगी, आ जाऊँगा।"

"पागल हो गए हो? आज सबने कह दिया तो तुम्हें बस..."

"अरे, कह क्या दिया? मुझे क्या दिखाई नहीं देता?" और एक बार दिनेश ने लेखा की आँखों के पास पड़े गड्ढों को छूकर देखा...चेहरे पर पड़ी हुई झुर्रियों को महसूस करके देखा।

"सोचता हूँ, न हो तुम कुछ दिनों को घर ही चली जाओ। अम्मा भी बड़ी खुश होंगी, और वहाँ की तो आबहवा ही ऐसी है कि एक बार मुर्दा भी जी उठे। छुट्टी मंजूर होते ही मैं भी पहुँच जाऊँगा। कुछ समय सबके साथ रहकर फिर हो सका तो हम लोग थोड़े दिनों के लिए कहीं पहाड़ पर चले जाएँगे।"

"अब थोड़ा-सा काम बचा है इसे कर लेने दो न?"

"नहीं...नहीं, अब मैं कुछ नहीं सुनूँगा। अब ऐसा क्या काम है जिसके लिए यहाँ रहना जरूरी है? टाइप किए हुए चैप्टर वहाँ बैठकर भी रिवाइज किए जा सकते हैं। मैं कल ही बाबू जी को लिख दूँगा...सुरेश और रमेश को भी लिख दूँगा। तुम्हारी सारी व्यवस्था कर देंगे वे लोग। पहली तारीख को तुम्हें जाना ही है।"

गाड़ी जब प्लेटफार्म पर पहुँची, तो सूरज डूब चुका था। सारे आसमान पर सोने में घुली सिन्दूर पुत रही थी और वातावरण में सुनहरी आभा छाई हुई थी। लेखा ने खिड़की से सिर निकालकर देखा, उसकी उत्सुक आँखें रमेश और सुरेश को खोज रही थीं। रेंगती गाड़ी, आठ-दस अजनबी चेहरे, दो-चार कुली, प्लेटफार्म की मामूली-सी चहल-पहल। गाड़ी ठहरने के बाद भी लेखा कुछ देर तक खिड़की में से ही झाँककर देखती रही, पर किसी भी परिचित को न देखकर उसने स्वयं कुली को बुलाकर सामान उतरवाया।

लेखा को लिये हुए ताँगा चरमर-चरमर करता खेत-खलिहानों से गुजर रहा था। ऊपर दूर-दूर तक फैला नीला-चमकीला आसमान और नीचे हरे-भरे मैदान, पेड़ों के झुरमुट, छोटे-छोटे पोखर—पोखरों में नहाते नंग-धड़ंग बच्चे। कहीं ट्राम-बस, हल्ला-गुल्ला, शोर-शराबा नहीं। उसे गरियाहाट चौराहे की याद हो गई—गति...गति...गति। वहाँ की अविराम गति को देखकर लेखा को कभी-कभी चक्कर-सा आने लगता था। उसने फिर चारों ओर देखा। मन को डुबो देनेवाली शान्ति और क्लान्त-थके दिमाग को सहला देनेवाले दृश्य। अमलताश और गुलमोहर के पेड़ों की फूलों से लदी टहनियाँ ताँगे की छत को छू-छूकर लेखा की अगवानी कर रही थीं।

चाची आ गई...चाची आ गई...के शोर में ही लेखा घुसी। सिर पर पल्ला ओढ़ते हुए उसने अम्मा और भाभी के पैर छुए।

"बहू, तुम्हारा तो तार कोई दो बजे मिला, पर न घर में सुरेश न रमेश। मैं तो इन निगोड़ों के मारे ऐसी परेशान हूँ कि क्या बताऊँ!"

साड़ी के पल्ले से ही हाथ पोंछती हुई गौरा रसोई से निकली—"नमस्ते भाभी!" लेखा ने बड़े दुलार से गौरा की पीठ पर हाथ फेरा, पर उसे लगा, जैसे गौरा

पहले से कहीं बहुत बदल गई है। चेहरे पर न वह चमक है, न कान्ति। रूखे-बिखरे केश, मटमैली-सी साड़ी और कान्तिहीन चेहरा।

"तुम्हें तकलीफ तो नहीं हुई, बहू? तुम्हारे बाबू जी सुनेंगे तो दोनों की हड्डी-पसली एक कर देंगे।"

"नहीं अम्मा, तकलीफ कैसी! सीधा तो रास्ता है।"

"यही तो तुम पढ़ी-लिखियों का आराम है। हम जैसे हों, तो वहीं टेसुए बहाने लगें।"

लल्ला-बिट्टू ने मिलकर सामान भीतर रख दिया। गौरा ने चूल्हे पर से दाल उतारकर चाय का पानी चढ़ा दिया। लेखा सबके स्वागत और स्नेह को सिर-आँखों पर झेलती आँगन में बिछी खाट पर बैठ गई। आँगन के किनारे-किनारे पेड़ लगे थे और उनकी टहनियाँ हिल-हिलकर पंखा झल रही थीं। गर्मी या उमस का कहीं नाम तक नहीं था।

"भैया की छुट्टी कब तक मंजूर होगी, बहू?" अम्मा ने पूछा।

"दरख्वास्त तो दे दी...देखिए, कब मिलती है।"

"और तुमने ये हड्डी-हड्डी क्यों निकाल रखी हैं? दो जनों का तुम्हारा परिवार, ऐसा क्या काम रहता है तुम्हें भला जो यों बुढ़ापा आ गया? देखो तो, क्या सूरत बना रखी है!"

"काम तो कुछ नहीं, पर वहाँ की आबहवा ही कुछ ऐसी है अम्मा कि..."

"तभी तो हम कहे हैं भाई कि यहीं रहो।" बात को बीच में ही काटकर अम्मा बोलीं, "क्या फायदा तुम्हारी कमाई का! यहाँ जो रूखा-सूखा मिले, सो ही खाओ। दोनों जने कमाते हैं और सूरत तो देखो, जैसे छह महीने से रोटी नहीं मिली हो! भैया को देखो, वे तो आधे रह गए। यहाँ का तो पानी भी दूध की तरह गुनकारी है।"

लेखा केवल मुस्कराई, पर जरा दूर बरामदे में बैठी तरकारी काटती हुई भाभी बोलीं, "कलकत्ता के सैर-सपाटे छोड़कर कौन इस घनचक्कर में फँसेगा। यह तो हमारे ही खोटे भाग हैं जो रात-दिन कोल्हू के बैल की तरह पिले रहते हैं?"

भाभी के स्वर की तल्खी और आक्रोश से लेखा अवाक्-सी रह गई। उसने बड़े झिझकते हुए अम्मा के चेहरे की ओर देखा।

तभी आँगन का पिछला दरवाजा खोलकर अपने साल-भर के लड़के को गोदी में लटकाए हुए चाची ने प्रवेश किया।

"आ गई क्या बहू?"

लेखा ने चट से उठकर चाची के पैर छुए पर घर के और लोगों के चेहरों पर आए उपेक्षा भाव ने स्पष्ट कर दिया कि उनका आना वहाँ किसी को अच्छा नहीं लगा।

"आइए, बैठिए चाची जी!" थोड़ा साहस करके लेखा ने आग्रह किया। चाची और अम्मा के झगड़े की बात उसे मालूम थी, फिर भी...

"मैं तो सिर्फ तुम्हें देखने चली आई थी। भैया ने तो मुझे कभी पराया नहीं समझा। खा-पी लो तो तुम ही कुछ देर उधर आना।" और वे वैसे ही लौट पड़ीं। जब तक दरवाजा बन्द नहीं हो गया, अम्मा की कुपित दृष्टि उनका पीछा करती रही।

घर के सब लोग लेखा के सामान के चारों ओर ही मँडरा रहे थे। उसने उठकर बक्सा खोला। वह सभी के लिए कुछ-न-कुछ लाई थी। अम्मा, भाभी, चाची और गौरा के लिए साड़ियाँ, बच्चों के लिए खिलौने, सुरेश और रमेश के लिए पेन...

चाची वाली साड़ी अम्मा ने अपनी ओर सरकाकर कहा, "कोई जरूरत नहीं है उसे देने की। पहले ही मेरा तो सारा घर खाए बैठी है चुड़ैल! मुकदमेबाजी कर रही है हम पर—उस तहसीलदार के साथ मिलकर। ऐसे लक्षण हैं, तभी तो छोड़ रखा है खसम ने। मैं तो कहूँ, लाख रुपये के हैं लालाजी, पर चुड़ैल ने जिन्दगी हराम कर दी। हारकर उन्ने भी दूसरी कर ली। इत्ते पर भी चैन थोड़े ही है निगोड़ी को! यहाँ बैठी-बैठी मूँग दल रही है!"

"अरे भाभी आप!" आँखों में विस्मय और होंठों पर हँसी लपेटे सुरेश ने घर में घुसते हुए कहा, "न कोई खबर न कोई सूचना।"

"तुम घर में रहो तो तुम्हें खबर भी मिले।" अम्मा बिगड़ीं और हाथ नचाते हुए बोलीं, "मैं पूछूँ कि घरवालों ने तुम्हारा कर्जा खाया है जो दोनों जून रोटियों के मिस वसूलने आ जाते हो? सवेरे के निकले-निकले लाट साहब अब चले आ रहे हैं।"

भाभी के सामने यों छोटे बच्चों की तरह झिड़का जाना सुरेश को कुछ असह्य-सा जान पड़ा। झल्लाकर बोला, "कॉलेज गया था और क्या! मुझे क्या मालूम कि भाभी आ रही हैं।"

"सात बजे तक कॉलेज में बैठा था? अरे, पढ़ी-लिखी नहीं हूँ तो क्या निरा उल्लू ही समझ रखा है तूने?" साड़ियों को बगल में दबाकर उठती हुई अम्मा बोलीं।

"लाइब्रेरी गया था। इस घर में पढ़ने की कहीं जगह भी है जो आऊँ! सारे दिन तो किचकिच मची रहती है।"

"महल चिना लो अपने लिए! लाट साहब ही बने जा रहे हैं!" बड़बड़ाती अम्मा भीतर चली गई।

गौरा चाय बनाकर लाई और प्याला लेखा के सामने बढ़ा दिया। सबके बीच बैठकर यों अकेले चाय पीते हुए लेखा को बड़ा अजीब-सा लग रहा था। यों वह इस घर की बहू है, पर पढ़ी-लिखी है, कमाती है और ऐसे भिन्न वातावरण से आई है कि उसके साथ यहाँ शुरू से ही विशेष सम्मानित अतिथि का-सा व्यवहार होता है।

"आप भी चाय पीजिए, सुरेश भैया!" प्याला उसकी ओर बढ़ाते हुए लेखा ने कहा। लौटती हुई अम्मा की ओर उपेक्षा भाव से देख उसने कहा, "नहीं भाभी।" और वह धड़ाधड़ सीढ़ियाँ चढ़ गया।

लेखा ने चाय का प्याला मुँह से लगाया तो सारे दिन के थके-हारे दिनेश का कुम्हलाया-सा चेहरा उसके आगे घूम गया। उसे याद आया, कभी वह रात में देर तक जागती तो दिनेश खुद उसके लिए कॉफी बना लाता था...वह कितनी नाराज होती थी, फिर भी...

जाने क्यों उसके मुँह का स्वाद ही बिगड़ गया।

नहा-धोकर गीले बालों की एक ढीली-सी चोटी बाँध लेखा नीचे उतरी, तो भाभी और गौरा रोटियाँ सेंक रही थीं और अम्मा बच्चों को खाना परोस रही थीं।

"तुम्हारे बाबू जी आ गए, मिल लो।" अम्मा ने कहा तो जाने क्यों लेखा को लगा, जैसे यहाँ अभी-अभी कुछ कहा-सुनी हो चुकी है। रसोई में कुछ धुआँ भी था और कुछ तनाव भी। लेखा ने चुपचाप जाकर पैर छुए और आशीर्वाद का सेहरा ओढ़ती हुई फिर रसोई में लौट आई।

"आप उठिए भाभी, मैं रोटी बेल देती हूँ।"

"रहने दो बाबा, दो दिन आराम करके आदत नहीं बिगाड़नी है। तुम बाहर हवा में बैठो, तुम्हें तो आदत भी नहीं होगी।"

लेखा से जवाब देते नहीं बना, उसने गौरा से कहा, "तुम उठो गौरा।"

"नहीं भाभी!" धुएँ से जलती आँखों को आँचल से रगड़ते हुए गौरा ने कहा। भाभी की इनकारी में जितनी तिक्तता थी, गौरा की इनकारी में उतनी ही नम्रता।

खाना-पीना समाप्त हुआ तो लेखा छत पर चली गई। ऊपर के कमरे में ही

उसका सामान रखवाया गया था। सुरेश और रमेश वहीं पढ़ते भी थे। छत की मुँडेर पर खड़े होकर उसने देखा, चारों ओर खुले मैदान फैले पड़े हैं। दूर-दूर बने हुए मकानों की मन्द-मन्द बत्तियाँ टिमटिमा रही हैं। ऊपर स्वच्छ नीले आकाश में तारे झिलमिला रहे हैं। गुलमोहर की टहनियाँ छत की मुँडेर को ढकती हुई छत पर आ गई थीं और चारों ओर फूल और पत्तियाँ बिखरी पड़ी थीं। ठंडी महकती बयार हौले-हौले चल रही थी। धुएँ से घुटा हुआ कलकत्ता याद आया, जहाँ छत नहीं है, ऐसे खुले मैदान नहीं हैं, ऐसी प्यारी हवा नहीं है, तारों की ऐसी जगमगाती दीवाली नहीं है। वह आकर खाट पर लेट गई तो पेड़ों की डालियाँ उसे पंखा झलने लगीं।

उसकी आँखों के आगे दिनेश उभर आया—कमरे में फुल स्पीड पंखे के नीचे भी पसीने से भीगा, बेचैनी से करवटें बदलता, छटपटाता।

सवेरे चार बजे ही लेखा की नींद खुल गई। पिछले कई दिनों से वह नियमित रूप से चार बजे उठ रही है। आज उसे पढ़ना नहीं था, कोई काम भी नहीं था, फिर भी नींद खुल ही गई। वह उठी। उसके बिस्तरे पर पत्तियाँ और फूल की पंखुड़ियाँ झरी पड़ी थीं। थोड़ी ही दूर गौरा, सुरेश, लल्ला, बिट्टू सोए हुए थे—निश्चिन्त, बेखबर। वह खाट से नीचे उतरी। मुँडेर पर अमलताश और गुलमोहर के फूल इठला रहे थे। भोर के हल्के-फीके प्रकाश में उनका रंग बड़ा चटकीला लग रहा था। लेखा ने फूलों को छुआ। अजीब-सी पुलक से उसका रोम-रोम भर गया। अपने कमरे में वह बहुत फूल लगाती हैं, पर पेड़ों पर लगे फूलों को यों बाँहों में भरने का आनन्द उसके लिए नया था।

चिड़ियों के कलरव से धरती-आसमान के ओर-छोर मिल गए और आसमान का कोना सिन्दूरिया आभा से दीप्त हो उठा। मैदानों में खिले रंग-बिरंगे जंगली फूलों में चटकीलापन आने लगा और चारों ओर एक नई स्फूर्ति का आभास मिलने लगा। मन में एक विचित्र-सी पुलक और ताजगी लिये लेखा नीचे उतर आई।

दोपहर के सारे कामों से छुट्टी पाकर अम्मा ऊपर आकर लेखा के पास ही बैठ गई।

"बहू, बड़ी के लच्छन तो तुम देख ही रही हो। उठते-बैठते कोसती है। उसे तो घर के हम सब जहर लगे हैं। हमें तो भई उससे अब कोई उम्मीद नहीं रही। अब

तो तुम्हीं इस घर को ढर्रे पर लगाओ तो लगे। हम तो हार गए।"

अम्मा के स्वर में व्यथा और निराशा उभर आई और उनका स्वर टूट गया।

"गौरा का ब्याह करना है। हम तो बहुत कहते थे कि इसे इतना मत पढ़ाओ-लिखाओ। कोई नौकरी तो करवानी नहीं है इससे।" फिर एकाएक रुकीं, शायद खयाल आया कि लेखा भी नौकरी करती है। बात सँभालती हुई बोलीं, "सब तो तुम्हारी जैसी होती नहीं। फिर कलकत्ता की तो बात ही और है। कुछ करो, कोई कहने-सुननेवाला नहीं, पर यहाँ तो पचास बातें देखनी पड़ती हैं। बड़ी को छठा दर्जा पास कराकर ब्याह दिया, तो आज घरबार लेकर सुखी है। पर इसके लिए तो एम.ए. लड़का चाहिए कि नहीं? अब तुम्हीं बताओ कहाँ से लाऊँ? तुम्हारे पिता जी में तो अब दर-दर ठोकरें खाने का दम-खम रहा नहीं...लड़के को दुकान से ही फुर्सत नहीं। यों भी उन दोनों का हम पर तो सदा कोप ही बरसता रहता है। अब तुम्हारे आदमी ने तरक्की नहीं की तो हम क्या करें? रहे सुरेश-रमेश, सो उनकी तो बात ही न्यारी है। पढ़ते-लिखते क्या हैं, हम पर अहसान करते हैं। ये भले इनकी किताबें भली। घरवाले इनकी बला से, मरो चाहे जिओ।"

"यों भी अम्मा, वे बेचारे इस विषय में कर ही क्या सकते हैं! उनकी तो अभी उम्र ही पढ़ने-लिखने की है।"

"सबकी अपनी-अपनी उमरें हैं, तो लड़की को कौन पार लगावेगा? तुम लोग यों ही घर से कट-छँटकर रहते हो—बिरादरी के चार आदमियों को तुम नहीं जानते होओगे। मैं तो भैया, चिन्ता के मारे रात-दिन घुली जाती हूँ।"

लेखा समझ ही नहीं पा रही थी कि वह क्या जवाब दे? वह अपने को ही अपराधी महसूस करने लगी।

"अब आजकल एक नई धुन सवार हुई है—कहती है, मैं तो नौकरी करूँगी। इसी जुलाई से स्कूल में कोई जगह खाली होनेवाली है, सो रात-दिन यही रट लगा रखी है कि पढ़ाऊँगी। अब तुम्हीं बताओ, इस छोटी-सी जगह में वह नौकरी करेगी, तो अच्छा लगेगा?"

"क्या हर्ज है, अम्मा! समय भी अच्छा बीतेगा और कुछ मदद भी हो जाएगी।"

"माफ करो बाबा, हमें नहीं चाहिए ऐसी मदद!" हाथ नचाते हुए अम्मा भड़क पड़ीं—"जवान लड़की, एक बार पैर घर से बाहर पड़ गया, तो फिर बाहर की ही हो

रहेगी। आज और चाहे कुछ हो, कम-से-कम अपनी इज्जत तो ओढ़े बैठे हैं। अब तो लगता है मुँह दिखाने लायक भी नहीं रहेंगे। तुम कलकत्ता की बात छोड़ो। मैं कहती हूँ, इस बार भैया आएँ, तो इसका कहीं जुगाड़ बिठा दो।"

लेखा को अचानक ही मीना की याद आ गई, जो अपनी सोलह साल की लड़की से जब-तब कहती रहती है—"देख रीती, तू अपनी शादी अपने-आप तय कर लेना। इस भरोसे रहना ही मत कि हम तेरे लिए लड़का ढूँढ़ते फिरेंगे। बस, खबर कर देना तो धूमधाम से शादी कर देंगे।" और वहाँ सबको इस बात का अन्देशा हो गया है कि अवश्य रीती किसी दिन कोई गलत काम कर बैठेगी। फिर भी...

बड़ी सशंकित-सी नजर चारों ओर डालकर और कुछ पास सरककर अम्मा ने धीरे से कहा, "अब तुमसे क्या छिपाऊँ बहू...तुम्हारे पिता जी के पास वह पाठक जी का लौंडा आया करै है कभी-कभी। मैं सोचती थी, आता होगा यों ही। मुझे क्या पता, यहाँ कोई अलग ही खिचड़ी पक रही है! आज किताबें आ रही हैं, तो कल कुछ!" फिर स्वर को और धीमा करके बिलकुल ही फुसफुसाते हुए बोलीं, "चिट्ठी भी पकड़ी एक-दो तो।" और अम्मा अपनी बात की प्रतिक्रिया जानने के लिए लेखा के चेहरे की ओर बड़े गौर से देखने लगीं। इतनी बात सुनकर भी लेखा का यों निर्विकार भाव से बैठे रहना उन्हें अच्छा नहीं लगा। आगे कुछ कहने का उत्साह ही जैसे जाता रहा। सारी बात को समाप्त करने के लहजे में बोली, "क्या करें, कुछ समझ में नहीं आता। यह तो समझ लो, बात तुम्हारी चाची और बड़ी तक नहीं पहुँची, नहीं तो सारे गाँव में हंगामा मच जाता।" अम्मा का गला भर्रा गया।

शाम को पिता जी ने आते ही खबर दी कि बड़की की लल्ली की शादी पक्की हो गई। सप्तमी को लगन जा रही है।

"कहाँ हुई? लड़का कौन है?" अम्मा ने उत्सुकता से पूछा।

"चन्दौसी के कॉलेज में प्रोफेसर है। घर-वर सभी अच्छा है।"

"यह भी किस्मत की बात है। लो, लल्ली तो दसवीं पास ही है। अरे भई, करनेवाले चाहिए। बिरादरी में अच्छे लड़कों का कोई टोटा थोड़े ही है। चलो, अच्छा है, लल्ली भी अपनी ही है।" पर अपनेपन की भावना के बावजूद अम्मा के कलेजे से एक गहरा नि:श्वास फूट पड़ा।

"भात की तैयारी करो, भात की तैयारी।" कमीज उतारकर खूँटी पर टाँगते हुए

पिता जी बोले, "इन्होंने तो चट मँगनी पट ब्याह कर दिया, पर अब हम कैसे इतनी जल्दी तैयारी करें? पहला ही मौका है। कसर रह गई तो भद्द उड़ेगी या नहीं?"

पिता जी सीधी-सी बात भी करते हैं तो लेखा को लगता है कि जैसे वे शिकायत कर रहे हैं...उनके स्वर और लहजे से कुछ ऐसा लगता है, जो शिकायत का आभास देता रहता है। कभी-कभी तो लेखा को यह भी लगने लगता है जैसे यह शिकायत दिनेश और उसके प्रति है जो घर से कटकर रहते हैं।

रात लेखा जब छत पर पहुँची तो देखा, गौरा अकेली लेटी सूनी आँखों से आसमान को निहार रही है। लेखा को देखते ही गौरा उठ बैठी—"आइए भाभी!"

"लेटी रहो गौरा। सारे दिन काम करते-करते थक भी तो जाती होगी।" लेखा का मन हुआ, गौरा का सिर सहलाए, उसे खूब-खूब प्यार करे; पर गौरा लेटी ही नहीं। दो साल में ही कितनी बदल गई है गौरा। चेहरा कितना फीका पड़ गया है।

"और सुनाओ, क्या खबर है? तुमसे तो कुछ बात ही नहीं हुई!"

"सब ठीक है।" दबे गले से गौरा ने कहा और फीकी-सी मुस्कराहट उसके सूखे होठों पर फैल गई, पर स्वर की व्यथा लेखा से छिपी नहीं रही। वह समझ ही नहीं पा रही थी कि गौरा से क्या कहे। उसे लगा, जैसे गौरा उससे कहना चाह रही है पर कह नहीं पा रही है। कहना तो वह भी बहुत कुछ चाह रही है...बहुत कुछ वह गौरा से पूछना चाहती है, पर पूछ नहीं पाती। हवा में हिलती हुई पेड़ों की टहनियाँ ही छत की निस्तब्धता को तोड़ रही हैं। लेखा पाठक जी के लड़के के बारे में पूछना चाहती है पर केवल इतना ही कहकर रह जाती है—"यहाँ तो गर्मी का नाम भी नहीं।" और उसे एकाएक ही दिनेश की याद आने लगी। ऐसी खुली छतों के लिए कितना तड़पता है दिनेश। लेखा ने चारों ओर देखा, हल्की-सी चाँदनी बिखरी थी और चटक नीले आसमान पर दिप्-दिप् करके तारे चमक रहे थे।

तभी अचानक बड़ी तेज दुर्गन्ध का झोंका आया और धीरे-धीरे वह बदबू हवा में फैलने लगी। साड़ी का पल्ला नाक पर लगाते हुए लेखा ने कहा, "यह बदबू किधर से आ रही है?"

"पीछे की तरफ एक पोखरा है—बड़ा-सा। उसके पानी में दुनिया-भर का

कूड़ा-करकट सड़ता रहता है और जब हवा इधर की बहती है तो दुर्गन्ध आती है। पहले तो इतनी सड़ी बदबू आती थी कि मुझे कै हो जाया करती थी, अब तो फिर भी आदत हो गई है।"

"म्यूनिसिपैलिटी सफाई क्यों नहीं करवाती?" लेखा के लिए यह बदबू सचमुच ही असह्य हो रही थी।

"क्या पता!" और दोनों फिर चुप हो गईं। पर दो क्षण बाद जैसे अपनी सारी शक्ति बटोरकर गौरा एकाएक पूछ बैठी—"भाभी, मुझे कलकत्ता में नौकरी नहीं मिल सकती क्या? यहाँ तो अम्मा-पिता जी मुझे कुछ नहीं करने देते, करने भी नहीं देंगे और सारे दिन घर में मेरा मन नहीं लगता। आप मुझे अपने साथ ले चलिए भाभी! मैं भी कोई नौकरी कर लूँगी। यहाँ तो कभी पढ़ने-लिखने के लिए एक पत्रिका मँगा लो, तो जैसे सारे घर में तूफान मच जाता है, यही सब करवाना था तो मुझे पढ़ाने-लिखाने..."

"बहू...ओ बहू!" छत के पिछले हिस्से से चाची की छत जुड़ी हुई थी, वहीं से खड़ी होकर चाची आवाज दे रही थीं।

गौरा की बात को बीच में छोड़कर लेखा उधर गई।

"तुम तो आई ही नहीं बहू! मैंने तो कल भी तुम्हारी राह देखी।" चाची ने उलाहना दिया, "तुम तो कम-से-कम पराया मत समझो। भैया पर मेरा मन जिठानी जी से कम नहीं है। उन्होंने भी मुझे कभी कम नहीं माना। जब भी आते, मेरे लिए वैसी ही साड़ी लाते जैसी जिठानी के लिए लाते। तुम तो..."

"मैं भी लाई हूँ चाची जी। उधर आऊँगी तो दूँगी। आप भला पराई कैसे हो सकती हैं वे तो हमेशा ही आपको याद करते हैं।"

"मैं तो खुद ही आ जाती, पर क्या करूँ, इन लोगों को तो मैं फूटी आँखों नहीं सुहाती। जाकर खड़ी नहीं होऊँगी कि सबको साँप सूँघ जाएगा।" फिर बड़े बुझे-बुझे स्वर में बोलीं, "जब अपना आदमी ही नहीं पूछे तो दूसरों को क्या दोष दूँ। तुम्हारी तरह पढ़ी-लिखी होती, तो मैं भी कमाकर खा लेती। अब तो समझ ही नहीं आता, यह पहाड़ जैसी जिन्दगी कैसे कटेगी। कैसे इस छोरे को बड़ा करूँगी। मकान के इस हिस्से के सिवा मेरे पास तो कुछ भी नहीं है। हिस्से का थोड़ा-बहुत पैसा था, पर उसे भी दबा लिया। माँगती हूँ तो सबको काँटे जैसे लगती हूँ। गौरा को लखनऊ में मैंने साल-भर तक अपने पास रखा, पढ़ाया-लिखाया। इस छोरे की कसम खाकर

कहती हूँ जो एक पैसा भी लिया हो या उसे तकलीफ दी हो। तुम्हें तो याद होगा, तुम शादी होकर आई थीं तब कैसी दिखती थी गौरा...। अब देख लो, कैसी हो गई है, पर आज मुझपर संकट पड़ा तो..."

"बहू...ओ बहू!" अम्मा की आवाज सुनते ही लेखा घूम पड़ी और चाची का प्रवाह रुक गया। अपनी बात को बीच में ही तोड़कर बोली, "कल आना बहू, जरूर आना।"

"क्या पट्टी पढ़ा रही थी? कोस रही होगी हमें और क्या!" चाची की छत पर कुपित दृष्टि से देखते हुए अम्मा बोलीं। फिर खाट पर बैठते हुए गौरा को आदेश दिया—"जा दूध चढ़ाकर आई हूँ, उसे उतारकर जमा देना। दोनों नवाबजादे भी आ गए हैं...उन्हें खाना देती आना।"

गौरा उठकर चली गई और लेखा को फिर अम्मा के पास बैठना पड़ा।

"बहू, अब तो भात की तैयारी करनी है बस। तीन साड़ियाँ तो तुम्हारी लाई..."

"अम्मा!" सुरेश की आवाज से अम्मा की बात बीच में ही टूट गई।

"क्या है?" अम्मा के स्वर ने ही बता दिया कि उन्हें सुरेश का यों टोकना अच्छा नहीं लगा।

"इस बार जैसे भी हो, मुझे पन्द्रह रुपये दो। चश्मा बदलवाए बिना पढ़ना-लिखना असम्भव हो गया है। आजकल तो सारे दिन बस सिर भन्नाता रहता है। आँखों से पानी बहता रहता है।"

"आए दिन तुम्हारे चश्मों के नम्बर ही बदलते रहते हैं। मैं तो दु:खी हो गई।"

"अरे सुरेश, जरा अपनी अम्मा को नीचे भेजना।" बाबू जी ने आवाज लगाई, तो अम्मा वैसे ही बड़बड़ाती हुई नीचे उतर गई। सुरेश भी उनके पीछे-पीछे ही उतर गया।

अकेली होते ही लेखा ने महसूस किया, जैसे इन सबके बीच वह बहुत पराई है। उस घर की एक सदस्या होकर भी वह घर से अलग है। यहाँ आकर उसे बराबर ही लगता रहा है जैसे वह बहुत फिजूलखर्च है जैसे उसका बहुत-सा कर्तव्य इस घर और घर के व्यक्तियों के प्रति है, पर जिसे वह पूरा नहीं कर रही है। वे दोनों सौ रुपये भेजकर समझते हैं कि सबकुछ कर दिया। दो साल तक अपने काम और पढ़ाई में डूबे रहकर वह तो भूल ही गई थी कि उसका लम्बा-चौड़ा परिवार है, उस

परिवार की समस्याएँ हैं। उसके सामने तो उसका अपना भविष्य था, कैरियर था, बड़े-बड़े अरमान थे।

लेखा यों ही खाट पर लेटकर आसमान की ओर निहारने लगी। उसे कलकत्ता याद आने लगा। वर्मा और बीनू, शिप्रा, मीनाक्षी, माथुर—एक-एक करके सब याद आए। सुषमा महिम के साथ दार्जिलिंग में कहीं घूम रही होगी। जिस दिन विदा किया था, उस दिन सचमुच सुषमा बहुत सुन्दर लग रही थी। दिनेश की छुट्टी कब मंजूर होगी। उसने तार से अपने पहुँचने की सूचना दे दी थी, पत्र अभी नहीं लिख पाई थी। कल वह दिनेश को पत्र लिखेगी। टाइप किया हुआ चैप्टर उसके बक्स में रखा है, कल उसे भी निकालेगी। पर कर पाएगी यहाँ? कल तो उसे चाची जी के पास भी जाना है। कल वह गौरा से बात करेगी। रमेश और सुरेश को जैसे भी होगा, अपने पास बिठाएगी। वह इस परिवार के लोगों के साथ घुलेगी-मिलेगी। आखिर वह भी तो इसी परिवार की एक सदस्या है।

रविवार को सुरेश और रमेश ने प्रस्ताव रखा—"भाभी, शाम को घाट पर चलिए। कुछ देर नाव पर ही सैर की जाए।"

"हाँ भाभी, आज घाट पर ही शाम बिताई जाए। खाना खूब जल्दी बना लेंगे, और क्या!" प्रफुल्लित-सी गौरा बोली।

"अम्मा, चले जाएँ?" इजाजत के लहजे में लेखा ने पूछा।

"चले जाओ, सब लोगों का मन है तो घूम आओ।" तार पर फैली हुई साड़ी को समेटते हुए अम्मा ने कह तो दिया, पर उनके स्वर में कोई विशेष उत्साह नहीं था। लेखा जानती है, आज ही उसने भात के लिए अम्मा को एक अँगूठी और पचास रुपये दिये हैं। आज चाहकर भी उनसे मना करते नहीं बनेगा।

"भाभी, आज तो आपको भी चलना ही होगा।" लेखा ने बड़े मनुहार-भरे स्वर में कहा।

भाभी बरामदे में बैठी अपनी सबसे छोटी लड़की को दूध पिला रही थी। सुनते ही भभक उठी—"तुम्हीं करो नाव के सैर-सपाटे! हमारी किस्मत में तो रसोई के ही सैर-सपाटे लिखे हैं।"

"कहा न, आज खाना जल्दी ही बना लेंगी। मैं अकेली ही बना लूँगी, बस।"

उत्साहित-सी गौरा बोली, पर भाभी नहीं मानी। लेखा घर के काम में बहुत पटु नहीं है फिर भी जानती जरूर है। पर जाने क्यों यहाँ उससे कोई काम नहीं करवाता। यों छोटा-मोटा काम वह कर देती है। उसे भाभी पर गुस्सा तो नहीं आता, वह भाभी की जगह होती तो शायद उसकी भी यही स्थिति होती, पर घर का तनाव और हमेशा की कहा-सुनी मन को बोझिल जरूर बना देती है। लेकिन क्या किया जाए!

बहती नदी में विहार करते हुए गौरा का मन जैसे बहने लगा था। वह मुग्ध भाव से नदी को देख रही थी। ढीली चोटी में से निकलते हुए उसके केश हवा के साथ उड़ रहे थे। उसकी साड़ी का पल्ला उड़ रहा था। शायद उसका मन भी उड़ रहा था। लेखा ने पहली बार गौरा को इतना प्रसन्न, इतना चंचल देखा। सुरेश और गौरा ने मिलकर एक सहगान गाया। साँझ की सूनी दिशाएँ संगीत से गूँज उठीं। लेखा का मन हुआ, वह भी इनके साथ गाए पर उसे वह गीत नहीं आता था। उसे सुषमा की याद आई। वह भी अच्छा गाती है। पर कितनी पूछ है उसके गाने की! गौरा के गले में भी लोच है, आवाज में सुरीलापन है।

नदी बह रही थी, उसपर नाव बह रही थी, उसपर रमेश, सुरेश और गौरा बह रहे थे। चारों ओर संगीत की स्वर-लहरियाँ बह रही थीं, और आसमान में बादलों के छोटे-छोटे टुकड़े बह रहे थे। इस बहाव में गौरा के मन की उदासी और खिन्नता न जाने कहाँ बह गई थी। सुरेश का सिरदर्द भी बह गया था।

लेकिन रात को लेखा ऊपर चढ़ी तो देखा, सुरेश सिर पर रूमाल बाँधे औंधा लेटा हुआ था।

"क्या बात है भैया, सिर दर्द कर रहा है?" सिरहाने बैठते हुए लेखा ने पूछा।

"यों ही जरा-सा।" झट उठते हुए सुरेश ने कहा और एक झटके से सिर पर बँधा रूमाल खींच लिया।

"अरे लेटे रहो...लेटे रहो। आप लोग मेरे साथ इतना तकल्लुफ क्यों करते हैं?" लेखा के स्वर में शिकायत थी। सुरेश धीमे से मुस्कराया।

"चश्मे का नम्बर बढ़ गया है, इसलिए यों तो आजकल सारे दिन ही सिरदर्द करता रहता है, पर जरा-सा पढ़ लूँ, तो दर्द बहुत बढ़ जाता है। अम्मा रुपये देगी तब तक तो यों ही चलाना पड़ेगा।" सुरेश दूसरी ओर देखने लगा।

लेखा जानती है, अम्मा ने रुपये भात की तैयारी में लगा दिए हैं। लेखा के पास

जो कुछ था, वह भी उसने अम्मा को दे दिया।

"भाभी, यदि मैं कलकत्ता आ जाऊँ तो ऐसा कुछ प्रबन्ध नहीं हो सकता कि कुछ काम भी मिल जाए और पढ़ाई भी चलती रहे। वहाँ तो रात के कॉलेज हैं। उसी में पढ़ लिया करूँगा। मैं आप लोगों पर बोझ नहीं बनूँगा।"

सुरेश के स्वर की मायूसी लेखा को कचोट गई। बोझ...लेखा ने महसूस किया कि इन तमाम बच्चों के दिलों में अभी से यह बात कितने गहरे बैठ गई है कि ये बोझ हैं...अभी इन लोगों की उम्र ही क्या है! गौरा भी तो उसके साथ जाना चाहती है। गौरा से फिर बात नहीं हो पाई। अम्मा उसे किसी के पास बैठने ही नहीं देतीं। वह जानना चाहती है कि क्या सचमुच गौरा पाठक जी के लड़के से...

"ऐसा नहीं हो सकता है क्या भाभी?" सुरेश उसके उत्तर की प्रतीक्षा कर रहा था।

"हो क्यों नहीं सकता। पर यह तो तुम्हारा फाइनल इयर है। अगले साल आना। सभी इन्तजाम हो जाएगा। यों छुट्टियों में एक बार आओ। कुछ घूमना-फिरना ही हो जाएगा।"

"छुट्टियों में?" सुरेश चुप हो गया। लेखा को लगा, छुट्टियोंवाली बात उसे नहीं करनी थी। कलकत्ता तक आने-जाने का किराया...

"बहू...ओ बहू! सो गई क्या?" छत पर चढ़ते हुए अम्मा ने कहा।

लेखा ने सिर से पल्ला खींचते हुए कहा, "नहीं अम्मा।" और वह खाट पर से उठ खड़ी हुई। सुरेश दोनों हाथों में सिर छिपाकर फिर औंधा लेट गया। अम्मा लेखा की खाट पर बैठ गईं और कमर से साड़ी का खुँसा हुआ पल्ला निकालकर बोलीं, "आज तुम लोग घाट पर गए थे तो मैं भी एक काम कर आई।" और फिर एक मोटे-से धागे में बँधी हुई एक छोटी-सी पोटली लेखा के हाथ में देते हुए बोली, "कल सोमवार है। नहा-धोकर इसे बाँध लेना।"

"यह क्या है अम्मा?" आश्चर्य से पोटली को अँगुलियों में नचाते हुए लेखा ने पूछा।

"अब ज्यादा पूछताछ तो करो मत, बाँध लेना।" अम्मा बड़े गद्गद स्वर में बोलीं, "भई, तुम लोग चाहे सोचो-न-सोचो, हम लोग तो इस चिन्ता में भी घुले जाते हैं। तुम्हारे ब्याह को चार-चार साल होने आए और घर में बाल-गोपाल तक नहीं।

भरी जवानी में ही कोख रुझ जाए, यह भी कोई बात हुई भला।"

लज्जित, अपमानित, अवाक-सी लेखा अम्मा का मुँह ही देखती रह गई। क्या कह रही हैं अम्मा!

"यहाँ एक पीर हैं। नीम के नीचे बैठते हैं, सो उन्हें सब नीम-तले का पीर कहते हैं। ऐसा तावीज देते हैं कि बस! आज तक उनका तावीज अकारथ नहीं गया। लोग दूर-दूर से आते हैं। पाँच रुपये और एक गज लाल कपड़ा...सो तुम्हारा घर आबाद हो, पाँच रुपये तो बहुतेरे आ जाएँगे।"

लेखा ने बाँहों में मुँह छिपाए दर्द से छटपटाते हुए सुरेश की ओर देखा। उसका मन क्षोभ से भर गया।

आज भात जानेवाला है। अम्मा ने बिरादरी में बुलावा फिरवाया है। सवेरे से ही घर में धमाचौकड़ी मची हुई है। भात सजाकर रख दिया गया। ग्यारह जोड़ी कपड़े और चार तोला सोना रखा है। कुछ नकद रुपये भी हैं। लेखा आश्चर्य कर रही है, इतना सब अम्मा ने कहाँ से कर लिया! पर अम्मा बहुत खुश हैं। शाम को औरतें देखने आएँगी। भात की सराहना होगी। गीत गवेंगे, बताशे बटेंगे। बड़ी भाभी कई बार रो चुकी हैं। चाची ने कई बार झाँक-झाँककर देख लिया है। वे शायद बराबर उम्मीद कर रही हैं कि उन्हें इस अवसर पर तो बुलाया ही जाएगा।

चौके का सारा काम जल्दी-जल्दी समाप्त करके गौरा लेखा के पास आई। बड़े सकुचाते-सकुचाते बोली, "भाभी, कोई अच्छी साड़ी दीजिए पहनने के लिए।" संकोच के आधिक्य से वह लेखा से आँखें नहीं मिला पा रही थी। लेखा ने अपनी साड़ी उसे पहनाई। गले में हार और कानों में टॉप्स भी पहनाए। उसका जूड़ा भी बना दिया। गौरा झेंप रही है। वह प्रसन्न है। लेखा को गौरा का रूप बहुत अच्छा लगता है। वह चाहती है, गौरा हमेशा ऐसे ही प्रसन्न रहा करे।

गीत चल रहे हैं। पता नहीं, कहाँ से पाठक जी का वही लड़का आ गया। अम्मा के तेवर चढ़ गए। गीतों से उठकर वे भीतर गईं। फिर एक कठोर स्वर आया—"गौरा, भीतर आ!"

गौरा साड़ी उतार रही थी और अम्मा बक रही थीं—"ये तेरे चरित्तर तुझे अच्छे

रस्ते नहीं ले जाएँगे गौरा, मैं कहे देती हूँ! अब समझ में आया कि क्यों सवेरे से यह नखरा हो रहा था...क्यों बात-बात पर हँसी फूट रही थी...बदन थिरक रहा था।"

लेखा अवसन्न-सी जहाँ की तहाँ खड़ी रह गई, जैसे जम गई हो।

गीत गाकर, बताशे लेकर औरतें चली गईं। भात का सामान लेकर बड़े भैया चले गए। खुशी का मौका था, फिर भी एक अजीब-सी मायूसी, एक खामोश-सी उदासी सारे घर में छा गई। रात को लेखा, सुरेश और रमेश सब चुप-चुप अपनी-अपनी खाट पर जा लेटे। सुरेश सिर पर रूमाल बाँधे वैसे ही औंधा लेटा है। गौरा दोनों बाँहों से आँखें मूँदे चित्त लेटी है...वह शायद रो रही है। पासवाली छत पर रात के सन्नाटे में चाची का बड़बड़ाना स्पष्ट सुनाई दे रहा है। आज इतनी औरतों को बुलाया और उन्हें नहीं बुलाया। वे अपनी बेसहारा पहाड़-सी जिन्दगी और फूल-से बच्चों को कोस रही हैं। भाभी ने अपना दिन-भर का गुस्सा अकारण ही बच्चों पर निकाल डाला और वे पिटकर इतने रोए कि हमेशा चुप रहनेवाले पिता जी को भी डाँटना पड़ा। और फिर भाभी रोईं, उन्होंने अपनी किस्मत को कोसा, अपने बच्चों को कोसा। अब शायद वे लोग सो गए हैं...नीचे से किसी की आवाज नहीं आ रही है।

लेखा ने करवट बदली। उसने सोचा, वह कल दिनेश को लिखेगी कि वह जल्दी-से-जल्दी आने की कोशिश करे। उसे एकाएक ही दिनेश की याद आने लगी। गहरे नीले आसमान के तारे अभी भी वैसे ही झिलमिला रहे थे पर इस बार लेखा को लगा, जैसे एक आईना चूर-चूर होकर बिखर गया है।

त्रिशंकु

"**घर** की चहारदीवारी आदमी को सुरक्षा देती है पर साथ ही उसे एक सीमा में बाँधती भी है। स्कूल-कॉलेज जहाँ व्यक्ति के मस्तिष्क का विकास करते हैं, वहीं नियम-कायदे और अनुशासन के नाम पर उसके व्यक्तित्व को कुंठित भी करते हैं... बात यह है बन्धु, कि हर बात का विरोध उसके भीतर ही रहता है।"

ये सब मैं किसी किताब के उदाहरण नहीं पेश कर रही। ऐसी भारी-भरकम किताबें पढ़ने का तो मेरा बूता ही नहीं। ये तो उन बातों और बहसों के टुकड़े हैं जो रात-दिन हमारे घर में हुआ करती हैं। हमारा घर यानी बुद्धिजीवियों का अखाड़ा। यहाँ सिगरेट के धुएँ और कॉफी के प्यालों के बीच बातों के बड़े-बड़े तूमार बाँधे जाते हैं...बड़ी-बड़ी शाब्दिक क्रान्तियाँ की जाती हैं। इस घर में काम कम और बातें ज्यादा होती हैं। मैंने कहीं पढ़ा तो नहीं, पर अपने घर से यह लगता जरूर है कि बुद्धिजीवियों के लिए काम करना शायद वर्जित है। मातुश्री अपनी तीन घंटे की तफरीहनुमा नौकरी बजाने के बाद मुक्त। थोड़ा-बहुत पढ़ने-लिखने के बाद जो समय बचता है वह या तो बात-बहस में जाता है या फिर लेट लगाने में। उनका खयाल है कि शरीर के निष्क्रिय होते ही मन-मस्तिष्क सक्रिय हो उठते हैं और वे दिन के चौबीस घंटों में से बारह घंटे अपना मन-मस्तिष्क ही सक्रिय बनाए रखती हैं। पिताश्री और भी दो कदम आगे! उनका बस चले तो वे नहाएँ भी अपनी मेज पर ही।

जिस बात की हमारे यहाँ सबसे अधिक कताई होती है, वह है—आधुनिकता! पर जरा ठहरिए, आप आधुनिकता का गलत अर्थ मत लगाइए। यह बाल कटाने और छुरी-काँटे से खानेवाली आधुनिकता कतई नहीं है। यह है ठेठ बुद्धिजीवियों की आधुनिकता! यह क्या होती है सो तो ठीक-ठीक मैं भी नहीं जानती—पर हाँ, इसमें

लीक छोड़ने की बात बहुत सुनाई देती है। आप लीक को दुलत्ती झाड़ते आइए, सिर-आँखों पर, लीक से चिपककर आइए, दुलत्ती खाइए।

बहसों में यों तो दुनिया-जहान के विषय पीसे जाते हैं पर एक विषय शायद सब लोगों का बहुत प्रिय है और वह है शादी। शादी यानी बर्बादी। हल्के-फुल्के ढंग से शुरू हुई बात एकदम बौद्धिक स्तर पर चली जाती है—विवाह-संस्था एकदम खोखली हो चुकी है...पति-पत्नी का सम्बन्ध बड़ा नकली और ऊपर से थोपा हुआ है...और फिर धुआँधार ढंग से विवाह की धज्जियाँ उड़ाई जाती हैं। इस बहस में अकसर स्त्रियाँ एक तरफ हो जातीं और पुरुष एक तरफ और बहस का माहौल कुछ ऐसा गरम हो जाया करता कि मुझे पूरा विश्वास हो जाता कि अब तो जरूर एक-दो लोग तलाक दे बैठेंगे। पर मैंने देखा कि ऐसा कोई हादसा कभी हुआ नहीं। सारे ही मित्र लोग अपने-अपने ब्याह को खूब अच्छी तरह तह-समेटकर, उसपर जमकर आसन मारे बैठे हैं। हाँ, बहस की रफ्तार और टोन आज भी वही है।

अब सोचिए, ब्याह को कोसेंगे तो फ्री-लव और फ्री-सेक्स को तो पोसना ही पड़ेगा। इसमें पुरुष लोग उछल-उछलकर आगे रहते—कुछ इस भाव से मानो बात करते ही इसका आधा सुख तो वे ले ही लेंगे। पापा खुद बड़े समर्थक! पर हुआ यों कि घर में हमेशा चुप-चुप रहनेवाली दूर-दराज की एक दिदिया ने बिना कभी इन बहसों में भाग लिए ही इस पर पूरी तरह अमल कर डाला तो पाया कि सारी आधुनिकता अड़ड़ड़धम! वह तो फिर ममी ने बड़े सहज ढंग से सारी बात को सँभाला और निरर्थक विवाह के बन्धन में बाँधकर दिदिया का जीवन सार्थक किया। हालाँकि यह बात बहुत पुरानी है और मैंने तो बड़ी दबी-ढकी जवान से इसका जिक्र ही सुना है।

वैसे पापा-ममी का भी प्रेम-विवाह हुआ था। यों यह बात बिलकुल दूसरी है कि होश सँभालने के बाद मैंने उन्हें प्रेम करते नहीं केवल बहस करते ही देखा है। विवाह के पहले अपने इस निर्णय पर ममी को नाना से भी बहुत बहस करनी पड़ी थी और बहस का यह दौर बहुत लम्बा भी चला था शायद। इसके बावजूद यह बहस-विवाह नहीं, प्रेम-विवाह ही है, जिसका जिक्र ममी बड़े गर्व से किया करती हैं। गर्व, विवाह को लेकर नहीं, पर इस बात को लेकर है कि किस प्रकार उन्होंने नाना से मोर्चा लिया। अपने और नाना के बीच हुए संवादों को वे इतनी बार दोहरा चुकी हैं कि मुझे वे कंठस्थ हो गए हैं। आज भी जब वे उसकी चर्चा करती हैं तो लीक से

हटकर कुछ करने का सन्तोष उनके चेहरे पर झलक उठता है।

बस, ऐसे ही घर में मैं पल रही हूँ—बड़े मुक्त और स्वच्छन्द ढंग से। और पलते-पलते एक दिन अचानक बड़ी हो गई। बड़े होने का यह अहसास मेरे अपने भीतर से इतना नहीं फूटा, जितना बाहर से। इसके साथ भी एक दिलचस्प घटना जुड़ी हुई है। हुआ यों कि घर के ठीक सामने एक बरसाती है—एक कमरा और उसके सामने फैली छत! उसमें हर साल दो-तीन विद्यार्थी आकर रहते...छत पर घूम-घूमकर पढ़ते, पर कभी ध्यान ही नहीं गया। शायद ध्यान जाने जैसी मेरी उम्र ही नहीं थी। इस बार देखा, वहाँ दो लड़के आए हैं। थे तो वे दो ही, पर शाम तक उनके मित्रों का एक अच्छा-खासा जमघट हो जाता और सारी छत ही नहीं, सारा मोहल्ला तक गुलजार! हँसी-मजाक, गाना-बजाना और आसपास की जो भी लड़कियाँ उनकी नजर के दायरे में आ जातीं, उनपर चुटीली फब्तियाँ। पर उनकी नजरों का असली केन्द्र हमारा घर...और स्पष्ट कहूँ तो मैं ही थी। बरामदे में निकलकर मैं कुछ भी करूँ, उधर से एक न एक रिमार्क हवा में उछलता हुआ टपकता और मैं भीतर तक थरथरा उठती। मुझे पहली बार लगा कि मैं हूँ...और केवल हूँ ही नहीं...किसी के आकर्षण का केन्द्र हूँ। ईमानदारी से कहूँ तो अपने होने का यह पहला अहसास बड़ा रोमांचक लगा और अपनी ही नजरों में मैं नई हो उठी...नई और बड़ी!

अजीब-सी स्थिति थी। जब वे फब्तियाँ कसते तो मैं गुस्से से भन्ना जाती—हालाँकि उनकी फब्तियों में अशिष्टता कहीं नहीं थी...थी तो केवल मन को सहलानेवाली एक चुहल। पर जब वे नहीं होते या होकर भी आपस में ही मशगूल रहते तो मैं प्रतीक्षा करती रहती...एक अनाम-सी बेचैनी भीतर-ही-भीतर कसमसाती रहती। आलम यह है कि हर हालत में ध्यान वहीं अटका रहता और मैं कमरा छोड़कर बरामदे में ही टँगी रहती।

पर इन लड़कों के इस हल्ले-गुल्लेवाले व्यवहार ने मोहल्लेवालों की नींद जरूर हराम कर दी। हमारा मोहल्ला यानी हाथरस-खुरजा के लालाओं की बस्ती। जिनके घरों में किशोरी लड़कियाँ थीं वे बाँहें चढ़ा-चढ़ाकर दाँत और लात तोड़ने की धमकियाँ दे रहे थे क्योंकि सबको अपनी लड़कियों का भविष्य खतरे में जो दिखाई दे रहा था। मोहल्ले में इतनी सरगर्मी और मेरे ममी-पापा को कुछ पता ही नहीं। बात असल में यह है कि इन लोगों ने अपनी स्थिति एक द्वीप जैसी बना रखी है। सबके बीच रहकर भी सबसे अलग।

एक दिन मैंने ममी से कहा, "ममी, ये जो सामने लड़के आए हैं, जब देखो मुझपर रिमार्क पास करते हैं। मैं चुपचाप नहीं सुनूँगी, मैं भी यहाँ से जवाब दूँगी।"

"कौन लड़के?" ममी ने आश्चर्य से पूछा।

कमाल है, ममी को कुछ पता ही नहीं। मैंने कुछ खीज और कुछ पुलक के मिले-जुले स्वर में सारी बात बताई। पर ममी पर कोई विशेष प्रतिक्रिया ही नहीं हुई।

"बताना कौन हैं ये लड़के..." बड़े ठंडे लहजे में उन्होंने कहा और फिर पढ़ने लगीं। अपना छेड़ा जाना मुझे जितना सनसनीखेज लग रहा था, उसपर माँ की ऐसी उदासीनता मुझे अच्छी नहीं लगी। कोई और माँ होती तो फेंटा कसकर निकल जाती और उनकी सात पुश्तों को तार देती। पर माँ पर जैसे कोई असर ही नहीं।

दोपहर-ढले लड़कों की मजलिस छत पर जमी तो मैंने ममी को बताया :

"देखो, ये लड़के हैं जो सारे समय इधर देखते रहते हैं और मैं कुछ भी करूँ उसपर फब्तियाँ कसते हैं।" पता नहीं मेरे कहने में ऐसा क्या था कि माँ एकटक मेरी ओर देखती रहीं, फिर धीरे से मुस्कराईं। थोड़ी देर तक छतवाले लड़कों का मुआयना करने के बाद बोलीं, "कॉलेज के लड़के मालूम होते हैं, पर ये तो एकदम बच्चे हैं!"

मन हुआ, कहूँ कि मुझे बच्चे नहीं तो क्या बूढ़े छेड़ेंगे? पर तभी ममी बोलीं, "कल शाम को इन लोगों को चाय पर बुला लेते हैं और तुमसे दोस्ती करवा देते हैं।"

मैं तो अवाक!

"तुम इन्हें चाय पर बुलाओगी?" मुझे जैसे ममी की बात पर विश्वास ही नहीं हो रहा था।

"हाँ, क्यों, क्या हुआ? अरे, यह तो हमारे जमाने में होता था कि मिल तो सकते नहीं, बस, दूर से ही फब्तियाँ कस-कसकर तसल्ली करो। अब तो जमाना बदल गया।"

मैं तो इस विचार-मात्र से ही पुलकित। लगा, माँ सचमुच कोई ऊँची चीज हैं। ये लोग हमारे घर आएँगे और मुझसे दोस्ती करेंगे। एकाएक मुझे लगने लगा कि मैं बहुत अकेली हूँ और मुझे किसी की दोस्ती की सख्त आवश्यकता है। इस मोहल्ले में मेरा किसी से विशेष मेलजोल नहीं और घर में केवल ममी-पापा के दोस्त ही आते हैं।

दूसरा दिन मेरा बहुत ही संशय में बीता। पता नहीं ममी अपनी बात पूरी करती हैं या यों ही रौ में कह गईं और बात खत्म! शाम को मैंने याद दिलाने के लिए ही

कहा, "ममी, तुम सचमुच ही उन लड़कों को बुलाने जाओगी?" शब्द मेरे यही थे, वरना भाव तो था कि ममी जाओ न—प्लीज!

और ममी सचुमच चली गईं। मुझे याद नहीं, ममी दो-चार बार से अधिक मोहल्ले में किसी के घर गई हों। मैं साँस रोककर उनके लौटने की प्रतीक्षा करती रही। एक विचित्र-सी थिरकन मैं अंग-प्रत्यंग में महसूस कर रही थी। कहीं ममी साथ ही लेती आईं तो? कहीं वे ममी से बदतमीजी से पेश आए तो? पर नहीं, वे ऐसे लगते तो नहीं हैं। कोई घंटे-भर बाद ममी लौटीं। बेहद प्रसन्न!

"मुझे देखते ही उनकी तो सिट्टी-पिट्टी ही गुम हो गई। उन्हें लगा, अभी तक तो लोग अपने-अपने घरों से ही उनके लात-दाँत तोड़ने की धमकी दे रहे थे, मैं जैसे सीधे घर ही पहुँच गई उनकी हड्डी-पसली एक करने। पर फिर तो इतनी खातिर की बेचारों ने कि बस! बड़े ही स्वीट बच्चे हैं। बाहर से आए हैं—हॉस्टल में जगह नहीं मिली इसलिए कमरा लेकर रह रहे हैं। शाम को जब पापा आएँगे तब बुलवा लेंगे!"

प्रतीक्षा में समय इतना बोझिल हो जाता है, यह भी मेरा पहला अनुभव था। पापा आए तो ममी ने बड़े उमगकर सारी बात बताई। सबसे कुछ अलग करने का सन्तोष और गर्व उनके हर शब्द से जैसे छलका पड़ रहा था। पापा ही कौन पीछे रहनेवाले थे। उन्होंने सुना तो वे भी प्रसन्न।

"बुलाओ लड़कों को! अरे खेलने-खाने दो और मस्ती मारने दो बच्चों को।" ममी-पापा को अपनी आधुनिकता तुष्ट करने का एक जोरदार अवसर मिल रहा था।

नौकर को भेजकर उन्हें बुलवाया गया तो अगले ही क्षण सब हाजिर! ममी ने बड़े कायदे से परिचय करवाया और 'हलो-हाऽई' का आदान-प्रदान हुआ।

"तनु बेटे, अपने दोस्तों के लिए चाय बनाओ!"

धत्तेरे की! ममी के दोस्त आए तब भी तनु बेटा चाय बनाए और उसके दोस्त आएँ तब भी! पर मन मारकर उठी।

चाय-पानी होता रहा। खूब हँसी-मजाक भी चली। वे सफाई पेश करते रहे कि मोहल्लेवाले झूठमूठ ही उनके पीछे पड़े रहते हैं...वे तो ऐसा कुछ भी नहीं करते। 'जस्ट फार फन' कुछ कर दिया वरना इस सबका कोई मतलब नहीं।

पापा ने बढ़ावा देते हुए कहा, "अरे, इस उमर में तो यह सब करना ही चाहिए। हमें मौका मिले तो आज भी करने से बाज न आएँ।"

हँसी की एक लहर यहाँ से वहाँ तक दौड़ गई। कोई दो घंटे बाद वे चलने लगे तो ममी ने कहा, "देखो, इसे अपना ही घर समझो। जब इच्छा हो, चले आया करो। हमारी तनु बिटिया को अच्छी कम्पनी मिल जाएगी...कभी तुम लोगों से कुछ पढ़ भी लिया करेगी और देखो, कुछ खाने-पीने का मन करे तो बता दिया करना, तुम्हारे लिए बनवा दिया करूँगी..." और वे लोग पापा के खुलेपन और ममी की आत्मीयता और स्नेह पर मुग्ध होते हुए चले गए। बस, जिससे दोस्ती करवाने के लिए उन्हें बुलाया गया था, वह बेचारी इस तमाशे की मात्र दर्शक-भर ही बनी रही।

उनके जाने के बाद बड़ी देर तक उनको लेकर ही चर्चा होती रही। अपने घर की किशोरी लड़की को छेड़नेवाले लड़कों को घर पर बुलाकर चाय पिलाई जाए और लड़की से दोस्ती करवाई जाए, यह सारी बात ही बड़ी थ्रिलिंग और रोमांचक लग रही थी। दूसरे दिन से ममी हर आनेवाले से इस घटना का उल्लेख करतीं। वर्णन करने में पटु ममी नीरस बात को भी ऐसा दिलचस्प बना देती हैं, फिर यह तो बात ही बड़ी दिलचस्प थी। जो सुनता वही कहता—वाह, यह हुई न बात! आपका बड़ा स्वस्थ दृष्टिकोण है चीजों के प्रति, वरना लोग बातें तो बड़ी-बड़ी करेंगे। पर बच्चों को घोटकर रखेंगे और जरा-सा शक-शुबह हो जाए तो बाकायदा जासूसी करेंगे। और ममी इस प्रशंसा से निहाल होती हुई कहती—"और नहीं तो क्या? मुक्त रहो और बच्चों को मुक्त रखो। हमलोगों को बचपन में 'यह मत करो...यहाँ मत जाओ' कह-कहकर कितना बाँधा गया था! हमारे बच्चे तो कम-से-कम इस घुटन के शिकार न हों!"

पर ममी का बच्चा उस समय एक दूसरी ही घुटन का शिकार हो रहा था और वह यह कि जिस नाटक की हीरोइन उसे बनना था, उसकी हीरोइन ममी बन बैठीं।

खैर, इस सारी घटना का परिणाम यह हुआ कि उन लड़कों का व्यवहार एकदम ही बदल गया। जिस शराफत को ममी ने उनपर लाद दिया, उसके अनुरूप व्यवहार करना उनकी मजबूरी बन गया। अब जब भी वे अपनी छत पर ममी-पापा को देखते तो अदब में लपेटकर एक नमस्कार और मुझे देखते तो मुसकान में लपेटकर एक 'हाऽइ' उछाल देते। फब्तियों की जगह बाकायदा हमारा वार्तालाप

शुरू हो गया...बड़ा खुला और बेझिझक वार्तालाप। हमारे बरामदे और छत में इतना ही फासला था कि जोर से बोलने पर बातचीत की जा सकती थी। हाँ, यह बात जरूर थी कि हमारी बातचीत सारा मोहल्ला सुनता था और काफी दिलचस्पी से सुनता था। जैसे ही हम लोग चालू होते, पास-पड़ोस की खिड़कियों में चार-छह सिर और धड़ आकर चिपक जाते। मोहल्ले में लड़कियों के प्रेम-प्रसंग न हों, ऐसी बात तो थी नहीं, बाकायदा लड़कियों के भागने तक की घटनाएँ घट चुकी थीं। पर वह सबकुछ बड़े गुप्त और छिपे ढंग से होता था। और मोहल्लेवाले जब अपनी पैनी नजरों से ऐसे किसी रहस्य को जान लेते थे तो उन्हें बड़ा सन्तोष होता था। पुरुष मूँछों पर ताव देकर और स्त्रियाँ हाथ नचा-नचाकर, खूब नमक-मिर्च लगाकर इन घटनाओं का यहाँ से वहाँ तक प्रचार करतीं। कुछ इस भाव से कि अरे, हमने दुनिया देखी है...हमारी आँखों में कोई धूल नहीं झोंक सकता है। पर यहाँ स्थिति ही उलट गई थी। हमारा वार्तालाप इतने खुलेआम होता था कि लोगों को खिड़कियों की ओट में छिप-छिपकर देखना-सुनना पड़ता था और सुनकर भी ऐसा कुछ उनके हाथ नहीं लगता था जिससे वे कुछ आत्मिक सन्तोष पाते।

पर बात को बढ़ना था और बात बढ़ी। हुआ यह कि धीरे-धीरे छत की मजलिस मेरे अपने कमरे में जमने लगी। रोज ही कभी दो, तो कभी तीन या चार लड़के आकर जम जाते और दुनिया-भर के हँसी-मजाक और गपशप का दौर चलता। गाना-बजाना भी होता और चाय-पानी भी। शाम को ममी-पापा के मित्र आते तो इन लोगों में से कोई बैठा ही होता। शुरू में जिन लोगों ने 'मुक्त रहो और मुक्त रखो' की बड़ी प्रशंसा की थी, उन्होंने मुक्त रहने का जो रूप देखा तो उनकी आँखों में भी कुछ अजीब-सी शंकाएँ तैरने लगीं। ममी की एकाध मित्र ने दबी जबान में कहा भी—"तनु तो बड़ी फास्ट चल रही है।" ममी का अपना सारा उत्साह मन्द पड़ गया था और लीक से हटकर कुछ करने का थ्रिल पूरी तरह झड़ चुका था। अब तो उन्हें इस नंगी सच्चाई को झेलना था कि उनकी निहायत ही कच्ची और नाजुक उम्र की लड़की तीन-चार लड़कों के बीच घिरी रहती है। और ममी की स्थिति यह थी कि वे न इस स्थिति को पूरी तरह स्वीकार कर पा रही थीं और न अपने ही द्वारा बड़े जोश में शुरू किए इस सिलसिले को नकार ही पा रही थीं।

आखिर एक दिन उन्होंने मुझे अपने पास बिठाकर कहा, "तनु बेटे, ये लोग रोज-रोज यहाँ आकर जम जाते हैं। आखिर तुमको पढ़ना-लिखना भी तो है। मैं तो

देख रही हूँ कि इस दोस्ती के चक्कर में तेरी पढ़ाई-लिखाई सब चौपट हुई जा रही है। इस तरह तो यह सब चलेगा नहीं।"

"रात को पढ़ती तो हूँ!" लापरवाही से मैंने कहा।

"खाक पढ़ती है, रात को, समय ही कितना मिलता है? और फिर यह रोज-रोज की धमा-चौकड़ी मुझे वैसे भी पसन्द नहीं। ठीक है, चार-छह दिन में कभी आ गए, गपशप कर ली, पर यहाँ तो एक न एक रोज ही डटा रहता है।" ममी के स्वर में आक्रोश का पुट गहराता जा रहा था।

ममी की यह टोन मुझे अच्छी नहीं लगी, पर मैं चुप।

"तू तो उनसे बहुत खुल गई है, कह दे कि वे लोग भी बैठकर पढ़ें और तुझे भी पढ़ने दें। और तुझसे न कहा जाए तो मैं कह दूँगी।"

पर किसी के भी कहने की नौबत नहीं आई। कुछ तो पढ़ाई की मार से, कुछ दिल्ली के दूसरे आकर्षणों से खिंचकर हॉस्टलवाले लड़कों का आना कम हो गया। पर सामने के कमरे में रहनेवाला शेखर रोज ही आ जाता...कभी दोपहर, तो कभी शाम को! तीन-चार लोगों की उपस्थिति में उसकी जिस बात पर मैंने ध्यान नहीं दिया, वही बात अकेले में सबसे अधिक उजागर होकर आई। वह बोलता कम था, पर शब्दों के परे बहुत कुछ कहने की कोशिश करता था और एकाएक ही मैं उसकी अनकही भाषा समझने लगी थी...केवल समझने ही नहीं लगी थी, प्रत्युत्तर भी देने लगी थी। जल्दी ही मेरी समझ में आ गया कि शेखर और मेरे बीच प्रेम जैसी कोई चीज पनपने लगी है। यों तो शायद मैं समझ ही नहीं पाती पर हिन्दी फिल्में देखने के बाद इसको समझने में खास मुश्किल नहीं हुई।

जब तक मन में कहीं कुछ नहीं था, सब कुछ बड़ा खुला था पर जैसे ही 'कुछ' हुआ तो उसे औरों की नजर से बचाने की इच्छा भी साथ ही आई। जब कभी दूसरे लड़के आते तो सीढ़ियों से ही शोर करते आते...जोर-जोर से बोलते। लेकिन शेखर जब भी आता, रेंगता हुआ आता और फुसफुसाकर हम बातें करते। वैसे बातें बहुत ही साधारण होती थीं...स्कूल की, कॉलेज की। पर फुसफुसाकर करने में ही वे कुछ विशेष लगती थीं। प्रेम को कुछ रहस्यमय, कुछ गुपचुप बना दो तो वह बड़ा थ्रिलिंग हो जाता है वरना तो एकदम सीधा-सपाट! पर ममी के पास घर और

घरवालों के हर रहस्य को जान लेने की एक छठी इन्द्रिय है जिससे पापा भी काफी त्रस्त रहते हैं...उससे उन्हें यह सब समझने में जरा भी देर नहीं लगी। शेखर कितना ही दब-छिपकर आता और ममी घर के किसी भी कोने में होतीं...फट से प्रकट हो जातीं या फिर वहीं से पूछतीं—"तनु, कौन है तुम्हारे कमरे में?"

मैंने देखा कि शेखर के इस रवैये से ममी के चेहरे पर एक अजीब-सी परेशानी झलकने लगी है। पर ममी इस बात को लेकर यों परेशान हो उठेंगी, यह तो मैं सोच भी नहीं सकती थी। जिस घर में रात-दिन तरह-तरह के प्रेम-प्रसंग ही पीसे जाते रहे हों—कुँआरों के प्रेम-प्रसंग, विवाहितों के प्रेम-प्रसंग, दो-तीन प्रेमियों से एक साथ चलनेवाले प्रेम-प्रसंग—उस घर के लिए तो यह बात बहुत ही मामूली होनी चाहिए। जब लड़कों से दोस्ती की है तो एकाध से प्रेम भी हो ही सकता है। ममी ने शायद समझ लिया था कि यह सारी स्थिति आजकल की कलात्मक फिल्मों की तरह चलेगी—जिनकी वे बड़ी प्रशंसक और समर्थक हैं—पर जिनमें शुरू से लेकर आखिर तक कुछ भी सनसनीखेज घटता ही नहीं।

जो भी हो, ममी की इस परेशानी ने मुझे भी कहीं विचलित जरूर कर दिया। ममी मेरी माँ ही नहीं मित्र और साथिन भी हैं। दो घनिष्ठ मित्रों की तरह ही हम दुनिया-जहान की बातें करते हैं, हँसी-मजाक करते हैं। मैं चाहती थी कि वे इस बारे में कोई बात करें, पर उन्होंने कोई बात नहीं की। बस, जब शेखर आता तो वे अपनी स्वभावगत लापरवाही छोड़कर बड़े सजग भाव से मेरे कमरे के इर्द-गिर्द ही मँडराती रहतीं।

एक दिन ममी के साथ बाहर जाने के लिए मैं नीचे उतरी तो दरवाजे पर ही पड़ोस की एक भद्र महिला टकरा गई। नमस्कार और कुशलक्षेम के आदान-प्रदान के बाद वे बात के असली मुद्दे पर आईं।

"ये सामने की छतवाले लड़के आपके रिश्तेदार हैं क्या?"

"नहीं तो।"

"अच्छा? शाम को रोज ही आपके घर बैठे रहते हैं तो सोचा, आपके जरूर कुछ लगते होंगे।"

"तनु के दोस्त हैं।" ममी ने कुछ ऐसी लापरवाही और नि:संकोच भाव से यह वाक्य उछाला कि बेचारी तीर निशाने पर न लगने का गम लिये ही लौट गईं।

वह तो लौट गई पर मुझे लगा कि इस बात का सूत्र पकड़कर ही ममी अब जरूर मेरी थोड़ी धुनाई कर देंगी। कहनेवाली का तो कुछ न बना पर मेरा कुछ बिगाड़ने का हथियार तो ममी के हाथ में आ ही गया। बहुत दिनों से उनके अपने मन में भी कुछ उमड़-घुमड़ तो रहा ही है पर ममी ने इतना ही कहा, "लगता है, इनके अपने घर में कोई धन्धा नहीं है...जब देखो, दूसरे के घर में चोंच गड़ाए बैठे रहते हैं।"

मैं आश्वस्त ही नहीं हुई बल्कि ममी की ओर से इसे हरा सिग्नल समझकर मैंने अपनी रफ्तार कुछ और तेज कर दी। पर इतना जरूर किया कि शेखर के साथ तीन घंटों में से एक घंटा जरूर पढ़ाई में गुजारती। वह बहुत मन लगाकर पढ़ाता और मैं बहुत मन लगाकर पढ़ती। हाँ, बीच-बीच में वह कागज की छोटी-छोटी पर्चियों पर कुछ ऐसी पंक्तियाँ लिखकर थमा देता कि मैं भीतर तक झनझना जाती। उसके बाद भी उन पंक्तियों के वे शब्द...शब्दों के पीछे के भाव मेरी रग-रग में सनसनाते रहते और मैं उन्हीं में डूबी रहती।

मेरे भीतर अपनी ही एक दुनिया बनती चली जा रही थी—बड़ी भरी-पूरी और रंगीन। आजकल मुझे किसी की जरूरत ही महसूस नहीं होती। लगता जैसे मैं अपने में ही पूरी हूँ। हमेशा साथ रहनेवाली ममी भी आउट होती जा रही हैं और शायद यही कारण है कि इधर मैंने ममी पर ध्यान देना ही छोड़ दिया। रोजमर्रा की बातें तो होती हैं, पर केवल बातें ही होती हैं—उसके परे कहीं कुछ नहीं।

दिन गुजरते जा रहे थे और मैं अपने में ही डूबी, अपनी दुनिया में और गहरे धँसती जा रही थी—बाहर की दुनिया से एक तरह से बेखबर-सी।

एक दिन स्कूल से लौटी, कपड़े बदले। शोर-शराबे के साथ खाना माँगा, मीन-मेख के साथ खाया और जब कमरे में घुसी तो ममी ने लेटे-लेटे ही बुलाया—

"तनु, इधर आओ।"

पास आई तो पहली बार ध्यान गया कि ममी का चेहरा तमतमा रहा है। मेरा माथा ठनका। उन्होंने साइड-टेबल पर से एक किताब उठाई और उसमें से कागज की पाँच-छह पर्चियाँ सामने कर दीं। 'तौबा!' ममी से कुछ पढ़ना था सो जाते समय उन्हें अपनी किताब दे गई थी। गलती से शेखर की लिखी पर्चियाँ उसी में रह गईं।

"तो इस तरह चल रही है शेखर और तुम्हारी दोस्ती? यही पढ़ाई होती है यहाँ बैठकर...यही सब करने के लिए आता है वह यहाँ?"

मैं चुप! जानती हूँ, गुस्से में ममी को जवाब देने से बढ़कर मूर्खता और कोई नहीं।

"तुमको छूट दी...आजादी दी, पर इसका मतलब यह तो नहीं कि तुम उसका नाजायज फायदा उठाओ।"

मैं फिर भी चुप।

"बित्ते-भर की लड़की और करतब देखो इनके! जितनी छूट दो उतने ही पैर पसरते जा रहे हैं इनके! झापड़ दूँगी तो सारा रोमांस झड़ जाएगा दो मिनट में..."

इस वाक्य पर मैं एकाएक तिलमिला उठी। तमककर नजर उठाई और ममी की तरफ देखा—पर यह क्या, यह तो मेरी ममी नहीं है। न यह तेवर ममी का है, न यह भाषा। फिर भी ये सारे वाक्य बहुत परिचित से लगे। लगा, यह सब मैंने कहीं सुना है और खटाक् से मेरे मन में कौंधा—नाना! पर नाना को मरे तो कितने साल हो गए, ये फिर जिन्दा कैसे हो गए? और वह भी ममी के भीतर... जो होश सँभालने के बाद हमेशा उनसे झगड़ा ही करती रहीं...उनकी हर बात का विरोध ही करती रहीं।

ममी का 'नानई' लहजेवाला भाषण काफी देर तक चालू रहा, पर वह सब मुझे कहीं से भी छू नहीं रहा था...बस, कोई बात झकझोर रही थी तो यही कि ममी के भीतर नाना कैसे आ बैठे?

और फिर घर में एक विचित्र-सा तनावपूर्ण मौन छा गया—खासकर मेरे और ममी के बीच। नहीं, ममी तो घर में रही ही नहीं, मेरे और नाना के बीच। मैं ममी को अपनी बात समझा भी सकती हूँ, उनकी बात समझ भी सकती हूँ—पर नाना? मैं तो इस भाषा से भी अपरिचित हूँ और इस तेवर से भी—बात करने का प्रश्न ही कैसे उठता? पापा जरूर मेरे दोस्त हैं, पर बिलकुल दूसरी तरह के। शतरंज खेलना, पंजा लड़ना और जो फरमाइश ममी पूरी न करें, उनसे पूरी करवा लेना। बचपन में उनकी पीठ पर लदी रहती थी और आज भी बिना किसी झिझक के उनकी पीठ पर लदकर अपनी हर इच्छा पूरी करवा लेती हूँ। पर इतने 'माई डियर दोस्त' होने के बावजूद अपनी निजी बातें मैं ममी के साथ ही करती आई हूँ। और वहाँ एकदम

सन्नाटा—ममी को पटखनी देकर नाना पूरी तरह उनपर सवार हैं।

शेखर को मैंने इशारे से ही लाल झंडी दिखा दी थी सो वह भी नहीं आ रहा और शाम का समय है कि मुझसे काटे नहीं कटता।

कई बार मन हुआ कि ममी से जाकर बात करूँ और साफ-साफ पूछूँ कि तुम इतना बिगड़ क्यों रही हो? मेरी और शेखर की दोस्ती के बारे में तुम जानती तो हो। मैंने तो कभी कुछ छिपाया नहीं। और दोस्ती है तो वह सब तो होगा ही। तुम क्या समझ रही थीं कि हम भाई-बहन की तरह—पर तभी खयाल आता कि ममी हैं ही कहाँ, जिनसे जाकर यह सब कहूँ।

चार दिन हो गए, मैंने शेखर की सूरत तक नहीं देखी। मेरे हल्के से इशारे से ही उस बेचारे ने तो घर क्या, छत पर भी आना छोड़ दिया। हॉस्टल में रहनेवाले उसके साथी भी न छत पर दिखाई दिए, न घर ही आए। कोई आता तो कम-से-कम उसका हालचाल ही पूछ लेती। मैं जानती हूँ कि वह बेवकूफी की हद तक भावुक है। उसे तो ठीक से यह भी नहीं मालूम कि आखिर यहाँ हुआ क्या है? लगता है ममी के गुस्से की आशंका मात्र से ही सबके हौसले पस्त हो गए थे।

वैसे कल से ममी के चेहरे का तनाव कुछ ढीला जरूर हुआ है। तीन दिन से जमी हुई सख्ती जैसे पिघल गई हो। पर मैंने तय कर लिया है कि बात अब ममी ही करेंगी।

सवेरे नहा-धोकर मैं दरवाजे के पीछे अपनी यूनिफॉर्म प्रेस कर रही थी। बाहर मेज पर ममी चाय बना रही थीं और पापा अखबार में सिर गड़ाए बैठे थे। ममी को शायद मालूम ही नहीं पड़ा कि मैं कब नहाकर बाहर निकल आई। वे पापा से बोलीं, "जानते हो, कल रात को क्या हुआ? पता नहीं, तब से मन बहुत खराब हो गया—उसके बाद मैं तो सो ही नहीं पाई।"

ममी के स्वर की कोमलता से मेरा हाथ जहाँ का तहाँ थम गया और कान बाहर लग गए।

"आधी रात के करीब मैं बाथरूम जाने के लिए उठी। सामने छत पर घुप्प अँधेरा छाया हुआ था। अचानक एक लाल सितारा-सा चमक उठा। मैं चौंकी। गौर से देखा तो धीरे-धीरे एक आकृति उभर आई। शेखर छत पर खड़ा सिगरेट पी रहा था। मैं चुपचाप लेट गई। कोई दो घंटे बाद फिर गई तो देखा, वह उसी तरह छत

पर टहल रहा था। बेचारा...मेरा मन जाने कैसा हो आया। तनु भी कैसी बुझी-बुझी रहती है..." फिर जैसे अपने को ही धिक्कारती-सी बोलीं, "पहले तो छूट दो फिर जब आगे बढ़े तो खींचकर चारों खाने चित्त कर दो। यह भी कोई बात हुई भला।"

राहत का एक गहरा नि:श्वास मेरे भीतर से निकल पड़ा। जाने कैसा आवेग मन में उमड़ा कि इच्छा हुई, दौड़कर ममी के गले लग जाऊँ। लगा, जैसे अरसे के बाद मेरी ममी लौटकर आई हों। पर मैंने कुछ नहीं कहा। बस, अब खुलकर बात करूँगी। चार दिन से न जाने कितने प्रश्न मन में घुमड़ रहे थे। अब क्या, अब तो ममी हैं, और उनसे तो कम-से-कम सब कहा-पूछा जा सकता है।

पर घर पहुँचकर जो देखा तो अवाक! शेखर हथेलियों में सिर थामे कुर्सी पर बैठा है और ममी उसी कुर्सी के हत्थे पर बैठ उसकी पीठ और माथा सहला रही हैं। मुझे देखते ही बड़े सहज स्वाभाविक स्वर में बोलीं, "देखा इस पगले को! चार दिन से साहब कॉलेज नहीं गए हैं। ना ही कुछ खाया-पिया है। अपने साथ इसका भी खाना लगवाना।"

और फिर ममी ने खुद बैठकर बड़े स्नेह से मनुहार कर-करके उसे खाना खिलाया। खाने के बाद कहने पर भी शेखर ठहरा नहीं। ममी के प्रति कृतज्ञता के बोझ से झुका-झुका ही वह लौट गया और मेरे भीतर खुशी का ऐसा ज्वार उमड़ा कि अब तक के सोचे सारे प्रश्न उसी में बिला गए।

सारी स्थिति को सम पर आने में समय तो लगा, पर आ गई। शेखर ने भी अब एक-दो दिन छोड़कर आना शुरू किया और आता भी तो अधिकतर हम लिखाई-पढ़ाई की ही बातें करते। अपने किए पर शर्मिन्दगी प्रकट करते हुए उसने ममी से वायदा किया कि वह अब कोई ऐसा काम नहीं करेगा, जिससे ममी को शिकायत हो। जिस दिन वह नहीं आता, मैं दो-तीन बार थोड़ी-थोड़ी देर के लिए अपने बरामदे से ही बात कर लिया करती। घर की अनुमति और सहयोग से यों सरेआम चलनेवाले इस प्रेम-प्रसंग में मोहल्लेवालों के लिए भी कुछ नहीं रह गया था और उन्होंने इस जानलेवा जमाने को नाम पर दो-तीन लानतें भेजकर, किसी गुल खिलने तक के लिए अपनी दिलचस्पी को स्थगित कर दिया।

लेकिन एक बात मैंने जरूर देखी। जब भी शेखर शाम को कुछ ज्यादा देर बैठ जाता या दोपहर में भी आता तो ममी के भीतर नाना कसमसाने लगते और उसकी

प्रतिक्रिया ममी के चेहरे पर झलकने लगती। ममी भरसक कोशिश करके नाना को बोलने तो नहीं देतीं, पर उन्हें पूरी तरह हटा देना भी शायद ममी के बस की बात नहीं रह गई थी।

हाँ, यह प्रसंग मेरे और ममी के बीच में अब रोजमर्रा की बातचीत का विषय जरूर बन गया था। कभी वे मजाक में कहतीं—"यह जो तेरा शेखर है न, बड़ा लिजलिजा-सा लड़का है। अरे, इस उम्र में लड़कों को चाहिए घूमें, फिरें...मस्ती मारें। क्या मुहर्रमी-सी सूरत बनाए मजनू की तरह छत पर टँगा सारे समय इधर ही ताकता रहता है।"

मैं केवल हँस देती।

कभी बड़ी भावुक होकर कहतीं—"तू क्यों नहीं समझती बेटे कि तुझे लेकर कितनी महत्त्वाकांक्षाएँ हैं मेरे मन में! तेरे भविष्य को लेकर कितने सपने सँजो रखे हैं मैंने।"

मैं हँसकर कहती—"ममी, तुम भी कमाल करती हो। अपनी जिन्दगी को लेकर भी तुम सपने देखो और मेरी जिन्दगी के सपने भी तुम्हीं देख डालो...कुछ सपने मेरे लिए भी छोड़ दो!"

कभी वे समझाने के लहजे में कहतीं—"देखो तनु, अभी तुम बहुत छोटी हो। अपना सारा ध्यान पढ़ने-लिखने में लगाओ और दिमाग से ये उलटे-सीधे फितूर निकाल डालो। ठीक है, बड़े हो जाओ तो प्रेम भी करना और शादी भी। मैं तो वैसे भी तुम्हारे लिए लड़का ढूँढ़नेवाली नहीं हूँ—अपने-आप ही ढूँढ़ना, पर इतनी अकल तो आ जाए कि ढंग का चुनाव कर सको।"

अपने चुनाव के रिजेक्शन को मैं समझ जाती और पूछती—"अच्छा ममी, बताओ जब तुमने पापा को चुना था तो वह नाना को पसन्द था?"

"मेरा चुनाव! अपनी सारी पढ़ाई-लिखाई खत्म करके पच्चीस साल की उमर में चुनाव किया था मैंने—खूब सोच-समझकर और अक्ल के साथ, समझी।"

ममी अपनी बौखलाहट को गुस्से में छिपाकर कहती। उम्र और पढ़ाई-लिखाई—ये दो ही तो ऐसे मुद्दे हैं जिस पर ममी मुझे जब-तब धाँसती रहती हैं। पढ़ने-लिखने में मैं अच्छी थी और रहा उम्र का सवाल, सो उसके लिए मन होता कि कहूँ—ममी, तुम्हारी पीढ़ी जो काम पच्चीस साल की उम्र में करती थी, हमारी

उसे पन्द्रह साल की उम्र में ही करेगी, इसे तुम क्यों नहीं समझतीं। पर चुप रह जाती। नाना का जिक्र तो चल ही पड़ता, कहीं वे ही जाग उठे तो?

छमाही परीक्षाएँ पास आ गई थीं और मैंने सारा ध्यान पढ़ने में लगा दिया था। सबका आना और गाना-बजाना एकदम बन्द! इन दिनों मैंने इतनी जमकर पढ़ाई की कि ममी का मन प्रसन्न हो गया। शायद कुछ आश्वस्त भी। आखिरी पेपर देने के पश्चात लग रहा था कि एक बोझ था, जो हट गया है। मन बेहद हल्का होकर कुछ मस्ती मारने को कर रहा था। मैंने ममी से पूछा, "ममी, कल शेखर और दीपक पिक्चर जा रहे हैं, मैं भी साथ चली जाऊँ?" आज तक मैं इन लोगों के साथ कभी घूमने नहीं गई थी—पर इतनी पढ़ाई करने के बाद अब इसकी छूट तो मिलनी ही थी।

ममी एक क्षण मेरा चेहरा देखती रहीं, फिर बोलीं, "इधर आ, यहाँ बैठ। तुझसे कुछ बातें करनी हैं।"

मैं जाकर बैठ गई पर यह न समझ आया कि इसमें बात करने को क्या है—हाँ कहो या ना। लेकिन ममी को बात करने का मर्ज जो है। उनकी तो हाँ-ना भी पचास-साठ वाक्यों में लिपटे बिना नहीं निकल सकती।

"तेरे इम्तिहान खत्म हुए, मैं तो खुद पिक्चर का प्रोग्राम बना रही थी। बोल, कौन-सी पिक्चर देखना चाहती है?"

"क्यों उन लोगों के साथ जाने में क्या है?" मेरे स्वर में इतनी खीज भरी हुई थी कि ममी एकटक मेरा चेहरा ही देखती रह गईं।

"तनु, तुझे पूरी छूट दे रखी है बेटे, पर इतनी ही तेज चल कि मैं भी साथ तो चल सकूँ।"

"तुम साफ कहो न कि जाने दोगी या नहीं? बेकार की बातें...मैं भी साथ चल सकूँ—तुम्हारे साथ चल सकने की बात भला कहाँ से आ गई?"

ममी ने पीठ सहलाते हुए कहा, "साथ तो चलना ही पड़ेगा। कभी औंधे मुँह गिरी तो उठानेवाला भी तो चाहिए न।"

मैं समझ गई कि ममी नहीं जाने देंगी, पर इस तरह प्यार से मना करती हैं तो झगड़ा भी तो नहीं किया जा सकता। बहस करने का सीधा-सा मतलब है कि उनका बघारा हुआ दर्शन सुनो—यानी पचास मिनट की एक क्लास। पर मैं कतई नहीं समझ पाई कि जाने में आखिर हर्ज क्या है, हर बात में न-नुकुर। कहाँ तो कहती थीं कि बचपन में, 'यह मत करो, वहाँ मत जाओ' कहकर हमको बहुत डाँटा गया

था, और खुद वही सब कर रही हैं। देख लिया इनकी बड़ी-बड़ी बातों को। मैं उठी और दनदनाती हुई अपने कमरे में आ गई। हाँ, एक वाक्य जरूर थमा आई—"ममी, जो चलेगा वह गिरेगा भी और जो गिरेगा, वह उठेगा भी और खुद ही उठेगा, उसे किसी की जरूरत नहीं है।"

पता नहीं, मेरी बात की उनपर प्रतिक्रिया हुई या उनके अपने मन में ही कुछ जागा कि शाम को उन्होंने खुद शेखर को उसके कमरे पर आए तीनों-चारों लड़कों को बुलवाकर मेरे ही कमरे में मजलिस जमवाई और खूब गरम-गरम खाना खिलवाया। कुछ ऐसा रंग जमा कि मेरा दोपहरवाला आक्रोश धुल गया।

इम्तिहान खत्म हो गए थे और मौसम सुहाना था। ममी का रवैया भी अनुकूल था सो दोस्ती का स्थगित हुआ सिलसिला फिर शुरू हो गया और आजकल तो जैसे उसके सिवाय कुछ रह ही नहीं गया था। पर फिर एक झटका।

उस दिन मैं अपनी सहेली के घर से लौटी तो ममी की सख्त आवाज सुनाई दी, "तनु, इधर आओ तो!"

आवाज से ही लगा कि यह खतरे का सिगनल है। एक क्षण को मैं सकते में आ गई। पास गई तो चेहरा पहले की तरह सख्त।

"तुम शेखर के कमरे पर जाती हो?" ममी ने बन्दूक दागी। समझ गई कि पीछे गली में से किसी ने अपना करतब कर दिखाया।

"कब से जाती हो?"

मन तो हुआ कि कहूँ जिसने जाने की खबर दी है, उसने बाकी बातें भी बता ही दी होंगी...कुछ जोड़-तोड़कर ही बताया होगा। पर ममी जिस तरह भभक रही थीं, उसमें चुप रहना ही बेहतर समझा। वैसे मुझे ममी के इस गुस्से का कोई कारण समझ नहीं आ रहा था। दो-तीन बार यदि मैं थोड़ी-थोड़ी देर के लिए शेखर के कमरे में चली गई तो क्या गुनाह हो गया? पर ममी का हर काम सकारण तो होता नहीं—बस, वे तो मूड पर ही चलती हैं।

अजीब मुसीबत थी—गुस्से से ममी से बात करने का कोई मतलब नहीं...और मेरी चुप्पी ममी के गुस्से को और भड़का रही थी।

"याद नहीं है, मैंने शुरू में ही तुम्हें मना किया था कि तुम उनके कमरे पर कभी नहीं जाओगी। तीन-तीन घंटे वह यहाँ धूनी रमाकर बैठता है, उसमें जी भरा नहीं तुम्हारा?"

दु:ख, क्रोध और आतंक की परतें उनके चेहरे पर गहरी होती जा रही थीं और मैं समझ नहीं पा रही थी कि कैसे उन्हें सारी स्थिति समझाऊँ।

"वह तो बेचारे सामनेवालों ने मुझे बुलाकर आगाह कर दिया—जानती है, यह सिर आज तक किसी के सामने झुका नहीं, पर वहाँ मुझसे आँख नहीं उठाई गई। मुँह दिखाने लायक मत रखना हमको कहीं भी। सारी गली में थू-थू हो रही है। नाक कटाकर रख दी।"

गजब।

इस बार तो सारा मोहल्ला ही बोलने लगा ममी के भीतर से। आश्चर्य है कि जो ममी आज तक अपने आसपास से बिलकुल कटी हुई थीं...जिसका मजाक उड़ाया करती थीं—आज कैसे उसके सुर में सुर मिलाकर बोल रही हैं।

ममी का भाषण बदस्तूर चालू...पर मैंने तो अपने कान के स्विच ही ऑफ कर लिए। जब गुस्सा ठंडा होगा...ममी अपने में लौट आएँगी तब समझा दूँगी—ममी, इस छोटी-सी बात को तुम नाहक इतना तूल दे रही हो।

पर जाने कैसी डोज ले आई हैं इस बार कि उनका गुस्सा ठंडा ही नहीं हो रहा है और हुआ यह कि अब उनके गुस्से से मुझे गुस्सा चढ़ने लगा।

फिर घर में एक अजीब-सा तनाव छा गया। इस बार ममी ने शायद पापा को भी सबकुछ बता दिया है। कहा तो उन्होंने कुछ नहीं...वे शुरू से इस सारे मामले में आउट रहे...पर इस बार उनके चेहरे पर भी एक अनकहा-सा तनाव दिखाई जरूर दे रहा है।

कोई दो महीने पहले जब इस तरह की घटना हुई थी तो मैं भीतर तक सहम गई थी, पर इस बार मैंने तय कर लिया है कि इस सारे मामले में ममी को यदि नाना बनकर ही व्यवहार करना है तो मुझे भी ममी की तरह मोर्चा लेना होगा उनसे...और मैं जरूर लूँगी। दिखा तो दूँ कि मैं तुम्हारी ही बेटी हूँ और तुम्हारे ही नक्शे-कदम पर चली हूँ। खुद तो लीक से हटकर चली थीं...सारी जिन्दगी इस बात की घुट्टी पिलाती रहीं, पर मैंने जैसे ही अपना पहला कदम रखा, घसीटकर मुझे अपनी ही खींची लीक पर लाने के दन्द-फन्द शुरू हो गए।

मैंने मन में ढेर-ढेर तर्क सोच डाले कि एक दिन बाकायदा ममी से बहस करूँगी। साफ-साफ कहूँगी कि ममी, इतने ही बन्धन लगाकर रखना था तो शुरू से वैसे पालतीं। क्यों झूठ-मूठ आजादी देने की बातें करती-सिखाती रहीं। पर इस बार

मेरा भी मन सुलगकर इस तरह राख हो गया था कि मैं गुमसुम-सी अपने ही कमरे में पड़ी रहती। मन बहुत भर आता तो रो लेती। घर में सारे दिन हँसती-खिलखिलाती रहनेवाली मैं एकदम चुप होकर अपने में ही सिमट गई थी। हाँ, एक वाक्य जरूर बार-बार देहरा रही थी—"ममी, तुम अच्छी तरह समझ लो कि मैं भी अपने मन की ही करूँगी।" हालाँकि मेरे मन में क्या है, इसकी कोई भी रूपरेखा मेरे सामने न थी।

मुझे नहीं मालूम था कि इन तीन-चार दिनों में बाहर क्या हुआ? घर-बाहर की दुनिया से कटी, अपने ही कमरे में सिमटी, मैं ममी से मोर्चा लेने के दाँव सोच रही थी।

पर आज दोपहर मुझे कतई-कतई अपने कानों पर विश्वास नहीं हुआ जब मैंने ममी को अपने बरामदे से ही चिल्लाते हुए सुना, "शेखर, कल तो तुम लोग छुट्टियों में अपने घर चले जाओगे, आज शाम अपने दोस्तों के साथ खाना इधर ही खाना।"

नहीं जानती, किस जद्दोजहद से गुजरकर ममी इस स्थिति पर पहुँची होंगी।

और रात को शेखर, दीपक और रवि के साथ खाने की मेज पर डटा हुआ था। ममी उतने ही प्रेम से खाना खिला रही थीं...पापा वैसे ही खुले ढंग से मजाक कर रहे थे, मानो बीच में कुछ घटा ही न हो। अगल-बगल की खिड़कियों में दो-चार सिर चिपके हुए थे। सबकुछ पहले की तरह बहुत सहज-स्वाभाविक हो उठा था...।

केवल मैं इस सारी स्थिति से एकदम तटस्थ होकर यही सोच रही थी कि नाना पूरी तरह नाना थे—शत-प्रतिशत—और इसी से ममी के लिए लड़ना कितना आसान हो गया होगा। पर इन ममी से लड़ा भी कैसे जाए जो एक पल नाना होकर जीती हैं तो एक पल ममी होकर!

स्त्री-सुबोधिनी

प्यारी बहनो,

न तो मैं कोई विचारक हूँ, न प्रचारक, न लेखक, न शिक्षक। मैं तो एक बड़ी मामूली-सी नौकरीपेशा घरेलू औरत हूँ, जो अपनी उम्र के बयालीस साल पार कर चुकी है। लेकिन इस उम्र तक आते-आते जिन स्थितियों से मैं गुजरी हूँ, जैसा अहम अनुभव मैंने पाया...चाहती हूँ, बिना किसी लाग-लपेट के उसे आपके सामने रखूँ और आपको बहुत सारे खतरों से आगाह कर दूँ। मैं जानती हूँ कि अपने जीवन के निहायत ही निजी अनुभवों को यों सरेआम कहकर मैं खुद अपने लिए बहुत बड़ा खतरा मोल लूँगी। मेरे मात्र पाँच साल के अल्पकालीन विवाहित जीवन पर भी संकट आ सकता है। पर क्या करूँ, मेरा नैतिक दायित्व मुझे ललकार रहा है कि अपनी हजार-हजार मासूम किशोरी बहनों को...जो या तो ऐसी ही स्थिति में पड़ी हैं या कि कभी भी पड़ सकती हैं...अपने अनुभव से कुछ नसीहत दूँ, बरबादी की ओर जाने से बचा लूँ, खतरा उठाकर भी यदि मैं दो-चार बहनों की...

क्या कहा, आपकी दिलचस्पी बेकार की लफ्फाजी में नहीं है! आप असली बात जानना चाहती हैं! बहुत अच्छे। लफ्फाजी के प्रति यदि आपके मन में अरुचि है, तो यह शुभ लक्षण है। बहुत शुभ। आप शर्तिया बहुत सारे खतरों से बची रहेंगी। साँप का काटा और बातों का मारा व्यक्ति बेचारा उठ ही नहीं पाता। मुझे ही देखिए, मेरी जो दुर्दशा हुई थी, उसका कारण...

अच्छा-अच्छा, अब एक भी बेकार की बात नहीं। बिना किसी लाग-लपेट के सीधी बात सुनिए। सीधी और सच्ची।

मेरा अपने बॉस से प्रेम हो गया। वाह! आपके चेहरों पर तो चमक आ गई। आप भी क्या करें! प्रेम कम्बख्त है ही ऐसी चीज। चाहे कितनी ही पुरानी और घिसी-

पिटी क्यों न हो जाए...एक बार तो दिल फड़क ही उठता है...चेहरे चमचमाने ही लगते हैं। खैर, तो यह कोई अनहोनी बात नहीं। डॉक्टरों का नर्सों से, प्रोफेसरों का अपनी छात्राओं से, अफसरों का अपनी स्टेनो-सेक्रेटरी से प्रेम हो जाने का हमारे यहाँ आम रिवाज है। यह बात बिलकुल अलग है कि उनकी ओर से इसमें प्रेम कम और शगल ज्यादा रहता है। पर यह बात तो मुझे बहुत बाद में समझ में आई। मैंने तो अपनी ओर से ईमानदारी के साथ ही शुरू किया था। ईमानदारी और समर्पण के साथ।

शिन्दे नए-नए तबादला होकर हमारे विभाग में आए थे। बेहद खुशमिजाज और खूबसूरत। आँखों में ऐसी गहराई कि जिसे देख लें, वह गोते ही लगाता रह जाए। बड़ा शायराना अन्दाज था उनका और जल्दी ही मालूम पड़ गया कि वे कविताएँ भी लिखते हैं। पत्र-पत्रिकाओं में वे धड़ाधड़ छपती भी रहती हैं और इस क्षेत्र में उनका अच्छा-खासा नाम है। आयकर विभाग की अफसरी और कविताएँ। है न कुछ बेमेल-सी बात! पर यह उनके जीवन की हकीकत थी।

मैं स्थितियों और उम्र के उस दौर से गुजर रही थी, जब लड़कियों में प्रेम के लिए विशेष प्रकार का लपलप भाव रहता है। बूढ़ी माँ तीनों छोटे भाई-बहनों को लेकर गाँव में रहती थी और मैं इस महानगरी में कामकाजी महिलाओं के एक हॉस्टल में। न घर का कोई अंकुश था और न इस बात की सम्भावना कि वे कहीं मेरा ठौर-ठिकाना लगा देंगे। मेरा ठिकाना वे लगाते भी क्या, उनकी जिन्दगियाँ ठिकाने लगी रहें, और घर की मशीन जैसे-तैसे चलती रहे, इसके लिए मुझे ही हर महीने मनीऑर्डर में तेल डालकर भेजना पड़ता था। सब ओर से असुरक्षित और असहाय होकर ही मैंने जिन्दगी के सत्ताईस साल पूरे कर लिए और एकाएक ही मुझे लगने लगा कि नहीं, इस तरह अब और नहीं चलेगा। हर रोज हजार-हजार इच्छाएँ मुँह बाए खड़ी रहतीं और मैं उनके सामने ढेर हो जाती। आखिर मैंने अपनी नाक और आँखों को कुछ अधिक सजग और तेज कर लिया। बस, ऐसा करते ही मुझे हर नौजवान की नजरों में अपने लिए विशेष संकेत दिखने लगे और उनकी बातों में विशेष अर्थ और आमंत्रण की गन्ध आने लगी। तभी भिड़ गया शिन्दे। उसके तो संकेत भी बहुत साफ थे...निमंत्रण भी बहुत खुला। लगा, किस्मत ने छप्पन पकवानों से भरी थाली मुझ भुक्कड़ के आगे परोसकर रख दी है। सो मैंने न उसका आगा-पीछा जानने की कोशिश की और न अपना आगा-पीछा सोचने की। बस, आँख मूँदी और प्रेम की डगर पर चल पड़ी।

हर प्रेम की शुरुआत करीब-करीब एक-सी होती है। प्रेमियों को वे सारी बातें चाहे जितनी रोमांचकारी और गुदगुदानेवाली लगें, देखने-सुननेवालों को बड़ी उबाऊ और सपाट लगने लगती हैं। घबराइए नहीं, मैं आपको उन बातों से कतई बोर करने नहीं जा रही। बस, इतना ही समझ लीजिए कि शामें हमारी किसी रेस्तराँ के नीम-अँधेरे कोने में बीततीं, तो कभी बाग के झुरमुट के बीच। कभी हम आपस में अँगुलियाँ उलझाए रहते, तो कभी वह मेरी लटों से खिलवाड़ करता रहता। एक बार उसने कविता में मेरे बालों की उपमा बदली से दे दी। बस, फिर क्या था, मैं जब-तब गोदी में रखे उसके सिर पर झुककर बदली छितरा देती और वह उचककर...

यह क्या, आपकी आँखों में तो अविश्वास भर आया। मैं समझ गई। एक सीनियर अधिकारी और ऐसी छिछोरी फिल्मी हरकतें। पर सच मानिए, अब भी मैं दावे के साथ कह सकती हूँ कि यहाँ के हर पुरुष के भीतर एक ऐसा ही फिल्मी हीरो आसन मारे बैठा रहता है जब तक वह पूरी तरह तृप्त न हो जाए, मरता नहीं। उम्र के किसी भी दौर पर, उस समय चाहे वह छह बच्चों का बाप ही क्यों न हो... जरा-सा मौका मिलते ही भड़भड़ाकर जाग उठता है और पूरी तरह अपनी गिरफ्त में जकड़ लेता है। फिर तो बड़ी-बड़ी तोपें तक ऐसी बचकाना और बेवकूफाना हरकतें करती हैं कि बस, तौबा! न कोई शर्म, न उम्र का लिहाज! आजकल की लड़कियों ने इस राज को अच्छी तरह समझ लिया है, इसलिए वे शादी करते ही हनीमून की जान को लग जाती हैं। फिर किसी पहाड़ी जगह में, सारे नाज-नखरों के साथ, फिल्मी अदाकारी की तर्ज पर प्रेम के ऐसे-ऐसे दिलकश दाँव-पेंच दिखाती हैं कि हीरो साहब पूरी तरह ढेर! कम-से-कम आगे के दस साल तो सुरक्षित। पर हनीमून की नौबत तो शादी के बाद ही आती है न। मैं तो उन बहनों को सावधान करना चाहती हूँ, जो शादी के पहले ही से इस हीरो के चंगुल में आकर अपने को चौपट कर लेती हैं।

माफ कीजिए, फिर बहक गई! क्या करूँ! चाहती हूँ इस प्रसंग की एक-एक बारीकी आपको समझा दूँ। वरना इस चक्कर में फँसने के बाद तो समझ एकदम भोंथरी हो जाती है, जैसे मेरी हो गई थी। हाँ, तो मेरा और शिन्दे का प्रेम चल निकला। एक बात साफ कर दूँ, बहुत जरूरी है। आप कहीं यह न समझ लें कि मैं शिन्दे से इसलिए प्रेम करने लगी थी कि वही मेरा बॉस था और उसके प्रेम के प्रकाश में मुझे अपना कैरियर दिपदिपाता हुआ दिखाई देता। नहीं, प्रेम जैसी पवित्र चीज को मैं घटिया किस्म के स्वार्थों से अलग करके ही देखती थी। तभी तो पूरे आठ साल तक

शिन्दे के प्रेम की अखंड जोत जलाए अपने को होम करती रही।

लीजिए, आप हँस रही हैं। क्या करूँ, मुश्किल यह है कि टुच्चे लोगों ने प्रेम में निहायत ही घटिया किस्म की घालमेल करके उसे इतना हल्का, झूठा और बाजारू बना दिया है कि उसके असली रूप की बात करते ही लोग हँसने लगते हैं। पर आप मेरी बात का यकीन मानिए... मेरा प्रेम कतई-कतई कैरियर-ओरिएंटेड नहीं था। बड़ी मुश्किल से पाए हुए अपने इस विवाहित जीवन को दाँव पर लगाकर, अपनी जो यह दु:ख भरी गाथा सुना रही हूँ, वह भी केवल उन्हीं बहनों के लिए, जो प्रेम को मीराबाई के भाव से ग्रहण करती हैं।

हाँ, तो मैं पूरी तरह शिन्देमई हो गई, पर तभी एक भयंकर झटका लगा। बल्कि कहूँ कि जो लगा, उसके लिए झटका शब्द हल्का ही है। मालूम पड़ा कि शिन्दे के एक अदद बीवी है, जो पहली बार पुत्रवती बनकर पाँच महीने बाद अपने मैके से लौटी है यानी एक अदद बीवी और एक अदद बच्चा। मुझे तो सारी दुनिया ही लड़खड़ाती नजर आने लगी। लगा, मैं बहुत बड़ा धोखा खा गई हूँ। मेरे भीतर गुस्सा बुरी तरह बलबलाने लगा। इसने यह बात बताई क्यों नहीं? और बीवी-बच्चे के रहते मेरी ओर प्रेम का हाथ बढ़ाने का मतलब? मैंने जब भी उससे घर और घरवालों के बारे में पूछा, वह तीन-चार शेर दोहरा दिया करता था, जिनका शाब्दिक अर्थ होता था—'मेरा न कोई घर है न दर, न कोई अपना न पराया। इस जमीन और आसमान के बीच मैं अकेला हूँ, बिलकुल अकेला,' पर मेरे लिए इन शेरों का सीधा-सादा अर्थ था—हरी झंडी, लाइन क्लीयर। सो मैं सपाटे से चल पड़ी। बल्कि चलने में थोड़ी फुर्ती भी की। आप तो जानती ही होंगी कि इस उम्र तक शादी न होने पर लड़कियों में एक खास तरह की हड़बड़ाहट आ जाती है। चाहती हैं, जैसे भी हो, जल्दी-से-जल्दी प्रेमी को पूरी तरह कब्जे में करके, पति बनाकर अपनी टेंट में खोंस लें। झूठ नहीं बोलूँगी। मैं भी इसी नेक इरादे से लपक रही थी कि बीच में ही औंधे मुँह गिरी।

पर गिरने नहीं दिया शिन्दे ने। हाथों-हाथ झेल लिया। गुस्से से मैं पगला रही थी और आँखों से आँसुओं की झड़ी लगी हुई थी। मन हो रहा था, सामने बैठे इस आदमी की चिन्दिया बिखेरकर रख दूँ और फिर कभी इसकी सूरत नहीं देखूँ। पर उसने बिना किसी बात का मौका दिए मुझे बाँहों में भर लिया और धुआँधार रोने लगा—'पिता के दबाव में आकर की हुई शादी मेरे जीवन की सबसे बड़ी ट्रेजेडी बन गई...बीवी के रहते भी मैं कितना अकेला हूँ...दो अजनबियों की तरह एक

छत के नीचे रहने की यातना...' ऐसी-ऐसी बातों के न जाने कितने टुकड़े आँसुओं से भीग-भीगकर टपक रहे थे। मेरा विवेक मुझसे संकल्प करवा रहा था कि लौट जाओ, इस दिशा में अब एक कदम भी आगे मत बढ़ो। मैं रो-रोकर अपना संकल्प दोहरा रही थी। वह रो-रोकर अपना दु:ख दोहरा रहा था।

इसी तरह हम दो-तीन बार और मिले। वही बातें, वही रोना। मैंने सोचा था कि आँसुओं के साथ मैं अपना सारा प्रेम और गम भी बहा दूँगी और हमेशा के लिए अलविदा कहकर लौट जाऊँगी। पर हुआ एकदम उलटा। आँसुओं के जल से सिंचकर प्रेम की बेल तो और ज्यादा लहलहा उठी। अब देखिए न, मीरा का पद—'अँसुवन जल सींच-सींच...' बचपन से पढ़ा था। पर हम सबकी ट्रेजेडी यही है कि स्कूली शिक्षा को जीवन में गुनते नहीं। शिक्षा एक तरफ, जीवन एक तरफ इसीलिए ठोकर खाते हैं। यही हुआ। उसका दु:खी और दयनीय चेहरा देखकर मेरे मन में प्रेम का ज्वार उमड़ने लगा। उसके आँसुओं ने प्रेम को इतना गीला और रपटीला बना दिया कि वापस मुड़ने को तैयार मेरा पैर, अपने-आपको स्वाहा करने के लिए आगे बढ़ गया।

पर इतना सब करने के बावजूद मेरी आँखों में जब-तब सन्देह और आशंका के डोरे उभर आते। मेरी पकड़ में पहले जैसी मजबूती नहीं रह गई, शिन्दे इस मैदान का पक्का खिलाड़ी था। मेरे असमंजस और दुविधा को चट भाँप गया। केवल भाँप ही नहीं गया, वरन् उसने यह भी महसूस कर लिया कि बीवी की उपस्थिति से हमारे प्रेम में आपातकालीन स्थिति पैदा हो गई है। अब यदि उसे बचाकर रखना है तो प्रेम करने के तरीके में एक क्रान्तिकारी परिवर्तन लाना होगा। बिना उसके मामला चलनेवाला नजर नहीं आ रहा था। रेस्तराँ और बाग-बगीचों के बीच तो यह परिवर्तन आ नहीं सकता था, इसलिए बड़ी शिद्दत के साथ एक कमरे की तलब महसूस होने लगी। वैसे पहले भी कई बार वह अपनी इस तरह की इच्छा और जरूरत का इजहार कर चुका था, पर मैंने हमेशा दो टूक जवाब पकड़ा दिया। आप विश्वास करें या न करें, पर निश्चय ही मैं पहले बड़े संस्कारोंवाली लड़की थी। हर तरह की मर्यादा में मेरा पूरा विश्वास था। उस तरह के आमंत्रण को मैं स्वीकार कर ही नहीं सकती थी। पर स्थिति ने मुझे बेहद-बेहद कमजोर बना दिया था और मैं सोचने लगी थी कि यदि पूरी तरह पाना है तो अपने को पूरी तरह देना भी पड़ेगा।

तीन-चार कमरा-मुलाकातों में ही मैंने समझ लिया कि इन मुलाकातों के कारण उसके भीतर किसी तरह का अपराध-बोध, या कुछ गलत करने का भाव

लेशमात्र भी नहीं है। वह काफी तृप्त और छका हुआ लगता था। मुझे समझते देर नहीं लगी कि शरीर के स्तर पर भी मैंने अपने को उसके लिए अनिवार्य बना लिया है। मुझे पक्का विश्वास हो गया कि मेरा यह समर्पण तुरुप के इक्के की तरह कारगर सिद्ध होगा और बाजी मेरे हाथ। निश्चय ही इन मुलाकातों ने मेरे प्रेम को बड़ी मजबूत बैसाखियाँ थमा दीं और मेरे लड़खड़ाते कदम फिर जम गए।

वह मेरे साथ भविष्य की योजनाएँ बनाता, पर उन्हें अमल में लाए, तब तक के लिए एक मौन समझौता हम लोगों के बीच हो गया। अपना शरीर, अपनी भावनाएँ उसने मेरे जिम्मे कर दीं और घर, बच्चा, बूढ़ा बाप और सारी पारिवारिक खिचखिच बीवी के जिम्मे। इस विभाजन से मैं कुछ समय के लिए परम प्रसन्न। यों भी इस उम्र में आदमी को सबसे ज्यादा भरोसा अपने शरीर पर ही होता है। शरीर पा लिया, समझो दुनिया-जहान हथिया लिया। ऊपर से मुझे वह कभी बातों से, तो कभी कविताओं से समझाता रहता कि मन और शरीर की पवित्र भूमि पर ही असली प्रेम पनपता है। घर की चहारदीवारी के बीच निरन्तर होनेवाली खिच-खिच में तो वह मरता ही है। मैं समझती रहती और अपने को बहुत पुख्ता जमीन पर महसूस करती। वह बातें ही ऐसी करता कि सन्देह की कोई गुंजाइश नहीं छोड़ता। मुझे पूरा विश्वास था कि एक दिन वह खूँटे से उखड़कर मेरी गिरफ्त में आ जाएगा।

बीवी की याद और बात से शिन्दे अपना चेहरा एकदम मायूस बना लेता और बिना कहे ही मेरे दिमाग में यह बिठाने की कोशिश करता कि बीवी बनते ही औरत बहुत उबाऊ और त्रासदायक बन जाती है...कि रिश्तों में बँधते ही प्रेम नीरस और बेजान हो जाता है...कि सच्चे प्रेमियों को तो हमेशा मुक्त ही रहना चाहिए। मैं इन सब बातों को सुनती-समझती तो सही, पर गले नहीं उतार पाती क्योंकि बीवी बनने की ललक ज़ब-तब मेरे भीतर जोर मारती थी। सच बात है, मुझे तो घर भी चाहिए था, पति भी और बच्चे भी। पर उसे तो जैसे बीवी नाम से ही चिढ़ हो गई थी। कभी-कभी तो वह अपनी बीवी के कर्कश स्वभाव और तुनकमिजाजी की बात करते-करते रो तक पड़ता। तब मैं लपककर उसे बाँहों में भरती, अपने होठों से उसके आँसू पोंछती और उसे हौसला बँधाती कि जल्दी ही हम कुछ ऐसा करेंगे कि वह इस दु:ख से मुक्त हो...कि मैं उसे एक सही, सुखद जिन्दगी दूँगी। यह आश्वासन उसके लिए कम, मेरे अपने लिए ज्यादा होता था।

दिन सरकते जा रहे थे और अपने प्रेम के तरीके में क्रान्तिकारी परिवर्तन लाने के बावजूद स्थिति जहाँ की तहाँ थी यानी कि मैं अपने हॉस्टल के कमरे में बन्द,

शिन्दे अपनी बीवी की मुट्ठी में। साल-भर पहले का जागा आत्मविश्वास फिर डगमगाने लगा और मुझे लगा कि अब कोई धाँसू कार्यक्रम अपनाना पड़ेगा।

आज सोचती हूँ तो अपने पर ही सौ-सौ धिक्कार के साथ आश्चर्य भी होता है कि कैसे मेरी बुद्धि पर ऐसा मोटा परदा पड़ गया था कि यह भी नहीं सोच सकी कि उसकी बीवी भी आखिर मेरी तरह ही एक स्त्री है...अपने पति के छलावे और मक्कारी की शिकार। पर नहीं, यह तो तब समझ में आया जब उसकी मक्कारी ने मुझे तबाही के कगार पर ला पटका। झूठ नहीं बोलूँगी, उस समय तो उसके प्रेम में अन्धी होने के कारण, वह जो कुछ भी कहता-समझाता, मुझे उसपर पूरा यकीन ही नहीं होता बल्कि मैं भी उसी की तरह दुनिया-भर के छल-छन्द सोचा करती थी। तभी तो मैंने सोचा कि उसकी बीवी को हमारे प्रेम-प्रसंग की जानकारी तो अवश्य होगी...वह काफी दुःखी भी होगी...क्यों न मैं जब-तब वहाँ उपस्थित होकर उसके त्रास को इतना बढ़ा दूँ कि वह खुद ही इस अपमानजनक स्थिति को नकारकर अलग हो जाए। रकीब को सामने देखकर अच्छे-अच्छों के हौसले पस्त हो जाते हैं, फिर अपमान की, उपेक्षा की आग में झुलती इस औरत का हौसला ही क्या होगा! और यही सोचकर आखिर मैं एक दिन शिन्दे के घर जा धमकी।

एक सुहागिन औरत की सारी नियामतों यानी कि बूढ़े ससुर के वरदहस्त की छत्र-छाया और बच्चों के पोतड़ों की बन्दनवार के बीच, दूधों नहाई पूतों फली भाव से वह कुर्सी पर विराजमान थी। मुझे देखकर उसके चेहरे पर किसी तरह का कोई विकार नहीं आया। बस, सहजता में लिपटा एक प्रश्नवाचक उभरा और 'हरखू, इन्हें बिठाओ और साहब से बोलो, कोई मिलने आया है' के साथ बिला गया। विकार तो मुझे देखकर शिन्दे के चेहरे पर आया, जिसे उसने थोड़ी-सी कोशिश करके अफसरी नकाब के नीचे ढक लिया। दफ्तरी भाषा में दफ्तरी बातें करके उसने मुझे चलता किया। पर बाहर निकलते समय हाथ दबाकर लाड़ में लिपटी हल्की-सी फटकार के साथ शाम को कमरे पर आने का निमंत्रण भी दे दिया।

मैं उसकी बीवी को त्रस्त करने गई थी, पर खुद ही त्रस्त और पस्त होकर लौटी। मुझे आश्चर्य हो रहा था कि वह औरत है या मांस का लोंदा! इसका आदमी तीन साल से एक दूसरी लड़की के साथ मस्ती मार रहा है और इसे न कोई तकलीफ, न कष्ट! मैं इसकी जगह होऊँ तो शायद एक दिन भी इस तरह की अपमानजनक स्थिति को बर्दाश्त न करूँ। इसके शरीर पर चमड़ी लिपटी है या गैंडे की खाल? यह तो मुझे बाद में अपने अनुभव ने सिखाया कि अधिकतर शादीशुदा

औरतें ऐसी ही होती हैं, जिन्हें अपने घर की दीवारों से बेहद लगाव होता है। इतना ज्यादा कि धीरे-धीरे उन दीवारों को ही अपने शरीर के चारों ओर लपेट लेती हैं। फिर मान-सम्मान के सारे हमले उनसे टकराकर बाहर ही ढेर हो जाते हैं और वे उनसे बेअसर सती-साध्वी-सी भीतर सुरक्षित बैठी रहती हैं।

शाम को शिन्दे मुझपर एकदम बरस पड़ा कि मैंने उसके घर जाने की मूर्खता क्यों की? कितना चौकस रहना पड़ता है उसे हर समय, जिससे उसकी बीवी को इस प्रसंग की हवा भी न लग सके, वरना तो वह शूर्पणखा की तरह ऑफिस, परिवार और सारे शहर में हड़बौंग मचाकर रख देगी। मौका लगा तो मेरा झोंटा पकड़कर सड़क पर जूते लगवाएगी, और बड़ी चालाकी से उसने मेरे मन में अपनी पत्नी के लिए, जिसे वह अकसर कोतवाल कहता था—ढेर सारी नफरत और आक्रोश भर दिया। साथ ही जल्दी करने की अपनी इस नादानी-भरी मूर्खता पर मुझे बेहर शर्मिन्दा भी किया।

देखा आपने कि कैसे शातिराना अन्दाज से पुरुष नफरत और गुस्से की सुई अपनी ओर से सरकाकर दोनों औरतों की ओर घुमा देता है। वे ही आपस में लड़ें-भिड़ें, कोसें-गलियाएँ और वह जो असली गुनाहगार है, अपने पर आँच आए बिना आराम से दोनों का सुख भोगता रहे। पर उस समय तो मैं जब-जब बहुत अधीर होती, वह समझाता कि सहजीवन का मधुरतम पक्ष तो हम भोग ही रहे हैं, मैं क्यों बेकार में शादी-ब्याह और घर में जकड़कर इस मधुर सम्बन्ध का गला घोंटना चाहती हूँ। और इसी चक्कर में वह मधु उँड़ेलती हुई तीन-चार फड़कती कविताएँ मेरे नाम ठोंक देता। मीठी-मीठी पप्पियों के बीच बड़ी ऊँची-ऊँची बातें मेरे जहन में बिठा देता। कुछ समय के लिए मुझे लगने लगता कि मैं आम औरत से कुछ अलग, कुछ विशिष्ट, कुछ ऊँची हूँ। मेरे कन्धों पर स्त्री-पुरुष के सम्बन्धों को एक नई दिशा देने का दायित्व है। अगली पीढ़ी अधिक स्वस्थ, अधिक मुक्त जिन्दगी जी सके, इसके लिए हमें पहल करनी होगी, एक उदाहरण रखना होगा—चाहे उसके लिए हमें खाद ही क्यों न बनना पड़े। शिन्दे तो ये बातें झाड़कर मजे से अपनी बीवी का बगलगीर हो जाता और मैं असली अर्थों में खाद बनी अपने कमरे में सड़ती रहती।

तभी शिन्दे का तबादला हो गया। मैं एक बार फिर डगमगा गई। मुझे लगा कि बस, अब यह मेरी जिन्दगी से निकला। रो-रोकर मेरा बुरा हाल था, पर फिर उसने मुझे हाथों-हाथ झेल लिया। एक नई योजना से मेरे आँसू पोंछ दिए। तय हुआ कि नई जगह अभी वह अकेला ही जाएगा और उसके जाने के तीन-

चार दिन बाद मैडिकल-लीव लेकर मैं उसके पास पहुँच जाऊँगी। उसने मुझे बताया कि उसने यह तबादला करवाया ही इसलिए है कि शहरी तबादला उसकी जिन्दगी के तबादले की भूमिका बन जाए। यह तो मुझे बाद में मालूम पड़ा कि शिन्दे ने तबादला इसलिए करवाया था कि हमारे सम्बन्धों की सुरसुराहट उसकी बीवी के कानों तक पहुँचने लगी थी। बात पूरी तरह खुले, उसके पहले ही वह शहर छोड़ देना चाहता था। पर मैं तो यह समझकर कि केवल मेरी खातिर शिन्दे ने बड़े शहर की बड़ी सम्भावनाओं को छोड़ छोटी जगह चुनी है, एकदम निहाल हो गई और उसकी बातों के जादू में बँधी-बँधी एक सप्ताह बाद ही उसके पास पहुँच गई।

आपको बहुत गलत लग रहा है न? लगना ही चाहिए। अब तो मुझे भी लगता है। पर उस समय तो बस, शिन्दे में ही प्राण बसते थे...लगता था, उसके बिना जी नहीं सकूँगी। गलत-सही की समझ ही कहाँ रह गई थी। मैं उसे पाना चाहती थी और वह मुझे खोना नहीं चाहता था।

उसके साथ होटल में गुजारे वे दिन। मैं तो भूल ही गई कि हम दोनों के बीच कोई तीसरा भी है। तबीयत एकदम लहलहा उठी। इस बार उसने बाकायदा योजना बनाई कि पत्नी को अब यहाँ न बुलाकर उसके पिता के घर भेज देगा और धीरे-धीरे उसे कानूनी कार्रवाई करने के लिए राजी कर लेगा...यदि नहीं हुई, तो मजबूर करेगा।

पंखों पर सवार होकर मैं लौटी थी। आँखों में उसने ढेर सारे सपने आँज दिए थे और उठते-बैठते मुझे अपना स्वीट-होम ही दिखाई देता। मैंने उसे एक फड़कता हुआ प्रेम-पत्र लिखा। बातों का तो वह बादशाह था ही, पत्र लिखने में भी उसे कमाल हासिल था। शरीरों में जो दूरी आ गई थी, उसे वह पत्रों की भाषा में पाटता रहा। पत्रों में मुझे वह 'दिव्य-प्रेम' का दर्शन समझाता। मेरे जन्मदिन पर अपने इसी दिव्य-प्रेम में डुबोकर उसने एक खूबसूरत-सा तोहफा मेरे लिए भेजा। कभी वह चाँदनी रात के गीत लिखकर भेजता, तो कभी साथ बिताए मधुर क्षणों की याद को ताजा करनेवाली कविताएँ।

जानता था कि इन बातों से मुझे तसल्ली नहीं होगी, इसलिए तसल्ली देने के लिए वह खुद सशरीर आ पहुँचा। ऑफिस का काम निकालकर वह जब-तब आ ही जाया करता था। उसने आँखों में सचमुच के आँसू भरकर कहा कि मैं ही शिन्दे की प्राण हूँ, शिन्दे की प्रेरणा हूँ। घर-परिवार के अतिरिक्त शिन्दे का जो कुछ भी है—और वही तो असली शिन्दे है—वह उसने मुझे पूरी तरह सौंप रखा है और तुरन्त

उसने अपनी बात का प्रमाण पेश कर दिया—मुझे समर्पित किया हुआ अपना नया कविता-संग्रह। हाथ से लिखा हुआ था—'प्राण को'।

उसकी प्रेरणा और प्राण बनने का हश्र यह हुआ कि वह तो दिन-दूना, रात-चौगुना फलता-फूलता रहा। धन, यश, सफलता, मान-सम्मान—सभी का मालिक और मैं भीतर ही भीतर झुलसकर काठ का कुन्दा हो गई। सब ओर से मरी, मुरझाई, टूटी और पस्त! मैं समझ गई कि मैं बुरी तरह ठगी गई हूँ।

धीरे-धीरे उम्र की बढ़ोतरी और ऑफिस और दुनियादारी की निरन्तर बढ़ती जिम्मेदारियों के बीच शिन्दे की रोमानी जरूरत घटती चली गई। परिणाम यह हुआ कि हमारे बीच चलनेवाले पत्रों की संख्या कम और मजमून मौसम के सर्द-गर्म होने पर आकर टिक गया। और फिर एक दिन उसके पास से गृह-प्रवेश का निमंत्रण-पत्र मिला। जाने का कोई तुक नहीं था, फिर भी मैं चली गई। महज सारी स्थिति का जायजा लेने के लिए।

लम्बा-चौड़ा आधुनिक ढंग का बना हुआ मकान। लकदक फर्नीचर। बीवी निकलकर आई तो लगा, यह कोई दूसरी औरत है। शरीर पर चर्बी की तीन-चार परतें चढ़ी हुई और परम तृप्ति का एक डकार भाव सारे चेहरे पर पुता हुआ। आठ साल का एक सुन्दर-सा बच्चा भी निकलकर आया। लगा, जैसे शिन्दे ने ही अपने को पूरी तरह उँडेल दिया हो उसमें। हू-ब-हू शिन्दे।

और मेरा मन हो रहा था कि शिन्दे के दोनों कन्धे झकझोरकर पूछूँ—राम धुन की तरह 'तुम मेरी हो, तुम मेरी हो' की रट लगानेवाले शिन्दे साहब, बताइए तो, आपकी जिन्दगी के इस सारे तामझाम में मैं कहा हूँ...मैं कितनी हूँ?

पर पूछकर अब होना ही क्या था? मैं लौट आई, इस अहसास के साथ कि प्रेम के इस खेल में वह सधे हुए खिलाड़ी की तरह खेला और मैं निहायत अनाड़ी की तरह। आठ साल तक चलनेवाला प्रेम-प्रसंग महज एक खिलवाड़ था जिसकी बाजी बड़ी होशियारी से शिन्दे ने बाँटी। भ्रमजाल के कटते ही नजर साफ हुई तो बाजी में बँटे हुए पत्तों का यह नक्शा रह-रहकर आँखों में उभरने लगा—

तुरुप का इक्का यानी घर...उसके पास
तुरुप का बादशाह यानी बच्चा...उसके पास
तुरुप की बेगम यानी बीवी और
प्रेम करने के लिए प्रेमिका...उसके पास
तुरुप का गुलाम यानी नौकर-चाकर

गाड़ी-बंगला...उसके पास

लब्बो-लुबाब यह कि तुरुप के सारे पत्ते उसके पास और मुझे मिले उसके दिए हुए छक्के-पंजे, यानी टोटके की तरह पुड़िया में बँधे, दार्शनिक लफ्फाजी में लिपटे हवाई प्यार के चन्द जुमले। इन टटपूँजिया पत्तों के सहारे मैं ज्यादा से ज्यादा इतना ही कर सकती थी कि जिन्दगी-भर उसकी पूँछ पकड़े रहती और उसे ही अपनी उपलब्धि समझ-समझकर सन्तोष करती। मन बहुत घबराता, तो उसी पूँछ से हवा करके उसके साथ बिताए मधुर क्षणों पर जमी समय की धूल उड़ाकर कुछ समय के लिए अपना खालीपन भर लेती।

पर भला बताइए, इससे कहीं जिन्दगी चल सकती थी? यह तो लाख-लाख शुक्र है खुदा का कि मेरी तहस-नहस जिन्दगी को नए सिरे से सँवारने के लिए...

लेकिन छोड़िए, इस प्रसंग की कोई जरूरत नहीं। निहायत हवाई बातें पल्ले से बाँधे-बाँधे मैंने अपनी जिन्दगी को बरबादी के कगार पर ला पटका था। अब चाहती हूँ, ठेठ दुनियादारी की बातें अपनी हजार-हजार मासूम किशोरी बहनों के पल्ले से बाँध दूँ, जिससे वह मेरी तरह भटकने से बच जाएँ।

- इस देश में प्रेम के बीज मन और शरीर की 'पवित्र भूमि' में नहीं, ठेठ घर-परिवार की उपजाऊ भूमि में ही फलते-फूलते हैं।
- भूलकर भी शादीशुदा आदमी के प्रेम में मत पड़िए। 'दिव्य' और 'महान' प्रेम की खातिर बीवी-बच्चों को दाँव पर लगानेवाले प्रेम-वीरों की यहाँ पैदावार ही नहीं होती। दो नावों पर पैर रखकर चलनेवाले शूरवीर जरूर सरेआम मिल जाएँगे।
- हाँ, शादीशुदा औरतें चाहें, तो भले ही शादीशुदा आदमी से प्रेम कर लें। जब तक चाहा प्रेम किया, मन भर गया तो लौटकर अपने खूँटे पर।
- न कोई डर, न घोटाला, जब प्रेम में लगा हो शादी का ताला।

तीसरा हिस्सा

शेराबाबू हवा में मुट्ठियाँ उछाल-उछालकर भन्नाते हुए कमरे में इधर से उधर घूम रहे हैं—"नहीं, अब और नहीं चलेगा। बहुत बर्दाश्त कर लिया मैंने। इन लोगों ने समझ क्या रखा है..."

वास्तव में इनका नाम शेराबाबू नहीं। 1962 में चुनाव के दौरान इन्होंने एक पाक्षिक पत्रिका निकाली थी। बहुत बड़ा रिस्क लिया था। लगी-लगाई नौकरी छोड़ दी। पत्रिका के लिए जमा पूँजी थी—पी.एफ. का थोड़ा-सा पैसा और मित्रों के बड़े-बड़े आश्वासन। पत्रिका क्या थी, एकदम आग का गोला! ऐसे बेलाग और दहाड़ते हुए सम्पादकीय लिखे कि दोस्तों और पाठकों ने पीठ थपथपाकर दाद दी—'वाह रे शेर!' और बस, तब से ही वे शेराबाबू हो गए।

पर पैसे के अभाव में शेराबाबू की सारी गर्जना-तर्जना और दहाड़ भी पत्रिका को बारह अंकों से ज्यादा जिन्दा नहीं रख पाई। बन्द हो गई। परिणाम—

ढेर सा कर्ज।

मित्रों का द्वेष।

पूरे अस्तित्व के टुकड़े-टुकड़े।

बीवी की जीभ में छुरी-कैंचियों की पैदाइश। बोलती है तो शेराबाबू को लहूलुहान करके छोड़ती है।

"ग्यारह बज रहे हैं, अभी तक साहबजादे का पता नहीं है। आने दो, आज साफ-साफ ही कहूँगा। घर को तो होटल समझ रखा है नालायक ने। सवेरे जो कुछ मिला, पेट में ठूँसा और निकल गए मटरगश्ती को। सारे दिन आवारागर्दी करना,

रात को देर-सवेर जब भी मन हुआ आ गए टाँग फैलाकर सोने के लिए...और वे माँ हैं, नौ बजे से ही भैंस जैसी पसरी पड़ी हैं। उन्हें चिन्ता ही नहीं कि सपूत साहब कहाँ कबड्डी खेल रहे हैं।"

गुस्सा शेराबाबू के मन में लावे की तरह खौल रहा है। ठीक है, सारी कोशिशों के बावजूद पत्रिका वे फिर से नहीं निकल पा रहे हैं, पर इसका यह मतलब तो नहीं कि शेराबाबू के लेबिल के नीचे एकदम गीदड़ी जिन्दगी जिएँ। कोई गिनता ही नहीं उनको घर में, जैसे वे मिट्टी का लोंदा हों!

घूम-घूमकर उन्होंने उन सारे वाक्यों को कई बार दोहरा लिया जिनकी बौछार करके आज वे अपने बेटे को पस्त करेंगे। एक बार तो उन्होंने जोर से बोल-बोलकर भी देख लिया। नहीं, आवाज में कड़क है। आखिर जाएगी कहाँ? इस आवाज के सामने न उसकी टाँगें थरथरा जाएँ तो! और क्षणांश को उनकी आँखों के आगे वह दृश्य कौंध गया जब भरी सभा में उन्होंने नेहरू सरकार की धज्जियाँ बिखेरकर रख दी थीं। क्या बुलन्दी थी आवाज में! अपने को ही भाषण देते देखकर एक हल्की-सी मुसकान उनके होठों पर थिरक गई।

कितना लम्बा अर्सा बीत गया। पूरे पन्द्रह साल। उसके बाद से तो बस—गुस्सा, नफरत, हिकारत, धिक्कार सबकुछ मन में ही खदबदाता रहता है।

दरवाजे पर साइकिल की खड़खड़ाहट सुनकर वे चौकस हुए—"आ गया लगता है।" वे तनकर दरवाजे पर आ खड़े हुए। उनकी मुद्रा देखकर ही वह अपने को सँभाल ले और थोड़ा सहम जाए तो अच्छा है।

पर अँधेरे की वजह से या तो लड़के ने उन्हें देखा ही नहीं या फिर देखने के बाद भी उनके हाव-भाव और तेवर का उसपर कोई असर नहीं हुआ। निहायत लापरवाही से उसने स्टैंड नीचे गिराया और साइकिल खड़ी करके सीटी बजाते हुए...

"सुधीर!" अपने हिसाब से उन्होंने आवाज को काफी कड़क बनाकर ही कहा, पर उधर से मौन।

"जानते हो कितने बजे हैं?"

"ग्याऽरहऽ!" झिझक और संकोच का लेश नहीं। एक-एक अक्षर पर जोर और आवाज में शेराबाबू से भी कहीं ज्यादा कड़क।

हो गई शेराबाबू की तो ऐसी की तैसी। इतनी बार की दोहराई बातें भीतर ही

भीतर गड्ड-मड्ड होने लगीं और जीभ तो जैसे लटपटाने लगी। फिर भी उन्होंने अपने को समेटा और पूरी हिम्मत के साथ प्रश्न दागा—

"यह टाइम है घर लौटने का?"

"टाइम! अरे घर लौटने के टाइम का नियम तो एमरजेन्सी के दौरान भी नहीं बना था। जाइए, जाकर सो रहिए।" और सारी बात से बेअसर वह कमरे में दाखिल हो गया।

लड़के के पैर तो नहीं थरथराए पर गुस्से और आवेश से शेराबाबू के पैर लड़खड़ाने लगे।

'नालायक...बद्दतमीज...हरामी...' एक के बाद एक गालियाँ उभरने लगीं। पर मन ही मन, आवाज तो जैसे कुन्द हो गई।

"मैं इस स्साले का बाप हूँ। लानत है मुझपर।"

और उनके सामने अपने बाप की तसवीर घूम गई। लम्बा-चौड़ा कद्दावर जिस्म। ऐंठी हुई मूँछें। जब बोलते थे तो आदमी तो क्या, घर की दीवारें भी थरथराने लगती थीं। मजाल है जो उलटकर कोई जवाब दे। उनके मुँह से निकली हुई बात, अन्तिम बात। न उसके इधर कुछ हो सकता है, न उधर। घर का नियम ही बन गया था, शाम को जैसे ही वे घर आते तो सबकी जबानें अपने-आप कटकर उनकी जेब के हवाले हो जातीं। बस, अब केवल सुनो। सवेरे काम पर जाते तो जबानें वापस लगा दी जातीं। अब कुछ देर बोल लो। कई बार बड़ी घुटन होती थी। हुआ करे—पर एक शब्द तक बोलने की जुर्रत नहीं कर सकता था कोई।

एक स्साला मैं हूँ। बाप होकर भी आप कुछ कह नहीं सकते। एक कहिए, दस सुनिए।

बस, खुलकर कहने का मौका तो उन्हें तब मिला था, जब उन्होंने पत्रिका निकाली थी। जहाँ कुछ अनुचित देखा, गलत सुना, धज्जियाँ बिखेरकर रख दीं। न किसी का डर, न खौफ।

पत्रिका का खयाल आते ही वे घर की चहारदीवारी से मुक्त होकर जैसे आसमान में तैरने लगे—व्यापक, विस्तृत। छी: कितनी छोटी बात पर वे दु:खी हो रहे हैं! बात अकेले सुधीर की तो नहीं है। आज हर तीसरे घर में एक सुधीर मौजूद है—निष्क्रिय, आवारा और भटका हुआ। कितनी बड़ी समस्या है और वे सुधीर को लेकर बिलबिला रहे हैं। एकाएक दिमाग में कौंधा—कितना मौजूँ विषय है! मौजूँ और

महत्त्वपूर्ण! एक पूरा विशेषांक निकाला जा सकता है। और देखते ही देखते उनकी आँखों के सामने बड़े-बड़े अक्षरों में लिखा—'दिग्भ्रमित युवा-पीढ़ी' कौंध गया।

बेटे के व्यवहार से निर्जीव हो आए शरीर में दिपदिपाते इस शीर्षक ने बिजली की-सी फुर्ती भर दी। लपककर उठे और अपनी अलमारी खोली। पत्रिका के बारह अंकों को जिल्द में बँधवाकर कोई बीस प्रतियाँ उन्होंने बड़े करीने से सजा रखी हैं। एक क्षण वे उन्हें देखते रहे। फिर बड़ी ममता से उनपर हाथ फेरा, सहलाया। इस स्पर्श से ही थोड़ी देर पहले के सारे तनाव ढीले हो गए। एक नया आत्मविश्वास जागा।

नीचे के खाने से एक मोटी-सी फाइल निकालकर कुर्सी पर आ गए।

एक पाक्षिक पत्रिका निकालने की पूरी योजना मय-बजट के नत्थी की हुई है। कितनी मेहनत से यह योजना उन्होंने तैयार की है। दस साल पहले बजट पैंतालीस हजार था, आज एक लाख हो गया। उसके बाद टाइप की हुई एक लम्बी सूची है उन सब नामों की, जिन्होंने कभी आश्वासन दिया था कि पत्रिका निकालने पर वे विज्ञापन देंगे। फिर कुछ विशेषांकों की विस्तृत योजना।

बड़ी अजीबो-गरीब स्थितियों में इन विशेषांकों की योजना शेराबाबू के दिमाग में आई थी। योजना कभी भी बनाई हो, कैसी भी स्थिति में बनाई हो, पर ये विषय कभी पुराने नहीं पड़ेंगे। पहला विशेषांक था—

'देश का नया जन्म! भ्रष्ट नौकरशाही का अन्त!' बड़े-बड़े अक्षरों में लिखा था।

मन में फिर कुछ रड़कने लगा। तीन साल हो गए पर आज भी सारी बात इस तरह मन में खुदी हुई है जैसे कल ही घटी हो। कितना अपमान किया था उस दिन स्साले मल्होत्रा ने और वह भी मिस दास के सामने। बिना एक भी शब्द बोले, भीतर ही भीतर सौ-सौ जख्मों का दर्द लिये कैसे वह घिसटते हुए अपनी कुर्सी तक आए थे। हरामी कहीं का। सारे दिन मिस दास की साड़ी में घुसा रहता है। बीवी तो बना नहीं सकता अपनी उस बारह मन की धोबन के रहते, असिस्टेंट मैनेजर बनाकर बिठा लिया अपनी गोद में। एक वो मिस दास हैं, पूछो भला, क्या तुम्हारा अनुभव, क्या तुम्हारी लियाकत! डेबिट-क्रेडिट का मतलब तक तो आता नहीं तुमको... अकाउंट्स-डिपार्टमेंट की मैनेजरी करने आ गईं। पर करना क्या है लियाकत का। ऊँचे ओहदों पर पहुँचने के लिए दो ही लियाकत होनी चाहिए औरत में—बड़े बाप की बेटी या अफसर संग लेटी।

और फोहश गालियों का फव्वारा छूट पड़ा। सारे भ्रष्ट अफसरों के नाम... उनकी रखैलों के नाम। एक से एक वजनदार गाली। पर आखिरी गाली शेराबाबू ने अपने ही नाम दागी। लानत है इस जबान पर! लेकिन क्या करें? इन घिनौने और जलील लोगों की बात सोचते ही उनकी अपनी जबान कैसे जलालत में लिपट जाती है! थूऽऽ! जबान साफ करने के चक्कर में थड़ाक से थूककर उन्होंने अपना ही कमरा गन्दा कर दिया।

इस भ्रष्ट नौकरशाही को जड़ से उखाड़ देने की भयंकर ललक और इसे तिल-भर भी हिला न पा सकने की मजबूरी के बीच शेराबाबू का मन कुछ इस तरह ऐंठा कि उन्होंने वह फाइल ही बन्द कर दी।

सामने एक नया कागज फैलाया। खाली और साफ। मन को भी भारी कटुता से खाली किया और कलम पकड़कर एक क्षण को आँखें बन्द कीं। लिखने को वे पूजा की तरह पवित्र मानते हैं।

रात दो बजे तक उन्होंने इस नए विशेषांक की विस्तृत योजना बनाई। विभिन्न लेखों के शीर्षक...परिचर्चा का विषय...अलग-अलग क्षेत्रों के महारथियों के इस समस्या पर विचार और फिर अपना लम्बा, विचारोत्तेजक सम्पादकीय।

मन में एक गहरा आत्मसन्तोष और शरीर में हल्की-सी थकान लेकर वे सोए तो सारी रात उन्हें सपने ही आते रहे। चारों ओर से लड़के-लड़कियाँ चले आ रहे हैं—थके, हारे, पस्त। धीरे-धीरे सारी भीड़ एक जुलूस में बदल गई। संयत और अनुशासित। शेराबाबू नेतृत्व कर रहे हैं। कहीं से सुधीर आता है, हाथ में पानी का गिलास लिये—"पापा, पानी पीजिए, आप थक गए होंगे।"

"जिस आदमी की खोपड़ी पर कोई जिम्मेदारी नहीं, वही आठ-आठ बजे तक सो सकता है।" बीवी की लताड़ ने नींद को ही नहीं, शेराबाबू को ही चीरकर खड़ा कर दिया। आठ बज गए, पता ही नहीं चला।

"मैं जा रही हूँ। मेहरी तो आज भी नहीं आई। सब्जी बनाकर रख दी है। मुझे देर हो रही है, रोटी खुद सेंक लेना।" और कूल्हे मटकाती हुई वह निकल गई।

अच्छा तमाशा है। जहाँ तीन रोटी अपनी सेंकी, मेरी भी सेंक सकती थी, पर नहीं सेंकेगी। कमाऊ बीवी का रौब कैसे पिलाए! और इस महरी को भी पता नहीं क्या हुआ है?

जल्दी-जल्दी शेराबाबू ने अपना निजी काम निपटाया। एक बार बीवी के

कमरे में झाँका—पलंग पर पड़ा अस्त-व्यस्त ओढ़ना, बिछौना, आधी कुर्सी और आधी जमीन पर फैली बीवी की उतरी हुई साड़ी। कोने में उतरे हुए पाजामे के दो गोले। तो सपूत साहब माँ से भी पहले सटक लिए। यह घर है या स्साला घूरा? हजार बार कहा कि सवेरे और कुछ नहीं तो अपना कमरा ही थोड़ा ठीक कर लिया करो। पर नहीं, सवेरे तो उन्हें तगण-मगण-भगण का तर्पण जो करना रहता है। पूछो भला—तगण-मगण-भगण से किसका कल्याण होने जा रहा है आज? क्यों अपनी और बच्चों की जिन्दगी खराब करने में लगे हो? पर इन भैंसिया अकलवाले हिन्दी के पंडितों को कौन समझाए?

और शेराबाबू की दुनाली हिन्दीवालों की ओर घूम गई— देश स्साला रसातल को जा रहा है, पर इन गधों को कोई चिन्ता नहीं। लगे हुए हैं रासो की जान को। रासो प्रामाणिक है या नहीं? मान लो तुमने प्रामाणिक सिद्ध कर ही दिया तो कौन तुम्हें कलक्टरी मिल जाएगी। जहाँ हो, वहीं पड़े सड़ते रहोगे। तुम बस हो ही इस लायक कि दंड पेलो और गधों की जमात पैदा करते जाओ।

समय ने लंगी लगाई तो शेराबाबू चारों खाने चित्त। बाप रे, नौ बज गए। उन्होंने दोनों गालों पर चपत लगाई...असली गधे तो शेराबाबू तुम खुद हो। यह स्साला दिमाग है या चूँ-चूँ का मुरब्बा! अब न खाने का समय, न पकाने का। अब भूखे ही दंड पेलना ऑफिस में।

बस में लद-फँदकर ऑफिस पहुँचे। वही परिचित चेहरे, परिचित गन्ध, परिचित माहौल। नया कुछ भी नहीं जो मन को बाँध सके और इसीलिए कुर्सी पर बैठने के थोड़ी देर बाद ही भूख ने सताना शुरू कर दिया। उन्होंने अपने पर ही तरस खाते हुए कहा—शेर शेर बनकर ही दूसरों को खा सकता है...गीदड़ बनकर तो ससुरा अपने को ही खाएगा।

तभी जगत दिखाई पड़ गया—ऑफिस का चपरासी। पाँच-छह दिन से नहीं आ रहा था।

"अरे जगत, कैसे हो भइया?" बड़ी आत्मीयता से उन्होंने पूछा।

"बुखार तो टूट गया, पर कमजोरी बड़ी है।" जगत सामने हाथ जोड़कर खड़ा हो गया।

"तो और दो दिन आराम करके आते।" उन्होंने स्नेह से जगत के जुड़े हुए हाथ अपने हाथ में ले लिए।

"अरे साब, यों ही दो दिन की छुट्टी ज्यादा हो गई है। हम लोगों के लिए क्या काम, क्या आराम! बस पेट में दो जून डालने के लिए रोटी का जुगाड़ हो जाए, यही सबसे बड़ा आराम है साब!"

"जानते हो, मैं परसों तुम्हारे घर की तरफ गया। सोचा, देख आऊँ, कैसे हो। पर तुम्हारा घर ही नहीं मिला।"

कृतज्ञता के मारे जगत की आँखों में तराइयाँ आ गईं—"अरे आपने बेकार में तकलीफ की साब।"

पर तभी चारों ओर से जगत पर तरह-तरह के आदेशों की मार पड़ने लगी और वह दौड़ गया।

कोई इतनी-सी बात भी नहीं सोचेगा कि बेचारा बीमारी से उठकर आया है तो थोड़ा-सा खयाल ही रख लें। ये घिस्सू क्लर्क। चपरासियों को पेल-पेलकर ही तो इन्हें कुर्सी पर बैठने का अहसास होता है। अफसरों से झड़ो, चपरासियों को झाड़ो। शेराबाबू का तो तजुर्बा है कि इस तबके के आदमी को तुम बस आदमी समझो, बदले में ये तुम्हें खुदा समझेंगे।

पर शेराबाबू के तजुर्बे का कोई मोल रह गया है आजकल। टके को नहीं पूछता कोई। सब उन्हें सिनिक कहते हैं, कहो! इस चहुँतरफी सड़ाँध को देखकर हर समय जिसके दिमाग की नसें फटती रहती हों, खून खौलता रहता हो, वह सिनिक तो हो ही जाएगा।

जो जिन्दा है, वही सिनिक है। एकाएक उनके मन में उभरा और अपनी इस उक्ति पर वे खुद मुग्ध हो गए। वाह रे शेरा, क्या दिमाग पाया है...कुछ उपयोग कर पाता इस दिमाग का तो बात भी थी, वरना तो भेजे के भीतर ही स्साले का सिरका बन रहा है।

शाम को ऑफिस से निकलकर वे सीधे लाइब्रेरी पहुँचे। उनकी दिनचर्या का सबसे सुखद समय। अखबार और पत्रिकाएँ पढ़ने के बाद थोड़ी देर मिश्रा जी से गप्प कर लेते हैं। दिन-भर ऑफिस में बैठकर छाती में धुआँ-सा भर जाता है। किसी के सामने निकाल लें तो जी हल्का हो जाता है, वरना घर...। उन्होंने दिमाग से घर को परे सरकाया और एक साप्ताहिक खोल लिया।

"जतना पार्टी के मंत्रियों की तस्वीरें...उनकी जीवनियाँ...उनके इंटरव्यूज... उनकी प्रशंसा...प्रशस्ति..."

"लानत है स्साले इन सम्पादकों पर! दोगले और बपेंदी के! अच्छा है बेटा, तुम यही करो। जो शक्ति-स्थान पर बैठा है, उसके चरण चाँपो और अपनी सात पुश्तों को तार लेने का सिलसिला बिठा लो। अरे, कम-से-कम कुछ करके चरण थकने तो देते इनके, फिर चाँपते। पर इतना सबर किसको? लेखक, सम्पादक, अध्यापक, सब-के-सब चले जा रहे हैं लाइन लगाकर। जय कुर्सी मैया! यह तो शेराबाबू ही स्साला उल्लू का पट्ठा है जो सिद्धान्तों की दुम पकड़े-पकड़े सबका लतियाव सहता रहता है। एक दिन ऐसे ही दफा भी हो जाएगा...कोई दो आँसू बहाने भी नहीं आएगा।"

सौ-सौ धिक्कार फूटने लगे इन गिरगिटिए चरण-चाँपियों पर।

"अरे शेराबाबू, आप कब आकर बैठ गए! मैं तो आपके लिए जेब में खुशखबरी लिये घूम रहा हूँ।" शेराबाबू को देखकर लाइब्रेरियन मिश्रा अपने कटघरे में से बाहर निकल आया।

"खुशखबरी?" शेराबाबू के लिए तो यह शब्द ही अपरिचित हो चला है।

"गुप्ता जी का जवाब आ गया। अगले महीने वे खुद ही आनेवाले हैं।" और मिश्रा जी ने एक चिट्ठी शेराबाबू के सामने फैला दी—"इनके साथ अगर बात बन गई तो जैसा आप चाहते हैं, वह हो जाएगा।"

चिट्ठी पढ़ते-पढ़ते शेराबाबू के हाथ काँपने लगे।

"आप कल ही अपनी योजना मय-बजट इनके पास भेज दीजिए। आने से पहले वे भी एक-दो लोगों को देख-दिखा लें। वैसे आदमी बहुत खरे हैं गुप्ताजी।"

घर लौटे तो पैदल चलते हुए ही उन्हें लग रहा था जैसे मोटर पर सवार हैं। फाइल में नत्थी किए हुए विशेषांक छप-छपकर उनके आगे-पीछे तैरने लगे। एक विशेषांक और उसकी होनेवाली प्रतिक्रिया के सैकड़ों दृश्य उनकी आँखों के सामने से गुजरने लगे। एकाएक ही उन्हें लगा जैसे वे कुछ विशिष्ट हो गए हैं...कुछ ऊपर उठ गए हैं...जमीन से डेढ़ इंच ऊपर।

घर में घुसते ही देखा—चिल्ल-पों। बीवी अपनी धाड़-फाड़ आवाज में महरी पर जुटी हुई थी। वह सफाई पेश कर रही थी—"क्या करती बीवीजी, घर का एक-एक आदमी बीमार। मरे इस मलेरिया ने छोड़ा भी है किसी को इस बार?"

"ठीक है, मलेरिया ने नहीं छोड़ा तो मैं भी नहीं छोड़ने की इस बार। आठ नागा हुई हैं इस महीने में तो अब तनख्वाह तो कटेगी। यहाँ भी कोई मुफ्त का...।"

"क्या कोहराम मचा रखा है घर में?" डेढ़ इंच ऊपर से ही शेराबाबू ललकारे।

बीवी ने बड़ी पैनी नजरों से शेराबाबू के इस तेवर को देखा।

"ठीक तो है। बीमारी तो किसी के बस की नहीं। इसके लिए पैसे काटना कोई इनसानियत है..."

"एऽहेंऽ! चार सौ रुपल्ली पानेवाला आदमी पहले खुद तो इनसान बनकर दिखा दे।...इनसानियत की बातें करेंगे..." सटाक् से छुरी चली और शेराबाबू टुकड़े-टुकड़े होकर धड़ाम से जमीन पर।

"यहाँ काम करते-करते हड्डियाँ चटक गईं और ये ऑफिस के बाद मटरगश्ती करके आए हैं इनसानियत का पाठ पढ़ाने। ऐसे निखट्टू..."

और फिर छुरी-कैंची का एल.पी. चला तो शेराबाबू की धज्जी-धज्जी बिखेरकर रख दी।

हवा निकले गुब्बारे की तरह किसी तरह अपना किरचा-किरचा समेटकर भीतर आए और धम्म से कुर्सी पर बैठ गए।

"ये स्साली बीवी है। बीवी और औरत के नाम पर कैसी-कैसी लफ्फाज्जियाँ झाड़ रखी हैं—सब बकवास। एक वो प्रसाद जी हो गए...ऐसी एक भी घुड़की खा लेते तो सारी श्रद्धा-व्रद्धा पीछे के रास्ते निकल जाती।"

कोई विश्वास करेगा कि शादी के बाद यही औरत कैसे आगे-पीछे घूमा करती थी उनके! शेराबाबू की छोटी-सी इच्छा सीधा आदेश बन जाती थी इसके लिये। पहली तारीख को हजार रुपये पकड़ाते थे और वह हजार जान से कुर्बान रहती थी उनपर। कर्जा न चुका पाने के कारण जब कुर्की आई तो बिना चेहरे पर शिकन लाए अपने दस तोले का सतलड़ा हार निकालकर दे दिया था। हालाँकि वह हार उनके पिता का ही दिया हुआ था, फिर भी शेराबाबू तो एकदम बिक गए। यह तो बाद में मालूम पड़ा कि शेराबाबू को खरीदने के लिए ही उसने यह हार दिया था। उसके बाद शेराबाबू—बीवी के जरखरीद गुलाम।

सचमुच अपने व्यक्तित्व के एक हिस्से पर उन्होंने 'सोल्ड' की चिप्पी लगाई और बीवी के हाथों में सौंप दिया—ले घिस, छील, काट...

वितृष्णा का ज्वार कुछ ऐसे जोर से उमड़ा कि ऊपर से नीचे तक सराबोर। दो-तीन डुबकियाँ लगाकर ऊपर आए तो एकदम दार्शनिकी मुद्रा में।

"कुऽऽछ नहीं...सब बेकार। कोई किसी का नहीं—न बीवी, न बच्चे। सब मन भरमाने के चोंचले हैं।"

अभी कुछ देर पहले मिश्रा की बात से जिस उत्साह और उमंग के पंख लगाकर वे उड़ते हुए घर आए थे, वे भी झाड़कर फेंक दिए।

नहीं, कुछ नहीं होगा। पहले की अनेक बातों की तरह यह बात भी ढिस्स होकर रह जाएगी। जब-जब कहीं से जरा-सी बात का सुराग भी मिला है...किसी ने कोई आश्वासन दिया है...उन्होंने जमीन-आसमान एक कर दिया है। महीनों भाग-दौड़ की कि बात बन जाए...हफ्तों सपने देखे कि बात जमने पर वे क्या-क्या करेंगे।

पर हुआ कुछ आज तक?

एक वो पटेल साहब आए थे। उनको पत्रिका की पॉलिसी समझाओ... उद्देश्य समझाओ। पर टेक की तरह बस, एक ही बात दोहराते थे—"यह तो ठीक है जी, पर इसका व्यावसायिक पक्ष तो समझाओ। हम व्यापारी आदमी ठहरे, वहीं पैसा लगाएँगे जहाँ दो की जगह चार होकर मिले।"

"बैठ स्साले सट्टे बाजार में। व्यापारी की..." सँभलते-सँभलते भी एक भद्दी-सी गाली उनके दार्शनिक चोले में से फूटकर बाहर आ ही गई।

एक वो पनिकर साहब—"देखिए मिस्टर शेराबाबू! आपकी बोल्डनेस ने हमें एकदम फ्लैट कर दिया। ऐसी ही बोल्डनेस हम चाहते हैं। पैसा भी इतनी बड़ी प्राब्लम नहीं होगा। बस, एक बात है...मैगजीन में आपको पार्टी का लैन्स जरूर लगाना होगा। हर चीज पार्टी के एंगिल से आए।"

शेराबाबू से बात कर रहा है पार्टी के एंगिल की। लैन्स लगा ले अपने पैंदे में। रोज सवेरे पेट साफ करने के बाद देखा करना कीड़े कितने बढ़ गए कि दिमाग तक झड़ गया स्साले का।

शेराबाबू को समझौता ही करना होता या किसी के आदेश पर ही चलना होता तो अखबारी नौकरियों की कमी थी उस समय कोई। पत्रिका बन्द होते ही ऑफर आए थे उनके पास। पर नहीं, उन्होंने ढाई सौ रुपल्ली की नौकरी चुनी। नौकरी थी गीदड़ की और उन्होंने शेराबाबूवाले तेवर से शुरू की। शुरू-शुरू के दिन थे। अपने को मारने में समय तो लगता है न! हो गई एक दिन सेक्रेटरी से झड़प। स्साले की ऐसी की तैसी कर दी। आज भी शेराबाबू को याद है, उसने बिना आदेश के पत्थर जैसी जमी हुई कठोर आवाज में कहा था—"गेट आउट ऑफ दी रूम।" और दूसरे दिन ही ऑफिस से गेट आउट होने का नोटिस थमा दिया गया था उन्हें।

तब उन्होंने अपने एक हिस्से को मारकर, घिस-घिसकर गैंडे की खाल चढ़ाकर नौकरी के लिए तैयार कर लिया। जब नई नौकरी की तो इस हिस्से को मल्होत्रा को सौंप दिया था—मार, पीट, छील।

उसके बाद की जिन्दगी—जलालत का इतिहास।

उन्होंने बीवी से समझौता कर लिया...नौकरी से समझौता कर लिया। पर पत्रिका? नहीं, वहाँ वे कोई समझौता नहीं करेंगे—किसी भी कीमत पर नहीं। एक यही तो जगह है जहाँ वे शेराबाबू होकर जी सकते हैं। यहीं तो खुलकर अपनी बात कहने की आस रखते हैं...डटकर विरोध करने का हौसला रखते हैं...बड़े से बड़े की धज्जियाँ बिखेरने का साहस रखते हैं। यहाँ वे शेराबाबू होकर ही जिएँगे...शेराबाबू होकर ही लिखेंगे। इस एक-तिहाई हिस्से को लेकर ही तो लगता है कि वे भी जिन्दा हैं, इतना सब होने पर भी अपने पूरे वजूद के साथ जिन्दा हैं, वरना तो इस जिन्दगी में रह ही क्या गया है!

भावुकता और आवेश के मारे उनका सारा बदन जैसे थरथराने लगा। हर किसी के नाम फूटती गालियों की बौछार न जाने कहाँ बिला गई। थोड़ी देर पहले ही दार्शनिक मुद्रा पर कुछ-कुछ आध्यात्मिक पवित्रता का-सा लेप चढ़ गया और वे सिद्धावस्था को पहुँच गए। पर भूखे पेट बहुत देर तक सिद्धावस्था में भी तो नहीं रहा जा सकता। सो जल्दी ही नीचे उतर आए।

खयाल आया, आज सवेरे भी तो कुछ नहीं खाया था। पर अभी तो तुरन्त की खाई हुई चोट से खून रिसना भी बन्द नहीं हुआ। कैसे खाने पहुँच जाएँ! ठीक है, आज वे नहीं खाएँगे। जहाँ मन को इतना मारा, वहाँ पेट को भी मार सकते हैं। पर पेट स्साला बवंडर कुछ ज्यादा ही मचाता है, अंतड़ियाँ कैसी कुलबुला रही हैं! यह कुलबुलाहट दिमाग को भी ऐंठने लगी। उन्होंने कसकर अपने दोनों गालों को चपतियाया।

कुछ नहीं शेराबाबू, तुमसे कुछ नहीं होने का। यह पत्रिका की बात दिमाग को स्साले आसमान पर ले जाकर बिठा देती है। भूल ही जाते हो कि खड़ा जमीन पर ही होना है। और जब औंधे मुँह गिरते हो तो इसी तरह लहूलुहान। पकड़ो कान और खाओ कसम कि पत्रिका की बात सोचना भी छोड़ दोगे। जमीन पर रहोगे तो जमीन की जिन्दगी जिओगे। अपने दिमागी फितूर छोड़ो और अपने वजूद का तीसरा हिस्सा जमीन के ही नाम लिख दो। यह रस्समकश ही खतम हो।

और भूखे पेट में कसम के दो कौर डालकर शेराबाबू अपनी खटिया पर लेट गए, लेटे रहे...लेटे रहे। कभी इस करवट, कभी उस करवट। पता नहीं पेट की कुलबुलाहट थी या कि गुप्ता जी के पत्र की पंक्तियाँ की नींद ही नहीं आ रही थी। मन के चारों ओर अच्छी तरह नाकेबन्दी करने के बावजूद गुप्ता जी के पत्र की पंक्तियाँ सपनों के छोटे-छोटे टुकड़ों के रूप में लपक-लपक उनकी आँखों के सामने कौंध जाती। तब वे हताश से, सफाई देते हुए जैसे अपने को ही समझाते...क्या हर्ज है, जीने का एक बहाना ही मिल जाता है।

आज शनिवार है। ऑफिस एक बजे बन्द हो जाएगा। पर मल्होत्रा साहब की इच्छा है कि चार बजे सब लोग यहीं इकट्ठा हों। कारण—मंत्री महोदय के निवास स्थान पर जाकर उन्हें जन्मदिन की बधाई देना। मल्होत्रा साहब कि इच्छा है यानी बाकी सब लोगों के लिए आदेश। ऐसा आदेश जिसे टालना जुर्म है। भारी जुर्म...माफी के परे का जुर्म।

मल्होत्रा साहब आते ही मिस दास को लेकर बुके और फूलमालाओं का ऑर्डर देने निकल गए। मंत्री महोदय के चरणों में अर्पित होनेवाला बुके बहुत नफीस होना चाहिए। नफीस और लाजवाब। ये कलमघिस्सू क्लर्क नफासत क्या समझें, इसलिए ऑफिस की सबसे नफीस चीज को बगल में बिठाकर खुद गए हैं।

उनके जाते ही कलमघिस्सू क्लर्क जीभघिस्सू हो गए। बढ़ते दामों से लेकर जनता पार्टी, कांग्रेस—सबका ही तर्पण कर डाला। वही नंगी भाषा...वही जहर-घुले वाक्य। भारी-भरकम गालियों के कन्धे पर चढ़ा दो-तीन बार मल्होत्रा का जनाजा भी निकाला डाला। सबसे बड़ा गम तो इस बात का कि इस मंत्री के चक्कर में आधे दिन की छुट्टी की छुट्टी हो गई।

काम कर रहा है तो केवल तापस। कोई दस दिन पहले ही दूसरे विभाग से बदली होकर आया है। शेराबाबू की मेज पर बैठता है। दुबला-पतला निरीह-सा बंगाली लड़का। बुझा हुआ चेहरा। मल्होत्रा के केबिन में जाएगा तो पैर थरथराते रहते हैं...लौटता है तो आँखें छलछलाई रहती हैं। लगता है जैसे किसी बहुत अपने को दफनाकर आ रहा है। शेराबाबू को पहले ही दिन से इस लड़के से कुछ ममता-सी हो गई है, वरना आज तक जगत के सिवाय उनका और किसी से तालमेल ही

नहीं बैठा। इसे देखकर जब-तब दिमाग में सुधीर टकराता रहता है। पर अजीब बात है—सुधीर की आवारागर्दी और गैर-जिम्मेदारी को लेकर जितना गुस्सा उनके मन में है...तापस को देखकर वह सब छँट जाता है। केवल छँटता ही नहीं, एक सुकून-सा मिलता है। इस कुर्सी पर बैठने से तो आवारागर्दी करना कहीं ज्यादा अच्छा है।

खटाक से जैसे माइक पर बजते रिकार्ड का स्विच किसी ने बन्द कर दिया हो। यहाँ से वहाँ तक सुई-पटक सन्नाटा। साहब केबिन में—सबके सिर फाइलों में।

थोड़ी देर में ही जगत ने फरमान पेश किया—"तापस बाबू, बड़े साहब।" बड़ी कातर-सी नजर शेराबाबू पर डालकर तापस जगत के पीछे घिसट लिया। शेराबाबू भीतर की आहट लेने को एकदम चौकस होकर बैठ गए।

थोड़ी देर तक भीतर चुप्पी रही फिर गुर्राहट।

"पढ़ लिया अपना लिखा नोट?"

एक अस्पष्ट-सी रिरियाहट।

"तीन दिन के बाद ये नोट तैयार किया है तुमने?" लानत में लिपटा एक प्रश्न। रिरियाहट में अब रुआँसापन भी मिल गया।

"नो आर्ग्यूमेंट्स...गो!" एक दहाड़ती हुई दुत्कार।

चुप्पी।

"लाइनों को पढ़ लेना ही पढ़ना नहीं होता। बिटवीन दी लाइन्स भी कुछ पढ़ा जाता है, समझे। जाओ, जाकर शुक्ला से गाइड-लाइन लो और फिर से नोट तैयार करो।"—धिक्कार-भरा आदेश।

दरवाजा खोलकर तापस ने पहला कदम बाहर किया ही होगा कि—"तापस, तुम इस तरह घिसट-घिसटकर क्यों चलते हो? जब देखो ऐसी मुहर्रमी सूरत बनाकर रहते हो? और सुनो, शाम को ठीक से ड्रेस होकर आना...यों पसीने में चिपचिपाते हुए नहीं। यंगमैन हो...बी स्मार्ट...बी ब्राइट..."—उद्बोधन।

शेराबाबू के भीतर कुछ खौलने लगा—स्मार्टनैस के बच्चे, उपदेश झाड़ रहा है। मोटर-बंगले के साथ तीन हजार पाकेट में डाल दे और एअर कंडीशंड कमरे में बिठा दे फिर देख अंग-अंग से कैसी स्मार्टनैस टपकती है। ढाई सौ रुपल्ली में तो पसीना ही टपकेगा। स्साला बिटवनी दी लाइन समझा रहा है। अरे, तेरे बिटवीन दी लेग्ज जो है, वह भी समझ में आता है...खूब समझ में आता है। सीधे से क्यों नहीं

कहता कि निगम आकर हलक के नीचे उतार गया है नोटों का बंडल? ठीक है, कौन हमारे बाप की जेब से कुछ जाता है। करो लीपा-पोती। पर उस गरीब को क्यों धुनक दिया नाहक ही?

तापस घिसटता हुआ आकर धीरे-से बैठ गया। वही पनियाली आँखों...लगा, अब रोया, तब रोया।

"शेराबाबू, हमने बहुत ध्यान से सारा फाइल स्टडी किया था...बहुत मेहनत करके नोट तैयार किया था...आपको भी तो दिखाया था।"

शेराबाबू ने दिलासा देते हुए कन्धा थपथपाया, "अरे, कोई बात नहीं, तुम शुक्ला के पास चले जाओ। वह गाइड-लाइन नहीं, लिखा-लिखाया नोट ही तुम्हें दे देगा। बस, लाकर टाइप करो और लगा दो।"

तापस उठा तो मन ही मन उभरा—शुक्ला स्साला मल्होत्रा की मींगनी। हिकारत से उन्होंने वेस्ट-पेपर बास्केट में ही थूक दिया।

एक बजे ऑफिस से निकल शेराबाबू लाइब्रेरी चले आए। घर आना-जाना यानी दो घंटे की बरबादी। यों भी कोई तुक नहीं था घर जाने का।

मिश्रा देखते ही चिल्लाया—"अरे शेराबाबू, दो दिन से आप आए ही नहीं। मैं तो आपके घर आनेवाला था।"

शेराबाबू सीधे मिश्रा के कटघरे में ही घुस गए।

"गुप्ता जी की चिट्ठी आई है। चिट्ठी नहीं, बस समझ लीजिए, पत्रिका शुरू करने का आदेश। आपके भेजे हुए प्रोजेक्ट को उन्होंने एकदम पास कर दिया। अगले सप्ताह वे खुद आ रहे हैं। सारी बात को अन्तिम रूप देने के लिए।"

पत्र पढ़कर शेराबाबू के रोम-रोम में जैसे भूचाल-सा उठ पड़ा। समझ ही नहीं पा रहे थे कि इस आवेश को कैसे सँभालें। मिश्रा पर ही एक के बाद एक प्रश्नों की बौछार कर दी।

काम में डूबा मिश्रा इस बिन बादल की बौछार से हड़बड़ा गया। कन्नी काटते हुए बोला, "गुप्ता जी आएँ तब सब बात हो ही जाएगी। इस समय मैं जरा इन किताबों को दर्ज कर लूँ।"

"हाँ...हाँ, ठीक तो है..." अपने आवेश को अपने में ही समेटे वे बाहर निकल

आए। बाहर लॉन में पेड़ के नीचे पड़ी बेंच पर लेट गए। उन्हें लगा, इस समय शायद शरीर की निष्क्रियता से ही मन की सक्रियता को झेला जा सकता है।

गुप्ता जी को योजना भेजने के बाद उन्होंने दोनों हाथों से दबोचकर अपने भीतर के शेखचिल्ली को चित कर दिया था और खुद उसपर चढ़ बैठे थे। नहीं, वे बिलकुल नहीं सोचेंगे पत्रिका की बात।

पर इस समय...लग रहा है कि वे खुद चारों खाने चित पड़े हैं और भीतर का शेखचिल्ली उनपर चढ़ा बैठा है...पूरे आवेश और आक्रोश के साथ।

इस मल्होत्रा की तो ऐसी की तैसी करके रख दूँगा। स्साले के इतने घपले हैं कि बँधा-बँधा फिरेगा। सबके प्रमाण जुटाकर निकलूँगा यहाँ से, फिर बड़े-बड़े अक्षरों में...

घिघियाता हुआ आएगा तो उतनी ही धाँसू आवाज में—"गेट आउट ऑफ दी रूम।"

सौ सुनार की, एक लुहार की। तेरे पत्तों से ही तेरा हिसाब साफ।

फिर तो पूरी रेलगाड़ी चल पड़ी—सम्पादक, नेता, मंत्री, भ्रष्टाचार, बढ़ती महँगाई, पिसती जनता...नई सरकार...

और तब उन्होंने अपने पर अंकुश लगाया—बस करो शेराबाबू, बस करो...

घड़ी देखी तो पौने चार। लो इतनी देर से लन्तरानियाँ ही झाड़ रहे हैं। चार बजे ऑफिस पहुँचना है। पर मल्होत्रा और उस सारे माहौल का खयाल आते ही मन में भारी कोफ्त उठी—कौन जाए स्साले उन जनखों की टोली में। मंत्री महोदय के सामने तालियाँ बजा-बजाकर नाचना ही तो है। ऐसी की तैसी!

वे उठे। हिकारत के साथ उन्होंने अपने दो-तिहाई हिस्से को बेंच पर ही छोड़ दिया और बड़ी एहतियात के साथ अपने एक-तिहाई हिस्से को पुचकारा, सहलाया, समेटा, और चल पड़े। इन दो-तिहाई हिस्सों के चक्कर में कितना अजनबी हो उठा है उनका यह एक-तिहाई हिस्सा।

एक बार पत्रिका जम गई तो बीवी से नौकरी छुड़वा दूँगा। असल में पैसे और काम की मार ने ही उसका मिजाज खराब कर दिया है। वह भी क्या करे बेचारी... वरना पहले तो...

हाँ, कहीं, तापस मिल जाता तो उसे पूरी तरह आश्वस्त कर देते। आज बहुत झुलस गया बेचारा। दूसरे काइयाँ क्लर्कों की तरह अभी गैंडे की खाल नहीं चढ़ी उस

मासूम के...भीतर तक थरथरा जाता है। नहीं-नहीं, और परेशान होने की जरूरत नहीं है। बहुत जल्दी ही वे उसे इस संडास से मुक्त कर देंगे। मेहनती और ईमानदार बच्चा है...प्यार मिलेगा तो कुछ कर दिखाएगा।

उनके सामने तापस का बुझा हुआ, मुरझाया हुआ चेहरा घूम गया और उन्होंने कुछ ऊँचाई से उसके सिर पर अपना वरदहस्त रख दिया।

पर अब कहाँ जाएँ? एकाएक खयाल आया, जगत के घर चलना चाहिए। उस दिन उसने पता दिया था। देखते ही चौंक जाएगा—अरे साब, आप यहाँ? आपलोगों को तो मंत्री महोदय के...

उसे भी कह ही दें कि अब सवेरे से शाम तक एक पैर पर नाचने की और बात-बात पर फटकार खाने की जरूरत नहीं है। पहली नियुक्ति वे जगत की ही करेंगे। बेचारा कितना खयाल रखता है...कितना आदर करता है। एक बार वे कोई काम कह दें तो मल्होत्रा की बात भी अनसुनी कर देता है...फिर चाहे उनकी झिड़कियाँ ही खाता रहे।

अब शेराबाबू के साथ काम करके देखे कि काम करना क्या होता है। अच्छी तनख्वाह, काम की सब सुविधा और सबसे बड़ी बात इनसानियत का व्यवहार। यहाँ तो बहुत दुःखी रहता है बेचारा।

शेराबाबू के ये आश्वासन तापस और जगत तक तो नहीं पहुँचे पर इनसे वे खुद कहीं बहुत आश्वस्त हो आए।

अकेली

सोमा बुआ बुढ़िया हैं।

सोमा बुआ परित्यक्ता हैं।

सोमा बुआ अकेली हैं।

सोमा बुआ का जवान बेटा क्या जाता रहा, उनकी अपनी जवानी चली गई। पति को पुत्र-वियोग का ऐसा सदमा लगा कि वे पत्नी, घर-बार तजकर तीरथवासी हुए और परिवार में ऐसा कोई सदस्य था नहीं जो उनके एकाकीपन को दूर करता। पिछले बीस वर्षों से उनके जीवन की इस एकरसता में किसी प्रकार का कोई व्यवधान उपस्थित नहीं हुआ, कोई परिवर्तन नहीं आया। यों हर साल एक महीने के लिए उनके पति उनके पास आकर रहते थे, पर कभी उन्होंने पति की प्रतीक्षा नहीं की, उनकी राह में आँखें नहीं बिछाईं। जब तक पति रहते उनका मन और भी मुरझाया हुआ रहता क्योंकि पति के स्नेह-हीन व्यवहार का अंकुश उनके रोजमर्रा के जीवन की अबाध गति से बहती स्वच्छन्द धारा को कुंठित कर देता। उस समय उनका घूमना-फिरना, मिलना-जुलना बन्द हो जाता और संन्यासी जी महाराज से तो यह भी नहीं होता कि दो मीठे बोल बोलकर सोमा बुआ को एक ऐसा सम्बल ही पकड़ा दें, जिसका आसरा लेकर वह उनके वियोग के ग्यारह महीने काट दें। इस स्थिति में बुआ को अपनी जिन्दगी पास-पड़ोसवालों के भरोसे ही काटनी पड़ती थी। किसी के घर मुंडन हो, छठी हो, जनेऊ हो, शादी हो या गमी; बुआ पहुँच जातीं और फिर छाती फाड़कर काम करतीं, मानो वे दूसरे के घर में नहीं अपने ही घर में काम कर रही हों।

आजकल सोमा बुआ के पति आए हुए हैं और अभी-अभी कुछ कहा-सुनी होकर चुकी है। बुआ आँगन में बैठी धूप खा रही हैं, पास रखी कटोरी से तेल लेकर

हाथों में मल रही हैं और बड़बड़ा रही हैं। इस एक महीने में अन्य अवयवों के शिथिल हो जाने के कारण उनकी जीभ ही सबसे अधिक सजीव और सक्रिय हो उठती है। तभी हाथ में एक फटी साड़ी और पापड़ लेकर ऊपर से राधा भाभी उतरीं।

"क्या हो गया, बुआ, क्यों बड़बड़ा रही हो? फिर संन्यासी जी महाराज ने कुछ कह दिया क्या?"

"अरे मैं कहीं चली जाऊँ सो ही इन्हें नहीं सुहाता। कल चौकवाले किशोरीलाल के बेटे का मुंडन था, सारी बिरादरी का न्यौता था। मैं तो जानती थी कि यह पैसे का ही गरूर है जो मुंडन पर भी सारी बिरादरी को न्यौता है, पर काम उन नई-नवेली बहुओं से सँभलेगा नहीं सो जल्दी ही चली गई। हुआ भी वही।" और सरककर बुआ ने राधा के हाथ से पापड़ लेकर सुखाने शुरू कर दिए। "एक काम गत से नहीं हो रहा था। अब घर में कोई बड़ा-बूढ़ा हो तो बतावे, या कभी किया हो तो जानें। गीतवाली औरतें मुंडन पर बन्ना-बन्नी गा रही थीं, मेरा तो हँसते-हँसते पेट फूल गया।" और उसकी याद से ही कुछ देर पहले का दु:ख और आक्रोश धुल गया। अपने सहज-स्वाभाविक रूप में वे कहने लगीं—"भट्ठी पर देखो तो अजब तमाशा—समोसे कच्चे ही उतार दिए और इतने बना दिए कि दो बार खिला दो और गुलाब-जामुन इतने कम कि एक पंगत में भी पूरे न पड़ें।" उसी समय खोया मँगाकर नए गुलाब-जामुन बनाए। दोनों बहुएँ और किशोरीलाल तो बिचारे इतना जस मान रहे थे कि क्या बताऊँ? कहने लगे—'अम्मा, तुम न होतीं तो आज भद्द उड़ जाती। तुमने तो आज लाज रख ली!' मैंने तो कह दिया कि अरे अपने ही काम नहीं आवेंगे तो कोई बाहर से तो आवेगा नहीं। ये तो आजकल इनका रोटी-पानी का काम रहता है नहीं तो मैं तो सवेरे से ही चली जाती!"

"तो संन्यासी महाराज क्यों बिगड़ पड़े? उन्हें तुम्हारा आना-जाना अच्छा नहीं लगता न बुआ?"

"यों तो मैं कहीं आऊँ-जाऊँ सो ही इन्हें नहीं सुहाता, और फिर कल किशोरी के यहाँ से बुलावा नहीं आया। अरे, मैं तो कहूँ कि घरवालों का कैसा बुलावा? वे लोग तो मुझे अपनी माँ से कम नहीं समझते, नहीं तो कौन भला यों भट्ठी और भंडार-घर सौंप दे? पर उन्हें अब कौन समझावे। कहने लगे, तू जबर्दस्ती दूसरों के घर में टाँग अड़ाती फिरती है।" और एकाएक उन्हें उस क्रोध-भरी वाणी और कटुवचनों का स्मरण हो आया जिनकी बौछार कुछ देर पहले ही उन पर होकर चुकी थी। याद आते ही फिर उनके आँसू बह चले।

"अरे रोती क्यों हो बुआ, कहना-सुनना तो चलता ही रहता है। संन्यासी जी महाराज एक महीने को तो आकर रहते हैं, सुन लिया करो, और क्या?"

"सुनने को तो सुनती ही हूँ पर मन तो दुखता ही है कि एक महीने को आते हैं तो भी कभी मीठे बोल नहीं बोलते। मेरा आना-जाना इन्हें सुहाता नहीं सो तू ही बता राधा, ये तो साल में ग्यारह महीने हरिद्वार रहते हैं। इन्हें तो नाते-रिश्तेवालों से कुछ लेना-देना नहीं पर मुझे तो सबसे निभाना पड़ता है। मैं भी सबसे तोड़-ताड़कर बैठ जाऊँ तो कैसे चले! मैं तो इनसे कहती हूँ कि जब पल्ला पकड़ा है तो अन्त समय में भी साथ ही रखो, सो तो इनसे होता नहीं। सारा धरम-करम ये ही लूटेंगे, सारा जस ये ही बटोरेंगे और मैं अकेली पड़ी-पड़ी यहाँ इनके नाम को रोया करूँ। उसपर से कहीं आऊँ-जाऊँ वह भी इनसे बर्दाश्त नहीं होता..." और बुआ फूट-फूटकर रो पड़ीं। राधा ने आश्वासन देते हुए कहा, "रोओ नहीं बुआ, अरे वे तो इसलिए नाराज हुए कि बिना बुलाए तुम चली गईं।"

"बेचारे इतने हंगामे में बुलाना भूल गए तो मैं भी मान करके बैठ जाती। फिर घरवालों का कैसा बुलाना? मैं तो अपनेपन की बात जानती हूँ। कोई प्रेम नहीं रखे तो दस बुलावे पर नहीं जाऊँ और प्रेम रखे तो बिना बुलाए भी सिर के बल चली जाऊँ। मेरा अपना हरखू होता और उसके घर काम होता तो क्या मैं बुलावे के भरोसे बैठी रहती? मेरे लिए जैसा हरखू वैसा किशोरीलाल! आज हरखू नहीं है इसी से दूसरों को देख-देखकर मन भरमाती रहती हूँ!" और वे हिचकियाँ लेने लगीं।

पापड़ों को फैलाकर स्वर को भरसक कोमल बनाकर राधा ने कहा, "तुम भी बुआ बात को कहाँ-से-कहाँ ले गईं? अब चुप होओ! अच्छा देखो तुम्हारे लिए एक पापड़ भूनकर लाती हूँ, खाकर बताना कैसा है?" और वह पापड़ लेकर ऊपर चढ़ गई।

कोई सप्ताह-भर बाद बुआ बड़े प्रसन्न मन से आईं और संन्यासी जी से बोलीं, "सुनते हो, देवर जी के ससुरालवालों की किसी लड़की का सम्बन्ध भागीरथ जी के यहाँ हुआ है। वे सब लोग यहीं आकर ब्याह कर रहे हैं। देवर जी के बाद तो उन लोगों से कोई सम्बन्ध ही नहीं रहा, फिर भी हैं तो समधी ही। वे तो तुमको भी बुलाए बिना नहीं मानेंगे। समधी को आखिर कैसे छोड़ सकते हैं?" और बुआ पुलकित होकर हँस पड़ीं। संन्यासी जी की मौन उपेक्षा से उनके मन को ठेस तो पहुँची फिर

भी वे प्रसन्न थीं। इधर-उधर जाकर वे इस विवाह की प्रगति की खबरें लातीं! आखिर एक दिन वे यह भी सुन आईं कि उनके समधी यहाँ आ गए। जोर-शोर से तैयारियाँ हो रही हैं। सारी बिरादरी को दावत दी जाएगी—खूब रौनक होनेवाली है। दोनों ही पैसेवाले ठहरे।

"क्या जाने हमारे घर तो बुलावा आएगा या नहीं? देवर जी को मरे पच्चीस बरस हो गए, पर उसके बाद से तो कोई सम्बन्ध ही नहीं रखा। रखे भी कौन? यह काम तो मरदों का होता है, मैं तो मरदवाली होकर भी बेमरद की हूँ।" और एक ठंडी साँस उनके दिल से निकल गई।

"अरे वाह बुआ! तुम्हारा नाम कैसे नहीं हो सकता। तुम तो समधिन ठहरीं। देवर चाहे न रहे पर कोई रिश्ता थोड़े ही टूट जाता है!" दाल पीसती हुई घर की बड़ी बहू बोली।

"है बुआ, नाम है। मैं तो सारी लिस्ट देखकर आई हूँ।" विधवा ननद बोली। बैठे-ही-बैठे दो कदम आगे सरककर बुआ ने बड़े उत्साह से पूछा, "तू अपनी आँखों से देखकर आई है नाम? नाम तो होना ही चाहिए। पर मैंने सोचा कि क्या जाने आजकल के फैशन में पुराने सम्बन्धियों को बुलाना हो, न हो।" और बुआ बिना दो पल भी रुके वहाँ से चल पड़ीं। अपने घर जाकर सीधे राधा भाभी के कमरे में चढ़ीं—"क्यों री राधा, तू तो जानती है कि नए फैशन में लड़की की शादी में क्या दिया जावे है? समधियों का मामला ठहरा, सो भी पैसेवाले। खाली हाथ जाऊँगी तो अच्छा नहीं लगेगा। मैं तो पुराने जमाने की ठहरी, तू ही बता दे क्या दूँ? अब कुछ बनाने का समय तो रहा नहीं, दो दिन बाकी हैं सो कुछ बना-बनाया ही खरीद लाना।"

"क्या देना चाहती हो अम्मा? जेवर, कपड़ा, शृंगारदान या कोई और चाँदी की चीज?"

"मैं तो कुछ भी नहीं समझूँ री। जो कुछ पास है तुझे लाकर दे देती हूँ, जो तू ठीक समझे ले आना। बस भद्द नहीं उड़नी चाहिए। अच्छा देखूँ पहले कि रुपये कितने हैं?" और वे डगमगाते कदमों से नीचे आईं। दो-तीन कपड़ों की गठरियाँ हटाकर एक छोटा-सा बक्स निकाला। उसका ताला खोला। इधर-उधर करके एक छोटी-सी डिबिया निकाली। बड़े जतन से उसे खोला—उसमें सात रुपये और कुछ रेजगारी पड़ी थी और एक अँगूठी। बुआ का अनुमान था कि रुपये कुछ ज्यादा

होंगे, पर जब सात रुपये ही निकले तो सोच में पड़ गईं। रईस समधियों के घर में इतने से रुपयों से तो बिन्दी भी नहीं लगेगी। उनकी नजर अँगूठी पर गई। यह उनके मृत-पुत्र की एकमात्र निशानी उनके पास रह गई थी। बड़े-बड़े आर्थिक संकटों के समय भी वे उस अँगूठी का मोह नहीं छोड़ सकी थीं। आज भी एक बार उसे उठाते समय उनका दिल धड़क गया, फिर भी उन्होंने पाँच रुपये और अँगूठी आँचल में बाँध ली। बक्स को बन्द किया और फिर ऊपर को चलीं, पर इस बार उनके मन का उत्साह कुछ ठंडा पड़ गया था और पैरों की गति शिथिल। राधा के पास जाकर बोलीं—"रुपये तो नहीं निकले बहू। आएँ भी कहाँ से, मेरा कौन कमानेवाला बैठा है? उस कोठरी का किराया आता है, उसमें दो समय की रोटी निकल जाती है जैसे-तैसे!" और वे रो पड़ीं। राधा ने कहा—"क्या करूँ बुआ, आजकल मेरा भी हाथ तंग है, नहीं तो मैं ही दे देती। अरे, पर तुम देने के चक्कर में पड़ती ही क्यों हो? आजकल तो देने-लेने का रिवाज ही उठ गया है।"

"नहीं रे राधा! समधियों का मामला ठहरा! पच्चीस बरस हो गए तो भी वे नहीं भूले और मैं खाली हाथ जाऊँ? नहीं-नहीं, इससे तो न जाऊँ सो ही अच्छा!"

"तो जाओ ही मत। चलो छुट्टी हुई, इतने लोगों में किसे पता चलेगा कि आईं या नहीं।" राधा ने सारी समस्या का सीधा-सा हल बताते हुए कहा।

"बड़ा बुरा मानेंगे। सारे शहर के लोग जावेंगे और मैं समधिन होकर नहीं जाऊँगी तो यही समझेंगे कि देवर जी मरे तो सम्बन्ध भी तोड़ लिया। नहीं-नहीं, तू यह अँगूठी बेच ही दे।" और उन्होंने आँचल की गाँठ खोलकर एक पुराने जमाने की अँगूठी राधा के हाथ पर रख दी। फिर बड़ी मिन्नत के स्वर में बोलीं, "तू तो बाजार जाती है राधा, इसे बेच देना और जो कुछ ठीक समझे खरीद लेना। बस, शोभा रह जावे इतना खयाल रखना।"

गली में बुआ ने चूड़ीवाले की आवाज सुनी तो एकाएक ही उनकी नजर अपने हाथ की भद्दी मटमैली चूड़ियों पर जाकर टिक गई। कल समधियों के यहाँ जाना है, जेवर नहीं है तो कम-से-कम काँच की चूड़ी तो अच्छी पहन ले। पर एक अव्यक्त लाज ने उनके कदमों को रोक दिया, कोई देख लेगा तो। लेकिन दूसरे ही क्षण अपनी इस कमजोरी पर विजय पाती-सी वे पीछे के दरवाजे पर पहुँच गईं और एक रुपया कलदार खर्च करके लाल-हरी चूड़ियों के बन्द पहन लिए। पर सारे दिन हाथों को साड़ी के आँचल से ढके-ढके फिरीं।

शाम को राधा भाभी ने बुआ को चाँदी की एक सिन्दूरदानी, एक साड़ी और

एक ब्लाउज का कपड़ा लाकर दे दिया। सबकुछ देख-पाकर बुआ बड़ी प्रसन्न हुईं और यह सोच-सोचकर कि जब वे ये सब दे देंगी तो उनकी समधिन पुरानी बातों की दुहाई दे-देकर उनकी मिलनसारिता की कितनी प्रशंसा करेगी, उनका मन पुलकित होने लगा। अँगूठी बेचने का गम भी जाता रहा। पासवाले बनिए के यहाँ से एक आने का पीला रंग लाकर रात में उन्होंने साड़ी रँगी। शादी में सफेद साड़ी पहनकर जाना क्या अच्छा लगेगा! रात में सोईं तो मन कल की ओर दौड़ रहा था।

दूसरे दिन नौ बजते-बजते खाने का काम समाप्त कर डाला। अपनी रँगी हुई साड़ी देखी तो कुछ जँची नहीं। फिर ऊपर राधा के पास पहुँची--"क्यों राधा, तू तो रँगी साड़ी पहिनती है तो बड़ी आब रहती है, चमक रहती है, इसमें तो चमक आई नहीं?"

"तुमने कलफ जो नहीं लगाया अम्मा, थोड़ा-सा माँड़ दे देतीं तो अच्छा रहता। अभी दे लो, ठीक हो जाएगी। बुलावा कबका है?"

"अरे नए फैशनवालों की मत पूछो, ऐन मौकों पर बुलावा आता है। पाँच बजे का महूरत है, दिन में कभी भी आ जावेगा।"

राधा मन ही मन मुसकरा उठी।

बुआ ने साड़ी में माँड़ लगाकर सुखा दिया। फिर एक नई थाली निकाली, अपनी जवानी के दिनों में बिना हुआ क्रोशिए का एक छोटा-सा मेजपोश निकाला। थाली में साड़ी, सिन्दूरदानी, एक नारियल और थोड़े-से बताशे सजाए, फिर जाकर राधा को दिखाया। संन्यासी महाराज सवेरे से इस आयोजन को देख रहे थे। उन्होंने कल से लेकर आज तक कोई पच्चीस बार चेतावनी दे दी थी कि यदि कोई बुलाने न आए तो चली मत जाना, नहीं तो ठीक नहीं होगा। हर बार बुआ ने बड़े ही विश्वास के साथ कहा, "मुझे क्या बावली ही समझ रखा है जो बिना बुलाए चली जाऊँगी? अरे वह पड़ोसवालों की नन्दा अपनी आँखों से बुलावे की लिस्ट में नाम देखकर आई है। और बुलावेंगे क्यों नहीं? शहरवालों को बुलावेंगे और समधियों को नहीं बुलावेंगे क्या?"

तीन बजे के करीब बुआ को अनमने भाव से छत पर इधर-उधर घूमते देख राधा भाभी ने आवाज लगाई—"गईं नहीं बुआ?"

एकाएक चौंकते हुए बुआ ने पूछा, "कितने बज गए राधा?—क्या कहा, तीन? सरदी में तो दिन का पता ही नहीं लगता है। बजे तीन ही हैं और धूप सारी

छत पर से ऐसे सिमट गई मानो शाम हो गई हो।" फिर एकाएक जैसे खयाल आया कि वह तो भाभी के प्रश्न का उत्तर नहीं हुआ तो जरा ठंडे स्वर में बोली, "महूरत तो पाँच बजे का है, जाऊँगी तो चार तक जाऊँगी, अभी तो तीन ही बजे हैं।" बड़ी सावधानी से उन्होंने स्वर में लापरवाही का पुट दिया! बुआ छत पर से गली में नजर फैलाए खड़ी थीं, उनके पीछे ही रस्सी पर धोती फैली हुई थी, जिसमें कलफ लगा था और अभरक छिड़का हुआ था। अभरक के बिखरे हुए कण रह-रहकर धूप में चमक जाते थे, ठीक वैसे ही जैसे किसी को भी गली में घुसता देख बुआ का चेहरा चमक उठता था।

सात बजे के धुँधलके में राधा ने ऊपर से देखा तो छत की दीवार से सटी, गली की ओर मुँह किए एक छाया-मूर्ति दिखाई दी। उसका मन भर आया। बिना कुछ पूछे इतना ही कहा, "बुआ! सर्दी में खड़ी-खड़ी यहाँ क्या कर रही हो? आज खाना नहीं बनेगा क्या, सात तो बज गए?"

जैसे एकाएक नींद में से जागते हुए बुआ ने पूछा, "क्या कहा, सात बज गए?" और मन ही मन उभरा—पर सात कैसे बज सकते हैं, महूरत तो पाँच बजे का था, और फिर एकाएक ही सारी स्थिति को समझते हुए, गहरे अवसाद में डूबे स्वर को भरसक संयत बनाकर बोलीं, "अरे खाने का क्या है, अभी बना लूँगी। दो जनों का तो खाना है, क्या खाना और क्या पकाना।"

फिर उन्होंने सूखी साड़ी को उतारा। नीचे जाकर अच्छी तरह उसकी तह की, धीरे-धीरे हाथों से चूड़ियाँ खोलीं, थाली में सजाया हुआ सारा सामान उठाया और सारी चीजें बड़े जतन से अपने एकमात्र सन्दूक में रख दीं।

और फिर बड़े ही बुझे हुए दिल से अँगीठी जलाने बैठीं।

❑❑❑